Recuérdame, Alice

MARTA SANTÉS

Recuérdame,
Alice

Titania
Argentina • Chile • Colombia • España
Estados Unidos • México • Perú • Uruguay

1.ª edición Mayo 2022

Copyright © 2022 *by* Marta Santés
All Rights Reserved
© 2022 *by* Ediciones Urano, S.A.U.
Plaza de los Reyes Magos, 8, piso 1.º C y D – 28007 Madrid
www.titania.org
atencion@titania.org

ISBN: 978-84-17421-65-6
E-ISBN: 978-84-19029-91-1
Depósito legal: B-4.757-2022

Fotocomposición: Ediciones Urano, S.A.U.

Impreso por: Romanyà-Valls – Verdaguer, 1 – 08786 Capellades (Barcelona)

Impreso en España – *Printed in Spain*

El auténtico amor no es una decisión ni es libre.
El corazón, sobre todo el corazón, no es libre.
El amor es inevitable, es el reconocimiento de lo inevitable.

ALBERT CAMUS

Prefacio

Es un caluroso día de agosto del año 1980. Camino despacio para no golpear con la maleta a las decenas de personas con las que me cruzo, que se congregan en la estación ferroviaria de Bolonia. La sala de espera está abarrotada de veraneantes sonrientes, despeinados por la humedad del calor, ilusionados por los días que se avecinan. Ninguno parece estar marchándose para siempre de aquí, como voy a hacerlo yo.

Cierro los ojos y noto temblar los ápices de mi cuerpo. Me llevo los dedos a los labios y lo siento. Todavía está en mi piel, aún puedo olerle. Hace apenas unas horas era capaz de tocar su cara, de seguir con la mirada las curvas de su sonrisa, memorizándola, adorándola. Mis yemas se mojan de lágrimas y abro los ojos al oír un balido metálico a través de los altavoces: es hora de subirme al tren. Tengo la angustiosa sensación de que están proclamando el momento en el que van a obligarme a subir a una tarima para guillotinarme. Me incorporo del asiento con lentitud y vuelvo a caminar entre la gente, sosteniendo la maleta tras de mí como si cargase ladrillos. Pasan deprisa por mis costados, apurados por empezar cuanto antes sus vacaciones, y subo al tren, mirando mis pies, trastabillando hasta encontrar un sitio donde sentarme.

En mi cabeza suena otra vez nuestra canción mientras miro a través de la ventana, recordando su mirada azul. Entonces veo un reflejo rubio a lo lejos y el corazón se me dispara. Me levanto como un resorte y miro al chico delgado de cabello rizado que gira la cabeza hacia todos lados, buscando algo con gesto desesperado. Profiero un gemido ahogado y empiezo a correr de vagón a vagón porque han cerrado las puertas y el tren va a arrancar. Corro con la mirada puesta en las ventanas y me pego al cristal, llamándole, sabiendo que no me oirá. Pero me ve. Su mirada aguamarina se detiene en mí y sonríe. Me da un vuelco el pecho y sé que no sabré vivir sin él. Lloro mientras escribe algo en su libreta y me lo muestra: «Recuérdame, Alice». Aprieto los dedos contra el cristal hasta que resulta doloroso y me obligo a sonreír. En ese momento, un violento fragor prolongado que retumba contra el suelo y las paredes hace que todo cambie. Ya ni siquiera me sostengo de pie, ya no lo veo, ya no veo nada.

Y el reloj se detiene para siempre a las diez y veinticinco de la mañana, en la estación ferroviaria de Bolonia, el 2 de agosto de 1980.

1

Mario

Recuerdo estar en la cocina en nuestra típica reunión familiar a la hora de comer, viendo las noticias en la televisión. El telediario anunció que el estado islámico estaba asesinando a personas, lanzándolas al vacío por ser homosexuales.

—¡Qué barbaridad! ¡Qué gente más perversa! Esos pobres chicos no tienen la culpa de estar enfermos —graznó mi madre, que presidía la mesa.

La miré, a mis inocentes doce años, y luego miré a mi padre, que comía absorbido por los numerosos estímulos de la tele, y por último miré a mi hermano pequeño, que masticaba con lentitud con cara de aburrimiento.

Nadie parecía estar en desacuerdo con mi madre. Ella, que iba a misa a menudo, que decoraba sin límite nuestra casa con figuras de vírgenes, que rezaba cada día por todos nosotros, rezumando esa aura de pura bondad, ignoraba algo muy importante: que podía hacer mucho daño con su limitada capacidad de comprender a los demás. Recuerdo que pensé en si yo estaría enfermo. No me dolía nada, no tenía fiebre ni tos, ni tampoco me sentía débil o me había salido ningún sarpullido preocupante. Tampoco estaba mal de la cabeza, es decir, era inteligente, sacaba matrículas en mates y sociales, me gustaba leer y me consideraba una persona cuerda. De hecho, cuando escuché esa noticia, no pensé en que esas personas que lanzaban de un edificio tuviesen que tener algo por lo que ser sacrificadas; lo mirase por donde lo mirase, se trataba de unos seres desalmados asesinando a gente. Así que yo estaba sano mentalmente porque era incapaz de hacer daño a nadie. Entonces, si no me dolía nada ni dañaba a nadie, ni a mí mismo, ¿por qué tendría que estar enfermo? ¿Qué clase de enfermedad era esa? Lo único que me ocurría era que se me aceleraba mucho el pulso cuando Carlo me saludaba, me preguntaba si tenía un lápiz de sobra o me pedía ayuda con los deberes. Y eso no me ocurría con Beatrice, una chica muy guapa de mi clase a quien, según tenía entendido, le gustaba. Todo el mundo se enamora, ¿qué más daba de quién fuese? La cuestión era, ¿por qué estaba mal? ¿Por qué no podía enamorarme de Carlo y sí de Beatrice? ¿Quién había puesto esas normas absurdas? Sin embargo, a pesar de estar seguro de eso, a veces flaqueaba. Era difícil mantener una idea en un entorno tan desfavorable y sin saber apenas nada del tema. Así que lo que hice fue avergonzarme y esconderme; lo tomé como rutina y, aunque a veces dolía, era más fácil. Mucho más fácil.

Ahora, con veintitrés años, cierro la puerta de mi habitación, odiándome, y aplasto la cara contra la almohada y me deshago en lágrimas, deseando quitarme la piel. Hace apenas unos minutos estaba con uno de mis mejores amigos, Leandro. Nos conocimos hace cuatro años en la universidad, fue lento, no lo vi venir, pero cuanta más confianza creábamos, cuanto más contacto, más pensaba en la posibilidad de rozarle los dedos y que él me devolviese la caricia. Por supuesto, fui un *caguica* durante la mayor parte de nuestra amistad. Leandro me caló hondo, mucho, tanto como para llorar de impotencia en los baños de la biblioteca cada vez que nos despedíamos. Pero esta noche ha sido diferente. Nos hemos quedado solos, estábamos riendo, compartiendo pensamientos profundos (como nuestros sueños o nuestros ideales) y, no sé en qué momento, él se ha quedado mirándome y mi cuerpo se ha inclinado hacia él de forma involuntaria. Lo he besado, ¡joder! Lo he besado y casi me estalla el cráneo, pero él se ha apartado de un salto, mirándome con los ojos muy abiertos y esa frase: «¿Qué coño haces, tío?». En el momento en el que he procesado sus palabras, me he muerto y luego he vuelto a mi cuerpo para recuperar la movilidad y poder echar a correr. Y así he venido a mi casa, corriendo como un condenado. Abochornado, avergonzado, roto, jodido.

Han pasado dos meses de aquello y sigo sin salir de mi casa. Algunos amigos de la universidad han querido ponerse en contacto conmigo, pero no les he dado respuesta. Lo único a lo que he respondido ha sido a una oferta de trabajo.

De camino a la residencia donde me han contratado, me sudan las manos de los nervios y me meso el pelo antes de saludar con una sonrisa a la encargada, que me entrega el uniforme que tendré que llevar durante el día y me explica cuál va a ser mi labor. En este lugar huele a antiguo y a nostalgia. La mujer que me atiende parece alegre, aunque tiene arrugas de cansancio en los ojos.

—Tendrás que fichar en ese aparato de la entrada cada vez que entres y cada vez que salgas con tu tarjeta de identificación. Espera aquí, ahora mismo te la traigo.

La encargada (Elga se llama) se aleja con paso apresurado hacia los mostradores de la recepción al mismo tiempo que una chica algo mayor que yo y con claros signos de haber estado llorando viene hacia la puerta. Sus ojos irritados reparan en mí; parece dudar, pero se detiene.

—¿Trabajas aquí?

—Es mi primer día —respondo en voz baja, consciente de mi aspecto después de haberme enfundado el uniforme verde que me ha entregado Elga.

—¡Oh! Eso está... muy bien. —Ella asiente, saca un pañuelo de su bolsillo y se limpia la nariz enrojecida—. Yo... acabo de ingresar a mi madre aquí. No he tenido alternativa, me voy al extranjero por trabajo.

Se le caen dos lágrimas y agacha la cabeza mientras se limpia. No sé qué decir. Nunca he sabido qué decir en situaciones delicadas acerca de las desgracias ajenas.

—Mi tío, Tino, insiste en que se quede en su casa, pero él es mayor que ella y ya tiene muchos achaques. No puedo dejarla a su cargo y permitir que ambos tengan mala calidad de vida. Tengo que pensar en los dos.

—¿Qué le pasa a tu madre? —me atrevo a preguntar.

—Bueno, además de que tiene fibromialgia, lo que ha degenerado sus músculos y hace que esté cansada todo el tiempo, todo se agrava por el estado de su cabeza. Sufre un tipo de anomalía cerebral que hace que se olvide de las cosas.

—¿Alzhéimer? —Trato de ayudar.

—No, es más complejo. Lo tiene desde que era joven, aunque conforme cumple años es más agresivo. Voy a ir al grano, ¿cómo te llamas?

—Mario, soy Mario.

—Mario, encantada. Soy Anna. —Me da la mano y se la estrecho—. Mira, ella no es solo una persona enferma, es mucho más. Es extraordinaria, la mejor mujer que he conocido en mi vida. No quiero que se sienta sola o abandonada, me duele en el alma dejarla aquí... —Se detiene haciendo una mueca y se lleva el pañuelo a los ojos—. Pero no tengo otra opción. Necesito saber que alguien va a estar ahí con ella. Que alguien sabe quién es, que la valora y conoce cuánto de bueno ha aportado a todo el mundo que la ha rodeado. Sé que, si mi tío viviese cerca, la visitaría cada día, pero no es el caso y... él tampoco está para viajar. Ella es... irrepetible; lo sabrás cuando la conozcas. Quizá no tenga muchos momentos de lucidez, pero...

Vuelve a detenerse y me mira con rostro suplicante.

—Haré cuanto esté en mi mano, de verdad —prometo, y ella me sonríe con ternura.

—Cuando alcanzó los cuarenta y seis años, se dio cuenta de que esa anomalía que le hacía olvidarse de momentos o sucesos breves se agravaba. Quizá al llegar la noche no recordaba todo lo que había hecho durante el día, olvidaba nuestros nombres o cosas importantes que habían ocurrido, como que se había divorciado de mi padre... —Anna arruga el ceño, mirando hacia ningún lugar. Luego vuelve a fijar los ojos en mí—. Intenta... que no olvide que me tiene, ¿vale? Que tiene una hija que la quiere con locura y que nunca la abandonaría. Recuérdale que estoy aquí siempre para ella. Por favor, intenta... Haz cuanto creas oportuno para que no sea infeliz.

—Haré... lo que pueda.

—Sé que estoy poniendo un peso sobre tus hombros. Es que... no puedo sujetarme en nadie y siento que no podré irme sin desmoronarme si no existe nadie aquí que esté a su lado. Se lo he mencionado a la chica que me ha ayudado a instalarla en su habitación, pero su respuesta no me ha convencido. Es como si la gente se hiciese inmune a los detalles que nos hacen humanos cuando se acostumbran al dolor y la dependencia de estas personas. Y tú... tú me has dado muy buena impresión. Y, bueno, normalmente sigo mi instinto —añade con un encogimiento de hombros.

—¿Cómo se llama tu madre?

Anna me dedica una sonrisa amplia de agradecimiento.

—Se llama Alice, Alice Fiore. —Y me da un abrazo, de esos sentidos que te dejan sin respiración—. ¿Sabes? Este acto te llevará a descubrir cosas bonitas, estoy segura. Mamá siempre lo consigue —me susurra justo antes de darme su número de teléfono para llamarla cuando haga falta y luego se marcha con las mejillas mojadas de nuevo.

Poco después, Elga viene con mi tarjeta de identificación y me encomienda una serie de tareas que tendré que realizar durante el día. Cuento con ayuda durante la mayor parte del tiempo porque, como es normal, no sé dónde están las cosas ni todavía conozco el nombre de las personas con las que voy a convivir. Cuando se acerca el mediodía, le pregunto a la mujer simpática de mediana edad que me está acompañando durante la mañana si sabe algo acerca de Alice Fiore.

—Es la mujer que ha ingresado hoy, ¿verdad?

—Sí. Necesito unos minutos al menos una vez por semana para estar con ella, le he prometido a su hija algo importante que sé que mejorará su estancia aquí.

—Consúltaselo a Elga, es la que manda —dice riendo.

Desde entonces no paro de pensar en el momento en que tendré un hueco libre para hablar con la encargada. Y, cuando lo hago, no me pone ninguna objeción. Mientras no me cambien el turno, podré ir a visitar a Alice los lunes a las cinco de la tarde.

De camino a la habitación de la madre de Anna, me pongo un poco nervioso. No sé cómo responderá, si estará lúcida o no. Llamo a la puerta y me responde una voz aguda femenina.

—¿Alice? Me llamo Mario, soy amigo de su hija, Anna —voceo a través de la puerta. Sé que puedo abrirla sin problemas, pero no quiero invadir su espacio.

Una mujer canosa de aspecto esbelto me abre la puerta y me mira con suspicacia.

—¿De mi hija?

—Sí.

—Mi hija no mandaría a un desconocido a verme. —Todavía sujeta la puerta, desconfiada.

—Bueno, podemos dejar de serlo si me deja presentarme. —Mi voz es sosegada y trato de calmarla con una sonrisa suave—. Y vendré a menudo para hablarle de ella, para que sepa cómo está, ¿le parece bien?

Alice me observa. Tiene el pelo cano a melena y viste con pantalones y una camisa que le viene grande a causa de su delgadez. Rondará los sesenta y tantos años, aunque parece más joven. Posee unos ojos inteligentes de color azul, un azul tan claro que transparenta y hace que pueda ver su alma. Le tomo cariño desde ese preciso instante. Se lleva una mano a la cabeza, frunciendo el ceño.

—Llevo un rato buscando mis pastillas. No sé dónde las he dejado...

—Puedo ayudarla a encontrarlas. —Y le hago un gesto con la mano, pidiéndole permiso para pasar.

Alice accede con un suspiro y se retira de la puerta. Las habitaciones son muy acogedoras pero poco espaciosas y solo hay una cama, por lo tanto, no comparte dormitorio con nadie.

—¿Cómo dices que te llamas? —me pregunta mientras abre un cajón de la mesita para mirar dentro.

—Mario. —La miro y sonrío.

—Que no te moleste si dentro de un rato no sé quién eres, ¿vale, Mario?

—Tranquila, todo va a ir bien.

Alice se sienta en la cama con gesto serio, como si ya hubiese escuchado la frase que le acabo de decir un millón de veces sin que nada fuese «bien».

—Tampoco encuentro la caja... —Mira hacia el techo con un gesto nostálgico.

—¿Qué caja?

—Me la habré dejado, eso es. Sigue en casa —dice, levantándose—. Tengo que ir a por ella, no puedo olvidarlo... Tengo que coger la caja. —Alice va directa hacia la puerta.

—¿Qué caja? Eh, Alice... —La agarro cuidadosamente del brazo antes de que abra la puerta.

—Es urgente. Si no tengo la caja, le olvidaré. —Se le empiezan a anegar los ojos de lágrimas.

—¿A quién?

—Al amor de mi vida —murmura—. Tengo que ir a por la caja...

—Yo iré a por ella y se la traeré —le prometo al verla decidida a ir ella misma.

—¿Harás eso por mí? —Me toma de la mano sin mirarme, parece perdida, abrumada por un sentimiento fuerte de anhelo y dolor.

—Claro que sí —respondo, y noto un cariño irracional hacia esa mujer frágil de mirada cálida.

—Está en el armario de las mariquitas, arriba del todo. Sí, allí la dejé... Tengo que buscar las llaves de casa, las guardé aquí por alguna parte... —Vuelve a empezar a buscar, abriendo los cajones con el pulso inquieto e inestable.

—Yo la ayudo, no se preocupe. —Miro debajo de la cama, abro el armario donde está colgada su ropa y, cuando me giro, ella está parada en mitad de la estancia con la mirada perdida—. Alice, ¿recuerda la última vez que usó las llaves?

Ella me mira con expresión ida.

—¿Qué llaves?

La contemplo, quieto, y noto una oleada de pena sólida invadiéndome las extremidades, de abajo arriba.

—Las llaves de su casa, Alice. Tengo que ir a por la caja, ¿recuerda?

—La caja... —Arruga el ceño e inmediatamente evoco a su hija haciendo ese mismo gesto de frustración—. No sé, no... ¿Y mis pastillas? ¿No es la hora de tomarme las pastillas?

Y vuelve a empezar a buscar. La observo con esa tristeza voraz anclándome al suelo y trago saliva, recordando que la administración de medicamentos la lleva el centro y, por lo tanto, las pastillas no estarán en la habitación. Alice mira en su armario y, cuando mueve las chaquetas, se oye un tintineo metálico. Me acerco y busco en los bolsillos, de los que extraigo un manojo de llaves.

—Esas son las llaves de mi casa —me informa—. Tengo una casa muy bonita. No sé por qué mi hija me ha traído aquí... ¿Dónde está ella?

No contaba con esto cuando Anna me ha encomendado que intentase que ella no fuese infeliz. No está en mi mano, se me escapa. No le puedo decir que su hija volverá pronto y la llevará a casa, no puedo decirle que regresará allí.

—Alice... —Le acaricio el brazo, regalándole la sonrisa más dulce que puedo—. Va a estar muy bien aquí, se lo prometo. Yo voy a estar aquí con usted.

Ella me mira con expresión confusa.

—Pero... ¿tú quién eres, muchacho?

El primer contacto con Alice ha sido descorazonador; aunque, de alguna manera, ha hecho mella en mí. Me he atrevido a guardarme las llaves de su casa en el bolsillo del pantalón y aún siguen ahí cuando me tumbo en la cama al entrar en mi cuarto. No puedo creer que lo haya hecho: haber guardado las llaves de otra persona sin su permiso; me siento un ladrón de guante blanco. En la hebilla hay un plástico en el que está escrita la dirección. Me paso lo que queda de tarde intentando convencerme de que no es buena idea allanar la casa de alguien por una supuesta caja producto de los desvaríos de una mujer con lagunas mentales. Sin embargo, de un momento a otro, me veo saliendo de casa y buscando el destino en Internet. Cuando encuentro el portal, me tiro diez minutos de reloj con las llaves en la mano. ¿Qué es lo peor que puede pasar? No voy a forzar la entrada, nadie va a pensar mal de mí. Me muero por saber si existe esa caja y, si es así, necesito saber qué guarda dentro. Además, tengo la opримente necesidad de llevárselo a Alice para compensarle lo inútil que he sido antes. Va a ser imposible que no sea infeliz en compañía de alguien a quien no conoce y al que olvida cada dos por tres... Aprieto el manojo de metal en la palma y pruebo a abrir con la primera llave y luego con la siguiente hasta que lo consigo. Se me pone un cosquilleo potente en el estómago cuando subo las escaleras, tratando de aparentar normalidad, y luego abro la puerta número cinco.

Dentro huele a lilas y está todo muy recogido y limpio. Sin embargo, desprende una energía dolorosa; esa sensación de vacío que proyectan las paredes tras la marcha de alguien. Voy directo hacia las habitaciones para encontrar el armario de las mariquitas. Solo hay dos habitaciones, por lo tanto, solo existen dos armarios en esa casa y no veo rastro de mariquitas en ninguna puerta. Me decanto por abrirlas y... ahí están: pegatinas de ese insecto volador rojo con puntitos negros esparcidas en la cara interior de las puertas del armario. Miro hacia arriba, busco una silla, me subo a esta y, en la balda superior, encuentro una caja de cartón de tamaño mediano con los bordes desgastados en la que se lee: «Recuérdame, Alice». No pesa casi nada, pero, en cuanto la agarro, oigo cómo los objetos chocan los unos contra los otros. Bajo de la silla con cuidado y coloco la caja en la cama; esta vez no vacilo antes de abrirla, lo hago con una sensación de nervios y expectación que no recordaba haber experimentado con anterioridad. Dentro hay dos cintas de vídeo y un sobre de tamaño grande. Sujeto las cintas con máximo cuidado y veo que alguien ha garabateado en rotulador en los laterales: «21 vídeos de recuerdos» y «Cumpleaños 1980». Al sacar también el sobre, veo que en el fondo de la caja hay un folio con un párrafo de una caligrafía alargada y elegante:

Querida yo de un futuro quizá no muy lejano:

No dejes de ver estas cintas y leer estos cuadernos. Haz lo que sea. Coloca pósits en las paredes si es necesario para recordar que debes hacerlo. Porque hay algo que jamás podrías perdonarte: olvidar. Olvidarlo a él. Olvidar quién eres.

Alice Fiore

Compruebo que en el sobre hay varias fotografías algo desgastadas y un par de cuadernos; uno le pertenece a ella (puedo reconocer su letra por la nota que acabo de leer) y el otro pertenece a Liam Ross, por lo que puedo ver en la primera página.

Vuelvo a guardar todo conforme estaba en el interior de la caja, la cargo en mis brazos y salgo de allí con un plan en mente.

En mi casa nadie se extraña cuando pregunto por las llaves del trastero. Mi padre me las da sin tener un ápice de curiosidad al respecto, lo que en realidad agradezco, y subo al último piso para abrir nuestro baúl de los recuerdos: mi bicicleta; la de mi hermano, Nicola; unas cuantas videoconsolas obsoletas, y demás trastos inútiles que tienen algo de valor sentimental. No tardo en encontrar el lector de VHS. Emito soniditos de emoción con él en los brazos mientras bajo por el ascensor. Lo conecto en mi habitación, le quito el polvo y rezo para que funcione. Lo hace. Introduzco primero una cinta que he encontrado junto con el lector (porque sería horrible estropear las cintas de Alice) y compruebo, pletórico, que se ve perfectamente. Así que voy hacia la caja de Alice y me decanto por «Cumpleaños 1980».

La imagen enfoca la parte lateral de la escalera de un domicilio rural. En cuanto asoman unos pies por la planta superior, comienza una melodía formada por (me aventuraría a decir) un piano y un violonchelo. La chica que iba a bajar las escaleras se detiene y luego se agacha para mirar a través de la barandilla: es Alice; Alice con veintipocos años. La reconozco enseguida por sus ojos. Sonríe mucho y se lleva una mano a la boca, impresionada. «Felicidades, pequeñaja», se oye decir a alguien que está en el piso inferior (por su voz, diría que es un joven), «y no, no me atribuiré los méritos. Esta preciosidad llamada *Alice* la ha compuesto Liam, y solo Liam». Alice suelta un gemido de emoción y baja los escalones con rapidez. La persona que graba se mueve, siguiéndola: ella se abalanza hacia un tipo que se encuentra al piano y lo abraza con fuerza. La cámara se aleja y enfoca a un grupo de personas sonrientes que observan la escena. Alice suelta el abrazo y se aparta de quien supongo que será familia suya por lo mucho que se parecen, y luego se gira hacia un chico más joven, el que está justo al lado del pianista, sujetando un violonchelo. Este, de cabello rizado y dorado y rostro inmaculado, la mira y noto con solidez el amor brutal que desprende por ella. Todos en esa sala lo están notando. «Feliz cumpleaños, Gorrioncito», consigo oír que le susurra cuando Alice lo rodea con una devoción que pocas veces he tenido la oportunidad de ver.

Desde ese momento, sé que es él de quien no debe olvidarse. Él es a quien debe recordar.

Al día siguiente, lo cargo todo en el maletero y me dirijo a la residencia con ilusión. Sé que me han dado permiso para ir a visitarla los lunes, pero ese martes trato de acabar todas las tareas antes de que se acabe mi jornada laboral para poder pasarme por su habitación. Elga no pone objeciones cuando le intento explicar qué quiero hacer con esos trastos que estoy entrando al centro, parece contenta de ver que me implico tanto para intentar hacer feliz a una interna.

—¿Alice? Traigo algo para usted.

Ella me recibe igual de confusa que ayer. Procuro explicarle lo máximo que puedo con el mayor tacto posible mientras instalo el VHS en su habitación, en esa tele diminuta que tienen.

—Puede que no lo recuerde, pero me nombró la existencia de una caja que quería recuperar... —empiezo, introduciendo la cinta «21 vídeos de recuerdos».

Espero ver un asomo de lucidez en su rostro desconcertado cuando abro la caja y ella ve el contenido, pero no sucede.

—¿Está cómoda? Quizá es mejor que apoyemos la espalda en algo... —le digo, viéndola sentada en el borde de la cama.

—Estoy bien —murmura. Sus ojos tristes se detienen en la pantalla.

No comprende qué estoy haciendo; aun así, no se queja. La contemplo unos segundos antes de suspirar y, sin más dilación, le doy al *play*:

—Mi nombre es Alice Fiore, el tuyo, por si lo has olvidado. Tengo cuarenta y seis años y una enfermedad extraña que hace que olvide cosas aleatorias; a veces importantes, otras no. Empecé a tener estos episodios a los catorce años, a raíz de un suceso en el que me golpeé la cabeza. Nunca le di demasiada importancia, pero, al parecer, conforme cumplo años, los episodios son más frecuentes. Por esta razón he decidido recopilar todos los recuerdos que jamás querría olvidar en esta cámara de vídeo. Contaré todo, en primera persona, reviviendo los sentimientos, las emociones y el dolor; por lo tanto, no será fácil para mí y seguramente nada sencillo para ti, mi futura yo. —Desvío la vista hacia Alice, quien, al verse a sí misma, se tapa la boca con su mano arrugada y manchada, con gesto asombrado.

—¿De dónde... has sacado esto? —susurra con voz rota sin apartar la mirada de la pantalla.

—Encontré el armario de las mariquitas... —le explico con cuidado.

Alice me observa y veo comprensión en su mirada azul, luego cierra los ojos fuerte y no dice nada más. Con el alma encogida, vuelvo a mirar a la Alice de mediana edad que habla a la cámara. Es guapa, su voz suena firme aunque teñida de pesar. Y desde ese momento tengo la certeza de que estas grabaciones harán mella en mí de alguna manera.

—... aunque duela, no tienes que olvidar quién eres —continúa la grabación—. Y todo lo que voy a relatar son las cosas que te han hecho ser la mujer que eres hoy. Además sé que pasarías por cualquier cosa con tal de no olvidarle jamás; es posible que no sepas de quién hablo... Se me marchita el corazón de pensar que alguna vez podría hacerlo, pero para eso estoy aquí. Tengo que decir que no todos los vídeos que voy a filmar serán desde mi punto de vista, también le daré voz a él, a la persona que no puedes olvidar. —La Alice de la pantalla levanta una especie de bloc de notas con la cubierta desgastada de color marrón y lo reconozco enseguida: es el que está guardado en el sobre junto a las fotografías y al otro cuaderno—. Esto... esto lo tengo en las manos de milagro y te lo estimas como a tu propia vida. Lo leeré y le daré vida porque sé que perderás visión de cerca en unos años y no puedo permitir que dejes de saber lo que hay escrito aquí. Espero que estés sentada y te encuentres preparada para la avalancha de recuerdos. Yo... estoy preparada para revivir de nuevo todo... Al final de cada grabación te leeré también un pequeño apunte del cuaderno que llevo encima desde los veinte años. Me sirve para anotar las cosas que suceden y no quiero olvidar. Te leeré algunas de ellas, las más trascendentes en relación a lo que te cuente en cada momento. —La Alice de la pantalla cierra los ojos y, cuando los abre, ya no mira a cámara—. Aquel enero parecía un enero más, un comienzo de año sin nada que esperar excepto el frío que calaba los huesos en la Florencia de 1980...

2

Vídeo 1
Alice

El olor a *focaccia* que se horneaba en las panaderías flotaba en el ambiente del Ponte Vecchio, por donde siempre pasaba una vez terminaba mi jornada laboral en el bar, de camino a la biblioteca. Para un alma artística como la mía, el trabajo de camarera me desgastaba emocionalmente. Llevaba tres años trabajando allí. Gaspare, mi jefe, no era mal tipo pero sí estricto y exigente, por lo tanto, salía agotada cada día, y me gustaba refugiarme en los libros, que me enseñaban cosas nuevas y me trasladaban a otros lugares.

Al salir de la biblioteca, apreté el paso, sosteniendo el libro que acababa de tomar prestado contra mi pecho, al tiempo que me abrazaba el cuerpo para protegerme del frío. Tenía los dedos rojos y estaba segura de que mi nariz y mis mejillas habían adquirido un tono parecido. Miré de refilón mi reflejo en uno de los escaparates de las numerosas joyerías que había en el Ponte y pegué un respingo al ver pasar a un muchacho de aspecto familiar detrás de mí. Me giré de forma apresurada y sorteé a algunas personas para poder verle la cara. No era él, ¿cómo iba a ser él? Me detuve, asumiendo la desilusión y mi ingenuidad. No paraba de hacerlo, de buscarle por todas partes, como si fuese a aparecer en cualquier momento. Miré mis pies y me obligué a andar más deprisa para llegar cuanto antes a casa.

Tenía catorce años cuando empecé a tener esos sueños recurrentes, y siempre los relacioné con un accidente que había sufrido por aquel entonces, porque comenzaron justo al salir del hospital. No recordaba nada de lo ocurrido, pero, según las breves explicaciones de mis padres (a quienes no les gustaba sacar el tema porque seguía viva de milagro), la biga de un edificio se había derrumbado sobre mí mientras trataba de salvar a otra persona en mitad de un incendio. Yo no recordaba nada de aquello, pero estaba segura de que algo se había estropeado en mi cerebro en aquel momento, porque los sueños con ese chico resultaron febriles. En el primero de ellos, unos dedos suaves rozaban los míos y yo me giraba para comprobar quién me había tocado: un muchacho alto de cabello rizado pasaba por mi lado, sin detenerse, y yo iba tras él. Me iba la vida en ello. Aquel chico se paraba, volviéndose hacia mí, pero yo no podía acercarme más. Me maravillaban sus facciones: unos ojos azul oscuro como el mar al atardecer y unos pequeños hoyuelos en las mejillas al sonreír. Me sonreía.

—Hola, ¿cómo te llamas? —me preguntaba, aunque no oía su voz.

Quería contestarle, necesitaba decirle mi nombre, pero no podía. Era incapaz de moverme y la piel me ardía como si el fuego me estuviese envolviendo, devorándome la carne. Él seguía hablando, gesticulando, y no le oía. Caminaba hacia los lados y yo le seguía con la mirada, angustiada por el pensamiento de que pudiese desaparecer de un momento a otro, sofocada por el calor. Apenas podía respirar. Memorizaba la forma de su clavícula, la curva de su pálida mandíbula y su cuello, el reflejo de su pelo rubio cobrizo...

Recuerdo a la perfección cómo me sentí al despertar de aquel sueño esa primera vez, la congoja y la pena que me llenaban el pecho impedían que detuviese el llanto. Me levanté de mi cama, acudí corriendo a la habitación de mi hermano mayor, Martino, y me metí entre sus sábanas. Él me acunó y me preguntó qué me ocurría:

—No quiero que se vaya, le echo de menos, no quiero que se vaya... —repetía entre lágrimas, con su imagen grabada en la retina.

—Alice, ¿quién? ¿Quién no quieres que se vaya?

En ese momento, con la evidente pregunta de mi hermano, me sobrevino una avalancha de realidad: ese chico no existía. Había sido tan vívido... Había sentido tanto que ni siquiera al despertar podía quitarme esa sensación de amor hacia alguien, aunque solo estuviera en mi cabeza. La verdad, ¡era horrible estar enamorada de alguien que no existía! Algunas noches, hasta cerraba los ojos fuerte, concentrándome para poder soñar con él, pero esos sueños venían cuando querían y, sin excepción, me despertaba llorando.

Siempre me había interesado muchísimo la literatura, pero, a raíz de aquello, empecé a interesarme también por la psicología. Lo que aprendí de los sueños, además de que eran incoherentes y reflejaban sentimientos, miedos o emociones del subconsciente, era que no podías soñar con alguien o algún lugar que no hubieses visto antes. En ese caso, ¿había visto a ese chico alguna vez en mi vida? ¡¿Cómo podía no acordarme?! Era imposible. Me hubiese llamado la atención, no hubiera pasado desapercibido para mí.

Todavía tenía la cabeza en mis sueños y en ese chico cuando finalmente llegué a casa.

—¡Hola, ya he llegado! —voceé, quitándome la bufanda al entrar.

Daisy, nuestra gata, se restregó contra mis piernas y casi me hizo tropezar cuando trataba de ir al salón a dejar el abrigo.

—Tienes una carta —me informó mi hermano, señalando la mesa sin desatender el cuenco de patatas fritas que sostenía mientras miraba la televisión.

Íbamos a cenar juntos y estaba feliz por ello. ¡Me encantaban las reuniones familiares! Además, con nuestros respectivos trabajos, apenas nos veíamos últimamente si no era por esos encuentros semanales.

Con la bufanda aún colgando del brazo, me dirigí hacia la mesa y vi el nombre de la universidad en el reverso del sobre. Al abrirlo, noté un vuelco en el pecho. Al terminar mis estudios de Literatura dos años atrás, les había mandado una propuesta muy elaborada mostrando mi interés en hacer un estudio en los institutos, para averiguar cómo podían influir la literatura y el arte en las emociones de los jóvenes si se enfocaban de una forma diferente en el aula.

Hasta el momento, mi acuciante necesidad por ser innovadora y creativa, así como por mostrarme inconformista, me había cerrado las puertas de varias escuelas más bien tradicionales. Parecía que todo el mundo estaba cómodo conforme estaba y, si yo quería trabajar como profesora, debía ajustarme a las normas y las maneras de hacer de cada centro. Eso podía entenderlo, pero lo que no comprendía era la limitada libertad que tenía un profesor para poder dar sus clases como quisiese, sin libros impuestos por editoriales, sin mesas separadas y ordenadas, sin exámenes... No creía en esa manera de enseñar, ¿por qué debía adoptarla?

«Eres demasiado joven e ingenua, chiquilla. ¡Cuánto te queda por aprender!», me había dicho uno de los directores de uno de los colegios a los que había asistido con mi propuesta. La sonrisa se me había derretido en la cara. Pero eso era historia pasada, porque ahora la habían aceptado; ¡la universidad de Florencia había aceptado mi propuesta y me mandaban a Bolonia para llevar a cabo mi estudio de forma remunerada! Necesité sentarme y que mi hermano me trajese un vaso de agua. Uno de mis mayores sueños se iba a hacer realidad. Después de llamar a numerosas puertas y trabajar en lo que fuese para contribuir en casa de mis padres, volaría por mi cuenta. Estaba eufórica. Eufórica, nerviosa y asustada.

—Enhorabuena, señorita Fiore —dijo con voz grave el rector de la universidad, estrechándome la mano, cuando fui a visitarle—. Su proyecto es ingenioso y atractivo. Nos llamó la atención en su momento, cuando lo recibimos, pero estábamos esperando a que algún centro se interesase por él. El internado Nuova Vita, en el que muchos de los alumnos tienen una situación algo particular y compleja, nos contactó y creemos que es una buena oportunidad para llevar a cabo su propuesta.

—¡Oh! ¿Un internado?

—Sí, sé que quizá no es lo que esperaba, y menos uno de esas características, pero su director, el señor Francesco Paciello, nos ha expuesto el funcionamiento del centro y la necesidad de algunos chicos de evadirse. Por lo visto ha notado interés por el arte en alguno de sus alumnos y cree que no debe quedarse de brazos cruzados. Usted dará unas clases que se considerarán extraescolares, tanto de Literatura como Arte Dramático. —El rector se mesó la barba y se colocó mejor en su silla, poniendo los codos sobre la mesa—. Se hospedará allí entre semana, con dietas incluidas. En cuanto a los fines de semana, no se preocupe, le buscaremos un lugar donde alojarla cerca del centro. Su cometido será impartir esas clases y realizar el estudio diario del comportamiento de los jóvenes, pues creemos que podría ser interesante para el futuro de la educación de Italia. ¡Cada pequeño aporte cuenta para mejorar la calidad de la educación! —Aquellas palabras vibraron en mi estómago, aunque reprimí las muestras de entusiasmo—. El tiempo lo decidirá usted, pero pensamos que seis meses es un periodo razonable. No vamos a esperar al inicio del próximo curso porque queremos que se incorpore cuanto antes. El señor Paciello y yo estamos de acuerdo en que lo realmente relevante de las clases que impartirá son las conclusiones de su estudio. Así, si los resultados son notables, podríamos lanzar propuestas semejantes a diferentes centros escolares a principios del curso que viene, ¿le parece bien?

Me llevó un tiempo asimilar todo lo que el rector me había dicho. Era... maravilloso.

Una semana. Me trasladaba a Bolonia en una semana. Era precipitado, sentía vértigo y miedo, pero no podía haber llegado en mejor momento. Adiós al trabajo de camarera y a vivir con mis padres (adoraba a mis padres, sí, pero aquello era un sueño).

—Ten mucho cuidado, hija. —Mi madre me abrazó a las puertas de la estación de tren; solo mamá sabía dar esos abrazos que reparaban por dentro y te arropaban como una nana.

—Os llamaré a menudo y podré venir a veros algún fin de semana —prometí. Me temblaban las rodillas, pero intenté disimular.

Martino también me abrazó, con esa característica fuerza suya que me aplastaba las costillas. Siempre berreaba y me apartaba de él cuando lo hacía, pero en esta ocasión le dejé hacer.

—Tú céntrate en ese proyecto, pequeñaja. Vamos a tener mucho tiempo para vernos y celebrarlo cuando regreses —me aconsejó él, despeinándome el pelo.

—¡Por supuesto! Y tú procura trabajar menos, y no te olvides de ir a cenar a casa de papá y mamá una vez por semana aunque yo no esté, ¿vale? —Intenté despeinarle también, pero yo era un tapón a su lado.

—La duda ofende —gruñó llevándose una mano al pecho con gesto cómico. Luego se dio cuenta de que estaba más nerviosa de lo que quería mostrar y me acarició el brazo—. Vas a cumplir un sueño. Inspírate, concéntrate al máximo en ese trabajo y, si te hacemos falta, estaremos allí en un periquete.

El maldito casi me hizo soltar las lágrimas allí mismo.

—No te olvides de llamarnos, ya sabes lo importante que es nuestra mesa redonda de la felicidad —me recordó mi padre, estrechándome entre sus brazos también.

Solo me permití soltar alguna lágrima cuando estuve sentada en el asiento del tren, resguardada de sus ojos tristes y orgullosos, y agité la mano para despedirme a través del cristal. Mi familia me vio alejarme desde el andén y, en cuanto los perdí de vista, comencé a preguntarme si sería capaz de estar seis meses de profesora en un internado. Solo había ejercido como tal algunas veces contadas, breves sustituciones o clases extraescolares donde no había estado las suficientes horas como para proponer mi manera de enseñar. Nunca había tenido tanta responsabilidad ni había estado con un colectivo como el que me esperaba. Por lo que me había contado el rector, muchos de los alumnos eran huérfanos o tenían problemas familiares, así que suponía que serían bastante autónomos, con un carácter muy formado, y que algunos hasta acarrearían con un pasado complejo que no cualquiera podría superar. Quizá me tocaría vivir situaciones duras y debía mentalizarme de ello.

Nada más bajarme en la estación de Bolonia, pude comprobar que la ciudad era tan fría como Florencia. No dejé de tiritar mientras el taxista me ayudaba a cargar mi equipaje en el maletero. Era muy amable y quiso darme conversación de camino al centro, pero estaba demasiado nerviosa como para mantener una charla fluida.

Al llegar, vi el nombre «Nuova Vita» grabado en tono cobre sobre la enorme verja que precedía al patio interior del internado, tan imponente como me lo había imaginado.

Un hombre ataviado con un traje oscuro se acercó entre la neblina helada que caía sobre el césped.

—¡Hola! Tú debes de ser Alice Fiore, la profesora de Florencia. —El hombre buscó en un manojo de llaves y acertó a introducir la correcta para abrir la enorme puerta—. Francesco Paciello, el director del centro.

Le estreché la mano, sonriendo.

—Encantada.

—Nosotros sí que estamos encantados. Que los chicos se interesen por algo nuevo y además educativo ¡es todo un gusto! Gracias por acceder a venir, estoy seguro de que tu estudio resultará muy interesante.

Francesco me acompañó por aquel amplio patio hacia el interior del edificio. Los ventanales eran muy altos, pero no parecía una construcción antigua. No tuvimos que subir ninguna escalera para acceder a lo que deduje que sería su despacho, tan pulcro y serio como cualquier otro que hubiese podido ver con anterioridad. Las paredes revestidas de madera oscura contrastaban con los diplomas y los cuadros de fotografías colectivas de estudiantes y profesores de años anteriores.

—Bueno, supongo que querrás saber cómo van a ser tus alumnos, con los que compartirás muchas horas a partir de mañana. —Francesco alcanzó una carpeta negra de encima de su mesa y se apoyó ligeramente en ella para acomodarse.

—Claro, estoy impaciente. —Me acerqué, metiéndome un mechón de pelo tras la oreja antes de sentarme en la silla forrada de tela que había frente a su escritorio.

—Serán diez. Posiblemente te habías imaginado que, al solicitar profesorado especializado como tú, habría un mayor número de alumnos interesados, pero tengo experiencia en esto y creo que pronto empezará a aumentar ese número. Solo tendrán que oír hablar a sus compañeros y les entrará la curiosidad, está garantizado. —En cierta manera aquello me alivió. Diez jóvenes serían más fáciles de manejar que treinta—. Vamos a empezar solamente con las clases de Literatura; las de Arte Dramático tendrán que retrasarse porque solo hay tres alumnos apuntados a pesar de la insistencia del profesorado. Aunque puedes estar tranquila, esto también se solucionará.

—Está bien, no hay problema. —Asentí de forma educada.

—Te dejo el expediente de los diez alumnos. Son variopintos, no te creas; tendrás material para tu estudio de sobra. —Se rio de forma queda mientras me cedía la carpeta—. Te hablaré un poco por encima de ellos y luego procederemos a ver el edificio, las clases, el comedor, la biblioteca y tu dormitorio, ¿te parece bien?

—Me parece perfecto —respondí, sonriéndole.

Podía ver el aura de optimismo y bondad de ese hombre, en su mirada o en sus sonrisas, y era algo que hacía que me sintiese a gusto. Debía desechar ese mito de que los altos cargos de los centros educativos daban miedo. Francesco no infundía temor en absoluto.

—Bien, comencemos... Tenemos a Giulio, el típico «chico malo» de clase, con el que varios miembros del claustro nos quedamos estupefactos al verle apuntado en tus clases. No por nada, es que dudamos que haya leído un libro entero alguna vez, pero nos alegramos. A pesar de sus intentos de fastidiar al profesorado o meterse con sus compañeros, sabemos que es un buen muchacho, solo hay que saber manejarle. De todos modos, puedes estar tranquila; eres joven y seguro que intentará comportarse en tus clases. También tenemos a Alessandro. ¡Oh! Este chico es muy buen estudiante. Léete sus escritos, seguro que te gustarán.

—¿Tiene usted trabajos suyos que pueda revisar? —le interrumpí debido a su última frase.

—¡Ah, sí! Se me ha olvidado mencionártelo. En la carpeta te he metido un trabajo que les mandó su profesora de Lengua Italiana con la intención de que tú lo vieses para evaluar el nivel de cada uno. —Se colocó mejor sus gafas y cruzó las piernas.

—Genial, gracias. —Estaba impaciente por ver esos escritos.

—¿Por dónde iba? ¡Ah, sí! Paola. Paola tiene una imaginación desbordante, es dulce y tímida. Lleva aquí apenas un año, pero se adapta muy bien. Nos alegramos mucho cuando la vimos interesada en tus clases. Estoy seguro de que sacará su potencial. Y, bueno, también tenemos a Liam. Este es un caso en el que tendrás que tener más paciencia. Liam es muy callado y reservado, pero sabemos que posee una inteligencia y una madurez de admiración. Ya te habrán comentado en la universidad que cada chico de este centro tiene su historia. Es importante que nunca los mires con pena, jamás, pero sí debes ser consciente de que no son como los niños de otras escuelas.

—Lo sé. Vengo mentalizada con eso.

Francesco hizo un gesto de aprobación y prosiguió.

—A Liam le ocurrió algo a una edad muy temprana, un suceso que terminó con su propia casa en llamas. Sus padres no sobrevivieron al incendio. Tengo entendido que el padre lo provocó, asuntos de maltrato y desestructura familiar. No podemos imaginar lo que tuvo que pasar... Lo que sí sabemos es que es incapaz de abrirse a los demás. Por aquí lo llamamos «el chico del chelo». Lo conserva desde que era un niño, dice que el instrumento era de su madre. Si lo vieses...; se transforma cuando lo toca. —Francesco suspiró y esbozó una sonrisa de afecto—. No te desesperes si al principio no te entrega nada de lo que le pides o hace como si no estuviese en clase. Está, te lo aseguro, y absorbe más cosas que cualquier otro. También tienes que saber algo que le ocurre. Verás..., a veces, cuando hay gran multitud de personas, se siente agobiado, es como una fobia, sufre una especie de crisis en la que se queda paralizado, convulsa ligeramente y es incapaz de reaccionar ante ningún estímulo. La última vez nos asustamos porque estuvo así diez minutos de reloj hasta que se desmayó. Si le sucede algo semejante, no dudes en pedir ayuda, ¿de acuerdo?

Asentí con la cabeza, impresionada por todo lo que me estaba contando.

—¿Qué edad tienen? ¿Son de diferentes edades?

—No, todos tienen diecisiete años o están a punto de cumplirlos. Son los que se han interesado por tus clases hasta el momento, aunque dales tiempo a los más pequeños —resolvió, incorporándose para pasear un poco por el despacho mientras terminaba de contarme detalles del resto de mis futuros alumnos.

A pesar de las dimensiones del edificio, no nos llevó ni media hora recorrer la zona que iba a frecuentar los próximos meses: el comedor, el aula en la que impartiría mis clases, el resto del aulario, el despacho de profesores, la enorme y preciosa biblioteca, el gimnasio y, por último, mi dormitorio; todo ello mientras los niños y adolescentes recorrían los pasillos y algunos de ellos se me quedaban mirando con curiosidad.

Ni siquiera deshice mi equipaje cuando me despedí del director y me acomodé en mi habitación. Me quité las botas a puntapiés y me tumbé en la cama sosteniendo la carpeta negra en las manos, con la ilusión que solo recordaba haber tenido de pequeña la noche antes de Navidad. Jugué a leer antes sus trabajos y después mirar sus expedientes, con sus fotos incluidas. Saber cómo eran sus caras era agradable y me daría ventaja mañana para ir sobre terreno seguro. Como había dicho Francesco, el escrito de Alessandro sobresalía por encima de los dos que había leído con anterioridad, tenía una pluma más madura, intensa y reflexiva. La letra de Piero era casi ininteligible, pero también descubrí resquicios de talento en alguna de sus frases. Paola, como había nombrado el director, era dulce e imaginativa, y Giulio, a pesar de su mala fama, había elaborado un relato acerca del sentido del amor con bastante razonamiento. Pero el que más me impactó fue el trabajo de Liam. De hecho lo leí una segunda vez, deteniéndome para analizar cada palabra:

«"Si uno se deja domesticar, corre el riesgo de llorar un poco", dice Antoine de Saint-Exupéry en su novela *El Principito*. Dejar que alguien cause efecto en ti, que una caricia o un saludo de esa persona bombeen tu sangre más deprisa que si lo hace un desconocido; estar feliz por verla, tener ganas de pasar tiempo juntos, echarla de menos... duele. Lo que he aprendido de dejar que alguien te domestique es que esa persona tiene derecho a llevarse una parte de ti. Ya lo viví una vez, cuando ella me cogía en brazos y me hacía reír, cuando me prometía que me cuidaría y estaría conmigo siempre. Pero ella desapareció, y no lloré un poco, inundé mi hueco vacío con lágrimas y me ahogué en un eterno "mamá, vuelve". Por mi vida han pasado tantas personas que no las puedo contar, muchas de ellas han querido domesticarme, pero no he mostrado interés alguno en volver a dejar que me roben otro pedazo de carne. Sí, Saint-Exupéry está en lo cierto, siempre corres el riesgo cuando amas y dejas que te amen. La vida es inflexible, ahoga, y la mía transcurre de casa en casa, donde nadie me puede domesticar porque quizá mañana ya no tenga cerca a esas personas. Nuevas caras y nuevos nombres irrumpen cuando menos lo espero, cuando ni siquiera me ha dado tiempo a acostumbrarme a las paredes de mi nueva habitación. Mire adonde mire, veo gente y objetos que no me pertenecen, sórdidos lugares de los que quizá mañana deba olvidarme. Y siempre me queda ese consuelo: nadie podrá domesticarme en esta vida, nunca más correré el riesgo de llorar un poco».

Terminé de leer con un nudo en la garganta y me limpié con el dorso de la mano la lágrima que ya colgaba de la curva de mi mandíbula. Liam era asombroso, aquel escrito dejaba entrever a un chico fuerte pero vulnerable, había aplomo en cada letra y también resignación. Dejé la hoja en la mesa y fui a descubrir el rostro que se escondía tras esas palabras tan humanas; cuando encontré su expediente tuve la necesidad de mirar de más cerca su foto.

Vale, debía parpadear antes de volver a mirar.

Siempre me ocurría, cuando veía a un muchacho de tez pálida, pelo rizado y rubio la mente se me nublaba y aquel lugar de mi subconsciente anhelaba de forma enfermiza que fuese él. Miré y volví a mirar la fotografía de Liam y, conforme su imagen se grababa en mi mente, más se me disparaba el pulso. Respiré hondo, tratando de serenarme. No podía ser él, ¿verdad? En fin, el chico que invadía mi cabeza por las noches había crecido conmigo durante estos años y, sin embargo, el muchacho de la fotografía apenas alcanzaba los diecisiete, como si se hubiese quedado congelado en el momento en el que apareció en mis sueños por primera vez. Pero no era su imagen lo que me impresionaba, sino mi reacción. Esos sueños nunca me mostraron el aspecto definido del chico y cuando despertaba solo podía conjeturar cómo eran sus facciones, su pelo, sus manos... Nunca podría saber a ciencia cierta cómo era exactamente su físico si lo tuviese delante, pero sí conocía muy bien el efecto que producía en mí: esa sensación de amor abstracto e irracional, de deseo profundo y lacerante... Podía sentirlo, tal y como lo sentía cada vez que despertaba entre lágrimas tras los sueños porque esa emoción me embargaba y me dominaba por completo. De forma incontrolable, me puse a llorar como si me fuese a consumir allí mismo. Era consciente de mi estado y sabía que debía recuperar el control, pero mis emociones eran más fuertes que yo. Lo único que era seguro, aunque tuviese miedo de enfrentarme a ello, era que al día siguiente tendría que presentarme en una clase en la que cabía la posibilidad de que uno de mis alumnos fuese el chico que se me aparecía mientras dormía y que, sin ni siquiera conocerme, ya me había quitado la cordura.

Recuerdo importante: Puede que hayas pensado que estás loca, Alice. Pero quizá todo el mundo esté un poco loco, así que no te preocupes mucho por ello. Vivir de forma cuerda todo el tiempo debe ser aburrido y, aunque mirar su imagen y saber que hay algo que no está bien en ti te haya trastornado, tiene su parte buena. Él puede existir. Puede ser de carne y hueso, ¿no es genial?

3

Vídeo 2
Alice

El pasillo hacia mi clase, el aula B-13, me resultó demasiado corto. No había podido dormir pretendiendo prepararme para el momento, pero nunca tendría tiempo suficiente. En mi escasa experiencia como profesora, siempre había tenido la convicción de que, si te sentías insegura antes de entrar en una habitación llena de niños de los que deberías hacerte responsable, no tendrías que entrar. Disponías de dos opciones: una, tomarte unos minutos para coger fuerza y convencerte de que podías con ello o, dos, irte y dejar que otro te relevase del puesto. Así que, apretando los ojos y la mandíbula al detenerme cerca de la puerta entreabierta de la que salía un leve alboroto de voces adolescentes, me dije a mí misma que si estaba, si él estaba allí entre esas mesas, simplemente debería seguir con lo establecido y tratarle como a un alumno más. Suspiré hondo y destensé los músculos de la cara justo antes de empujar la puerta con la punta de la bota. Un repentino silencio se hizo dueño de aquella sala. Levanté la mirada y una fila de ojos me contemplaban con curiosidad caminar hacia mi mesa.

—Buenos días, sé que estaréis agotados después de haber cumplido con el horario lectivo obligatorio de todas las mañanas. Tranquilos, pretendo hacer que esta hora y media sea amena y diferente, y que todos podamos irnos a comer con una sonrisa —comencé, dejando mis papeles sobre la mesa.

Los observé, intentando no buscarle, pero fue inevitable. Los pupitres estaban separados de uno en uno y en la fila delantera se sentaban cinco:

tres chicas y dos chicos. Fue el momento en el que llevé la vista a la fila de atrás cuando, entre los cinco alumnos restantes, vi una cabeza rubia llena de gruesos rizos que caían sobre una frente nívea, con el rostro inclinado hacia una libreta en la que escribía, escondiéndose como si fuese a sumergirse en los papeles de un momento a otro. Un hormigueo se posó en la superficie de mi piel al intentar retener las emociones. El chico levantó distraídamente la mirada por unos breves segundos, llenando con ese azul aguamarina toda la clase. Dejé de respirar y me erguí.

—Creo que se me ha olvidado la lista con vuestros nombres. Vuelvo enseguida —anuncié, y luego salí de allí.

Era él. Liam era el chico que había estado en mis sueños durante todo este tiempo, ya no tenía duda alguna. Mi cabeza no podía procesar aquella información, me sentía confusa y eufórica. Confusa porque... ¿cómo era posible? ¡Ese chico no existía! Ese chico que debería tener mi edad se había encarnado en un adolescente y estaba ahí dentro, sentado, esperando a que su profesora (¡yo!) entrase ahí y le diese una clase de Literatura. Era de locos. Y eufórica porque, debía admitirlo, siempre había tenido la esperanza de verle aparecer por cualquier esquina, por muy remoto e imposible que mi lógica me dijese que era eso. Y tenía un grave (un gravísimo) problema, y era que no sabía si podría esconder mis emociones. En esos momentos todo mi cuerpo convulsionaba, un sudor frío cubría las palmas de mis manos y era incapaz de respirar sin hiperventilar. Y es que tenía que asumir una realidad: sentía algo muy fuerte por ese chico, que no me conocía, que apenas tenía diecisiete años y que era alumno mío, con el que iba a compartir muchas horas... ¡Dios! ¿Cómo iba a hacer frente a esto? Entré en el cuarto de baño, mentalizada con la idea de que no podía dejarlos mucho rato solos. Me mojé la nuca y la frente y abrí la pequeña ventana para que el aire gélido me golpease la cara. «Está bien, Alice, tienes que hacerlo; vuelve a esa aula, imparte tu clase como tenías previsto, no dejes que esto te supere. Solo es una hora y media. Una hora y media, y tendrás tiempo de temblar y hacerte un ovillo en la esquina de tu habitación. Hasta entonces, sé esa profesora que esperan que seas».

—Lo siento, al parecer no me había olvidado la lista, así que debe de estar aquí. —Irrumpí en el aula, provocando ese mutismo abrupto de nuevo, acudiendo directamente a mis papeles, simulando que buscaba la ficha con sus nombres cuando sabía muy bien dónde estaba—. ¡Aquí! ¡Ah! ¡Qué bien hemos comenzado, ¿eh?

Percibí sus leves risas como un suave bálsamo para mis nervios. Los contemplé por primera vez, sin estar nublada por la idea de poder encontrarle allí. Sabía que estaba. Él estaba ahí, detrás de la chica de pelo largo y moreno que me miraba con interés. Tomé una tiza y escribí en la pizarra: «La primera tarea de la educación es agitar la vida, pero dejarla libre para que se desarrolle».

—¿Sabéis quién era María Montessori? —les pregunté al terminar de escribir una de sus citas.

Hubo pocas respuestas afirmativas.

—En esta clase la oiréis nombrar varias veces, pero primero voy a presentarme a mí. No lo haré de forma convencional, estas clases no lo serán en absoluto, así que me gustaría que vosotros hicieseis lo mismo cuando os llegue el turno, ¿os parece?

Bajé de la estrecha tarima de madera en la que se situaba la mesa y me paseé por delante de ellos a una distancia adecuada para que me viesen todos.

—Es una chica un poco despistada que escribe poesía a las tantas de la madrugada y a quien gusta caminar descalza. Llega tarde a casi todos los lugares, adora a su enorme hermano mayor y tiene una bola de pelo como gata llamada Daisy. Todos sus fuertes ideales acerca de la justicia y la libertad se los debe a sus amados padres, a los que alguna vez acompañó a manifestaciones y con los que se metió en problemas con la autoridad. Es soñadora, siempre va despeinada y olvida con frecuencia cosas, como hoy, debido a un golpe que se dio en la cabeza de adolescente, o eso cree ella. Esta chica es conocida como Alice Fiore. —Salté de nuevo a la tarima, escribiendo mi nombre en la pizarra—. ¡Una última cosa! Mi nombre, Alice, me lo pusieron por empeño de mi madre, que adora a una escritora estadounidense llamada Alice Brown. —No se lo conté a los chicos, pero, por lo visto, fui concebida una tarde en la que mi padre le leyó un texto de la autora a mi madre... Muy romántico, sí, como todo lo que hacían ellos dos.

Un murmullo se levantó entre los estudiantes, que parecían excitados con la propuesta.

—¿Puedes olvidarte de que has mandado algún trabajo, por ejemplo? —preguntó un chico, levantando la mano.

Su sonrisilla de suficiencia y su pose segura sobre su silla me decían que se trataba de Giulio. Le devolví la sonrisa y agité la falda del vestido para retirar el polvo de la tiza.

—Claro que sí, por eso tengo mi agenda, que nunca me falla. Aunque, si se trata de cosas que os pida en esta clase, lo más probable es que no me olvide. Suelo recordar las cosas que me apasionan. —Giulio pareció satisfecho con mi respuesta—. De acuerdo, ¿comenzamos? El primero será Giulio. Ese eres tú, ¿no?

—¿Esto es por bocazas? —se quejó.

Yo encogí los hombros. Él suspiró.

—Me llamo Giulio...

—Así no es como os he enseñado. Vuelve a empezar.

—Es que... no sé. —Giulio juguéteó con un lápiz entre sus largos dedos sobre la mesa.

—Solo tienes que decir cosas de ti, algo que te caracterice, gustos, manías, aficiones... Viene bien simular ser otra persona para describirte, así puedes darte cuenta de lo que los demás pueden ver en ti.

Él se mordió el carrillo y miró hacia arriba con gesto reflexivo.

—Mmm... Le gusta el deporte y los días de lluvia. Es... exigente y... No sé qué más —concluyó, frustrado.

—Tranquilo, lo has hecho bien, Giulio, de verdad. Espero que pronto puedas añadir muchas cosas más a esa descripción sin tener que pensarlo demasiado. ¿Continuamos? Es el turno de Greta —apelé, levantando la mirada de la lista, viendo a la chica de pelo moreno que tapaba a Liam levantando la mano—. Bien, Greta, adelante.

—Eh...vale, pues... Ella es... tímida. —Rio bajito, mirando hacia su mesa—. Le gusta mucho leer, cree que debería haber nacido en la época de

Jane Austen porque le fascina ese periodo a pesar de lo crudo que lo tenían las mujeres entonces. Cree... en el amor, a pesar de que no lo ha conocido nunca, y le gustaría casarse algún día con alguien que la quiera de verdad. Es conocida como Greta Costa.

—¡Genial! Encantada, Greta Costa. Sí es cierto que las mujeres lo tenían difícil en esa época, y hoy aún nos queda mucho por luchar, ¿verdad? Hablaremos de ello en otra clase.

Fui nombrando uno a uno a mis alumnos por orden de lista. Todos se fueron presentando y, poco a poco, mi ansiedad fue disminuyendo.

—Es... despistado e inseguro. Le gusta leer, la música y la escritura. —Alessandro miró el lápiz que sostenía en los dedos con gesto serio—. No sé mucho más de él. Todavía le estoy descubriendo... y no sé si llegaré a hacerlo del todo.

Se hizo un breve silencio en el aula. Observé a ese chico de ojos oscuros y tez pálida y averigüé que, en su interior, se libraban muchas más batallas de las que había podido imaginar mediante su escrito.

—Es conocido como Alessandro Milano —concluyó.

—Encantada, Alessandro. A tu favor debo decir que es difícil conocerse a uno mismo. Siempre vamos a ir descubriendo cosas nuevas; somos cambiantes... y complejos.

Él levantó un poco los ojos hacia mí y vi la mirada de un chico que pedía ayuda en silencio. Pude analizar su perfil muy rápido: un muchacho inseguro; confundido aunque inteligente y despierto. De ninguna manera pediría ayuda a nadie o contaría lo que le sucedía, pues seguramente pensaría que era algo que debía superar por sí solo. Le observaría más de cerca.

—Liam... —Leer su nombre me produjo un espasmo en el estómago—. Liam Ross.

Greta, que estaba delante de él, se giró para mirarle. Todos lo hicieron. Yo, con las pupilas trémulas, clavé la mirada en ese chico silencioso de hombros caídos y postura incómoda. No levantó la vista cuando le nombré.

—Liam, ¿puedes presentarte, por favor? Cuéntanos algo de ti —dije sin respirar.

Él entreabrió esos labios rosados y luego negó con la cabeza sin mirar a nadie.

—¿No vas... a decirnos nada?

Durante unos intensos segundos, sus ojos se dirigieron a mí. Noté como si sus pupilas me hubiesen lanzado una ola invisible de calor y frío; la piel se me erizó de una manera extraña. Y volvió a negar con la cabeza, pasando una página de su libreta, frunciendo con levedad el ceño.

—Está bien, a esta clase no he venido para obligar a nadie a hacer algo que no quiere. Estáis aquí voluntariamente, así que pasamos a otra cosa. Liam, cuando te sientas preparado, dínoslo, ¿vale?

Volvió a levantar la mirada a través de sus pestañas y en esta ocasión no la retiró de inmediato. Asintió con tanta delicadeza con el gesto que apenas lo percibí. Cuando volvió a centrar su atención en la libreta, me di cuenta de que era mejor así; que no me mirase, que quisiese esconderse. Que él reparase en mí me hacía sentir desprotegida y vulnerable. Nunca había sentido nada igual ante la mirada de alguien. Su indiferencia, su aparente hastío, su pasotismo... me habían herido de una manera que no sabría explicar. Como cuando eres una niña enamorada y te das cuenta de que el chico que te gusta te ignora.

—Bien, ahora que ya casi nos conocemos, sé que nunca se empieza una clase así, pero yo lo haré porque esto va a ser lo mejor para todos: ¡deberes! Hay una serie de tareas que tendréis que llevar a cabo y que quizá ahora os parecerán un rollo, pero os aseguro que os gustarán.

—¿Deberes que nos gusten? ¿Desde cuándo? —Giulio, por supuesto.

—Desde hoy, querido alumno. —Tomé la tiza y empecé a escribir al lado de mi nombre—. Primera tarea importante: leer. Tenéis que leer, apuntar las citas que más os gusten y, a fin de cuentas, encontrar vuestro libro favorito. Con esto me refiero a que me gustaría que hallaseis un libro que cambie algo en vosotros; vuestro pensamiento, vuestra forma de ver las cosas..., que de alguna manera os marque.

—¿Da igual de qué temática sea el libro? —preguntó Paola.

—Lo único que me importa es que sea literatura. Es elección vuestra si es poesía o novela romántica, histórica, de suspense... —Paola asintió, sonrió y apuntó algo en su libreta—. Segunda tarea: diario. Quiero que os familiaricéis con la escritura y con el análisis de vuestros pensamientos y sentimientos. Es importante que sepáis identificar vuestras emociones y las plasméis. El diario es un método muy bueno para lograrlo. No lo revisaré, porque todo lo que escribáis es íntimo, no me voy a inmiscuir en eso, pero confío en que lo hagáis. Os aseguro que lo notaré en vuestro progreso. Os aconsejo que escribáis cada día y que busquéis una hora concreta en la que os resulte más cómodo hacerlo, por ejemplo, antes de iros a la cama.

—¿Y qué escribimos? ¿Las cosas emocionantes que nos ocurren aquí durante el día? —preguntó Giulio con sorna.

—Lo esencial es que busquéis dentro de vosotros y exterioricéis todo eso que habéis sentido durante el día: rabia, dolor, aburrimiento, alegría, nostalgia... Contad vuestras cosas como si deseaseis que alguien os entendiese, como si quisierais que alguien, al leeros, se sintiera en vuestra piel. —Miré a Giulio y él hizo un gesto afirmativo suave con la cabeza mientras escribía en una hoja.

El director tenía razón; era buen chico. Lo único que quería era llamar la atención; en el núcleo, donde residía esa necesidad, estaba la clave de todo. Mis alumnos eran pocos, pero iban a ser muy interesantes para mi estudio.

—La tercera tarea es para el próximo día. Va a ser como una especie de prueba de fuego. ¿Habéis oído alguna vez aquello que de las cosas más sencillas o simples pueden salir las cosas más asombrosas? Bien, pues os daré tres palabras, las primeras que me vengan a la mente, y con esas tres palabras tendréis que construir algo, un relato, un poema..., lo que prefiráis, que tenga sentido y que, al leerlo, provoque alguna emoción. ¿Estáis preparados? Apuntad, voy a dictar esas tres palabras. Mmm... Ventana, lagarto y... cajón.

El sonido de sus lápices al rozar contra el papel me relajaba. No sé qué percepción tendrían de mí, pero al menos intuía interés y curiosidad en sus posturas y su manera de observarme.

—Y cuarta y última tarea que llevaremos a cabo ahora mismo: cambio de mesas. En mi clase quiero que todos nos veamos las caras, nada de dar el cogote a nadie. Para poder comunicarnos bien, sin impedimentos, es mejor que los pupitres estén unidos en forma de «U» de cara a la profesora.

Aunque asombrados por mi demanda, todos se levantaron de sus sillas y arrastraron sus mesas, armando una algarabía de patas de metal contra el suelo y golpes al chocarse sin querer unos con otros. Observé a Liam, que, con calma, esperó el movimiento de sus compañeros para levantarse y trasladar de forma silenciosa su pupitre. Por su expresión sabía que esta idea no era de su agrado.

Retomé la clase una vez estuvieron todos sentados de nuevo, explicándoles lo que haríamos durante el curso. Les pregunté cuáles eran sus expectativas, qué pensaban y qué deseaban que les aportasen mis clases. Tuve respuesta de todos menos de Liam.

—No os olvidéis de traer lo que os he pedido para el próximo día. Habéis apuntado las tres palabras, ¿verdad?

El corazón casi se me salió por la boca cuando Liam, de repente, se levantó y se colocó la mochila al hombro pasando frente a mí con rapidez para estar fuera del aula en cuatro zancadas. Me quedé tan estupefacta por aquello que me mantuve quieta en mi sitio. Ni siquiera me acordaba de lo que estaba diciendo; la brisa que había dejado con su olor había anulado mi capacidad de juicio. Olía a deseo, a prohibición. Olía a una noche de verano en algún lugar exótico, a frutas exquisitas que nunca había probado. Olía a sueños, a vida. Olía a amor del que duele.

—Tranquila, lo hace siempre. —La voz de una de las chicas, Marcella, provocó que parpadease y la mirase—. Sale antes de clase todas las veces.

—¡Oh! —Tragué saliva con la boca seca.

Y luego sonó el timbre que daba por finalizada mi primera clase.

Recuerdo importante: Nunca en tu vida has sentido algo tan fuerte como cuando has descubierto que es real. Liam. Ese es su nombre, grábatelo a fuego, Alice.

4

Vídeo 3
Alice

Había empezado a escribir, pero todavía no tenía material que reflejar en mi estudio que me llevase toda la mañana, así que me había dado por pasear por las estancias del internado para familiarizarme con el entorno y la actitud de los niños. Había conocido a algunos profesores y ya había podido ver el exterior, los amplios jardines y el invernadero.

—¡Marica! —Las risas incisivas que seguían a esa palabra malintencionada me llamaron la atención.

Era la hora del recreo, niños y niñas jugaban en el amplio patio con el sol sobre sus cabezas, aunque haciendo poco papel, porque el frío se pegaba a la piel y enfriaba la respiración.

Un grupo de adolescentes hacían medio corro en el ala izquierda del patio.

—¡Seguro que le gustamos todos nosotros! —voceó un chico al resto, mofándose.

Alessandro era la víctima. Los miraba, con el cuerpo en tensión, sosteniendo una libreta bajo el brazo con tal fuerza que la doblaba.

—¡Puaj! ¡Le gustarás tú, tío! ¡A mí ni se te ocurra mirarme, maricón!

Risas estridentes inundaron mis tímpanos. Caminé con resolución hacia ellos desde la puerta. Dijeron algo más, hubo más risas, gestos de burla y un empujón.

—¡Eh! —grité.

El grupo de cuatro chavales y Alessandro se giraron hacia mí.

—¿Podéis contarme qué pasa? —Mi voz sonó evidentemente enfadada.

—Nada —dijo uno de ellos, sin avergonzarse o achantarse lo más mínimo.

—A mí no me parece que estéis haciendo «nada». —Los contemplé uno a uno: había un claro líder y un séquito fiel acompañándole—. Me gustaría que me lo explicaseis, para que lo entendiese.

—Tranquila, Alice, no es nada. Yo ya me iba —intervino Alessandro, esquivando al grupo de acosadores.

Le detuve y hablé más bajo, solo para él.

—Sé que quieres desaparecer, pero no huyas, Alessandro. Ellos se creerán más fuertes y se equivocan, son los débiles.

—A mí no me lo parecen —respondió, y luego se alejó, sosteniendo su libreta contra el pecho.

El fuego ardía en mis venas y el grupo de muchachos seguía riendo. A veces, ante este tipo de situaciones, me sentía impotente. Quería meterme en sus cerebros y mostrarles todo el daño que hacían, las consecuencias que sus burlas podían causar.

—Quizá deberíais apuntaros a mis clases. —Me dirigí a ellos, que me miraron de refilón con poco interés—. No sabéis cuánto daño hace la ignorancia, os expone al peligro.

—¿Qué? ¿Peligro de qué? —respondió uno con petulancia.

—Peligro de levantaros una mañana y descubrir que estáis solos en el mundo. Vuestra actitud no podrá llevaros muy lejos, huirán de vosotros y quien se os acerque terminará marchándose. Incluso a las personas que querréis cerca. El daño trae más daño. Si disfrutáis hiriendo, ¿cuánto tiempo creéis que tardará la gente en heriros a vosotros?

Sus gestos de confusión fueron suficientes para mí. Sin decir nada más, giré sobre mis talones y caminé.

—¡Ah, sigue en pie la sugerencia de acudir a mis clases!

El viernes por la tarde, Alessandro entró en clase con la cabeza gacha. Lo pactado era que los lunes, miércoles y viernes hubiese clases de Literatura, y martes y jueves, clases de Arte Dramático. Sin embargo, parecía que el interés por la interpretación no residía en los niños de Nuova Vita, aunque tenía la esperanza de que eso cambiase más adelante.

Se hicieron las cinco y diez y la silla de Liam seguía desocupada. Una sensación de pesadez se me acopló en la boca del estómago al pensar que quizá yo no le gustase o se hubiese sentido incómodo en mi última clase.

—¿Sabéis dónde está Liam? —pregunté antes de dar comienzo con el temario.

—Seguro que está en su habitación —contestó Greta.

—Sí, está en su dormitorio —secundó Piero.

—El director no me ha informado nada acerca de que se haya desapuntado de las clases.

—No creo que se haya borrado —dijo Piero—. Creo que es al que más le gusta la literatura de todos los que estamos aquí. Vamos, se pasa el día con un libro en las manos. Solo tiene relación con ellos, de hecho.

—Sí, es muy callado. Creo que nunca he intercambiado una palabra con él en los cuatro años que lleva aquí —añadió Greta.

—Es reservado. Cada uno tenemos nuestras rarezas —opinó Paola.

—Eso no lo dudes —apuntó Giulio.

—Bueno, vamos a comenzar con la clase. No soy partidaria de hablar de alguien sin que esté. Espero que nos honre con su presencia pronto y, si no, hablaré con él.

—Lo intentarás, querrás decir —dijo Giulio.

Ignoré su comentario y empecé con todo lo que había previsto para ese día. Les hice leer sus trabajos, los analizamos y les di más tarea para el lunes siguiente.

Terminé la clase cinco minutos antes de lo previsto, necesitaba saber por qué no había venido. Quizá por enfermedad o porque se había dormido; era mi responsabilidad conocer lo que les ocurría a mis alumnos. O tal vez esa era mi excusa para salir a los pasillos y ascender hacia los pisos superiores a buscar su habitación. Tenía información de dónde se hallaba

45

gracias a sus expedientes. Me planté frente a la puerta de su dormitorio y una inquietud rara se adueñó de todo mi cuerpo. Necesitaba saber de él, pero al mismo tiempo quería irme de allí. Toqué con los nudillos dos veces contra la madera barnizada; no hubo respuesta alguna, pero sabía que había alguien dentro debido al ruido de pasos que había oído antes de llamar.

—¿Liam? —Acerqué la boca al vano de la puerta para hablar—. Liam, soy Alice. Solo quería decirte que lamento si tu primera experiencia en mi clase no fue buena o si esperabas más de mí. Me gustaría decirte... que todavía no has visto nada y que quizá deberías darme una segunda oportunidad. —Nada, mutismo absoluto—. Tengo que decirte que... me daría mucha pena si dejases de venir, porque tienes talento. Leí tu trabajo, el de «Si uno se deja domesticar, corre el riesgo de llorar un poco». Admito que me emocioné con tus palabras y no me ocurre a menudo.

La habitación continuó silente. Tenía que confesar que, en el caso de que Liam abriese la puerta, no sabría cómo reaccionaría o cuál sería mi cara al verle. No quería que se diese cuenta de mi locura.

—Ya me marcho. Solo era eso, tienes la capacidad de transmitir y mover cosas en el interior de otras personas, no dejes que eso se desperdicie, ¿vale? Aunque no vuelvas, espero que sigas escribiendo.

Esperé un poco más. Suspiré, alejé la cara de la puerta y contemplé la madera con una tristeza lánguida. Luego caminé de vuelta a clase, pero cuando iba por mitad del pasillo, me detuve por el sonido inconfundible de la fricción de un papel resbalando contra el suelo. Al girarme, pude ver una hoja justo enfrente de su puerta. Me acerqué y la recogí; se trataba del trabajo que les había mandado, el de las tres palabras aleatorias. Sonreí y fui leyéndolo de camino a mi habitación, de donde apenas salí en todo el fin de semana. Debía procesar todas las emociones de los primeros días en el centro, y todavía no me habían facilitado un lugar en el que quedarme fuera de allí.

Llevaba ya más de una semana en el internado y Liam no había vuelto a clase. Francesco me había dicho que le diera tiempo, así que no había vuelto a insistir, aunque no por ello había dejado de pensar en él. Aquel jueves abrí los ojos antes de que el despertador sonase. Mi cuerpo se estaba acostumbrando a la nueva cama y a las nuevas rutinas con rapidez, me sentía descansada y con energía a pesar de que mi mente no parase de rondar en torno a su nombre. Conocía el serio problema que tenía cuando pensaba que Liam solo estaba en mi cabeza: comparaba a los chicos con los que salía y nunca había sentido nada intenso por ninguno de ellos. Toda esa intensidad me la había robado él. No sabía que su aparición iba a causarme tantos quebraderos de cabeza; siempre había fantaseado con un encuentro de ensueño, besos desatados y felicidad, mucha felicidad. Pero solo había confusión y una sensación de amor tan fuerte y abstracto que me sumergía en una espiral desordenada de pensamientos incoherentes. Le había visto alguna vez en el pasado, antes de empezar a tener esos sueños, estaba claro que no podía habérmelo inventado; él era de carne y hueso. Pero ¿en qué momento le habría visto y a mi subconsciente se le habría ocurrido la genial idea de obsesionarse con él?

Salí de la habitación cuando el sol apenas iluminaba los pasillos del internado. Los altos ventanales estaban enmarcados por una capa de vaho debido a las bajas temperaturas de fuera y el ambiente cálido del interior. Conforme bajaba los numerosos escalones del edificio, pensaba en que aquel lugar me evocaba una escena en la que rodarían una taquillera película de misterio. Cuando las salas estaban abarrotadas de niños, no parecía lo mismo. Así, vacío y silencioso, con la iluminación anaranjada del amanecer que destellaba en sus paredes blancas, parecía un amplio escenario que podía poner los vellos de punta, bien por su belleza arquitectónica o por las numerosas historias escalofriantes que el ambiente incitaba a imaginar. Me detuve de golpe al ver una sombra alargada a través del pasillo inferior; no era nuevo que tuviese el espejismo de verle allí a donde iba, solo que ahora podía ser cierto. Descendí las escaleras que me quedaban y caminé con sigilo mientras oía cerrarse la puerta del balcón. Contemplé, con el corazón pretendiendo hacerme un agujero en la caja torácica, cómo Liam sacaba un cigarrillo de sus pantalones oscuros del uniforme y se agachaba a un lado, donde la pared le tapaba de la vista de cualquiera.

Inspiré hondo y expulsé el aire con lentitud. «Pasa de largo, Alice; ve a la cocina a prepararte ese café y vuelve a tu habitación». Quería hacerlo, y de hecho pensaba en ello cuando pasé frente al balcón, pero se me tensaron las extremidades y el corazón me empezó a doler. Solo le diría que tuviese cuidado, cualquiera podría haberle visto y estaba segura de que tenían prohibido fumar. Contemplé el cristal de la estrecha puerta que daba al exterior contrayendo los gemelos y tragando saliva de forma sonora, cerré los ojos y le pegué una paliza a mis miedos. En cuanto abrí la maldita puerta, Liam levantó la vista de golpe y escondió el cigarrillo a un costado. Con una expresión de marcado asombro, me observó agacharme a su lado y sentarme. Sus pupilas estaban tan reducidas que ese color azul se mostraba en su máximo esplendor. Era guapo, muy guapo. ¡¿Cómo podía doler tanto mirar a alguien?! ¿Y cómo era capaz de mostrarme tan tranquila cuando mis órganos estaban a punto de reventar?

—¿Me das una calada? —Fue lo primero que dije.

Liam parpadeó y entreabrió con ligereza sus labios, que tenían un color rojo natural. Sin apartarme la mirada, descubrió el cigarrillo todavía encendido y me lo cedió sosteniéndolo con los dedos índice y corazón.

—Gracias. —Lo tomé y me lo puse entre los labios, sabiendo que los suyos lo habían tocado segundos antes. Absorbí el humo y lo expulsé lento, mirando hacia delante, a través de la barandilla con vistas a los jardines traseros.

Liam continuaba mirándome, lo notaba. Empecé a cuestionarme mi aspecto, el estado de la piel de mi rostro, mi pelo... Volví a cerrar los ojos y fui verdaderamente consciente de que tenía al lado al intruso que había invadido mis sueños durante más de diez años y la única y verdadera persona de la que me había enamorado, aunque fuese de esta forma tan retorcida y sin sentido. Cuando los abrí, me atreví a devolverle la mirada: no apartó la vista, por lo tanto, nuestros ojos se encontraron. No hubo amago de sonrisa o intención de hablar, solo curiosidad e inocencia en sus facciones. Durante un instante, todo se volvió más profundo y aquella sencilla mirada se convirtió en algo más; fue cuando el pulso se me desató y comencé a perder el control de mis emociones. Liam me miraba de verdad, me observaba, y por un momento tuve la sensación de estar desnuda ante él. La curiosidad se transformó en algo más fuerte, lo pude ver en sus pupilas. Cuando me entró la necesidad febril de tocarle, fue al devolverle el cigarro. Él volvió a parpadear, liberándome de sus ojos, y tomó el delgado cilindro de mis dedos, rozándome suavemente sin querer.

—Ten cuidado, ¿vale? —Me incorporé, mirándole por última vez, y él me vio abrir la puerta y entrar en el edificio, ignorando que aquello era lo más increíble que había vivido en mis veinticinco años...

Recuerdo importante: Liam te ha mirado por primera vez, antes que muchas otras personas que te han mirado, como si pudiese verte por dentro. Él te ha mirado de verdad. Y tú te has enamorado un poco más.

5

Mario

Es curiosa la mente humana, cómo funciona y de qué manera manifiesta sus daños. La semana pasada, la expresión de Alice cuando (ella misma en el vídeo) mostró una fotografía de Liam me impresionó y apenas puedo explicar de qué modo sus ojos ancianos rejuvenecieron y se encendieron como dos focos cegadores. Lloró. Alice lloró de forma silenciosa, con ese dolor que su yo del pasado le había avisado que sufriría. Y yo la contemplé como si estuviese presente ante algo épico, ante una historia real y demoledora que merecía ser escuchada. Le prometí que volvería y que me presentaría las veces que hiciera falta en caso de que se olvidara de mí.

Hoy, en cambio, parece menos despierta. He estado todo el día intranquilo, esperando a que llegase el momento de ir a mostrarle los siguientes vídeos, pero, conforme me recibe, es muy probable que no recuerde los que le enseñé.

—Hola, Alice, ¿puedo pasar?

Ella apenas me mira, sus ojos claros están inquietos, perdidos.

—Por favor, ayúdame a encontrar a mi pequeño —dice, adentrándose en la habitación con paso torpe.

Voy tras ella, colocando los brazos a sus costados por temor a que pierda el equilibrio.

—¿Su pequeño? ¿Qué está buscando, Alice?

—Todavía puedo oír sus llantos... Todavía le oigo llorar. —Alice gime y se sienta en la cama de forma brusca, como si no pudiese sostenerse.

—¿A quién? No puedo ayudarla si no me explica...

—Mi hijo. Me han quitado a mi niño. Esa gente mala y sin escrúpulos se lo ha llevado. —Se echa las manos a los ojos y llora.

Se me parte el alma ante esta imagen.

—Por favor, ayúdame a encontrarle... Por favor —gimotea mientras me agarra del brazo.

Con un nudo en la garganta, le tomo de la mano de forma afectuosa.

—Está bien, Alice, la ayudaré. Tranquila... —Le acaricio la espalda y dejo que apoye su cabeza en mi hombro.

Las enfermeras no tardan en venir. Alice no para de nombrar a su hijo perdido y de suplicar que salgamos a buscarlo, y yo no puedo consolarla ni explicarle que ese niño no está. Me siento mal por no poder hacer nada. He creado una empatía muy grande hacia Alice y un lazo afectivo demasiado estrecho como para conocerla desde hace apenas dos semanas.

Cuando salgo de la residencia, mi cabeza no para de dar vueltas; no he podido enseñarle las grabaciones y siento que debo compensarla de alguna manera.

—¿Sí, dígame?

—¿Anna? Soy Mario, de la residencia.

—¿Mario? ¿Ha pasado algo? ¿Mi madre está bien?

—Sí, sí, ella está bien. Solo te llamaba para preguntarte algo. —Detengo sus pensamientos envarados y ella suspira de alivio.

—Lo que necesites. ¿Qué quieres saber?

—Alice ha nombrado hoy algo acerca de un niño que perdió, parece que es algo que la atormenta. —Oigo el bufido cansado de Anna como una señal de que sabe de qué le hablo—. Me gustaría saber algo sobre esto para poder consolarla o ayudarla en lo que pueda. Me he sentido un poco impotente hoy al no conocer nada...

No le nombro nada acerca de las cintas de vídeo. Me siento abochornado cuando me imagino intentando explicarle cómo le robé las llaves a su madre enferma y me colé en su casa sin permiso. Me esperaré un poco a contárselo.

—Ya haces bastante, Mario. Y te doy las gracias por preocuparte tanto por ella, no me equivoqué contigo. Elga ya me ha contado, llamo regularmente para preguntar cómo está.

¡Ay, madre! ¿Le habrá nombrado la encargada algo de lo que estoy haciendo? Seguro que sí, ella relata los detalles a las familias, y más si son detalles tan grandes como un lector de VHS y una caja llena de recuerdos. En ese caso, ¿por qué no me pregunta nada al respecto?

—No... quiero meterme donde no me llaman, pero... si quieres que la conozca y ella se sienta a gusto conmigo, tendrías que darme algo de información. ¿Le ocurre a menudo? ¿Ese niño es producto de su enfermedad o existe de verdad?

Anna suspira profundamente al otro lado de la línea y se toma unos segundos para contestar.

—Nunca me habló mucho de ello, a pesar de mi curiosidad. Fue antes de que yo naciese. Por lo poco que sé, ella no estaba en condiciones de hacerse cargo del bebé y una noche se lo arrancaron de los brazos. Me contó que lo buscó durante mucho tiempo y que casi se volvió loca, literalmente. Antes de conocer a mi padre, estuvo unos meses interna en un psiquiátrico. Es una madre de armas tomar, me la imagino sacando uñas y dientes ante las iglesias y los cuarteles de la policía que la ignoraban cuando iba a denunciar el robo de su hijo. Tuvo que pasarlo muy mal, sí...

—¡Vaya! Ahora lo entiendo todo. —Suspiramos a la vez—. Gracias por contármelo, Anna.

—Gracias a ti. Y ya sabes que cualquier cosa que te haga falta, estoy aquí.

En cuanto cuelgo, pienso en mi tía Marzia. Ella es la única persona a la que recurro cuando tengo un día malo y necesito sentirme mejor. Soy capaz de hablar con ella de cualquier cosa; política, libros, música... Es abierta, espontánea y divertida, aunque no conoce nada acerca... acerca de mí. Sí sabe que prefiero noches de películas y palomitas a fiestas con colegas hasta las tantas de la madrugada, que soy un friki de la historia del arte (en serio, me paso horas leyendo sobre el tema), que soy excesivamente sensible y al mismo tiempo puedo hacer frente a los problemas con madurez; aunque no a *mis* problemas, sino a los de otros, como la nueva afición por los porros de mi hermano pequeño (Nicola), los inconvenientes económicos de mi casa u ocuparme de tareas que no son de mi incumbencia como asegurarme de que Nicola se lleve el almuerzo al instituto todos los días o de que las facturas se paguen. Mi tía es policía, me cuenta cosas alucinantes que le ocurren en su trabajo casi a diario, tanto para bien como para mal (la mayoría son para mal, lo que me hace perder la fe en la raza humana), y estoy buscando su contacto en el móvil cuando alguien me llama a voces por la espalda. Voy de camino a casa, siempre lo hago caminando; podría coger el coche, pero solo me lleva un cuarto de hora y creo que es un pequeño gesto con el que puedo contribuir a no cargarme el planeta.

—¡Mario!

Distingo su voz y quiero desaparecer. Necesito que una planta asesina destruya la acera bajo mis pies y me engulla. Hago como si no la oyera, agacho la cabeza, que está tapada con mi capucha, y ando más deprisa.

—¡Mario, deja de huir de mí! —Giovanna me agarra del hombro y no tengo más remedio que girarme hacia ella—. Por favor, eres más maduro que todo esto y lo sabes.

La miro, notando que el bochorno va a abrasarme la piel. Giovanna es una de las chicas del grupo de amigos que formamos en la universidad, ese grupo en el que también está Leandro. No tengo duda alguna de que ella lo sabe; sabe que besé a Leandro.

—Me gustaría... hablar contigo —me dice, mordiéndose el labio con gesto nervioso.

—Estás hablando conmigo ahora.

—Me refiero a sentarnos en algún sitio y charlar, Mario —aclara, exasperada.

Aprieto los labios, retirando la vista de su cara para mirarme las zapatillas.

—Tengo prisa.

—No puedes alargar esto de forma indefinida. Habla conmigo, por favor. —Su voz se endulza y noto sus ganas de entender lo ocurrido.

Pero yo no estoy preparado para esto. No creo que lo esté nunca.

—Giovanna, yo... —Aprieto la mandíbula y pego una patada a un guijarro—. Me tengo que ir, ¿vale? Lo siento.

—Mario... ¡Mario! —Viene detrás de mí cuando empiezo a caminar—. ¿Qué piensas que voy a hacer? ¿Someterte al tercer grado? ¿Torturarte? ¡Por favor! Soy tu amiga, me importa tu felicidad, ¿vale?

—Si te importa, entonces déjame ir —le pido, frustrado.

Cuando empiezo a andar de nuevo, ella ya no me sigue.

—Yo también siento algo muy fuerte por alguien y me lo he callado por cobarde. Tú has sido valiente. —Me detengo al oírla decir eso detrás de mí.

—¿Valiente? —susurro, riendo de forma floja y amarga.

—Quien ha dado la cara no tiene que esconderse de nada —continúa, colocándose a mi lado.

—Creo que tendrías que ponerte en situación, Giovanna. —Le recrimino que no lo haga.

—Sé muy bien cuál es la situación. Que él respondiese de esa forma y se comportase como un gilipollas no es tu culpa.

—No fue gilipollas, yo fui el ridículo que plantó los labios en los suyos sin comentarle nada, ¿entiendes? Su reacción fue completamente normal.

—¿Normal?

—Sí. Y, como veo, ya estás enterada de todo. Estupendo.

—No voy a mentirte. Esa misma noche nos informó a todos por wasap. «¿Qué coño haces, tío?», esa fue su respuesta. Y luego te dejó ir sin sentirse ni un poquito mal después de cuatro años de amistad. No tuvo reparos en contárnoslo. Y luego... —Se detiene, haciendo un mohín disgustado.

—¿Luego qué? —Tiemblo.

—No es una respuesta normal, Mario. Leandro es un capullo.

—No le eches las culpas... —Giovanna me silencia poniéndose de puntillas y presionando su boca contra la mía.

Aquello me deja noqueado. Me quedo inmóvil mientras ella se aparta y observa mi reacción con expresión cautelosa. Me mira durante unos segundos y luego asiente con la cabeza.

—¿Me dirías «¿qué coño haces, tía?» y buscarías tu móvil para contárselo a los demás? Dime la verdad.

Trago saliva y niego despacio con el gesto.

—¿Lo haces para hacerme sentir mejor? —musito.

Ella se vuelve a morder el labio con inquietud y baja la vista.

—No, Mario —dice en voz baja—. Bueno, en parte sí... —Se frota los brazos de manera repetitiva—. ¿Ahora sí puedes hablar conmigo mientras tomamos algo? Invito yo.

Giovanna y yo nos ponemos a andar hacia el bar más cercano y nos sentamos en una de las mesas. Ella pide un refresco y yo un café.

—¿Lo saben todos? —le pregunto después de unos pocos minutos manteniendo el silencio.

Ella me mira con lástima y me doy cuenta de que odio esa mirada. No quiero darle pena, no quiero que nadie sienta pena por mí.

—Y... ¿cómo han reaccionado? —Me tiembla la voz.

En realidad no quiero saber nada. En la ignorancia el corazón no duele tanto, aunque esté engañado.

—No hace mucho que cortaste con una chica, Mario. Y esa chica aún te llamaba hace poco tratando de volver contigo. ¿Cómo crees que han reaccionado? Pues sorprendidos, sobre todo eso.

Bebo un trago de mi café y me quemo la lengua. Lo agradezco, un estímulo externo intenso para contrarrestar la sobrestimulación interior.

—Ya...

—¿Cómo...? Es decir, me lo he preguntado mucho durante estos últimos meses. ¿Cómo podías estar con esa chica? Besarla, acariciarla, acostarte con ella... ¿Sentías algo por ella?

—Es complicado.

—Ya lo creo.

—Es... ¿Nunca has estado con una persona de la que no te hayas enamorado? O ya no eso, ¿con alguien por el que no sintieses mucho? Alguien a quien tuvieras cariño por el roce o que te resultase agradable su personalidad... Y no solo actúa esa parte, sino la presión social, el «¿aún no tienes novia? ¿A tu edad? ¿No te gusta ninguna?». Tengo veintitrés años, conozco muy bien mis sentimientos. Y también conozco la crueldad humana. A veces la gente no pretende hacer daño, pero lo hace.

Giovanna me contempla con gesto comprensivo, de nuevo con esa mirada de pena.

—Siento mucho que tengas que pasar por todo esto. No debería ser tan difícil.

Expulso un corto y suave ruido de conformidad y resignación. Ella empieza a reír de forma extraña.

—¿Qué?

—Mi pequeño rayo de esperanza se acaba de apagar y yo sigo aquí, tan entera, hablando contigo.

Miro cómo se tapa los ojos con una mano y de su garganta brota un estrangulado sonido, como si pretendiese no echarse a llorar.

—Lo más absurdo es que yo sí que lo veía. Sabía... que no te interesaban tanto las chicas. Eso se intuye cuando estás tan conectada a alguien como yo lo estoy contigo, aunque no sea recíproco. —Se le rompe la voz y me doy cuenta del poco tacto que he tenido con ella.

—Gio, no sabía...

—Claro que no —me interrumpe—. ¿Cómo vas a saber? No te di ninguna señal. Pero sí, es una realidad. No sé lo que sentirás tú por Leandro, o sentías hace dos meses, pero yo... Yo siento mucho por ti. Y quiero que seas feliz.

—Yo también quiero que seas feliz —digo apresurado, adelantando el cuerpo para tomarle la mano que descansa sobre la mesa.

Ella aparta la mano de forma delicada.

—Necesitaba esta pequeña conversación para darme cuenta de lo que siento y de la realidad de lo sucedido. —Suspira de forma entrecortada—. Y para decirte que, por favor, no te escondas. Nunca serás feliz si lo haces. Vales mucho, Mario. Eres mucho más de lo que crees.

Se incorpora de la silla, dejándose su refresco intacto sobre la mesa.

—¿Te vas?

—Necesito digerirlo todo. Verte de nuevo me ha... —Frunce el ceño, como si le doliese algo mucho—. Volveré a llamarte. ¿Me aceptarás la llamada?

—Claro —respondo, levantándome también.

Ella sonríe y miente al hacerlo.

—Gracias por hablar conmigo.

Pilla su chaqueta y sale por la puerta, dejándome allí, de pie, atónito. Pasan unos minutos hasta que me dejo caer en la silla y saco mi móvil de la chaqueta, dándole vueltas entre los dedos. Entonces busco el número de mi tía Marzia y me pongo el teléfono en la oreja.

—¡Eh, pequeño! ¿Cómo va eso? —Su voz animada me arranca una sonrisa.

—Hola, tía. ¿Puedes hacerme un favor? Necesito que me cuentes cosas acerca de bebés robados en los años ochenta.

6

Vídeo 4
Diario de Liam

16 de enero de 1980

No sé por qué estoy escribiendo. Me detengo y vuelvo a mover el lápiz contra el papel, apenas sé qué decir de mí. Necesito escribir algo todos los días, pero nunca me he detenido a plasmar nada acerca de mi día a día y mis sentimientos, sobre todo porque no hay gran cosa que contar. Esta idea del diario me parece una soberana tontería.

17 de enero de 1980

Lo más seguro es que mañana no vaya a su clase. Que me llamen «paranoico», pero no me ha gustado enterarme de que está haciendo un estudio. ¿Somos su objeto de estudio? ¿Por eso nos ha hecho mover las mesas y tenernos en su punto de mira? Creo que alguien que llega y no nos da las razones de por qué ha venido, no es de fiar. Apenas recuerdo su aspecto, creo que la he mirado un par de veces contadas durante el transcurso de la clase. Me parece que tiene el pelo oscuro, llevaba vestido y tiene la piel muy blanca.

Admito que no tenía las expectativas muy altas acerca de la nueva profesora de Florencia, pero me interesaba porque hace mucho tiempo que quiero que renueven los libros de la biblioteca. Esta nueva iniciativa era la razón perfecta para traer más ejemplares al internado, pero de momento no parece que mis deseos se vayan a cumplir. Además, me pone nervioso. ¿Por qué no para de preguntarnos cosas tan profundas? No creo que a nadie de esa clase le importe mi mundo interior. Apenas nos conoce y ya se cree con derecho de saberlo todo de nosotros. No va a obtener eso de mí.

24 de enero de 1980

Ha ocurrido algo que hace que tenga la necesidad de escribirlo. Cuando necesito hablar, porque hay días que me quedaría sin voz de lo poco que la uso, recurro a Valentina, una niña de doce años con la mentalidad de una chica de veinte con la que puedo compartir cosas sin sentirme fuera de lugar. Todo empezó el día en el que tuve la primera crisis en el comedor. Estaba esperando en la cola para elegir el postre; la niña que iba delante de mí tomó el último melocotón que quedaba, se detuvo y me miró: «¿Querías tú el melocotón?», me dijo. Las personas que guardaban la cola detrás de mí comenzaron a meterme prisa. Me sentía mareado con tantos niños, adolescentes y profesores en una misma sala. En el momento en el que levanté la vista y vi tantas cabezas por todas partes, me di cuenta de que tenía que salir de allí. «Me gustan los melocotones, pero ese es tuyo», le respondí a la pequeña, dándome cuenta de que me estaba quedando sin aliento. El minuto siguiente no lo recuerdo, por lo visto convulsioné durante unos instantes y luego me desmayé. A partir de ese día, todas las mañanas al salir de mi habitación, me encontraba con un melocotón en el suelo justo en el vano de mi puerta y una nota que rezaba: «Que tengas un buen día, chico de la fruta: Valentina». Aquello se repitió durante un tiempo, hasta que ella decidió acercarse una vez a saludarme. No tardé en darme cuenta de que solo buscaba un amigo, y lo encontró en mí. Valentina es interesante, alegre y habladora, aunque solo conmigo. Encontramos afinidad en nuestros gustos musicales y literarios, charlamos en la hora del recreo resguardados del resto de niños y la media hora que dura se pasa volando. Vamos juntos a las clases de música, yo tengo mi violonchelo y ella sabe tocar el piano. Al principio tuve miedo porque le estaba tomando cariño, pero el temor se fue diluyendo con el paso de los años. Se ha convertido en la hermana pequeña que nunca he tenido y por las noches tengo pesadillas donde se la llevan del internado y yo me quedo solo de nuevo. Ahora nos ha dado por pasarnos notas por debajo de las puertas de nuestras habitaciones para quedar en ese lugar resguardado del recreo en el que nos encontramos cuando necesitamos hablar. A veces es como si durante el día me fuesen inflando de aire hasta resultar asfixiante y el momento de nuestras charlas me permitiese vaciar todo hasta sentirme calmado. Esto no ocurre todos los días, solo a menudo, cuando nos hace falta desconectar. Es reconfortante tener a alguien que te quiere y a quien quieres cerca, pero al mismo tiempo da mucho miedo. Por eso no mantenemos una relación usual. Nos hemos acostumbrado a esto, así son las cosas.

El caso es que lo que siento me resulta demasiado íntimo como para contárselo a una niña de doce años a la que siempre tiendo a proteger. Es algo que no me ha pasado antes. Empezó la tarde en la que me quedé en la habitación, el segundo día de clase con la nueva profesora de Florencia, a la que había decidido no regresar. No me apetecía que me volviese a avasallar a preguntas y sentirme un objeto de estudio, de hecho me estaba planteando desapuntarme de las clases cuando llamaron a mi puerta. Dos golpes suaves que me pegaron un susto que provocó que me irguiese de la cama de golpe. Oí su voz a la perfección al otro lado de la puerta. Al principio deseé que se esfumase de una vez y que me dejase en paz, pero me levanté de la cama y me acerqué a la puerta al notar un cariz extraño en su voz. Era sincera. Pero además de su sinceridad, había algo más; un tono rasposo, incluso me atrevería a decir apasionado. Algo se movió en mi pecho, no solo por sus halagos, sino por el trasfondo que entreví en su voz. Ella se despidió y yo reaccioné rápido y me moví a zancadas por mi habitación para pillar el papel de encima del escritorio y pasarlo casi sin pensar por debajo de la puerta. Esperé, agachado y quieto, por si tenía que abrir y volver a recoger la hoja en caso de que no hubiese llegado a tiempo, aunque oí sus pasos y casi pude verla sonreír. Entonces me pregunté cómo sería su cara, no la recordaba. De todos modos, no hice nada para descubrirlo y seguí sin asistir a sus lecciones. No sé por qué le di el escrito ni tampoco sé por qué no volví a sus clases.

Pero la parte más íntima viene ahora...

A menudo salgo a fumar al balcón muy temprano, cuando nadie deambula por los pasillos. Me pongo el uniforme limpio, los pantalones negros, la camisa blanca, un poco arrugada y sin abrochar del todo, el jersey de lana y la corbata a rayas amarillas y negras colgada del hombro de forma despreocupada con la intención de ponérmela más tarde, y guardo uno o dos cigarrillos y el mechero en mi bolsillo.

Dona, una compañera de clase, se las apaña para entrar todo tipo de cosas al centro sin que el profesorado se entere. Ella pone el precio, y el mío es darle un beso en la mejilla; ella prefiere que se lo dé en la boca y hasta ese momento no me entregará el paquete de tabaco entero. Ese día nunca llegará, aunque prefiero que guarde la esperanza para no quedarme sin fumar.

Esta mañana, al pegarle la segunda calada al cigarrillo, he oído la puerta del balcón abrirse; se me ha salido el pulmón por la boca del susto, me he puesto tenso y he escondido rápidamente el cigarro a la vez que levantaba la cabeza. La profesora de Florencia se ha sentado a mi lado y me ha pedido una calada. Me he quedado en *shock*. No podía apartar la mirada de ella. Apenas podía pensar, pero he movido la mano y le he cedido el cigarro. Ella lo ha agarrado y ha absorbido el humo, que después ha expulsado despacio. Las nubes blanquecinas que salían de sus labios resultaban hipnóticas. Me he fijado en su perfil y en los rizos sueltos de su pelo, y me he dado cuenta de que el pecho me retumbaba mucho más fuerte que cuando, por un segundo, había pensado que me habían pillado. Y lo habían hecho. Ella debería haber estado echándome la bronca y sin embargo estaba allí, fumando conmigo, tan tranquila. Entonces se ha girado y ha plantado sus ojos azules en los míos. Por un momento he pensado en rehuir su mirada, en levantarme y largarme, pero no he podido. No he podido parar de mirarla, de pensar en... «¡Joder! Es preciosa». Se me ha erizado la piel y se me han tensado los brazos y las piernas. Y he notado *eso*, ese algo en su mirada, lo mismo que noté en su voz cuando me habló a través de la puerta. Y la curiosidad me podía, necesitaba preguntarle pero no me ha salido la voz, necesitaba moverme pero he sido incapaz. La miraba, miraba sus espesas pestañas negras, sus labios perfilados y curvilíneos, su nariz menuda y ese flequillo rebelde que enmarca su mirada azul celeste. Pero he visto más, algo más potente y palpable que todavía me tiene paralizado, pero que no sé analizar. Y ella me ha apartado la mirada y yo he respirado. Me ha devuelto el cigarro y yo, intencionadamente, le he rozado los dedos al tomarlo; no sé por qué lo he hecho, ha sido casi como una necesidad fisiológica. Y se ha levantado, ha abierto la puerta, y mis ojos han reparado en sus piernas, en las hondas de su cuerpo, que me parecen lo más erótico que he presenciado nunca. Luego me ha dicho: «Ten cuidado, ¿vale?» y se ha marchado y me ha dejado hecho polvo.

26 de enero de 1980

Ayer fue la primera vez que miré la hora deseando que se hiciese el momento de dar una clase: la de Alice. Es extraño, de camino a mi mesa fui incapaz de levantar la mirada de mis pies aunque sabía que ella todavía no estaba allí. Quería verla, pero me sentía inquieto, y eso me incomodaba. Identifiqué el sonido de sus pasos como si hubiese oído ese ritmo liviano decenas de veces y me tensé. No podía resguardarme detrás de nadie porque ella se había encargado de que nos viésemos todos las caras y me encontraba desprotegido. Cuando empezó a hablar, aunque me moría por mirarla, no lo hice.

«Sé que la semana pasada ya revisamos los trabajos de las tres palabras al azar que había mandado, pero me gustaría leeros el de Liam, puesto que hoy ha regresado a clase. Bienvenido de nuevo, Liam», dijo entonces ella, y el flujo de la sangre en mis venas se detuvo unos instantes. Empezó a leer con esa voz suave y melódica y me atreví a seguirla con la mirada mientras paseaba delante de nosotros con mi trabajo entre las manos: «La veo a través de la ventana. La nieve se acumula en el alféizar y una sensación de frío penetrante me llena por dentro y convierte mi sangre en estalactitas.

Sé que lo único que podría hacerme entrar en calor es su piel. Me siento como un lagarto en búsqueda de la calidez de una superficie, y la suya me prendería como el fuego, aunque no me importaría. Prefiero ahogarme en su calor que morirme congelado por esta sensación que me asegura que su piel es inalcanzable. Pero guardo todos estos sentimientos en un cajón bajo llave y otra vez me mostraré sonriente ante ella, como si no ocurriese nada. Como si fuese fácil...». Siguió leyendo. Me percaté de que era el centro de atención y por primera vez no me molestó. En su boca, mis palabras sonaban más poéticas y trascendentales. No dejé de mirarla ni cuando se dirigió a mí para darme la enhorabuena por mi trabajo. Me ahorré decirle que solo me llevó dos minutos y que lo hice porque me aburría. Y la escuché sin apenas pestañear hasta que sonó el timbre y pegué un brinco en mi silla por la impresión. La clase había terminado y yo apenas había notado transcurrir el tiempo. Sentí la mirada de algunos de mis compañeros, que me observaban con asombro por no haber salido de clase antes de tiempo, como hago siempre. Yo también estaba sorprendido, miré hacia los lados, vi a los demás levantarse y recoger sus cosas, y me sentí fuera de lugar. Entonces la miré de nuevo; ella me contemplaba desde su sitio. Compartimos una mirada comunicativa y descubrí que ella lo sabía; sabía que me había quedado sin darme cuenta y pude ver que eso la alegraba. Y en ese momento fui consciente de algo: me gusta hacerle sentir así. Haría cualquier cosa por conseguirlo. Sentí unas ganas terribles de acercarme a ella y decírselo: «Pídeme lo que quieras, Alice. Lo haré, lo que sea, te lo juro». Pero me asusté de mis pensamientos, así que volví a bajar la mirada y salí de clase, sabiendo que iba a odiar este fin de semana y todos los fines de semana a partir de ahora.

7

Vídeo 5
Alice

El viernes por la tarde, al salir de clase, Francesco me comunicó que ya
habían encontrado donde alojarme los fines de semana y que apenas estaba a unos pocos kilómetros del centro. Durante los primeros meses de
frío pediría un taxi para trasladarme, pero en primavera ya podría ir y
venir andando sin ningún problema. El sábado por la mañana a primera
hora, me detuve ante la casa, que estaba elevada y a la que se accedía mediante unas escaleras de piedra pulida; parecía demasiado lujosa para lo
que costaba su alquiler.

—¡Hola! ¿Alice, verdad? —Una mujer alta, de cuerpo voluminoso y
vestida de forma *hippie* me sonrió de oreja a oreja cuando me di la vuelta.

—¡Sí! Tú debes de ser Vittoria.

—¡La misma! ¿Subimos?

Vittoria comenzó a parlotear mientras ascendíamos por las escaleras
hacia la entrada. Una vez dentro, me impresionó su diseño: la ventana si-
tuada junto a la puerta ocupaba gran parte de la pared principal cuya cortina verde con matices florales era el único impedimento para que el sol se
derramase sobre la estancia que estaba decorada de manera extravagante
pero elegante al mismo tiempo. Nunca había visto nada tan ecléctico, con
tanta variedad cromática...

—La casa era de mi tía Penélope. ¡Oh! Deberías haberla conocido, no
había nadie tan excéntrico y glamuroso como ella. Era cantante de cabaret

y actriz, no sé cuántas celebridades habrá traído a esta casa... —La mujer suspiró y me tocó el hombro, como si me conociese de toda la vida—. Falleció hace casi un año (ya era mayor, aunque ese espíritu joven y seductor le quitaba diez años de encima), y la casa lleva vacía desde entonces porque esto está un poco apartado del centro de la ciudad y no está muy solicitado. Yo soy su única heredera, pero apenas vengo por aquí, así que estoy contenta de que alguien pueda disfrutarlo. En el segundo piso encontrarás incluso sus vestidos y sus cosas de cantante, algo que no puedo ponerme... Ella era delgadita, ya sabes. Puedes tomar prestado todo lo que quieras. ¡Mi tía compartía todo con gusto y quiero respetar sus ideas!

Cuando Vittoria se marchó, me permití ser un poco cotilla y fui directa hacia el enorme vestidor que había en la habitación superior. Disfruté como una niña pequeña revisando todos esos estrambóticos vestidos, boas, zapatos de tacón, joyas y perfumes. Parecía el camerino de una famosa. Al final recordé que toda esa ropa era de una mujer fallecida que no conocía y salí de allí sin saber si volvería a entrar.

La primera noche que dormí en esa casa me costó mucho conciliar el sueño. La cama era gigante y muy cómoda, pero ya me había acostumbrado a la modesta habitación del internado y, sobre todo, a la idea de que, un piso más arriba, se encontraba el dormitorio de Liam. Todas las noches fantaseaba con que venía a mi puerta y me desnudaba, sin hablarme, sin pedirme permiso, solo lanzándose a mi boca y presionando sus delgados dedos en mi carne. Era muy consciente de la permanente alarma de «prohibido» que parpadeaba como un neón sobre mí: menor de edad, alumno, profesora, huérfano, pasado traumático... Millones de palabras que me perforaban y me oprimían hasta dejarme sin respiración cuando me imaginaba lamiéndole la piel de su pálida clavícula. Y es que no solo sentía un amor brutal e incoherente hacia él, sino también deseo.

Me estaba muriendo lentamente cada día que pasaba y apenas habían transcurrido un par de semanas de curso. Tenía que centrarme en el estudio, algo con lo que había soñado desde que había empezado a leer libros como una posesa con la idea de mejorar algo en el mundo de la educación. Tener a Liam como el centro de mi órbita me perjudicaría, tanto en mi trabajo como en mi bienestar. Además, nunca habría nada; entre Liam y yo no habría nada. Solo tenía que analizarle para comprobar su evidente indiferencia. ¡Había faltado tres días a clase sin dar explicación alguna! A veces parecía interesado en observarme, sí, pero esa sensación duraba poco. El lunes siguiente a aquel fin de semana, por ejemplo, regresó al curso aunque apenas levantó la vista de su libreta y recuperó su tradición de saltar de la mesa de improvisto y marcharse antes de tiempo. Con ello, mis ilusiones por la idea de haberle gustado, aunque fuese un poquito, se evaporaron.

El martes por la noche, al salir a que me diese el aire por los jardines, lo vi entre las puertas abiertas del gimnasio con el torso descubierto ensañándose con un saco de boxeo, perlado por el sudor, con los rizos mojados sobre su frente, la expresión airada y concentrada. Se le notaban las costillas al golpear el saco; estaba más delgado de lo que parecía con esa camisa del uniforme que le venía holgada. Sin embargo, se le marcaban los músculos de la espalda al contraerlos, síntoma de haberlos trabajado con regularidad. Los trazos de adolescente ya le habían abandonado, pero todavía poseía una piel suave de apariencia marmórea que parecía que nadie había tocado nunca. Y supe que, cada vez que cerrase los ojos en la cama, tendría esa imagen, abrasándome.

Aquel miércoles, concentrada en escribir nuevas aportaciones a mi estudio, apenas a una hora para que comenzase mi clase, me sobrevino una emoción inesperada que hizo que tuviese que levantarme de la silla para coger oxígeno y, en cuanto lo hice, me eché a llorar con agonía, sin control, sin explicación. Me preocupé. Traté de encontrar la calma, de ser más suave con mis sentimientos, menos apasionada. Tenía que parar o esto traería consecuencias muy negativas.

—Muy bien, tomad una libreta y un boli. Hoy vamos a dar la clase fuera —anuncié en cuanto entré en el aula.

Los alumnos me obedecieron al instante, excitados con la idea. Salimos a los jardines, donde había paseos flanqueados por árboles y bancos de metal. La tarde era luminosa a pesar del frío, y sus dedos no se agarrotarían en torno al bolígrafo si caminábamos bajo la calidez de los polvorientos rayos de sol.

—La idea de hoy es la inspiración, las famosas musas. Hoy vamos a descubrir hasta dónde llega nuestra imaginación y nuestra capacidad de crear —comencé a explicarles, deteniéndome en mitad del paseíllo. Mis alumnos hicieron un semicírculo para atenderme—. ¿Sabéis qué es esto?

—Saqué de la bolsa uno de los aparatos que le había pedido a Francesco, el director, los primeros días. Él no me había prometido que los pudiese conseguir, pero ¡ahí estaban!

—¿Una grabadora? —respondió Marcella.

—Puede que también tenga la opción de grabar, todavía no la he usado. Se llama *walkman*, salió al mercado hace unos meses y sirve para escuchar música; he traído cintas. —Les mostré los cascos, emocionada—. Nos colocamos esto en los oídos y ¡a crear!

Mis alumnos se miraron los unos a los otros elevando las voces, eufóricos.

—¿Son para nosotros? —preguntó Piero con ilusión.

Reí, negando con la cabeza.

—Contamos con cinco *walkmans* y pertenecen al centro. Son caros y los tendremos que tratar con mucho cuidado, ¿vale? Se lo he prometido al director.

Todos asintieron, atentos e impacientes. Sabía que cualquier cosa relacionada con la música los emocionaría.

—Mientras paseamos, os daréis cuenta de que vuestra forma de mirar las cosas es diferente cuando escucháis música; despierta emociones y podréis ver arte en algo que antes resultaba anodino. Nos turnaremos los *walkmans*; mientras tanto, los demás intentaremos abrir la mente y caminar por el jardín tratando de inventar una historia.

—¿Una historia? ¿Es un trabajo? —preguntó Greta.

—No lo veáis como una obligación, por favor. Disfrutad con el proceso, os daré el tiempo que necesitéis.

—Pero nos pondrás nota, ¿no? —insistió otro de los alumnos.

Suspiré.

—La nota se va a medir a nivel de talento y creatividad. Puede tener la extensión con la que os sintáis cómodos, pero me gustaría que fuese más larga que un relato. Debéis ser capaces de crear una historia con argumento, inicio, nudo y desenlace.

Les cedí los *walkmans* a los cinco primeros y comenzamos a caminar de forma pausada, sin hablar, contemplándolo todo. Observé de soslayo a Liam, que caminaba por delante de mí, con los cascos puestos; todavía no había apuntado nada en su libreta, a diferencia de otros, que ya se habían parado a sentarse en algún banco para plasmar ideas. Cuando eso ocurría, dejaba que se quedasen si lo necesitaban y que nos alcanzasen después. Estaba resultando mejor idea de lo que había imaginado.

Yo también inventé una historia durante el agradable paseo en grupo: imaginé que Liam se quitaba los cascos, los dejaba colgando de su cuello y se giraba para venir hacia mí y besarme. Imaginé que nadie se escandalizaba, que a todos les parecía bien. Imaginé que me sonreía y me tomaba de la mano para llevármela a su cuello, aquella zona que tantas veces había anhelado tocar; la curva que iba desde su mandíbula, pasaba por su nuez y acababa en su clavícula, era mi parte favorita de él, además de sus rizos gruesos, su boca, sus ojos y sus manos.

Me di cuenta de que siempre tendía a buscarle cuando estaba fuera de mi habitación. Tenía la sensación de respirar mejor si sabía dónde estaba, por eso se me hacía eterno el momento en el que tenía que sentarme a escribir en el dormitorio. No habría una sencilla solución para esto, ya lo tenía asumido. No sería fácil en absoluto. Por eso, una vez terminada la clase, me fastidió el pequeño alivio que sentí antes de abrir la puerta de mi cuarto y recordar que me había dejado mi chaqueta de lana en el respaldo de la silla del aula. Tendría una última oportunidad de verle antes de volver a encerrarme a trabajar, aunque la probabilidad de encontrarle en el camino que tenía que recorrer hasta mi clase fuera muy escasa.

Bajé los pisos que llevaban a la planta del aulario y caminé sin prisa, ralentizando el ritmo más aún al pasar frente a la puerta abierta del recreo y la biblioteca. Perdí la esperanza cuando crucé hacia el pasillo donde se encontraba mi clase y pasó algo muy agresivo y abrupto con mi corazón al verle salir justo de allí, caminando con paso apresurado hacia mí sin verme todavía. Tan solo le quedaban diez zancadas que salvar entre los dos cuando levantó la mirada. Noté cierta sorpresa en él, aunque deseché ese pensamiento enseguida. No apartó los ojos de mí, igual que había sucedido en el balcón... Entonces, sin aliento, serios y sin saludarnos siquiera, como si fuésemos dos desconocidos, él pasó de largo, pero antes sucedió algo que me obligó a tragarme un sonoro jadeo: su mano casi rozó la mía, apenas un escaso milímetro que había mandado una suave ráfaga de aire contra el dorso de mis dedos. Y mi mente acudió de inmediato hacia mis sueños, donde él siempre me acariciaba la mano con delicadeza al comienzo, para alejarse después. Incluso pude notar la sensación de fuego en mi piel y la desolación al no poder alcanzarle. En esos momentos estaba despierta y aquello era tan real que me apretujaba los pulmones y me arañaba las paredes de los órganos. Tomé mi chaqueta de la silla y tuve que apoyarme en ella. Quizá debía irme de allí, pedir un traslado... Lo que fuese para dejar de pensar en él, para dejar de sentir... eso.

—Alice, ¿te encuentras bien? —me preguntó Michela, la profesora de Lengua Italiana—. No tienes por qué hacer el turno de Regina. Me las apaño bien.

Estábamos en la hora de comer; estudiantes de entre ocho y diecisiete años llenaban el enorme comedor. Los niños más pequeños acababan de terminar y era el turno de los más mayores, justo cuando se acababa la jornada lectiva.

—Estoy bien, tranquila. Solo un poco cansada. Quiero ayudar, ya le dije a Francesco que podía hacer turnos de vigilancia en los comedores de vez en cuando —le respondí, amable.

Nos encontrábamos de pie, apoyadas en la pared desde un ángulo en el que teníamos perfecta visión de todas las mesas de la sala. Siempre había dos o tres profesores en el comedor para que los chicos y chicas no se «comiesen» a los que trabajaban sirviendo comida, vaciando bandejas, recogiendo o moderando el comportamiento de los más rebeldes. El sonido de los murmullos se elevó unas octavas entre los niños de repente y Michela y yo nos erguimos para comprobar qué sucedía.

—¿Liam?

Escuchar su nombre de la voz de la profesora me aceleró el pulso. Entonces le vi; entraba con la cabeza gacha y se sentaba en una de las mesas más vacías.

—¿Qué ocurre? —le urgí a Michela.

—Liam no come aquí. Adaptamos su habitación para que pudiese hacer sus comidas allí.

—¿Por qué? —Traté de serenarme porque se daría cuenta de mi inusitado interés.

—Hace un tiempo tuvo unas... convulsiones. Y el médico nos recomendó que evitásemos que estuviese en un lugar lleno de gente si no era estrictamente necesario; parece tener cierta enoclofobia.

—Francesco me comentó algo de eso...

—Sí, y no fue la única vez que le ocurrió. Asusta mucho, tenemos toda clase de alumnos aquí, pero ese tipo de asuntos... me ponen la piel de gallina. Puede estar sin reaccionar durante muchos minutos y luego se desmaya. Al parecer no es bueno para su organismo. Por eso también sale antes de las clases, para evitar las concentraciones en los pasillos.

Le contemplé comer, concentrado en su plato.

—Entonces, ¿no deberíamos ir allí y decirle que regrese a su habitación?

—No creo que esté aquí por voluntad propia. Quizá sea parte de su tratamiento —aventuró ella, relajándose de nuevo contra la pared.

No quería dejar de mirarle, pero era imposible hacerlo sin ser descarada. Aprovecharía el momento de tenerle en mi punto de mira con el pretexto de que tenía que vigilar a todos los estudiantes presentes.

Pasó al menos un cuarto de hora, Michela estaba dándole el sermón a la segunda mesa que se situaba a la derecha por algo acerca de lanzamiento de comida por los aires cuando regresé la mirada hacia Liam y le vi inclinado y temblando de forma muy rara. Chillé y corrí hacia allí, apartando el corro de niños que se había formado a su alrededor en unos segundos.

—¡Liam! —Mi voz sonó desequilibrada.

Le agarré por los hombros para que levantase la cabeza y sus convulsiones se traspasaron a mis brazos y a todo mi cuerpo; tenía la mirada ida y la tez blanquecina.

—Liam, tranquilo... —La impotencia me dio unas inmensas ganas de llorar.

—¡Dios mío! ¡Iré a pedir ayuda! —oí a Michela desde algún punto.

La algarabía que se había alzado entre los niños, que se apelotonaban a nuestro alrededor, me impedía pensar.

—¡Dejadle espacio, por favor! ¡Apartad! —les pedí, estirando los brazos a los lados.

Liam no dejaba de convulsionar, apenas se sostenía en la silla y no parecía atender a nada externo. Le tomé de la cara con las dos manos.

—Liam, escúchame, sé que estás ahí. Tranquilo, estamos tú y yo solos, no hay nada que temer. Escucha mi voz, Liam. No dejaré que nada te haga daño, ¿entiendes? Trata de volver. —Le hablé en tono dulce y pausado, sosteniéndole la cara, acercando la mía a la suya—. Liam, vuelve, por favor.

Las convulsiones parecían remitir, algo que me impulsaba a ser insistente:

—¿Puedes oírme? Estoy aquí —musité. Y sus pupilas dejaron de estar ausentes, aunque no enfocaban nada en concreto—. Liam, ¿puedes verme?

Los temblores cesaron y luego, por fin, sus ojos me encuadraron. Me miró, atrapó mis ojos y entreabrió los labios con un suave jadeo entrecortado.

—Te veo —susurró despacio.

Aquello me hizo sentir tanto y de tantas maneras posibles que olvidé la audiencia. Estaba prácticamente sobre él, le sostenía la cara y podía respirar su aliento.

—¿Ha vuelto en sí? —Oí decir a alguien con incredulidad.

Liam todavía me miraba con esa expresión medio drogada cuando noté que alguien me apartaba de él. Quise revolverme y regresar a su lado, abrazarle fuerte contra mí y besar cada rincón de su rostro, su cuello y su pelo.

—Vamos, Liam, hay que ir a la enfermería —le dijo un hombre cuyo nombre desconocía, pero sabía que se dedicaba a la salud.

Observé con gesto lánguido cómo le ayudaban a levantarse y, una vez se aseguraron de que podía caminar, le acompañaron a la sala médica del centro. Apenas me despedí, me abrí paso y fui directa al dormitorio; cuando cerré la puerta, me quedé inmóvil, de pie, notando los temblores recorrerme las extremidades. Sentía la inestabilidad de mis dedos y una perturbadora sensación de tristeza me carcomía y me impedía recuperar el aliento. Sabía que debía sentirme aliviada, había conseguido traer a Liam de vuelta, él estaba bien. Y precisamente eso era lo que me tenía en ese extraño estado. Verle así me había trastornado; ser consciente de lo muchísimo que me importaba y asumir que él no lo sabría nunca; aceptar que era solo un alumno y que dentro de seis meses me iría y nunca más volvería a verle...

Caminé despacio hacia mi cama y, sin molestarme en quitarme las botas, me aovillé en mitad del colchón y cerré los ojos.

Al cabo de unas horas, agradecí que ese día me tocase tutoría y me preparé para pasar una tarde tranquila en el despacho que nos turnábamos los profesores, pues no contaba tener ninguna visita. Me metí de lleno en mis apuntes y estaba planeando lo que haría el mes siguiente cuando llamaron a la puerta con tres tímidos golpes.

—¡Adelante! —exclamé, sentada tras la gran mesa, royendo el extremo de un boli.

—¿Te... interrumpo? —Un fuerte espasmo ascendió y volvió a bajar por mi estómago.

—¡Oh! Liam, pasa, pasa... —Me había puesto tan nerviosa que no sabía si levantarme o quedarme sentada.

Él entró en el despacho y cerró tras de sí, demorándose hasta el último momento para luego girarse sin mirarme y adelantarse apenas dos pasos. Era muy consciente de que estábamos a solas en una habitación.

—Quería agradecerte... lo que has hecho este mediodía —dijo con timidez, encontrándome con la mirada al fin.

—No tienes que agradecer nada. —Me incorporé de la silla casi sin querer—. Ha sido instinto. Todavía no sé cómo lo he hecho, pero... estás bien, eso es lo importante.

—De todas formas, gracias —musitó, viéndome sortear la mesa para situarme frente a él. No podría haberlo evitado aunque hubiese querido. Y no quería.

—De nada. —Le sonreí de forma suave.

Él apretó la mandíbula y apartó los ojos para llevarlos hacia unos papeles que sostenía en la mano derecha.

—Esto... —Se calló, lamiéndose el labio inferior. Tragué saliva—. Me gustaría tener tu opinión sobre esto. Es... una tontería, pero llevo escribiéndolo un tiempo. Es... Lo he escrito inspirándome en Dante.

Se encogió de hombros y levantó las hojas hacia mí. Las tomé con gusto.

—Eso es genial, Liam. Me alegra que hayas recurrido a mí.

—Sé que serás sincera y crítica. —Confió, metiéndose una mano en el bolsillo de sus pantalones del uniforme, levantando un poco la cara, provocando que se le marcase la nuez y se doblase el cuello de su camisa, descubriendo su clavícula.

—Claro. —Asentí con brevedad, aguantando la sonrisa.

Liam se mordió el carrillo, bajó la vista y retrocedió un poco con la intención de marcharse.

—Tendrás tu opinión constructiva. Dante, ¿eh? Me gusta —dije en un intento de alargar ese instante.

Él hizo un gesto agradecido con la cabeza, abrió la puerta y, sin volver a mirarme, salió del despacho. No calculé el tiempo que me quedé allí de pie, quizá horas, días, años... Me hubiese apolillado hasta que regresase y me tocase para devolverme a la vida.

Recuerdo importante: Liam tiene un ligero tic en los labios, los tuerce un poco hacia la derecha cuando reflexiona. Hoy, mientras estaba delante de ti en el despacho, has imaginado que te acercabas y lo abrazabas. Hasta ahora no habías tenido esa necesidad febril de tocarle. Sabes que, a partir de ahora, empeorará.

8

Vídeo 6
Diario de Liam

30 de enero de 1980

Con Bach y su *Cello Suite nº1* inundándome las orejas, algo novedoso que me tiene eufórico, camino por el paseo arenoso, y dejo a mis compañeros atrás. Amo la música, y que me llene así los oídos es espectacular, casi me dan ganas de coger mi violonchelo, tocar la pieza y sentir cada nota extasiándome. Por mi mente se suceden escenas tórridas y prefiero seguir a mi aire. Otra vez la clase acontece sin que note los segundos y, bajándome de ese cielo en el que estaba, entro en el edificio tras los demás, arrastrando los pies. «Alice se ha dejado la chaqueta», dice Paola, recogiendo sus pertenencias del pupitre. Nos ha pedido que vengamos a por nuestras cosas al aula y ella se ha olvidado de que se había quitado la chaqueta al entrar. Observo la tela color crema sobre el respaldo de su silla. «¿Se la llevamos a su cuarto?», pregunta Marcella. Suplico mentalmente que no lo hagan. «No hace falta. Si la necesita, vendrá a por ella».

Antes me parecía imposible que la estancia en mi dormitorio pudiese resultarme tediosa, pero sí puede. Ahora, en cuanto abro los ojos por las mañanas, lo primero que asalta mi mente son las curvas de su cuerpo. Durante días, he estado preguntándome si ocurriría otro episodio como el del balcón, al que he denominado «Interestelar» porque, en cuanto Alice plantó sus ojos en los míos, sufrí una especie de trance, entre la confusión y una absoluta y total sumisión. En ese momento, podría haberme pedido cualquier cosa y la habría hecho sin cuestionar. ¿Qué fue eso? ¿Cómo pudo detenerse mi organismo con una simple mirada? ¿Cómo llegué a descubrir tantos miles y millones de estrellas y galaxias en mi interior? El caso es que ahora mi pasatiempo es angustiarme por la incertidumbre de no saber si la veré. Estoy siempre atento a cada sonido de las clases contiguas, me asomo al jardín más de lo normal, deambulo por ahí y se me disparan los latidos cuando la veo charlar con alguien o cruzar el paseíllo hacia el edificio. La reacción de mi cuerpo me asusta porque me es incontrolable, y si las emociones se salen de mi control me tenso, soy como el solitario capitán de un barco tratando de sostener todos los amarres que se escabullen de su sujeción durante una tormenta furiosa...

Cuando todos mis compañeros han salido del aula, me entretengo releyendo unas líneas de Benedetti para asegurarme de que ninguno va a volver, me levanto de mi sitio y camino despacio hacia la mesa de la profesora. Titubeo antes de tocar la lana de su chaqueta, pero la acaricio y la tomo entre las manos. Jamás había fisgoneado las pertenencias de nadie, por eso lo que estoy haciendo me resulta delictivo y emocionante. Aprieto la tela entre mis dedos y la acerco a mi cara. Así que este es su aroma, así es como huele Alice. La lana ha rozado su cuello, sus brazos, sus pechos... Me coloco la chaqueta por encima de la cabeza, inundándome de ella, deseando desaparecer en ese perfume. Abrazo la lana, apretándola contra mí, inhalando profundamente. Ahora Alice está entre mis brazos. Y la beso, beso con ansiedad como un loco perdido. Desearía llevarme esa prenda, la escondería bajo mi colcha para que mi cama oliese a su cuerpo y pudiese tener sueños eróticos en los que ella por fin me toca. Me permito permanecer allí durante unos minutos más. Dejo de respirar cuando la devuelvo a la silla y trato de conservar ese aroma; no quiero volver a tomar aire sin que este huela a ella.

Sigo sin tomar oxígeno mientras recojo mis cosas y salgo de la clase; entonces oigo esos pasos livianos y levanto la mirada, notando el aire entrar de forma agresiva por mi boca: Alice camina hacia mí y me está mirando. Trato de ocultar que toda la sangre se me ha acumulado en la cara. Si hubiese tardado un poco más, ella me habría visto. ¿Hubiese sido mejor? Es decir, ya no tendría que ocultar lo que siento. Quizá su mirada despreciativa me hubiese roto en pedazos, pero ¿hasta cuándo deberé mantenerme en la sombra? ¿Siempre? ¿Será sostenible? El dolor amortiguado en el pecho, el deseo, las fantasías... Los días transcurren y mi fijación cada vez resulta más recurrente y enfermiza. La forma en la que se desplaza por la sala, haciendo hondear su vestido, la dulzura de su sonrisa, su manera de decir «queridos alumnos y alumnas» o el tic de retirarse la tiza de la ropa... Me pregunto si su forma de saber tanto acerca de todo lo que me apasiona tiene algo que ver con esta progresiva sensación obsesiva o si simplemente se trata de deseo, de la necesidad de poseer su cuerpo.

El caso es que, al pasar por su lado, sin saludarnos ni mediar palabra, tengo la poderosa tentación de rozarle la mano, probar el tacto de su piel, pero no lo hago. Con la vista al frente, sigo andando y cierro los ojos, bajando el ritmo de mis pasos.

Al final le he contado a Valentina mi *curiosidad* por Alice. No le he nombrado nada acerca del amor platónico o del anhelo carnal, pretendía que fuera una charla inocente en la que tener una opinión de alguien para que me confirmasen que no estoy desvariando. «¿Te gusta?», me ha preguntado. Yo he encogido los hombros y arrancando unos hierbajos que crecen al pie de la pared en la que apoyábamos las espaldas. «Te gusta», ha afirmado riendo. «Por lo visto mucho, ¿no? No sueles hablarme de estas cosas y ahora pareces... acongojado». Esta niña me sorprende cada vez más; su capacidad de leer a las personas es alucinante para la edad que tiene. «Soy idiota, ¿verdad?», le he dicho, metiendo la cara entre mis rodillas. «Yo también estoy enamorada de mi profesor de Educación Artística y nunca he pensado que sea idiota». «¿Alessio? No tenía ni idea», he reído, asombrado. Ella se ha sonrojado: «Ya te he dicho que no solemos contarnos estas cosas». Y no hemos vuelto a hablar de ello.

31 de enero de 1980

El invierno me gusta, pero es aburrido. Cuando hace buen tiempo puedo salir a los jardines y tumbarme a leer, aprovechar para nadar un poco, practicar algo de deporte solitario por los alrededores del internado o tomar el violonchelo, desplazarme hacia el césped y tocar varias piezas sin espectadores. El frío es sinónimo de memorizar las grietas que se forman en el techo de mi habitación, horas de lectura en silencio o dosis de creatividad de un escritor atormentado, bien de poemas, relatos o narrativa, o bien de partituras a las que luego trato de dar vida. Los demás suelen pasar el rato en la sala comunitaria mirando la tele, entreteniéndose con juegos de mesa o hablando y hablando de temas intrascendentes. Incluido mi compañero de habitación, Enrico, que se mantiene lo más alejado del dormitorio hasta que llega la noche y no le queda más remedio que dormir en la cama de al lado. Algunos profesores y el psicólogo me han hablado de mi insana relación con la soledad y mi poca capacidad de socializar, han intentado aconsejarme, proponerme actividades, pero ¿qué voy a hacer si no me interesan? Me siento a gusto conforme estoy. Sin embargo, esto me preocupa ahora, por Alice. ¿Qué imagen tendrá de mí? ¿Seré únicamente ese chico que ignora sus preguntas y rehúye a la gente? ¿Me hablaría en serio cuando dijo aquello de mi talento en la escritura o solo era un acto de compasión?

Tengo una nueva necesidad desde hace unas semanas (desde que ella llegó) y es salir a que me dé el aire, pasear sin dirección alguna por los pasadizos del edificio. Esto me ha dado la oportunidad de verla en alguna ocasión charlando con las chicas que vienen a clase de Literatura en un corrillo en mitad del vestíbulo o conversando con profesores. Alice ha conseguido integrarse en poco tiempo, despertando simpatías y admiración.

En ocasiones envidio la capacidad que tiene la gente de observarla sin sentirse intimidado. De acercarse a ella y charlar. Yo quiero acercarme a ella, compartir todo lo que sé, demostrarle que soy interesante. No puedo con este silencio. No soporto el aire rancio de mi habitación ni el sopor que se levanta en el internado a la hora de la siesta. ¿Quién puede dormir?

¿Cómo podría hacerlo? Solo quiero ir, llamar a su puerta, arrodillarme y abrazarle las piernas. Que saque conjeturas, que se compadezca de mí, que me toque, aunque sea para pedirme que me marche. No sé querer, así que no puedo asegurar a ciencia cierta lo que siento por ella. Es deseo, eso sí sé reconocerlo, un deseo transformado en dientes que mastican mi vientre y mi cerebro. Pero debe de ser algo más, porque esto que se acopla en mi pecho, como un objeto pesado haciéndose hueco a la fuerza entre mis costillas, mis pulmones y mi corazón, es tan real que imagino que me abro en canal y hurgo en mis entrañas con los dedos para extraerlo. Alice... Cada letra, cada olor, cada rincón me recuerda a ella aunque haya pasado por allí centenares de veces antes que ella. Y lo peor, lo que me lleva al infierno, es pensar en el inexorable momento en el que ella ya no exista entre estas paredes. El día en el que Alice se marche, ella estará presente en todos lados, será un fantasma atormentándome.

Este mediodía las paredes de mi cuarto se me hacían pequeñas y he notado la angustia oprimirme la boca del estómago. Saber que Alice se encontraba en el mismo lugar que yo, pero que nos separaban decenas de muros, hormigón y piedra me hacía sentir impaciente, como si estuviese esperando algo permanentemente, algo que jamás va a llegar. La mayoría de veces lo aguanto. Me pregunto en todo momento dónde está, pero me ocupo de estar inmerso en la lectura, la escritura, la música, el estudio o los trabajos, que siempre me han resultado suficientes. Pero hoy no lo han sido y, al recordar que alguien había dicho que tenía turno en el comedor, he agarrado mi comida y he ido hacia allí.

Me he dado cuenta de que no era una buena idea en cuanto he cruzado el umbral de la puerta y el olor a comida recalentada me ha llenado los orificios nasales. Se ha levantado bullicio entre las personas que estaban sentadas en las mesas al verme caminar hacia el primer hueco libre que he visto, para sentarme y mirar mi recipiente de plástico con fijeza. Quería levantar la mirada para encontrarla, sabía que me sentiría mejor al hacerlo, pero algo en mi organismo me lo ha impedido. Había demasiada gente en el salón, notaba sus miradas. No me importa lo que piensen, no es pánico a ser el centro de atención o a que me juzguen, es diferente, es que el aire se vuelve denso y me pesa, me hace sentir de otra masa y provoca que la cabeza me dé vueltas. He intentado concentrarme en comer, en masticar lento y tomar aire. Sabía que tenía que salir de allí o empeoraría, de hecho estaba empeorando rápido, pero ¿en qué lugar iba a estar mejor? ¿Allí o en mi cuarto, lejos de ella? ¿Pena visceral o desmayo? La segunda opción, gracias. Entonces he notado que empezaba a convulsionar de forma incontrolable, he agachado la cabeza y cerrado los ojos fuerte, suplicando que se acabase cuanto antes. Y he dejado de oír el griterío y de notar la presión sobre mis hombros; lo único que sentía eran los temblores agresivos que han dominado mi cuerpo...

Hacía el esfuerzo de quedarme inconsciente, necesitaba dejar de existir durante unos minutos, dejar de pensar en Alice.

«Tranquilo, estamos tú y yo solos. Escucha mi voz, Liam. No dejaré que nada te haga daño, ¿entiendes?». He oído su voz perfectamente y ese aroma, el de la chaqueta, me ha llenado el cerebro. Era intenso, estaba cerca.

He notado otros impulsos nerviosos más fuertes que me han devuelto la lucidez.

«Liam, ¿puedes verme?».

Entonces su cara, pálida y simétrica, ha llenado mis ojos. Ella me miraba y he visto el pánico en el azul claro de su mirada, he visto... he visto algo más profundo, más virulento, algo que me ha dejado totalmente embriagado, aunque tampoco he sabido interpretarlo.

Estaba cerca, su boca a la altura de la mía, quería adelantarme y besarla.

«Te veo». Las palabras me han salido lentas y vehementes.

Su mirada ha cambiado de repente y se ha producido un estallido, una supernova. Quería agarrarla y acurrucarme en su cuello, decirle cuánto me importa, pero se ha alejado y otros brazos la han sustituido.

Mi primer impulso ha sido quejarme, pero no lo he hecho; he dejado que me llevasen, que me separasen de ella.

Es la primera vez, desde que me sucede esto, que se ha detenido la crisis.

Ni siquiera lo he pensado. Bueno, sí, he vacilado frente al despacho, sosteniendo el puño cerrado a escasos milímetros de la puerta. Quería decir que no lo había pensado mucho antes de salir de mi cuarto porque mis ganas de volver a verla eran mayores que mis miedos e inseguridades. Solo quería mirarla un poco más, solo un poco más.

Una vez dentro, apenas recuerdo lo que he dicho; solo podía quedarme ahí, como un pasmarote, gritándole con la mirada que me descubriese, que adivinase el verdadero motivo por el que había ido. Ella me ha dirigido palabras amables y condescendientes, lo que me machaca las esperanzas. Se comporta conmigo como con cualquier alumno, ¿qué esperaba? No sabe que tensaba las extremidades para evitar que viera que tiemblo ni que he aprovechado cada descuido suyo para estudiar su rostro y su figura.

¿No te das cuenta, Alice? Estoy enfermo, completa y violentamente enfermo.

La reducida habitación olía a ella, a la chaqueta, y me he preguntado cuál será el aroma de su desnudez. La suya y la mía juntas. He medido mis palabras, no quería irme muy pronto, pero no sabía alargar la conversación si no era para decirle: «Mátame, Alice. Y, si no lo haces, al menos, ven y destrúyeme, déjame claro que no hay un mañana en el que pueda recorrer con los dedos los recovecos de tu cuerpo y mis sábanas se estiren bajo tu peso, el tuyo y el mío».

Así que he salido de allí sin destensar los músculos y me he dirigido hacia el gimnasio, vacío porque nadie que esté cuerdo se pondría a hacer deporte en un edificio sin calefacción cuando la temperatura marca cuatro grados. Me he quitado el jersey y la camisa con gestos violentos y he enfilado hacia el saco de boxeo, golpeándolo con fuerza, una y otra vez, una y otra vez, sin darme tregua. Lo hago a menudo para desfogarme, para expresar todo lo que no hablo, para dar rienda a mis emociones y que no me estallen por dentro, reventándome. Pero hoy ha sido más agresivo, más encarnizado.

No me he dado cuenta de los graznidos que se escapaban de mi garganta hasta que me he caído al suelo, rendido, y me he percatado de que estaba llorando. Me he llevado las manos a la cara empapada de sudor, con los dedos separados, me he despeinado como si me fuese a arrancar el pelo y quería parar, pero no he podido. Me he encanado y era incapaz de respirar, pero las lágrimas saladas me recorrían el cuello y el pecho.

No lo entiendo. No entiendo mi cuerpo. ¿Soy demasiado joven como para que quepa en mi cuerpo todo lo que siento por Alice? ¿Es eso?

Al fin he tomado aire con un sonido metálico y asfixiante, me he incorporado de forma inestable y he agarrado mi ropa, antes de salir al helor de la noche. El frío me ha despertado. Se me clavaba como agujas y lo he agradecido. Entonces he corrido hacia el interior del edificio, no sé si alguien me ha visto, pero me importa poco. Al entrar en mi habitación, donde Enrico dormía profundamente, he sabido que no aguantaré mucho más tiempo así.

9

Mario

Las visitas a Alice se han vuelto mi prioridad. La historia que cuenta es apasionada, se me mete en recodos que apenas sabía que poseía y me fascina. Y cuando la miro mientras se contempla a sí misma, mientras escucha sus propios recuerdos, la emoción se ensalza y me pone los pelos de punta.

—Lo recuerdo todo —me dice ella cuando se acaba el sexto vídeo—. Pero si lo escucho se hace más real. Es reconfortante.

Le sonrío y siento satisfacción por estar allí con ella, por hacer posible que sea así.

—Estos vídeos me hacen daño en el corazón, pero es mi vida. No puedo olvidar mi propia vida.

—Claro que no. Es todo el recorrido que la ha convertido en la mujer maravillosa que es hoy.

—¡Ay, Mario, qué complaciente eres! —Ríe de forma floja y modesta—. Eres un buen chico. Te agradezco que aguantes a esta pobre anciana. Y, por favor, tutéame. Aunque haya días en los que no me acuerde de ti, no dejes de tutearme.

—De acuerdo, no se... *te* preocupes. Así lo haré. Pero, volviendo a lo primero que has dicho, Alice, la que me aguanta aquí eres tú. Yo simplemente me planto en primera fila como si visualizase una gran película en el cine y tú me dejas estar a tu lado, con la gran protagonista.

Sus risas me curan heridas antiguas. Soy consciente de que no solo le estoy tomando cariño por compartir tiempo con ella, sino por su historia.

Me pongo más feliz cuando recuerdo el plan que tengo entre manos; hablé con mi tía Marzia hace unas semanas y me prometió que haría lo posible. Confío en ella a tal nivel que creo que dará con el paradero del hijo perdido de Alice, si no pronto, algún día más adelante, cuando menos lo sospeche.

He quedado con ella más tarde. Para hacer tiempo, me iré a comprar algunas cosas que faltan en la nevera; la necesidad de estar alejado de mi casa es cada vez más acuciante, cualquier sitio es mejor que mi propio hogar, donde más fuera de lugar me siento.

Mi tía y yo nos hemos juntado en un par de ocasiones durante este último mes tras contarle la situación de Alice y mis ganas de ayudarla, y debo admitir que me encanta hacer de investigadores, como unos buenos C.S.I. Al principio nos había imaginado con el famoso panel de corcho y cientos de fotografías puestas con chinchetas, flechas y anotaciones de pistas, analizándolas con gestos interesantes y comentarios técnicos, como dos cerebritos. Se lo comenté y ella se rio con ganas.

Mi tía tiene mucha gente a la que recurrir para pedir ayuda gracias a los años que lleva trabajando y, a raíz de los detalles que le doy acerca de Alice, sus contactos y ella tienen material para trabajar. Por supuesto, tuve que llamar de nuevo a Anna para que me diese la mayor información posible: el paradero de Alice cuando perdió al niño, su edad, la fecha concreta, su situación, etc. Ella, como es obvio, me preguntó qué tramaba. Me inventé una excusa creíble, pero no le conté la verdad, porque podría pedirme que parase de rebuscar en sus vidas y de meterme donde no me llaman. Sé, a raíz de la primera vez que saqué el tema, que se trata de algo duro y complicado para ella y, además, es posible que no encontremos nada. Podría hurgar en el pasado, despertar esperanzas y finalmente que todo converja en decepción. Y no quiero que Anna se sienta decepcionada... No me siento capaz de meterla en esto.

—¡Oh! Esta canción... —Cuando la cinta comienza a reproducirse, antes de que aparezca nada en pantalla, los altavoces llenan la habitación de una música melancólica que ella reconoce enseguida.

La veo levantarse y balancearse de un lado al otro con los ojos cerrados, como extasiada. Río y me incorporo, uniéndome a ella, que me toma de las manos para bailar.

—*Solo y lejos de ti, gritaré, ya sin ti...* —Alice susurra la letra de una canción que no reconozco, como si no estuviera aquí.

Veo que cierra los ojos más fuerte y emite un leve gemido. Me preocupo y la ayudo a sentarse de nuevo. Alice contiene sollozos.

—Perdona —me dice de corazón.

—¿Que perdone? ¿El qué? Solo veo a una mujer emocionada por un recuerdo.

Alice me mira y me regala una mirada afectuosa.

—Prométeme que, aunque me ocurra esto, no dejarás de ponerme esta canción —me pide, limpiándose las lágrimas.

—Lo prometo.

De camino a casa de mi tía, cargando con una bolsa de la compra, estoy de buen humor; tengo un propósito importante, una meta que cumplir. No puedo evadir la posibilidad de que ese niño o niña ya no exista, pero me inclino por ser optimista. Además, adoro pasar parte de las tardes con ella y absorber todo lo que sabe acerca de su profesión, es emocionante.

—¡Eh, tú! —chilla una voz masculina desde el otro extremo de la calle.

Me giro por instinto y veo a un grupo de chicos más o menos de mi edad dirigiéndose hacia mí. De primeras no los distingo, así que sigo caminando, eludiendo cualquier situación problemática, porque sus intenciones lo son, no tengo duda.

—Puto gallina. ¡Eh, maricón!

Noto una lacerante descarga muy desagradable recorrerme las extremidades. Me quedo paralizado por esa agresión verbal y, de repente, estoy rodeado. Ya puedo identificarlos: son amigos de Leandro.

—Te ponía el pecho sudado de Leandro en el gimnasio, ¿eh? —dice uno de ellos.

—¡Joder, qué guardado lo tenías, cabrón!

—¿Cómo se te ocurre morrearle? Soy yo, te escupo y te reduzco a hostias.

—Tengo prisa —consigo decir, tratando de hacerme hueco entre sus cuerpos.

—¡No me toques! ¡Joder, qué grima!

—¿Te vas a hacer una paja pensando en mí?

Los ataques me vienen por todas partes. Estoy tan asustado e impresionado por lo que está ocurriendo que apenas puedo levantar la cabeza o hacer algo por defenderme. Sus poses son amenazantes, no sé cuánto tiempo faltará para que empiecen a darme una paliza.

—Eres un depravado mental, ¿verdad, Mariete?

Y ¡pam!: primer empujón. No lo veo venir, así que suelto un jadeo roto, dejando caer la bolsa de la compra, provocándoles risas estridentes. ¡Mierda! Los he divertido, así que lo hacen otra vez, me empujan con más fuerza y pierdo el equilibrio. Aterrizo en la acera con el costado de mi pierna derecha y el codo, del que me sube un violento latigazo de dolor.

—¿Pero qué cojones estáis haciendo? ¡Dejadle en paz! —Distingo la voz de Leandro y de inmediato suplico que sigan dándome una paliza, pero que él se esfume en una densa nube de humo.

—¡Vamos, no seas un blando, Leandro! Tienes más ganas que nosotros.

—¡Sois unos capullos, joder! —despotrica él, y le oigo agacharse—. Lo siento mucho, Mario.

Hace la intención de agarrarme para ayudarme a levantarme, pero me aparto de golpe y, aunque dolorido, me pongo de pie y me alejo andando a zancadas, esquivando las cosas desparramadas en el suelo que se han salido de la bolsa. Todavía oigo sus risas mientras me alejo a toda prisa, conteniendo el llanto con todas mis fuerzas. Tengo que relajarme antes de llamar al timbre de mi tía Marzia, así que, cuando llego después de unos minutos, apoyo la frente contra la fachada de su piso e inspiro hondo varias veces, tragando saliva. Los pinchazos en la pierna y el codo cada vez están más presentes conforme se rebaja la adrenalina del momento, me saldrá un moratón y no sé si tengo algo roto. Trataré de ocultarlo o quizá deba decirle que me he caído por las escaleras. O tal vez deba cancelar nuestra cita. Jadeo de rabia y me giro para apoyar el peso en la pared. Esta misión es más importante que yo, al menos me importa más que yo mismo, así que espero un poco más. Llego tarde y por eso me vibra el móvil en el bolsillo; agradezco tenerlo en la parte izquierda, se hubiese hecho añicos en el otro costado. Mi tía deja de insistir en su llamada. Me balanceo ligeramente para apartarme de la fachada y compruebo que cojeo. ¡Mierda! Tomo aire de nuevo, me sereno, pongo la mente en blanco y llamo a su timbre. Practico una sonrisa frente al espejo del ascensor y veo mis labios vibrar; me los lamo, los muerdo, aprieto la mandíbula y vuelvo a probar. Bien.

—¡Hola, pequeño cervatillo! —Me recibe con alegría, estirando los brazos, con ese apodo que me puso de pequeño por tener las piernas muy delgadas y ser torpe como yo solo.

Le muestro la sonrisa que he ensayado y me dejo abrazar. Ella lo hace con fuerza y reprimo un quejido.

—¿Cómo va eso? —Típica pregunta suya que no debería resquebrajar mi máscara en absoluto.

Asiento con el gesto porque no sé si seré capaz de hablar. La congoja cada vez es más inmensa y me comprime por dentro; no, no, no, por favor. Necesito darme media vuelta y salir. Me arrepiento mucho de haber subido. No debería haberlo hecho.

—¿Pequeño? ¿Qué pasa? —me pregunta, arrugando el ceño con un gesto de preocupación tan acogedor y cálido que no puedo seguir reprimiéndome, y rompo a llorar delante de ella.

Me tapo la cara, quiero huir. Ella me agarra y me abraza de nuevo, chistando, frotándome la espalda. Noto su angustia y deseo parar, pero aún no soy capaz.

—¿Qué te hace daño? Cuéntame, ¿qué te duele? —Se refiere a algo interno, parece que ya lo sepa todo.

No puedo hablar. Me empuja hacia el salón y nos dejamos caer en el sofá; ella me besa el pelo, la frente y las mejillas mojadas.

—¡Cuánto mundo interno tienes en este cuerpo!, ¿eh? ¡Y cómo te lo guardas para ti solo! —musita—. No tienes por qué hablarme, pero quiero que tengas claro que estoy aquí, que te quiero y que jamás te juzgaría.

Cualquier cosa de la que me hables sonará más cuerda que las cosas que ocurren ahí fuera, no lo olvides. Siempre serás más listo, maduro y bueno que todo.

Me atrevo a mirarla porque sus palabras son intensas y sé leer entre líneas.

—Además, vas a darle una alegría a una anciana. —Sonríe de forma misteriosa—. Tengo algo que te va a gustar.

10

Vídeo 7
Alice

Apoyé un libro en mis piernas cruzadas sobre uno de los bancos metálicos que flanqueaban los paseos y me comí una manzana mientras leía, disfrutando del día soleado y de ese pequeño ratito de descanso. El calor que me proporcionaba la gruesa bufanda era agradable, aunque el viento frío me hiciese estremecer al acariciar mis orejas debido a la ausencia del abrigo de mi pelo, que había recogido en una coleta. Una de las veces en que desvié la mirada de las letras para contemplar el recreo, a lo lejos vi a Alessandro rodeado de esos chicos otra vez, y podía asegurar que estaban molestándole de nuevo.

Aparté el libro, dejé la manzana mordisqueada encima y me levanté, pero en ese momento Alessandro se abrió un hueco entre dos de ellos con un empujón y salió medio corriendo hacia el interior del edificio. En tensión, comprobé que no le seguían, que se quedaban riéndose de las cosas que le habrían dicho. Y yo me quedé en mi banco, con una tristeza que hizo que la manzana me sentase mal.

Alessandro era un muchacho bueno, sensible, con las ideas claras y un sentido de la justicia admirable. Le había tomado un cariño especial, sus escritos me llegaban, su manera de expresarse era sincera y tierna. Mientras nadie hiciese nada, esos chicos continuarían acosando, no solo a Alessandro, sino a cualquiera...

—¡Marcella! —Vi que ella y Paola iban a cruzar el camino y corrí hacia ellas.

—¡Hola, Alice! —me saludaron las dos, sonrientes.

—Hola, chicas. Necesito hablar con vosotras, ¿tenéis un momento?

Ellas se miraron y accedieron.

—Es acerca de Alessandro. Vosotras vais con él a clase todos los días. ¿Le molestan a menudo?

—Hay algunos chicos un poco crueles, sí —respondió Paola, suspirando.

—Pero no se defiende. A veces he tenido que intervenir por él porque, en algunas ocasiones, se ensañan mucho aprovechando que es demasiado bueno —añadió Marcella.

—No les sigue el rollo, Marcella. Si les contestase sería peor.

—Ya, pero algo tendrá que hacer, digo yo...

—¿Ningún profesor ha intervenido? —las interrumpí.

Ellas encogieron los hombros.

—Creo que no se dan cuenta de algunas cosas. Y supongo que Alessandro prefiere mantenerlo en secreto.

—A ver, es evidente algunas veces, pero como mucho se han llevado un castigo de limpiar el recreo, ayudar en el comedor o quedarse en la habitación sin ir a la sala comunitaria. Alessandro no quiere decir nada; supongo que se avergüenza.

—¿Que se avergüenza? —repetí.

—Sí. —El gesto de Paola se volvió alicaído—. Él es... homosexual. Recuerdo que una vez vino una mujer a darnos un taller acerca de la tolerancia y el respeto, y nombró algo de esto. Me pareció muy interesante, pero... mientras haya cabezas huecas como nuestros compañeros, de nada servirán las charlas.

—Y uno de esos cabezas huecas es Giulio.

—¿Giulio? —Me sorprendí.

—Sí, les da coba; a veces es como el «líder». Me cae bien, por eso me fastidia que haga esas cosas sin sentido.

—Se supone que se apuntó a las clases de Alice por ti, ¿no, Paola?

—¿Por mí? Lo dudo. Eso dicen y él no lo niega, pero esas cosas se saben, Marcella. Yo no le gusto de esa forma.

—Gracias por contarme todo esto, chicas.

Me despedí de ellas, recogí mi libro y tiré la manzana a la papelera. Mi primer pensamiento fue ir al despacho de Francesco para abordar el tema cuanto antes, proponer charlas acerca del acoso escolar, pero sabía que no tenía potestad para eso. No podía llegar nueva e imponer que se tratase el acoso de inmediato. Lo único que me quedaba era sacar el tema a colación en una reunión de claustro, en el que me dejaban participar porque era interesante para mi estudio, y entonces exponerles mi preocupación.

Debía admitir que me sentía decepcionada respecto al funcionamiento del internado, sobre todo con Francesco. Me había parecido un hombre al que no se le escapaba una, y esto era demasiado importante como para que se tratase a través de una sola charla y castigos. Si se había dedicado a esto durante más de treinta años, como él decía, bien debía saber que los castigos no funcionaban. Y, mientras tanto, los muchachos seguirían descargando su odio, su incomprensión y sus frustraciones de la peor forma posible, destrozando vidas, las suyas y las de inocentes. Debía hacer algo, me sentía responsable, pero al mismo tiempo incapacitada. ¿Qué sería lo peor que podía pasar? ¿Que se molestase por mi intromisión en asuntos de su colegio? ¿Que pensase que era demasiado impulsiva? Tenía que correr el riesgo, así que me encaminé hacia su despacho, valiente, pero me detuve de golpe al pasar frente a los aseos.

Los pasillos en el piso inferior estaban silentes, no había ni un alma, pero de los cuartos de baño se oían unos sollozos amortiguados. Me acerqué despacio, no quería ser una entrometida, pero quizá alguien necesitase ayuda. Entonces le vi: Giulio estaba sentado en la esquina de una de las cabinas, con los codos apoyados en las rodillas, tapándose la cara con las manos.

—¡Ey! —susurré. Quería agacharme para consolarle, pero no sabía si sería bien recibida.

Giulio me miró por encima de sus dedos y contorsionó el rostro, acrecentando el llanto. Parecía torturado, un niño roto y perdido. Me tomé su silencio como vía libre para actuar; me acuclillé frente a él y posé una mano sobre su pierna.

—¿Quieres que me vaya? —musité.

—No —respondió de forma quebrada.

—Vale, pero sabes que te haré preguntas. ¿Me responderás?

Giulio se limpió las lágrimas con las mangas de la camisa y miró hacia sus dedos. No me contestó.

—Está bien. ¿Y por qué prefieres que no me vaya?

Él hizo un gesto de timidez con los hombros.

—Me caes bien.

—Vale. —Sonreí con levedad—. Tú también me caes bien.

Había poca luz, pero podía apreciar sus ojos irritados, su boca hinchada y sus mejillas sonrosadas. Había estado llorando un buen rato.

—Por eso mismo, si no hablas tú, lo haré yo. ¿Te parece bien?

—¿Hablar de qué? —Su voz estaba tan afectada que no la modulaba bien.

—De ti. Ha llegado a mis oídos que, a veces, eres el cabecilla de un grupo que tiene por objetivo hacer daño a los demás. ¿Es eso cierto? —No le recriminé, solo quería comprender.

Noté que mi acusación le molestó, pero no la negó. Volvió a taparse la cara con las dos manos y extrajo un estrangulado sonido, retomando las lágrimas. Entonces averigüé que, precisamente, de ahí derivaba su estado.

—¿Esto se debe al arrepentimiento o...?

—Es muy difícil, Alice —me interrumpió—. Es... tan complicado que ahoga.

—¿Qué es difícil?

—Todo. Toda la mierda que hay, a veces me levanto y me pregunto para qué cojones lo hago. Es todo igual, las obligaciones que para mí no tienen sentido, las normas, cómo debo comportarme para mantener cierta reputación y no me machaquen contra el lodo. Aquí se sobrevive, no se vive.

Aquello me impactó.

—Y para que no te machaquen tienes que ser el machacador —le dije en voz baja, pretendiendo que reflexionase.

—A veces sí.

—¿Y es lo que quieres?

Apretó los ojos y se revolvió. Parecía exasperado, no por nuestra conversación, sino por la realidad que nos aplastaba.

—Claro que no. No es lo que quiero.

—En ese caso, hay que hacer algo al respecto, ¿no crees?

—No tengo la solución, Alice. Si tú la tienes, dámela, por favor. —Sonó tan rendido y triste que se me partió el alma.

—Tampoco la tengo, aún. Pero si me ayudas, podríamos tenerla. —Giulio negó con el gesto, escéptico—. ¿Qué es lo que te preocupa de todo esto, Giulio? Tus lágrimas se deben a algo. —Intenté descifrar, aunque creía tener ya la respuesta.

No respondió, como imaginaba. Suspiré y le revolví el pelo, un gesto de confianza que me permití para que diese por hecho que podía contar conmigo.

—Lo único que sé es que los problemas tienen solución. Solo hay que actuar, no quedarse parado viendo cómo suceden las cosas. —Le hablé en tono esperanzador—. No quiero que olvides que estoy aquí, y que estaré esperando el día en que decidas ser tú mismo y machacar de verdad todo lo que te hace débil ahora.

Vi algo diferente en su mirada cuando me observó esta vez. Le dediqué una sonrisa cálida, añadiendo fuerza a mis palabras, y luego me incorporé y le dejé a solas con sus pensamientos.

Lo había sospechado en sus escritos y en su forma de comportarse en el aula, por eso me había pillado tan desprevenida la noticia de que era uno de los abusones. No encajaba en el perfil, aunque cada uno canaliza sus desgracias de forma diferente y las exterioriza de la única forma que sabe, la que cree que es más fácil, la que está más a mano y le protege de las tormentas. Había advertido sus miradas, sus gestos... Estaba enamorado, mucho, me atrevería a decir, pero no de Paola, como quería hacer creer.

Tras despedirme de Giulio, fui a ver a Francesco. La conversación con él fue fugaz; tenía prisa por irse y apenas pude comentarle mi preocupación. «Hablaremos detenidamente de esto, Alice», me dijo, alejándose mientras se abrochaba la chaqueta del traje.

Pero pasaron los días y, entre mi trabajo y el suyo, parecía no encontrar hueco. Solo esperaba que, cuando quisiésemos actuar, no fuese demasiado tarde.

A veces, a la hora en la que me tomaba el té por la tarde en la habitación mientras trabajaba, subían de los pisos inferiores una serie de melodías que al principio me pasaron desapercibidas, pero que estaban empezando a generarme curiosidad. Se adivinaban bonitas y nostálgicas, aunque el sonido apenas se apreciaba. Dejé la taza de té vacía sobre el escritorio y, en cuanto terminé de escribir la última palabra planeada, me apresuré para seguir la pista a las notas antes de que se acabase. Me dejé llevar hacia la zona del aulario y, conforme avanzaba, más segura estaba de que procedía de la sala de música. ¿También impartían música a esos niveles? ¡Vaya! Estaba gratamente sorprendida. Para mi fortuna, la puerta se encontraba abierta, de modo que pude echar un vistazo y, de repente, noté un agresivo latido que mandó la sangre de forma irregular hacia los extremos de mis dedos cuando vi que el centro de la estancia lo protagonizaba Liam. Él acunaba con suavidad un precioso violonchelo, el cual tocaba con los ojos cerrados, con tal sentimiento que me dejó fascinada. Acabó demasiado pronto, apenas pude ver nada. Me fijé en el resto de la clase: el profesor Fabio y otros siete alumnos, sentados frente a partituras, sostenían instrumentos de cuerda de diversos tipos, a excepción del piano, frente al cual se situaba una niña de entre once y trece años. Liam se percató de mi presencia y alzó la mirada, desviando la atención de las lecciones de Fabio. Yo, un poco abochornada por estar fisgoneando, levanté de forma tímida la mano, mostrándole la palma, para saludarle. Él hizo un leve amago de sonrisa, tan breve que apenas existió. Sin embargo, la emoción de que hubiese tenido la necesidad de hacerlo fue mayor que si la hubiese visto; pues, desde que estaba en el centro, no había visto sonreír a Liam ni una sola vez. Luego bajó la cabeza y volvió a poner su atención en la clase. Y yo me marché, rememorando una y otra vez su intento de sonrisa de camino a mi cuarto, sabiendo que aquello me bastaría para que mis días fuesen un poco mejor.

Hacia mitad de febrero, ya tenía vía libre para impartir mis clases de Arte Dramático. Apenas se habían animado nueve personas, pero eran más que suficientes. Y lo cierto era que estaba entusiasmada y un tanto nerviosa; nunca había dado este tipo de clases, pero tenía la sensación de que irían muy bien. Además, el número de alumnos interesados en mis clases de Literatura había aumentado considerablemente, y cada día había alguna chica o chico nuevo en el vano de la puerta preguntándome cuál era su sitio. La verdad era que agradecía tener más cosas de las que ocuparme.

Como había imaginado al planificar mi curso, cada día me satisfacía más comprobar que, aunque algunos cargaban con conflictos, inseguridades y carencias afectivas, la literatura enfocada desde un punto de vista artístico y liberador les hacía bien. Se expresaban, se desahogaban con acaloradas charlas en el aula y derramaban sus frustraciones y sus sentimientos en los trabajos que les mandaba. De modo que no dejaba de teclear y las páginas de lo que se estaba transformando en mi estudio se colmaban de palabras entusiastas y reflexiones de calidad acerca de la juventud en un internado y la manera de ver la vida de esos jóvenes sedientos de atención, comprensión y unas ganas voraces de comerse el mundo.

Una mañana, al revisar el expediente de Liam para citar su primer trabajo en el estudio, me di cuenta de algo: su fecha de nacimiento, 19 de febrero de 1963. ¡Era su cumpleaños! ¡Cumplía los diecisiete ese mismo día! Me llevé el expediente al pecho y exhalé una risa ahogada de cansancio. No paraba de recibir señales diciéndome: «Alice, ¿qué narices crees que estás haciendo?». Sin embargo, no le di demasiadas vueltas; unos pocos meses arriba o abajo, ¿qué importaba? No tenía tanta relevancia como para que me sentase como un mazazo. No podía tenerla.

La cuestión era que, aunque podía carecer de sentido estar enamorada de alguien antes de saber que existe, aunque Liam podía haber hecho cualquier cosa para desencantarme, para destruir el mausoleo en el que le había metido (idealizado y perfecto), no había sido así.

Era consciente de que lo que sucedía en mis sueños se resumía en algo abstracto y obsesivo guardado muy fuerte en un lugar de mi cerebro, pero conocerle de verdad era lo que estaba desencadenando todos mis martirios. Liam era... la persona más bonita que había conocido. Derramaba sentimiento con sus gestos, con su timidez, sin decir nada, y no se daba cuenta de que los demás le apreciaban aunque él agachase la cabeza al pasar por sus lado. No se daba cuenta de que se movía con elegancia, como una pluma acariciando las superficies, que reflejaba una luz pálida y agradable, que volcaba su interior lleno de mundo en folios en blanco y los transformaba en arte en el que alguien podría refugiarse. No se daba cuenta de que era guapo (muy guapo) y de que las chicas le miraban sin tener miedo a que las descubriesen, porque él no lo haría; no levantaría su dulce mirada. Estaría enfrascado en sus letras, en poemas de Benedetti o en algún sentimiento de inseguridad. Liam era maduro, pero muy joven al mismo tiempo; podía sacar conclusiones y hacer reflexiones propias de un adulto curtido y envuelto en cicatrices, y al mismo tiempo resultar tan frágil e inocente como un niño. Liam atraía por su misterio, por su aire de pasota y bohemio. Tenía mucho que contar, pero creía que no le interesaba a nadie. Y por todo eso (y por mis incontrolables latidos cuando apreciaba su olor en el ambiente, aunque fuese ínfimo; cuando le veía de refilón en el patio o cuando atisbaba un rizo rubio, aunque no fuese suyo), por todo eso sabía que mis sueños se habían quedado relegados (incluso habían desaparecido, por arte de magia, como si se hubiesen amortiguado con su presencia) y que la obsesión se había sustituido por otra cosa más fuerte y más dolorosa pero más sana, a mi parecer. Liam ya no era un chico abstracto o imaginario, estaba ahí, humano, perfecto. Y me costaba horrores mantenerle fuera de mi mente, no buscarle todo el tiempo. Pero no me acercaría a él, no lo haría más a no ser que él quisiese, aunque esa posibilidad me aterraba.

Sin embargo, ese mismo mediodía, cuando los pasillos se abarrotaron de alumnos después de la última clase, noté unos dedos rozarme de forma accidental el envés de la mano y luego un golpe en el hombro.

—Disculpa —murmuró él, mirándome con los ojos redondos, un gesto vergonzoso que pronto acudió a sus mejillas.

—Tranquilo, suele pasar cuando el pasillo se hace estrecho a causa del tráfico frenético de los estudiantes. —Miré a Liam como miraría a cualquier otro alumno, o lo intenté al menos. Mi cuerpo no me dejó.

Él hizo un gesto amable con la cabeza, provocando que un rizo se le enredase en las pestañas.

—Por cierto, feliz cumpleaños. —Le sonreí, sosteniendo fuerte el maletín contra mi cadera.

Liam parpadeó, sorprendido, y luego susurró un tímido «gracias». Ambos nos dispusimos a irnos, pero su leve vacilación me hizo detenerme.

—¿Cómo lo has...? —Frunció levemente el ceño.

—Lo he visto en tu expediente. —Resolví, riendo de forma queda—. ¿Nadie más te ha felicitado?

—No creo que lo sepan y... tampoco me importa que... —Se encogió de hombros—. Prefiero que no lo sepan.

—¿Por qué?

Volvió a encogerse de hombros y miró las puntas de sus zapatos. El pasillo ya estaba casi despejado.

—Vale, puedo hacerme una idea. —Sonreí, amable. Y luego, masoquista, pensé en la forma más absurda de alargar ese instante—: Hay algo en lo que tengo curiosidad: ¿de dónde viene el nombre de Liam? No es un nombre italiano...

—Es anglosajón, me parece recordar que... mi madre era de Australia. —Metió las manos en los bolsillos de su pantalón de uniforme, como si no supiese qué hacer con ellas.

—¡Ah, vaya!

Ninguno de los dos dijo nada más. Nuestros ojos se encontraron por unos instantes breves; su seriedad y su belleza me abrumaron. Noté la sangre hacer un recorrido raro detrás de mi cuello y mi espalda, como un vaivén de hondas de fluido muy caliente. Me di cuenta de que me sentía bien cerca de él, aunque mi cuerpo hiciese cosas extrañas.

—Nos vemos mañana en clase —me despedí, dando pasos hacia atrás.

No logré ver si él se marchó al tiempo que yo lo hice, pero no giré la cabeza para comprobarlo.

Aquella noche, tras la cena, en cuanto puse un pie en el pasillo del cuarto piso, donde se encontraba mi habitación me topé con una figura familiar, la misma que anhelaba perfilar con la yema de los dedos hasta desgastármelas.

—Alice, te buscaba —dijo él.

—¡Oh, Liam! ¿Qué ocurre? —Me tragué el corazón.

—Es solo... Se me ha olvidado comentártelo esta mañana. Quería saber cómo llevabas la lectura de aquello que te di. —Se tocó el cuello con la palma de la mano.

—¡Ah, claro! Lo leí en el mismo día, me resultó imposible dejarlo, pero eso no es bueno porque, si quiero darte consejos y mi opinión más crítica, tendré que ir despacio. Así que eso estoy haciendo... —Lo cierto era que lo leía cada noche al acostarme e imaginaba que él me hablaba al oído, que estaba tumbado a mi lado, leyéndome.

—¿Lo leíste de una sentada? Son más de cincuenta páginas.

—Lo sé, soy un poco bruta. Pero soy así cuando algo me gusta, así que... eso sí es bueno, ¿no?

—Supongo que sí. Gracias. —No sonrió, pero aprecié cómo había deseado hacerlo. Había aprendido a descifrarlo durante ese tiempo—. Solo... era eso. Quería seguir escribiendo y me apetecía saber si lo que llevaba hasta ahora era... aceptable.

—¿Aceptable? ¡Vaya, qué exigente eres contigo mismo! —le reprendí, yo sí con una sonrisa.

Bajó la vista hacia sus zapatos y alguno de sus rizos, elásticos y gruesos, vinieron a su frente. Hubo una breve pausa de silencio; no quería que se fuese, le diría: «Quédate, entra a mi habitación, léeme esta noche, déjame respirarte para que mañana tenga fuerzas para tomar este aire insípido». Pero lo único que dije fue:

—¿Necesitas algo más?

Negó con la cabeza, y elevó la mirada unos segundos para volver a agacharla. Luego se dispuso a marcharse; yo cerré los ojos y caminé también hacia mi dormitorio.

—En realidad, sí. —Le oí decir, y me detuve—. Necesito algo.

Cuando me giré le vi aproximarse lento con aire taciturno; parecía que le habían salido ojeras de pena en apenas unos segundos.

Retuve un jadeo al comprobar que no se detenía en la distancia que solíamos guardar y, de repente, se materializó ante mí el deseo que había escondido al otro lado de la nube de vergüenza y culpabilidad que se extendía sobre mí cada vez que pensaba en él: sus dedos se acercaron despacio hacia mi mano y la tocó, rozándola de forma suave. Noté una energía potente traspasarme las venas hacia el corazón, que bombeó de manera frenética. Sus ojos me atraparon, me redujeron a cenizas y, antes de poder moverme, su boca se dirigió a la mía. La humedad de su lengua, su sabor, su aliento, todo eso estaba ahora en mis labios. Y Liam movió los suyos, despacio, con cariño y contención. Y yo ya no estaba allí ni sentía mi cuerpo, a excepción de mi boca, que podía llevarse para dejarla junto a la suya toda la vida. Podía agarrarme, llevarme como una muñeca de trapo por el pasillo, atravesar mis costillas y arrancarme las entrañas, lo que fuese.

Necesitaba agarrarle de la cara, tocar sus rizos, aumentar la fuerza del beso, pegar nuestros cuerpos. Pero no hice nada de eso.

Cuando el primer segundo de euforia se disipó, pude apreciar la ansiedad y la tristeza que Liam empleaba en ese breve beso, como si supiese de antemano que no estaba bien, que yo le rechazaría. Y, en efecto, sus ojos me penetraron al acabar el beso, analizándome, y tan solo le llevó un instante saberlo, ver que a mi alrededor flotaba una nube de aflicción que me voceaba: «No podéis hacer esto. Está mal. Traerá consecuencias negativas. Os dolerá». No pude hacer nada para disiparlo. Vi mi angustia retratada en su mirada, y aquello le rompió por dentro. Liam cerró los ojos y luego se apartó de mí para alejarse hacia las escaleras a paso acelerado, huyendo del daño.

Mi alma escapó de mi cuerpo para ir tras él y tuve que hacer un esfuerzo sobrehumano para no seguirle, tomarle de la cara y decirle: «¿Estás tonto? ¿Es que no ves que me muero por ti?».

Noté cómo mi expresión se arrugaba, con la vista fija hacia el lugar por donde se había ido, y dos gruesas lágrimas saltaron de mis ojos. ¿No era esto con lo que había soñado? ¿No debería haber mandado a hacer puñetas todo y haberle arrastrado a mi dormitorio para enseñarle todos mis recodos prohibidos posibles? La emoción que se cernía sobre mí me estaba acuchillando las tripas.

Cuando decidí arrastrarme como un fantasma y encerrarme en mi cuarto, fui consciente de algo: le gustaba. Su pasotismo y su indiferencia solo habían sido una tapadera. Yo... le gustaba. Hasta tal punto de atreverse a venir a mi habitación en la noche y besarme en mitad del pasillo.

Recuerdo importante: Liam te ha besado. Ha sido lo más surrealista y lleno de éxtasis que has vivido. Y tú, que llevabas fantaseando con ello casi toda tu maldita existencia, has dejado que se marchase.

11

Vídeo 8
Alice

Los días siguientes transcurrieron sin mucha variación. El primer día tras nuestro encuentro en el pasillo, acudí a clase con las emociones burbujeando en mis venas; sin embargo, Liam se comportó como siempre: callado, esquivo, con la cabeza metida en su libreta o en un libro, y marchándose antes de tiempo del aula. No volvimos a intercambiar palabra, tampoco una sola mirada. Iba a matarme. Podría venir y apuñalarme directamente, sería más piadoso. Aunque ¿por qué mostrar piedad? Yo tampoco la había tenido con él en aquel pasillo, ¿no?

La semana siguiente tuve mi primera clase de Arte Dramático y fue mejor de lo esperado; los alumnos y alumnas tenían energía y muchas ganas de dar todo de sí mismos. Empezaríamos por lo más básico y luego propondría algunos temas para interpretar en una obra de teatro. Ya había quedado con Francesco que podríamos llevarla a cabo hacia finales de curso.

Esa misma tarde me enteré de que la clase de Liam se había ido de excursión por los alrededores (aprovechando que el internado se situaba a las afueras de la ciudad), para hacer deporte y aprender cosas acerca de la supervivencia en la naturaleza. Estar en el edificio sabiendo que él no pisaba ninguno de sus suelos me provocaba congoja. De hecho, cuando apenas quedaba media hora para la cena, me levanté del escritorio y salí de mi cuarto; no podía estar encerrada, necesitaba preguntarle a alguien cuándo volverían. De todos modos, no quería mostrarme ansiosa, y sabía que no se me daba especialmente bien esconder mis emociones, así que me encaminé a la biblioteca, deseando distraerme. Al llegar al vestíbulo, sin embargo, aprecié un ambiente acelerado muy inusual.

—¿Ha pasado algo? —le pregunté a Michela, que conversaba acaloradamente con Guido, el profesor de Ciencia.

Ella me miró con gesto consternado.

—Liam ha desaparecido —gorjeó.

El techo y las paredes se me vinieron encima.

—¡¿Qué?! —exhalé, en un estado de terror que jamás había sentido.

—Llevan buscándole alrededor de una hora y no dan con él. De noche es muy difícil encontrarle; con tanta oscuridad, quizá se haya caído o se haya perdido y no sepa regresar...

—Quiero ir a ayudar a buscarle —la interrumpí.

—Perfecto. Algunos de nosotros vamos a ir, están preparando linternas y material de auxilio —me informó Guido.

Apenas unos minutos después, un grupo de profesores, ayudantes de cocina y personal de mantenimiento se presentó en el vestíbulo con todo lo necesario para emprender la búsqueda.

La noche era especialmente oscura, las nubes encapotaban el cielo y no dejaban propagar la luz de la luna. «Cuando nos adentremos en los árboles habrá menos visibilidad», dijo alguien después de más de un cuarto de hora andando a toda prisa por senderos empedrados. Nos repartimos las linternas justo antes de llegar a la zona más poblada de vegetación y fui la primera en abalanzarme hacia los árboles. La luz de mi linterna vibraba debido a que me temblaba todo el cuerpo, nunca había tenido tanto miedo.

—¡Liam! ¡¡Liam!! —chillé.

Podía oír su nombre voceado por varias personas que se encontraban en distintos puntos. El eco ponía los pelos de punta.

—Por favor, Liam, ¿dónde estás? —gimoteé, esquivando árboles y salvando rocas y hierbas que se enredaban en mis pies, dificultándome el avance—. ¡Liam!

Me desgañité llamándole. Sentía que tiritaba cada vez con más virulencia a pesar del enorme abrigo que me había prestado uno de los hombres que había venido conmigo. Enfoqué con la linterna todos los rincones de aquel bosque, se me disparaba el pulso cuando, en la oscuridad engañosa, veía un bulto de tamaño grande, pero me decepcionaba al comprobar que era un montículo de tierra, una piedra o un amasijo de hojas.

Notaba que tenía los labios morados después de un rato caminando. Las voces no dejaban de llamarle, pero estaban más distorsionadas, lo que quería decir que me había alejado más de la cuenta. Quizá debía temer a la penumbra y la soledad, pero lo único en lo que podía pensar era en Liam tirado en alguna parte, muriéndose. Solté un gañido roto de desesperación justo antes de llamarle de nuevo sin esconder mi profunda angustia.

«No he tenido la oportunidad de tocarte, de verte sonreír, no he tenido la ocasión de besarte sin pensar en nada más. Ya no me importa nada más, Liam, aparece y haré lo que quieras».

El reflejo lateral de la luz de la linterna me hizo apreciar otro bulto en las sombras y, cuando me asomé al desnivel, vi unas piernas.

—¡¡Liam!! —gemí, inclinándome para bajar arrastrándome por aquel desnivel empinado.

Allí estaba, tumbado en las malas hierbas, sucio e inconsciente. Me tiré al suelo de rodillas, dejando la linterna a su lado, tocándole la cara, helada y manchada de tierra, para comprobar si reaccionaba. Me eché a llorar de forma incontrolable.

—¡¡Aquí!! ¡Le he encontrado! ¡¡Aquí!! ¡Ayuda, por favor! —grité desgarrándome las cuerdas vocales

Primero comprobé su pulso y luego traté de averiguar si estaba herido, si tenía sangre en la cabeza, pero no vi nada. Estaba muy frío, así que, con cuidado, le moví para acunarle sobre mis piernas dobladas. Tenía el rostro muy pálido y los labios y los párpados habían adquirido un tono azulado.

Grité de nuevo más fuerte pidiendo ayuda y luego me incliné hacia delante para abrazar su cuerpo, sollozando, temblando.

—¿Alice? —Su voz afónica fue una insuflación de oxígeno y vida.

—Liam, estoy aquí —le dije, inclinando el cuello para mirarle, acariciándole la cara.

Él me contempló como si yo fuese un espejismo.

—Tranquilo, te vas a poner bien —le musité en tono afectuoso.

Liam arrugó el rostro con gesto de dolor.

—¿Qué te duele? ¿Es la cabeza?

Negó muy despacio con el gesto y luego, moviéndose con dificultad, me tomó de la mano, helada y temblorosa, y la puso en su pecho.

—¿Te duele ahí? —pregunté.

Él asintió, mirándome a los ojos. Entonces noté un disparo, justo en el centro de mi alma: se refería a su corazón. Luego ocultó la cara en mi estómago y me abrazó la cintura con fuerza, tiritando de manera convulsa, respirando con dificultad contra mi ropa. Expulsé todo el aliento de mis pulmones y noté cómo mi organismo se ralentizaba. Le abracé la cabeza y sufrí espasmos debido al esfuerzo por contener echarme a llorar de forma ruidosa.

—A mí también me duele, Liam —le susurré cerca del oído con la voz afectada.

Él apartó la cara de mi vientre y me miró con las pupilas trémulas; mi confesión le había pillado desprevenido. No, no lo sabía; ¿cómo lo iba a saber?

—¡¿Hola?! ¡¡¿Hay alguien por ahí?!! ¡Vuelve a llamarnos! ¡¿Hola?! —Oí aquellas voces no muy lejos de nuestra posición.

—¡Aquí! ¡Estamos aquí abajo! ¡¡Aquí!! —grité.

Presencié aquella escena como en las películas en las que se resolvía la trama; varias figuras se asomaron al desnivel y bajaron inclinadas hacia nosotros a cámara lenta y con el audio amortiguado. Aprecié uniformes de policía, apenas noté cómo movieron a Liam de encima de mí, tapándole con una de esas mantas metálicas que conservaban el calor. Hablaban, pero no los escuchaba. Luego me di cuenta de que me desplazaban a mí también, y quise preguntarles por qué me agarraban, pero no me salió la voz. No podía hablar, literalmente.

Así que esto era el estado de *shock*, fruto de segregar adrenalina por los poros y pasar por diversos estados emocionales demasiado fuertes para soportarlos a la vez.

Apenas me había dado cuenta, había pasado muy rápido, de forma extraña, como si todo hubiese sucedido en un espacio temporal distinto, pero mi cuerpo había sufrido y me estaba protegiendo de esa manera. No apreciaba la realidad ni sabía moverme, pero las personas que tenía a mi alrededor parecían entender lo que me estaba ocurriendo, me ayudaron y me trasladaron, junto a Liam, a un lugar seguro.

El siguiente momento de lucidez que recuerdo es estando sentada en la sala comunitaria, vacía de estudiantes, con Michela y otras dos mujeres que me ofrecían bebidas y me preguntaban cómo estaba. Pregunté por Liam, me dijeron que estaba bien, que solo tenía algo de hipotermia y deshidratación, y que se quedaría en enfermería.

Nunca me había sentido tan rara. Mi mente se había ausentado de mí para sobrevivir a lo ocurrido. Debía de ser muy grave. No era un capricho, deseo o necesidad febril de conocer cómo sabría su piel, era algo más fuerte que no quería asumir. Algo que no podía eludir. Ya no me quedaba más fuerza de voluntad, la había agotado.

—Disculpa, Alice —dijo Liam, entrando con caminar veloz hacia su sitio en el aula cinco minutos después de que hubiese empezado.

Como era normal siempre que él aparecía, me quedaba en blanco, así que, en vez de continuar con la clase, aproveché:

—¿Ya estás mejor? Puedes descansar si lo necesitas.

—No, estoy bien —respondió, sacando las cosas de su mochila para colocarlas en su mesa.

Carraspeé, me giré hacia la pizarra y revisé con disimulo lo último que había escrito. «¡Ah, ya! Menuda cabeza». Y retomé el tema del que estaba hablando, ignorando mis latidos arrítmicos. Era la tercera clase en la que esperaba que él no estuviese presente. La semana anterior, la desaparición de Liam había sido la comidilla del centro. «¿Eres consciente de que le has salvado la vida? Eres una heroína», me había dicho Michela en una de las varias ocasiones en las que me había plantado frente a la puerta de la enfermería para preguntar cómo estaba.

—Se abraza a sí mismo y sabe que es el final. —Alessandro estaba leyendo un párrafo de la historia que habían comenzado a inventar en el paseo que habíamos dado por los jardines. Parecía mentira, pero ya había pasado un mes de aquella clase—. Y no le importa. Sabe que se acabará el dolor, que lo que queda ahí fuera no es suyo, es un lugar al que no pertenece. No lo hizo nunca, a pesar de su esfuerzo. Y se le comienza a congelar el cuerpo, pero la abrasión vale la pena. Es feliz, por primera vez en años. El hielo traspasa sus órganos y detiene sus funciones, exhala su último aliento, deja de respirar. Será eternamente joven.

Su narración dejó a la clase silente. Después de los fragmentos de otros tres alumnos, el suyo fue el que dejó al aula sin palabras. Giulio se había negado a leer nada y, por supuesto, Liam lo había rechazado también. El resto de la clase accedió a leer con gusto, a pesar de que alguno de ellos había comenzado más tarde. Me maravilló descubrir potencial en muchas de sus ideas y una dosis cálida de humanidad en cada palabra.

—¿Puedo leerte un párrafo de mi historia ahora? —me preguntó Liam, apoyando su peso en una de las mesas de la fila delantera.

Se había acabado la clase y todos habían salido, excepto él. En el momento en el que descubrí que no se levantaba de su silla para marcharse antes de tiempo, empecé a inquietarme, como si viese venir algo que no me gustaba; aunque, de hecho, me encantaba. Mientras el resto de mis alumnos recogía sus pertenencias y él leía un libro, impertérrito en su pupitre, yo traté de entretenerme con algo para no exteriorizar mi desasosiego. Y ahí estaba yo, simulando leer con interés las listas de las clases de Arte Dramático cuando él se levantó y, con paso lento y elegante, inclinó su cuerpo alargado contra una mesa próxima a la mía, sosteniendo su trabajo con ambas manos sobre su abdomen.

—¿Por qué no lo has leído cuando estábamos todos?

Liam encogió los hombros. Había algo diferente en él, algo que me ponía nerviosa.

—La idea es compartirlo para que podamos mejorar, enriquecernos de otras mentes diferentes a la nuestra —le expliqué, guardando los papeles que había sobre mi mesa en mi maletín.

—¿Estás enfadada conmigo? —Aquella pregunta me dejó fuera de lugar.

—¿Por qué debería estarlo?

Liam se lamió el labio en un gesto culpable y bajó la vista unos instantes para luego devolvérmela; ¡era eso!, no me apartaba la mirada como siempre hacía.

—Por lo de... mi desaparición —murmuró.

—No fue culpa tuya.

—Forcé mi cuerpo. El profesor Lamberto nos hizo correr e ir a buscar unas cosas que había escondido entre los árboles. Me extravié del grupo, seguí corriendo.

—¿Por qué?

—No lo sé.

Estaba tensa y él parecía muy tranquilo. Intercambiamos un silencio a voces, pero no podía entender lo que decía.

—Liam, ¿te pusiste en peligro a propósito?

—No.

—Entonces no entiendo...

—Solo corrí, corrí... —me interrumpió— mucho. Y luego, simplemente, me desplomé.

Hice un ligero mohín y asentí despacio.

—¿Debería estar enfadada?

—Supongo que no.

—¿Qué te ha hecho pensar que sí?

Volvió a encoger los hombros, calmado.

—Solo quería saberlo. Y ahora ya lo sé. —Cruzó los pies sobre el suelo, acomodándose—. ¿Puedo leerte, entonces?

Le observé y él me observó. Nos queríamos estudiar mutuamente, adivinar nuestras pretensiones.

—Está bien, lee.

Liam bajó la mirada hacia las hojas y tragó saliva; pude ver muy bien el movimiento de su garganta.

—Se siente frágil, como si con cualquier movimiento ella pudiese aplastarle. Está desnudo, de pie, justo al lado de su cama, y se miran, tiernos, con la anticipación arañándoles las tripas. Ella apenas sabe cómo colocarse sobre el colchón, desnuda también. Las puertaventanas están abiertas y desde fuera llega una brisa veraniega que eriza los vellos de él, como si ella ya le estuviese tocando. Apenas sabe cómo hablar o qué hacer a continuación. No quiere hacer nada ridículo o que la haga cambiar de opinión. Están allí, escondidos del mundo. Ella es un sueño. Y entonces, aquel lugar ordinario, al que nunca ha visto nada especial, de repente es el cielo. Su cielo. Y se atreve, él se atreve a acercar los dedos y seguir la línea interna de su pierna con las yemas al tiempo que mira los ojos de ella y siente que le atrapa, que no va a poder ser el mismo después de aquello. Así que continúa; le roza los pechos, se acerca a su boca, lame sus labios y ella gime. Abre las piernas, él se acopla a su cuerpo y se siente a salvo, así, excitado, con la piel erizada, los músculos tensos y duros. Ella lleva sus manos, frías por los nervios, a su espalda y le empuja hacia sí, ambos componen una melodía de jadeos y suspiros cuando sus sexos se hacen uno. Ya no les importa hacer ruido, hacerse daño, ¿qué más da? Solo es importante ese instante. Así que se lamen, se muerden, manchan las sábanas de sudor y fluidos, de sus olores, de su desvarío. Y quieren más. Y más... Y más. Hasta que se agarran fuerte, mirándose a los ojos, con los labios irritados, los ojos fuera de las órbitas y una inmensa sensación de placer. Lo han hecho. Se han dejado estallar. No hay nada que esconder. El ayer no existe. El mañana quizá duela. Pero hoy, hoy nada podrá arrebatarles ese pequeño rincón prohibido en el que han abandonado sus cuerpos frágiles y desnudos...

Dejó de leer y la ausencia del sonido de su voz, grave y profunda, me pesó sobre los hombros. Alzó la mirada para clavarla en mí, precavido pero, en cierta manera, seguro de sí mismo. Sus iris de azul intenso colmaron mi campo de visión, todo era azul: la sangre que se acumulaba en mi cara, la tensión de mis músculos, el aire que entraba irregular por mi boca. Todo.

Liam se incorporó despacio, se movió lento, pero no como otras veces; había languidez y confianza en sus gestos. Se quedó parado, justo frente a mí. No era capaz de moverme, así que nuestra mirada se alargó hasta que el calor se hizo sólido.

—Puedo mejorarlo si no te ha gustado —dijo con voz suave.

Tragué saliva.

—Es muy... pasional, casi diría... visceral —se me ocurrió decir.

Liam sonrió medio segundo. Parpadeé por la incredulidad de esa mueca fugaz en su rostro; me había parecido que todo el internado había explotado en un fulgor cegador a su alrededor por ese brevísimo instante.

—Entonces, ¿lo continúo?

—Claro —asentí con un sonido agudo. Todavía no me había movido.

—¿Me dejarás leértelo?

Le observé, parpadeando una vez, agarrando más fuerte la mesa. Él esperó mi respuesta un poco más, pero no llegó. Así que suspiró, inclinó la cabeza hacia el suelo, metió la mano en el bolsillo de sus pantalones y pegó una patada a una piedra imaginaria.

—Alice... Puedes... ¿puedes dejar de salvarme? Queda un poco raro que la razón por la que haces estupideces sea lo primero que ves al abrir los ojos. A uno le da por pensar que está en el infierno. Un bucle infinito que nunca se detiene —habló hacia todas partes, alejándose un poco hacia la puerta.

Me incorporé de mi mesa y le miré con el ceño arrugado, envarada.

—Liam...

—¿Sí? —Levantó la barbilla hacia mí con gesto inocente.

—No vuelvas a hacerlo.

—¿El qué? —Su simulada ignorancia me irritó.

—No... vuelvas a hacerlo, ¿entiendes?

—¿En qué medida te importa?

—No seas crío.

Aquello le dio directo al pecho, porque pestañeó y se puso serio.

—Nunca he podido serlo —murmuró con voz dura. Nos retamos con la mirada—. Será mejor que me marche —concluyó, desviando los ojos hacia el suelo y retrocediendo.

—Eres responsable y sensato, me lo has demostrado en tus escritos. Sé que puedes entender que tu actitud no te llevará a ninguna parte... No comprendo por qué te comportas de esta manera —añadí antes de que se fuese.

—¿No comprendes? —Expulsó el aire por la boca y luego asintió despacio varias veces con la cabeza antes de irse.

Ese día, cuando llegué a mi habitación, vomité todo lo que había comido.

Recuerdo importante: El terror puede hacerse material en la piel cuando alguien a quien amas está en peligro. Y el deseo puede hacerse feroz y puntiagudo cuando el chico con el que fantaseas te pone a prueba.

12

Vídeo 9
Alice

Me encontraba en una especie de somnolencia. No estaba dormida, pero tampoco del todo despierta. Podía olerle. Inspiré fuerte y las sábanas se enredaron en mis piernas al retorcerlas sobre el colchón. Su voz todavía sonaba en mi cabeza, relatándome esa historia; veía sus labios rojos y húmedos, su mirada azul penetrante, la línea marcada de su mandíbula pálida y suave. Me observaba desde algún rincón de mi mente, con esa expresión, dulce, ardiente, tímida. Me tocaba, me susurraba: «Alice». Y su aliento atravesaba mi piel, me erizaba la nuca. No recuerdo si estaba desnuda, pero llevé mis dedos a la zona más húmeda de mi cuerpo y me arqueé sobre la cama, introduciéndolos allí, soñando que no estaba sola. En aquel estado enajenado, oí mis propios gemidos susurrados, pronunciando su nombre. El aire entró de golpe por mi boca, hinchando mis costillas y abrí los ojos, enfocando al techo, lúcida del todo, soltando un jadeo roto. Consciente, cerré los ojos fuerte, tomando aire de manera ansiosa. Aquel, me dije, sería el único momento más parecido a haber hecho el amor con Liam.

Ese martes, me mostré menos activa en las clases de Arte Dramático. Me gustaba que las sesiones fuesen dinámicas, pues lo primero que debíamos hacer era desinhibirnos y encontrar la manera de perder el sentido del ridículo (por eso todavía no habíamos empezado a ensayar la obra para fin de curso y centrábamos la clase en hacer una serie de actividades que incluían música, movimiento, imaginación e ingenio; las carcajadas estaban garantizadas), pero aquel día apenas seguí a mis alumnos y alumnas.

—Últimamente está muy apático, me preocupa ese chico —decía Michela cuando me acerqué a ella y a Guido en la hora de recreo, a mediodía, al día siguiente. Me gustaba danzar por allí para descansar un poco de las encerronas matinales en mi habitación sacándole brillo al estudio. Ambos profesores mantenían una charla con gestos contritos.

—¿Qué chico? —Me entrometí, mordiendo la manzana brillante y jugosa que acababa de frotar contra mi chaqueta.

—Alessandro no ha venido a mi clase esta última hora —respondió Guido.

—¿Tú no has notado que está algo decaído desde hace unos días? —me preguntó Michela.

—No lo sé, Alessandro es muy reservado...

—Sí, pero es raro que falte a clase. Quizá alguien debería hablar con él, porque que falten otros que yo me sé es normal, pero no es el caso de ese chico...

Conforme Guido hablaba, me vino una idea horrible a la cabeza. Me disculpé y fui directa hacia mis alumnos, que estaban esparcidos por la zona.

—Marcella, ¿habéis visto a Alessandro?

—No. —Ella negó con la cabeza y puso expresión confusa, como el resto de chicas con las que estaba.

Pregunté a Piero y a un par más, pero todo fueron negativas. Recorrí el patio, los jardines, sin rastro de Alessandro.

Recurrí a él, estaba sentado en el césped, leyendo un libro mientras se comía un sándwich.

—Liam.

Él alzó la mirada al oír mi voz como si hubiese sufrido un disparo. Yo también lo noté.

—¿Has visto a Alessandro?

Arrugó el ceño y negó con la cabeza, sosteniendo el libro abierto en el regazo y una pose relajada a pesar de que su gesto me indicase lo contrario.

—Hace... ¿hace cuánto que no lo ves?

—Supongo... que desde clase de Lengua Italiana, ¿por qué?

—¿Cuánto tiempo hace de eso? —Mi voz sonaba cada vez más alterada.

—Unas dos horas..., quizá más.

«El hielo traspasa sus órganos y detiene sus funciones, exhala su último aliento, deja de respirar». Tensé las articulaciones y los vellos se me pusieron de punta, y, al parecer, Liam me leyó el pensamiento porque cuando eché a correr, él me siguió.

Atravesé los pasillos a zancadas con él pisándome los talones, chocándome al girar en las esquinas por la velocidad poco controlada, e irrumpí en la cocina, directa hacia la sala de almacenamiento. Abrí la puerta de un porrazo y me detuve unos breves instantes para comprobar que había lo menos tres o cuatro congeladores horizontales enormes. Gemí y, abalanzándome hacia el primero, lo abrí con fuerza: nada. Cuando fui hacia el segundo, Liam llegó; fue directo hacia el siguiente congelador y lo abrió de golpe. Mientras yo comprobaba que en el segundo solo había comida congelada, vi que él metía la mitad de su cuerpo en aquella caja blanca gigante y emitía sonidos de esfuerzo. Con el pulso golpeándome la garganta, fui hacia él y contemplé cómo sus brazos sacaban un cuerpo grande y desmayado de dentro. Sufrí una leve pérdida de visión debido a la presión de la sangre en mi cabeza al presenciar aquello. Liam tomó con cuidado al chico, aunque ocupase más que él, y se agachó despacio para dejarlo en el suelo.

—¿Respira? —farfullé con la voz quebrada, clavando la vista en el rostro azulado y vacío de vida de Alessandro.

Liam le tomó el pulso y luego asintió con la cabeza, fatigado e impactado.

—Pero no de forma normal.

—¡¡Aquí!! ¡¡Ayuda!! —Menudo *déjà vu* más terrible—. ¡¡Ayuda!!

Salí a la cocina y a los pasillos, voceando como una loca, y pronto se oyeron numerosos pasos corriendo hacia allí.

Después de dos horas de espera en las que todo el mundo parecía consternado, desde el hospital nos aseguraron que Alessandro estaba fuera de peligro y Francesco avisó al abuelo del chico, su único familiar, para informarle de la situación. No había sido ninguna tontería; había intentado suicidarse. Dudó, porque si todo el tiempo que había estado desaparecido lo hubiese pasado dentro del congelador, nadie podría haber hecho nada por él. Dudó delante de ese congelador, preguntándose si era mejor vivir y luchar o dejar de existir, dejar de sufrir. Y se decantó por la segunda opción. ¿Me iba a quedar parada? Claro que no. Ese era el gran susto que necesitaba el internado para darse cuenta de la gravedad de la situación.

—Es reciente, están impactados. Hagamos algo, aprovechemos y resolvamos todas esas especulaciones que ahora se van contando entre ellos acerca de lo sucedido —le supliqué al director y a un grupo de profesores que habían venido a la sala de reuniones.

—Estoy de acuerdo —añadió Michela.

—Me refiero a la tolerancia, hay que apelar a sus emociones. Alessandro no estaba metido en ese congelador de casualidad, Francesco. Le acosan por su orientación sexual —anuncié, sintiendo la sangre hervir.

La reacción, tanto de los profesores como del director, fue silencio y expresiones sobrecogidas.

—Está bien, Alice. ¿Cuál es tu idea?

En menos de una hora, todos los estudiantes mayores de siete años fueron convocados a la sala de actos. Yo me subí a un escenario frente a un micrófono y vi cientos de caras de niños y adolescentes, en silencio o murmurando, expectantes.

—«Se abraza a sí mismo y sabe que es el final». —Leía el trabajo de Alessandro con la voz firme—. «Y no le importa. Sabe que se acabará el dolor, que lo que queda ahí fuera no es suyo, es un lugar al que no pertenece. No lo hizo nunca, a pesar de su esfuerzo. Y se le comienza a congelar el cuerpo, pero la abrasión vale la pena. Es feliz, por primera vez en años. El hielo traspasa sus órganos y detiene sus funciones, exhala su último aliento, deja de respirar. Será eternamente joven». —Aparté la vista del folio y miré a mi público, que me observaba sin entender—. Esto que os acabo de leer es una llamada de auxilio. Alessandro pedía ayuda a voces, pero en silencio. Nos gritaba y nadie le oyó. De modo que se convirtió en su nota de suicidio —dije de forma cruda. No podía andarme con delicadezas porque la ocasión no lo merecía—. La leyó en clase, en voz alta y quebrada, todos nos quedamos sorprendidos por aquel relato desgarrador, por el talento, por el sentimiento. Supongo que a ninguno se nos ocurrió que necesitase quitarse la vida para dejar de sufrir. Ni siquiera a mí, y ahora me siento muy mal. Debería haberle escuchado con más atención. Deberíamos haberle escuchado todos, pero... ¿dónde está la raíz de lo sucedido? ¿Por qué Alessandro prefería dejar de estar en este mundo? ¿Alguien puede hacerse una idea?

Dejé la pregunta en el aire y se elevó un leve cuchicheo. Dejé que hablasen y luego proseguí:

—Según Galileo Galilei: «La ignorancia es la madre de la maldad y de todos los demás vicios». Algo desconocido, novedoso, que no comprendemos, nos asusta, como un insecto que nunca hemos visto antes. ¿Picará? ¿Será venenoso? El primer pensamiento, antes de detenernos a investigar, a intentar entender, es destruir. Aplastamos ese insecto. Y no sabemos que ese mismo insecto que acabamos de aplastar está allí para devorar algún otro bicho que hará que enfermemos. Es fácil tener miedo y señalar con el dedo, juzgar, criticar... Es tan sencillo acomodarse y plantarse en la idea de «Es diferente, es malo». Nadie tiene un seguro que le proteja del dolor y los problemas. Cada persona, cada uno de los que estamos aquí en esta sala, está librando una batalla interior. Cada uno de nosotros lucha por encajar cada día, por salir adelante, por sonreír a pesar de no tener motivos para hacerlo. Sin embargo, esa batalla se termina perdiendo cuando hay una continua amenaza exterior que te asegura que eres lo peor del mundo y no mereces respirar. Alessandro se ha sentido así. Aquí hay responsables, y somos, además de los agresores, todos los que nos hemos quedado mirando o hemos girado la cara. Hay que parar esto. Porque da igual quiénes seamos: si somos creyentes o ateos, si nacemos con la piel blanca o negra, o si nos enamoramos de un hombre o de una mujer. Todos merecemos ser felices. Hagamos algo, no nos quedemos de brazos cruzados. La próxima vez que veáis a alguien siendo agredido, actuad, sed esas personas que querríais cerca si fueseis vosotros los que estuvierais en apuros.

Cuando dejé de hablar me encontré con una sala muda. Por suerte podía ver las caras de las butacas más próximas a la tarima y pude leer el impacto en sus expresiones. De repente, alguien entre el público levantó la mano.

—Sois libres si queréis aportar algo. —Le di pie a la chica adolescente que se levantó de su asiento para hablar.

—Me gustaría ser esa heroína de la que hablas, pero si alguien se mete en medio de esas cosas, sale perdiendo. Es una realidad —reclamó ella, y una algarabía la secundó.

—Juntos somos más fuertes. Quien quiera hacer daño no podrá con un grupo de personas que estén en contra de los abusos. No estoy hablando para que una sola persona reaccione, sino para que reaccionéis todos y todas, incluso aquellos que causan este tipo de situaciones. La clave está en actuar juntos.

—No es tan fácil —añadió otro muchacho, sin levantarse—. Estás hablando de un mundo de fantasía. Aquí no vivimos entre piruletas y arcoíris, profesora.

—¿Es un mundo de fantasía aquel en el que las personas plantan cara a los agresores? —Le seguí, me parecía interesante por dónde se estaba encauzando esta charla improvisada.

—Lleva usted poco tiempo aquí —continuó el chico—. No conoce las cosas que han ocurrido. La mayor parte de los que vivimos en este internado somos alumnos; ¿cree que los adultos pueden controlar todo lo que ocurre? Ha habido palizas, amenazas de muerte y bromas de muy mal gusto. Hay personas para las que este sitio es el maldito infierno. ¿Y ahora viene a hablarnos de un mundo de paz y nubes de algodón? No está en el sitio indicado, entonces.

—Soy muy consciente de todo eso que dices. ¿Tu nombre es...?

—Enrico —respondió.

—Entiendo lo que dices, Enrico, pero lo único que puedo leer de tus labios es la rendición —añadí, manteniéndome en la seriedad y la contundencia—. Lo único que puedo leer es que tenemos que dejar pasar el hecho de que un chico casi se congela vivo por creer que no era bueno, porque una serie de personas se empeñaban en grabárselo a fuego en la piel una y otra vez sin que hubiese consecuencias. Lo único que puedo leer, Enrico, es que tenemos que dejar que esto siga siendo el infierno.

Enrico no respondió en esta ocasión.

—No hablo de milagros ni de arcoíris. Hablo de reaccionar. Porque aquí hay personas que se creen valientes por reducir a otras, pero no lo son. No se es valiente cuando destruyes a otra persona, lo eres cuando la ayudas a levantarse. Porque primero tienes que levantarte tú y luego plantar cara a la inseguridad, al miedo, a las dudas. Conozco muy bien el perfil del abusón, y creedme cuando os digo que es el más débil. No por su fuerza física o su capacidad de insultar, sino porque dentro esconde dolor, incomprensión y tristezas que no sabe manejar. De manera que lo exterioriza hiriendo, porque de alguna manera le satisface, ya no solo hacer daño, sino que un grupo de gente le siga o le preste atención.

—¿Y tú qué sabes? —voceó una voz masculina de entre los asistentes.

No le veía, se situaba en las filas traseras.

—Si opinas que tú sabes más, compártelo. —Le alenté.

Silencio.

—En serio, me gustaría que te levantases y nos contases tu punto de vista —insistí.

—Opino que hablas demasiado —gruñó sin hacerse visible.

—No te estoy preguntando acerca de mi discurso, sino de tu opinión del perfil del acosador. Si crees que sabes de ello, dinos.

—Los agresores no son débiles; los débiles son las personas que se meten en congeladores porque ya no quieren vivir. Si eres fuerte, sigues hacia delante. Punto.

Me impactó tanto aquello que dijo que de primeras se arremolinaron todas mis ideas en la cabeza y tardé en responder.

—¿Quieres decir que esa persona *débil* tendría que haber continuado aguantando insultos, amenazas y palizas?

—Quizá esa persona se dio cuenta de que se odiaba a sí misma —prosiguió.

—¿Y quién le metió esa idea en la cabeza? Nadie se odia porque sí.

—No estoy de acuerdo.

—¿Ah, no?

—A veces una persona no se gusta como es.

—¿Hablas de la autoestima? Las personas no nos quitamos la vida por ello. Existen alicientes, agentes externos que lo multiplican hasta niveles intolerables.

—¿Y si es maricón?

Esa palabra se metió en mis tímpanos y estalló, de manera que me quedé mirando el espacio donde intuía que se situaba ese chico. Muchos alumnos y alumnas estaban girados hacia él, y nadie abrió la boca.

—¿Podrías definirme esa palabra? —le pedí.

—¿Qué?

—Que me definas la palabra que acabas de decir, si es que sabes lo que significa.

—¿Por quién me tomas?

—En estos momentos mi opinión sobre ti es bastante pobre, como supongo que le ocurre al resto de personas que están en esta sala. Hablas, pero sigues escondido ahí detrás. ¿Temes algo?

Hubo una pausa de silencio y luego el chico se incorporó de su asiento.

—¿Cómo te llamas? —le pregunté, reconociendo al líder del grupo que había visto un par de veces acosando a Alessandro.

—¿Importa?

—Sí, a mí me importa.

—Me llamo Samuele.

—Samuele, ¿me harías el favor de definirme lo que es para ti esa palabra?

—¿Maricón? —repitió, dudando. Vio mi gesto y se lamió una comisura de la boca, como si aquello le aburriese—. Entiendo que es que a un tío le atrae otro tío —habló, encogiendo los hombros.

—¿Y ya está? Bueno, yo prefiero llamarlo «homosexual». La palabra que tú utilizas es una forma de desprecio. —Me moví de detrás del atril y me paseé por el escenario—. ¿Sabrías ponerte un solo calificativo a ti?

—¿Cómo?

—Que te definas, con un solo calificativo. —Samuele frunció el ceño y volvió a encoger los hombros—. ¿Tu definición sería: es un tío al que le atrae una tía?

Dejé paso a que hablase, pero no lo hizo. Y no era porque se sintiese intimidado, sino porque de verdad no tenía ni idea de qué contestarme.

—Alessandro es una persona, es humano, siente, sufre. Él se pondría decenas de calificativos antes de definirse como homosexual, que quizá lo sea, y no debe avergonzarse en absoluto por ello. ¿Acaso tienes tú vergüenza en insultarle en voz alta ante todo el mundo cuando ha estado a punto de morir precisamente por esa causa? Estoy segura de que no. ¿Acaso alguien aquí se siente avergonzado por haber sido cómplice de un intento de suicidio? Puede que mis palabras hayan calado en alguien, aunque veo que hay algunos que tienen un muro justo delante de sus narices y no pueden ver más allá. Y, repito, ese muro es precisamente la ignorancia. Dime, Samuele, ¿conoces a Alessandro?

El chico miró hacia los lados, a sus compañeros.

—Claro —despotricó, como si fuese evidente.

—Me refiero a si le conoces de verdad. ¿Sabes cuál es su pasado? ¿Por qué está aquí? ¿Sabes cuánto ha sufrido o llorado? ¿Sabes cuáles son sus aficiones? ¿Sus canciones favoritas? ¿Su forma de huir del dolor? ¿Sabes eso de él, Samuele?

—Eh... no.

—En ese caso no le conoces. Le defines con una sola palabra, le juzgas, te crees con derecho a ello, y apenas sabes nada de él. Ese error lo cometemos muchas personas. Creemos tener el poder de criticar, de señalar con el dedo, pero no sabemos nada. ¿Pero qué derecho tienes a decirle a nadie cómo tiene que ser para que se guste o para ser aceptado? ¿Quién eres para hacer sentir mal a otra persona por sentir de una determinada manera? Nadie te dice cómo debes ser y a quién debes querer, ¿o sí?

—Ya, pero lo mío es natural. Eso... no lo es —prosiguió, sin inmutarse.

—¿Natural? —Reí de forma floja—. ¿Puedes definirme ahora lo que es natural?

—¿En serio?

—Sí, en serio. Adelante.

—Pues... todo lo que sale de la naturaleza. Que un hombre esté con una mujer es natural.

—¿Entonces dices que Alessandro no es natural? ¿No ha salido de la naturaleza?

—No quiero decir eso...

—¿Entonces quieres decir que es más natural que un grupo de personas peguen una paliza, insulten o estigmaticen a alguien por ideales? En ese caso puedo decirte muchas cosas que son naturales y no me gustan en absoluto: las enfermedades, las guerras, las violaciones, los desastres naturales que arrasan con pueblos, el odio, la violencia... Podría enumerarte cientos y miles de cosas consideradas naturales que preferiría que no existiesen. Estamos hablando de una persona que no hace daño a nadie, ¿entiendes, Samuele? Estamos hablando de un ser humano bueno, que deja vivir al resto como quiera. ¿Eres tú más natural que él? ¿Es eso mejor o peor?

El chico enmudeció.

—¿Haces cosas naturales? ¿Sientes cosas naturales todo el tiempo? ¿Quién dicta lo que es natural y lo que no? ¿La religión? ¿La ciencia? ¿Tú?

Continuó sin hablar.

—Gracias por tus aportaciones. Puedes sentarte —concluí.

Samuele me observó un poco más, no sabría identificar bien su expresión, estaba lejos, y luego se sentó y desapareció de mi vista.

—Espero que la mayoría de vosotros hayáis escuchado bien mi discurso y os haya tocado de alguna manera en el corazón. La vida no es fácil, todos los presentes en esta sala lo sabemos bien. La mayoría no está aquí por voluntad propia y muchos habéis tenido que pasar calamidades, y quizá las sigáis pasando. No lo hagamos más difícil. Podemos hacer más para que la convivencia sea mejor. Apelo tanto al profesorado como a vosotros. No nos quedemos de brazos cruzados, actuemos. —Suspiré y coloqué el micrófono en el atril—. Porque podemos ser todo lo que queremos ser. Ya lo somos, está dentro de cada uno. Somos diferentes, y ahí reside lo espectacular del ser humano. Solo tenemos que mirarnos al espejo, reconocernos y proponernos algo: ser felices.

Luego bajé de la tarima y atravesé la enorme sala por un costado. Necesitaba aire fresco. Fue una vez fuera cuando oí el sonido de unos acalorados aplausos que reverberaron en el edificio entero.

—¿Puedo ir contigo? —Giulio estaba allí, frente a la puerta de mi habitación, cuando me disponía a irme.

Le contemplé estupefacta, aunque feliz porque estuviese allí, pidiéndomelo.

—Será difícil para él... —le avisé.

—Y para mí. —Giulio agachó la cabeza. Podía sentir su timidez, algo con lo que no estaba acostumbrada.

—Está bien, vente.

Ambos subimos al taxi que nos llevaría al hospital tras hablar con Francesco para que nos diese el permiso de salir del centro bajo mi tutela. Alessandro estaría ingresado unas semanas, tanto por las quemaduras de su piel como por el tratamiento psicológico.

Le pedí a Giulio que esperase antes de entrar en la habitación; prefería prevenirle.

—¿Se puede? —dije asomándome un poco.

Alessandro no respondió, aunque sí me miró antes de girar la cara hacia otro lado. Tragué saliva y procuré digerir también el dolor que me provocaba verle así.

—Me sentaré aquí un poco, ¿vale? Si mi presencia te molesta, solo dímelo y me iré. Pero me gustaría estar aquí un ratito contigo. —Me senté en la butaca color crema que había al lado de la cama en la que él estaba tumbado.

Alessandro no respondió y tampoco se giró para mirarme.

—¿Por qué te tomas tantas molestias? —murmuró, de mal humor.

—¿Molestias? No veo dónde están.

Él suspiró.

—Querría... decirte muchas cosas, pero no sé por dónde empezar.

—Si es algo acerca de que soy un inconsciente y un inmaduro, puedes ahorrártelo. No me apetecen sermones.

—No estoy aquí para eso; ¿de verdad me crees capaz de ello? ¿Quién soy yo para juzgarte?

Alessandro se giró despacio hacia mí.

—Necesito que sepas muchas cosas de las que no eres consciente. No las puedes ver todavía, no te han dejado, pero están —le aseguré, mirándole a los ojos, que tenía irritados de llorar—. Necesito que sepas que eres una persona maravillosa, buena y fuerte. Que tienes millones de cosas que ofrecer, que tienes talento y que el mundo se hubiese perdido mucho si hubieses dejado de respirar. ¿Sabes por qué? Ahí fuera hay mucha gente mala, Alessandro, personas que hieren, que destruyen. Pero tú eres bueno, ¿entiendes? Eres la clase de persona que hace que esta desquiciada existencia sea mejor; eres de esa clase de personas que imaginan, que crean, que evolucionan, que hacen posible que la tierra gire y siga viva. Eres tanto, Alessandro, y apenas te das cuenta... —No pude contenerlo; las lágrimas resbalaron por mis mejillas—. Habrían ganado. Los malos habrían ganado y el bueno habría perdido ¿Qué clase de final es ese?

Alessandro arrugó el rostro, conmocionado.

—Nadie en este mundo, repito, nadie, tiene el derecho a decirte cómo debes ser y a quién debes querer. Ese tipo de gente no es superior a ti, no tiene nada mejor que tú. De hecho tú tienes infinitamente más cualidades positivas que ninguno. Porque no juzgas, no hieres, amas, escribes, creas y aprendes cosas de esta vida, muchas crueles, y te adaptas a ellas.

—He intentado suicidarme, Alice. A eso no lo llamaría «adaptarme» —musitó.

Inspiré hondo, colocando una mano sobre la suya.

—A veces todo es demasiado duro. Aunque puede serlo menos si no estás solo. Y no lo estás, Alessandro. Hay personas que te quieren, he visto a alumnos y profesores sufrir, los he visto llorar cuando no sabíamos si te perdíamos. Alrededor de ti hay más humanidad de la que piensas, pero cada uno vive con sus demonios como mejor sabe. Yo estoy aquí, me importas más de lo que podrías imaginar. Me hubiera gustado estar a tu lado, no nos apartes. Podemos entenderte más de lo que crees. Yo te entiendo. No te conozco todo lo que me gustaría, pero sé quién eres. Lo malo es que tú aún no lo sabes. ¿Recuerdas cuando me dijiste que todavía te estabas conociendo y no sabías si llegarías a hacerlo?

Alessandro asintió, observándome con atención.

—No te rindas. Descúbrete y no tengas miedo. Eres tú, con todo lo que sientes, con todo lo que te duele o te hace dudar. Eres tú, y por eso eres único y maravilloso. No dejes que nadie te meta ideas destructivas en la cabeza, no les dejes, porque no estarán definiendo quién eres tú, sino qué tipo de persona son ellos. Nadie puede conocerte más que tú, de modo que nadie tiene derecho a cuestionarte.

—Pero... tienen razón —susurró, cerrando los ojos con indolencia para abrirlos después.

—¿En qué tienen razón?

—Yo... —Puso expresión de dolor—. Es la primera vez que voy a admitirlo, y hacerlo me hace aún más consiente de quién soy.

—¿Y eso es malo?

Alessandro me miró, dudando, y arrugó el ceño.

—Quizá lo sea.

—¿Por qué?

—Porque lo hace todo más difícil. Y añadir dificultad a un entorno ya complicado... es duro —admitió.

—Me gustaría que, por un momento, pensases en ti únicamente, sin tener en cuenta el exterior. ¿Dirías que es malo lo que sientes?

Se permitió unos segundos para cavilar.

—No lo sé...

—¿Puedo decirte lo que pienso yo?

Él asintió con la cabeza.

—No, y rotundamente no. No es malo. Es bueno. ¿Es diferente? Sí. Pero cada persona ama a alguien distinto y nadie le señala por eso. En eso reside lo bonito de este mundo, que podemos enamorarnos de quien sea. Y enamorarse no es malo, puede ser contradictorio, generarte dudas y quebraderos de cabeza, ¿y a quién no? El amor es así. Nos vuelve locos, nos hace sufrir, pero no es malo. De hecho es lo mejor que tiene este maldito mundo de locos. —Sonreí y él me devolvió la sonrisa, algo que le sentó genial a mi organismo—. No te dejes vencer, Alessandro. No lo olvides, eres de los buenos. Los buenos salvamos el planeta, ¿de acuerdo? Así que no desfallezcas. Te prometo que estaré contigo, *estaremos* contigo.

Una lágrima resbaló por su mejilla; yo se la limpié con el pulgar.

—Gracias, Alice —dijo con voz ronca y profunda.

—Gracias a ti, cariño, por dejarme ver las ganas de luchar en tus ojos —le hablé, acariciando su mejilla—. Ahora... ¿me perdonarás?

—¿Qué?

—He traído a alguien conmigo. Ha insistido, estaba preocupado y... creo que debería haber sido más dura y haberle dejado allí, pero sé algo de él que me ha impedido hacerlo. ¿Le dejas entrar?

Alessandro me contempló con extrañeza, desviando la vista hacia la puerta. En ese momento se asomó una cabeza; Giulio había estado escuchando, podía ver la emoción en sus ojos enrojecidos.

—¿Qué hace él aquí? —se alarmó Alessandro, incorporándose un poco con un quejido de dolor.

—Sí, Giulio, ¿qué haces aquí? —le pregunté yo, dándole pie a que hablase.

Él me miró con el susto en el rostro, caminando despacio hacia el interior de la habitación.

—Mmm... Quería saber cómo estabas.

—Estupendamente, gracias —escupió.

—Bueno, sí, esa ha sido una pregunta estúpida, lo siento. He... he venido a decirte que lo siento mucho. —Se tropezaba al hablar y se rascaba la nuca. Me resultó una imagen tierna.

—¿Que lo sientes? —le recriminó él, escéptico.

—Sí. —Carraspeó y se acercó a los pies de la cama—. Y si tú..., bueno, si tú hubieses muerto, yo... Yo... —Ambos se miraron, Alessandro incrédulo y Giulio rojo como un tomate—. No sé cómo lo habría superado.

—¿Te hubiese carcomido la culpabilidad? ¿Me lo dices en serio? —continuó huraño.

—Sí, la culpabilidad habría sido horrible, pero también... —Bajó la vista y se tapó la cara con una mano—. Me... me importas.

Alessandro parpadeó y se quedó paralizado.

—¿Habéis... hablado para montar esta escena o algo? ¿Esto es para que deje de hacer estupideces? —Nos acusó a ambos.

—A mí no me mires, esto es cosa suya —le aseguré, levantando las manos en señal de inocencia.

—Sí, yo le he pedido que me trajese. Tenía que decírtelo —confesó Giulio.

—¿Decirme qué?

—Que no estás solo. Que... soy igual que tú —admitió de golpe. Alessandro parecía muy impactado—. Que me he comportado como un capullo para protegerme el pescuezo, pero esto ha llegado demasiado lejos. Si... si me dejas, me gustaría hablar contigo y contarte.

—Vale, yo esperaré fuera. Voy a tomarme un café, ¿alguien quiere? —anuncié, incorporándome del sillón.

Ambos rechazaron mi oferta y luego se quedaron en la habitación a solas. Y mientras esperaba a que me sirviesen el café, pensé que todo lo que le había dicho a Alessandro podría decírmelo a mí misma. No es malo. Sentir esto me hace sufrir, me da dolor de cabeza, sí. Pero no es malo.

Recuerdo importante: Has dado una conferencia en defensa de los derechos de las personas y sientes que ha tenido resultado. Ha sido una experiencia de adrenalina y de aguantar lágrimas. El ser humano es cruel y bonito al mismo tiempo.

13

Mario

Contemplo la pantalla en negro cuando se acaba la novena grabación y siento la cara húmeda. Miro a Alice, que hoy no está en uno de sus mejores días, y veo que su mirada, damnificada por el daño de los recuerdos, se pierde. Cuando veo esa expresión en su rostro, mis ganas de echarme a llorar se acentúan.

—Alice... —la llamo.

Ella se gira hacia mí y arruga el gesto, mirándome con desconcierto.

—¿De dónde has salido, joven? —me pregunta, un poco asustada.

—Mi nombre es Mario. —Me presento de nuevo, como siempre debo hacer en casi todas mis visitas—. Soy alguien que te aprecia mucho.

—No te conozco —protesta.

—En realidad te conozco yo más a ti que tú a mí, eso es cierto. Gracias a esto. —Le señalo la pantalla—. La verdad es que no soy nada abierto, Alice. No cuento mis cosas. La mayoría de las personas de mi entorno creen que me conocen, pero se equivocan.

—¿Por qué? —Parece aturdida y quiere mantener las distancias.

—Tranquila, soy una buena persona, de esas que tú defenderías a capa y espada. Por eso te admiro tanto.

Alice me observa sin entender y yo dejo escapar una lágrima. Esa persona de las grabaciones, esa preciosa y dulce mujer, no está ahora en esta habitación. Y de verdad que la necesito, la necesito con todas mis fuerzas.

—¿Por qué lloras? —me pregunta, y su rechazo hacia mí desaparece.

Me limpio las mejillas y esbozo una sonrisa débil.

—Porque estoy feliz de haberte conocido, Alice. Porque, como tu hija me aseguró, eres irrepetible y espectacular.

Ella parpadea y sus facciones se endulzan. Entonces levanta su mano y me acaricia la mejilla.

—Tú también eres único y espectacular, Mario.

Y aunque no sé si ha recuperado la memoria o solo desea consolarme, veo la esencia de la verdadera Alice Fiore en su mirada. Eso solo me basta para sonreírle de verdad, algo que llevaba sin hacer desde hacía días.

Salgo de la residencia y, mi yo ilusionado y optimista, que se había adormecido después de lo ocurrido con los amigos de Leandro, se despierta. He pedido permiso para cogerme unos días libres; mañana saldré de Italia por primera vez en mi vida para volar a España. Daré pasos de ciego, pero cabe la posibilidad de encontrar allí al hijo de Alice, gracias a la ayuda de los contactos de mi tía (yo no he servido de mucho en esta búsqueda, pero ha sido emocionante asumir el papel de aprendiz). No hay nada seguro, nada es certero al cien por cien; sin embargo, vale la pena intentarlo.

Justo el día en que decidí ir a España, llamé a Anna, la hija de Alice. No, no me atreví a comentarle nada acerca del viaje, pero sí le conté por fin que había recuperado las cintas del armario de las mariquitas y estaba enseñándoselas a su madre. Ella reaccionó bien (lo más seguro es que ya lo supiese y esta idea me había carcomido el cerebro durante estos meses), pero la noté seca, como si prefiriese no exponer sus sentimientos, como si los encerrase. Adiviné que el asunto de las grabaciones también es un tema peliagudo para ella, aunque me agradeció que hubiese tenido la iniciativa, porque sabía que esos vídeos eran muy importantes para su madre. Entro en casa y anuncio mi llegada. Como de costumbre, nadie responde; sin embargo, sé que mi madre está planchando en el salón, mi padre está tirado en el sofá con una cerveza en la mano mirando la tele y mi hermano encerrado en su habitación jugando a ese videojuego que le tiene absorbido la mayor parte del día. Voy directo a mi cuarto a dejar mis cosas y luego me meto en la ducha. Últimamente lo hago con los ojos cerrados para no verme en el espejo, para no recordar la mancha lila amarillenta que se extiende por toda la zona izquierda de mis costillas y la que recorre mi tobillo hacia arriba, que duele y me impide caminar sin cojear, aunque trate de apretar los dientes y fingir que no pasa nada. Evito mirarme porque esos no son los moratones más grandes que hay en mi cuerpo; todo está en mí, en mi expresión, en mis ojos. Veo rechazo en mi propia mirada, ese chico que se refleja en el espejo no me quiere. No soy de su agrado.

—Tienes la cena en el microondas —me informa mi madre como de costumbre desde que empecé a trabajar.

Antes solíamos cenar juntos, pero hace casi tres meses que llego a las diez y hay días que hasta me retraso un poco, de modo que ellos cenan antes. En cierta forma lo agradezco, cada vez aguanto menos los monólogos de mamá, que son siempre acerca de lo mismo: la religión y lo malas que son las personas que, según ella, son pecadoras por hacer determinadas acciones o gustarles determinadas cosas que la iglesia no aprueba.

—No tengo mucha hambre —le digo terminando de entrar en el salón y reprimiendo el cojeo. Por supuesto, ellos no saben nada.

—Tienes que comer un poco, te estás quedando muy delgado. Mírate, un día se te lleva el aire —me regaña mientras alcanza otra camisa de mi padre y empieza a plancharla—. Bueno, ¿qué tal el día?

—Bien, los lunes son especiales.

—Eres el único ser del planeta que opina eso, hijo —añade mi padre sin dejar de mirar la tele.

Silencio de nuevo. Esta es mi pequeña visita habitual para tomar algo de contacto con mis padres, luego voy a la habitación de mi hermano, le llamo veinte veces hasta que por fin me oye a través de esos cascos que lleva puestos y con los que está en contacto con otros jugadores, y le recuerdo que se ponga todo lo que debe en la mochila para el día siguiente, porque es un despiste aunque tenga quince años. Y después me voy a mi habitación y, en mi soledad, sin nadie alrededor, a veces lloro, a veces leo hasta que me arden los ojos o a veces me tumbo y trato de olvidar. Pero hoy no me voy del salón, me quedo allí, y las palabras me salen solas:

—He oído una noticia impactante —empiezo—. Un chico se metió en un congelador para suicidarse porque sus compañeros del colegio le acosaban continuamente.

—¡Oh! Eso es horrible, Mario. —Mamá se santigua—. Pobre muchacho. Los colegios deberían hacer algo drástico para acabar con el acoso.

Mi madre no es una mala mujer, yo lo sé. Ella nos quiere y siempre está disponible para ayudar en lo que sea. Lo que me dice es sincero. Sin embargo, no le estoy dando toda la información:

—Ese chico era homosexual, se metían con él por ese motivo. —Termino mi noticia impactante.

Veo cómo asoma una expresión de disgusto en su rostro y aprieto los músculos, pidiendo por favor que no me dé una respuesta que me duela. Aunque me lo he buscado yo solo.

—Sus padres deberían haber hecho algo. —Chasquea la lengua—. O quizá no supiesen que era homosexual. Ese niño no debería haber ido al colegio hasta que no se curase.

—¿Que se curase? —pregunto, metiéndome más en esa trampa de pinchos que se clavaba en mis entrañas.

—Sí, esos niños que le insultaban no lo querían cerca, y con razón. A esa edad eres muy miedoso y ese tipo de cosas no está bien que la vean los niños. Pueden hacerse ideas equivocadas...

—Mamá, estamos hablando de un chico que se suicida porque los demás no lo aceptan...

—Quizá él tampoco se aceptaba. —Y así, mi madre, mi propia madre, contesta tal y como Samuele, el abusón de la historia de Alice, lo hizo.

—Además, ¿cómo va a saber un crío que es homosexual? Esta juventud está muy perdida. Necesitan a esos maestros estrictos de antes, esos que te daban con la regla en las manos cuando hacías algo mal. —Mi padre pone la guinda.

Y yo me siento extraterrestre en mi propia casa, como siempre. Me quedo ahí parado, asimilando los estacazos de mi propia familia, y me doy cuenta de que, en determinado momento, se han olvidado de que sigo allí. De que mañana me voy de Italia.

Salgo del salón en silencio y empujo la puerta entreabierta del cuarto de mi hermano. Normalmente está cerrada, pero no le presto atención a ese detalle hasta que veo que él está sentado en su cama en vez de frente al ordenador, abducido por el juego.

—Nicola...

—No, todavía no he metido nada en la mochila —responde, mirándome con seriedad.

—Bueno, que no se te olvide nada, ¿vale? No voy a estar para recordártelo estos días, así que actúa como un adolescente responsable y...

—¿Cuándo vas a volver?

—Pues... en cuatro días. —No creía que le interesase mi ausencia.

Mi hermano y yo no somos de hablar. Él es cerrado y yo también. De todos modos, yo siempre le muestro más afecto, me preocupo por él y le beso, aunque se queje. Él solo sabe tratar conmigo mediante bromas o fugaces conversaciones absurdas. Sé que me quiere, me sonríe, más que a papá o a mamá, y solo habla conmigo las pocas veces que abre la boca en esta casa.

—No te vayas. —Me pide de repente, y yo me quedo de piedra.

—Nicola, te las vas a arreglar, ya no eres un niño pequeño...

—He escuchado lo que has contado a mamá y a papá. —Me interrumpe y su labio inferior tiembla—. ¿Te vas a meter en un congelador?

No puedo respirar después de esto. Le doy *pause* al mundo y miro a mi hermano como si le viese por primera vez. Veo su miedo, sus dudas, su dolor. Lo sabe. Nicola lo sabe. Y me pregunto desde cuándo. «¿Cuánto hace que lo sabes, Nicola? ¿Por qué nunca he notado un cambio de tu comportamiento hacia mí? ¿Me odias?».

Sin verlo venir, él me abraza y gimotea.

—No te vayas, Mario, por favor. —Llora.

Le devuelvo el abrazo, aceptando la situación, digiriéndola despacio. Y luego arrugo el rostro y reprimo llorar como él.

—Nicola, eh, Nicola, no seas absurdo, ¿vale? No voy a meterme en un congelador. Me voy a España, de verdad. Tengo que ayudar a alguien que me importa. Te llamaré cuando esté allí, lo prometo.

Él sigue abrazándome fuerte, temblando con levedad. Por un momento ha creído en serio que me iba a quitar la vida. No ha dudado. De ser así no me habría pedido que no me marchase. Estar pegado así a mi hermano es como si un marciano abrazase una tostadora; es una situación extraña, desconocida, sin embargo es reconfortante. Nicola se aparta y es incapaz de mirarme a la cara.

—He imaginado... tu cara saliendo en las noticias sobre un titular morboso acerca de tu muerte y... ha sido real. Lo he visto posible. ¿Por qué es más posible que ocurra alguna desgracia a que nos pase algo bueno?

Era la frase más larga que ha salido de sus labios en siglos y contiene tanta razón que da miedo. No sé qué responder. Solo le revuelvo el pelo ya enmarañado y me quedo otro rato sentado a su lado, sin que ninguno diga nada más.

—Espero tu llamada —me dice después de cinco minutos, justo antes de que yo salga de su habitación.

14

Vídeo 10
Alice

El centro Nuova Vita celebraba su quince aniversario y por este motivo aquel viernes por la noche se haría una fiesta. Había transcurrido un mes desde lo sucedido con Alessandro, él había regresado al centro tras pasar unos pocos días con su abuelo y todo parecía haber vuelto a la normalidad. Por otro lado, el número de alumnos en mis clases había ascendido de tal forma que el director se había visto en la obligación de cerrar las plazas. Treinta y seis chicos y chicas de entre catorce y diecisiete años llenaban mi modesta clase de Literatura y había veintinueve en las clases de Arte Dramático. Mis horas libres se habían reducido a los diez minutos del café después de comer y el ratito de paz leyendo alguna novela antes de acostarme. Entre las clases, las correcciones de trabajos, analizarlos para aportar valor al estudio, clasificarlo todo y redactar mis reflexiones contrastándolas con libros, mi ritmo de vida se había acelerado mucho y las horas escribiendo mi estudio se habían triplicado. Casi no tenía tiempo de pensar en él. Casi.

Me paseé descalza por el suelo frío de mi dormitorio, mirando los dos vestidos que descansaban en la cama. Acababa de hablar con mamá por teléfono para que me ayudase a elegir; ella misma me los había mandado por correo, pues no había pensado que fuese a necesitar algo elegante para dar clases en un internado. Me probé ambos, mirándome en el estrecho espejo que se situaba en la cara interior de la puerta del armario. Estaba más delgada y había empalidecido. No era consciente de lo poco que salía al sol últimamente. Al final me decanté por el vestido de color granate que favorecía mi figura y hacía unas pequeñas hondas sobre mi pierna izquierda y se acortaba en la derecha. Me lo até con un lazo al cuello, ignorando el sostén sobre el aparador debido al escote pronunciado de la espalda y agradeciendo tener los pechos pequeños. Me hice un recogido algo despeinado y me puse color en los labios justo antes de perfumarme y colocarme unos zapatos con poco tacón. Salí y vi la noche apoderarse de los pasillos. Cualquier otro viernes a esas horas ya me encontraría en mi casa alquilada, continuando con el estudio o planeando nuevas clases; sin embargo, bajaba las escaleras, divisando a estudiantes trajeados y elegantes acudir a la sala de actos, riendo alto y poniéndose rojos por los piropos improvisados o miradas coquetas.

La sala de actos, vacía de asientos, se encontraba abarrotada de alumnos, profesores y personal de servicio, que apenas estaban reconocibles vestidos de punta en blanco. El escenario, el mismo que había pisado yo hacía casi un mes, estaba iluminado por focos y sobre él había un par de sillas y un piano. Pregunté acerca de una posible actuación, pero por lo visto había factor sorpresa para el comienzo de la fiesta.

—¡Alice! ¡Vaya, estás preciosa! —chilló Michela, sorprendiéndome por la espalda.

Reí y la abracé.

—Mira quién fue a hablar, estás increíble.

—Deberíamos hacer este tipo de cosas más a menudo, me siento como Audrey Hepburn en *Desayuno con diamantes*. —Rio por lo bajo, acariciándose el vestido negro.

Ambas miramos al escenario tras el balido metálico del micrófono que el profesor de Música estaba tratando de hacer funcionar. Al regresar la mirada hacia Michela, no podía acordarme de cómo nos habíamos encontrado. Sabía que lo habíamos hecho y que habíamos hablado, pero no recordaba de qué. La observé un poco más obligándome a hacer memoria, pero no hubo manera. Hacía tiempo que no me ocurría eso con tanta intensidad. Lo más habitual hasta el momento había sido olvidar lo que estaba contando a la persona que tenía enfrente: de golpe, se me quedaba la mente en blanco y era incapaz de seguir hablando. Luego llegaba un leve mareo, como el que tenía ahora.

—¡Buenas noches damas y caballeros! Con motivo del quince aniversario del centro Nuova Vita, los alumnos de conservatorio han trabajado duro estos meses para ofrecernos una pequeña muestra del talento musical que tenemos entre estas paredes. Y para dar comienzo, os presento a Amos Lombardi y Calisto Botticelli a los violines, Valentina Morelli al piano y Liam Ross con el violonchelo, ¡un fuerte aplauso!

Verle caminar por el escenario hacia la silla principal cargando ese gigantesco instrumento me hizo olvidar la preocupación de que mi memoria se estuviese desgastando a un ritmo imparable.

Su nombre era el último que me esperaba oír entre todos los posibles candidatos a protagonizar la actuación sorpresa. Liam tendía a esconderse del mundo, no a exponerse. Pero ahí estaba él, colocando el violonchelo entre sus piernas vestidas de negro y descansando el cuello del instrumento sobre su hombro izquierdo con cuidado, como si lo acunase.

Por unos segundos tuve envidia de ese violonchelo.

Entonces empezaron a tocar: Liam cerró los ojos, puso el arco sobre las cuerdas y la música lo poseyó. Miré embriagada cada movimiento, cada inspiración sonora que se escapaba de su boca, cómo fruncía el ceño, como si acariciase en vez de crear música; parecía otra persona. Había pasión en sus gestos suaves, había sentimiento. A veces dejaba caer la cabeza hacia atrás con levedad y entreabría la boca. Ya no era un adolescente de diecisiete años, sino un hombre seguro que dejaba que el *Adagio* de Albinoni le absorbiese, que olvidaba que había espectadores. Liam se dejaba llevar por sus emociones, de una forma intimidante y... sugerente. Hipnótica. Esa era la palabra. Ya no solo la melodía preciosa que colmaba la sala entera, Liam llenaba el lugar, lo hacía estallar. Y, sin embargo, cuando acabó y sus ojos aguamarina se abrieron y miraron por primera vez al público, hubo un instante de silencio. Estaba segura de que todos en ese salón se encontraban impresionados, pero solo yo arrugaba la falda del vestido entre mis puños. Los aplausos vinieron en estampida y duraron tanto como para obligar a Fabio, el profesor de Música, a rogar silencio para dar paso a la siguiente actuación.

Sonaba *Rasputin* de Boney M en el momento en el que me servía el cóctel sin alcohol que había a un lado del enorme salón. Había perdido a Michela, pero no me empeñé en buscarla. Me quedé allí al lado de la mesa alargada colmada de comida y bebida, contemplando a los chicos y chicas bailar y divertirse. Llevaba necesitando ver a Liam desde que había bajado del escenario tras esa estremecedora actuación, pero sospechaba que no estaba allí; su fobia a las multitudes le impediría quedarse.

Y entonces le vi.

La sala estaba iluminada de forma tenue y los reflejos de la bola del techo incidieron en su figura, que se apoyaba de espaldas contra la pared, contemplando, como lo había estado haciendo yo hacía dos minutos. No llevaba la corbata del uniforme, pero sí vestía con esa camisa blanca arremangada por mitad de los brazos de forma desarreglada. Los rizos casi le alcanzaban los ojos; quería ir allí y apartárselos. Me desplacé hacia el centro, moviéndome al son de la música y me hice hueco entre los estudiantes. Logré lo que quería: Liam reparó en mí. Le sonreí en cuanto lo hizo y bailé, tratando de animarle. Su gesto serio se transformó, a raíz de mi patético bailecito, en una sonrisa. Liam estaba sonriendo. Su cara se había convertido en una atracción de curvas y luz. Duró poco, pero lo suficiente como para que olvidase qué hacía allí en medio y asegurarme que su rostro podía llegar a ser lo más bonito que había visto.

Le perdí, varias cabezas llenaron mi campo de visión y, cuando quise abrirme paso, él ya no estaba. Le busqué con la mirada. Regresé al lado de la mesa, recorrí aquel salón de actos de punta a punta. No estaba. Así que decidí irme.

El sonido amortiguado de la música me relajó un poco cuando alcancé las escaleras. El clac, clac de mis tacones era lo único que se oía en aquellos pasillos vacíos en penumbra. Estaba agotada y me estaba dando cuenta mientras subía los escalones. Ya no solo de forma física, me dolía el alma de ignorarla. Hacía oídos sordos a sus pinchazos, a sus gritos, pero así me iba bien. Estaba centrada en mi trabajo, mis alumnos estaban contentos e ilusionados. Y ya no soñaba con él.

Me detuve antes de subir al siguiente piso, con la mano izquierda cogida al pasamanos y me giré hacia el balcón, ese en el que le había visto fumar una vez. Era una intuición, solo eso, pero me acerqué a la puerta-ventana y titubeé antes de coger el pomo, suspirando hondo, para abrir y salir a la noche. Allí estaba. Liam se encontraba sentado contra la pared, sosteniendo un cigarrillo entre sus largos dedos. Apenas me dirigió una mirada y tomó otra calada. Contuve el aliento, cerré tras de mí y resbalé la espalda despacio hasta situarme a su lado. Los dos miramos hacia el cielo oscuro y estrellado, sin decir nada. Su mano rozó mi pierna semidesnuda al acercarme el cigarro y yo lo tomé, me lo acerqué a los labios e inhalé el humo.

—No soy un crío caprichoso que piensa que es el centro del universo —habló Liam en un susurro ronco—. Todo lo que ha ocurrido... han sido casualidades. No he hecho nada con la intención de llamar tu atención. Ese adolescente que tienes en tu cabeza no existe. Yo... no soy así. Soy el tipo que ha subido a ese escenario. Ese soy yo en la intimidad, quien nadie ve porque no quiero que lo vean.

Le miré atenta, viendo cómo la nuez de su garganta se movía al hablar ya que apoyaba la cabeza en la pared y su cuello se arqueaba. Sentía que nunca le había escuchado tanto tiempo sin que estuviese leyendo, con sus inflexiones y su inseguridad. Tenía una voz suave y adictiva, de esas que escuchas y necesitas volver a oír. O quizá todo en él me resultase de la misma forma. ¡Qué más daba! La cuestión era que me sentía bien. Allí, a su lado, a pesar de estar nerviosa, el alma no me dolía. Aunque no hablásemos, me pasaría allí la noche entera, escuchándole respirar.

—¿Y qué te ha hecho salir a ese escenario para que te viesen ser tú? —musité, devolviéndole el cigarrillo.

Él lo tomó con cuidado de entre mis dedos y se lo llevó a los labios, cerrando los ojos.

—En ese mismo escenario, alguien me inspiró. —Siguió con ese susurro ronco—. Cuando toco el chelo soy feliz. Por unos momentos no estoy solo y puedo ser quien quiero ser.

Le contemplé, notando la piel erizada; la noche le concedía a su rostro luces y sombras que marcaban sus facciones. Me hubiese podido pasar horas mirándole. Quería hacerlo todo el tiempo sin sentir que estaba mal, sin tener que esconderme u ocultarlo.

—Antes, en el salón de actos, cuando me he puesto a hacer la boba... has... ¿Puedes volver a... hacer eso? —Liam me miró frunciendo el ceño, preguntando con la mirada—. Sonreír. Apenas te he visto hacerlo en todo este tiempo —le aclaré.

Las arrugas de su entrecejo desaparecieron, pero su confusión continuó ahí. Estaba triste. Lo sentía, lo veía. Dejó caer la cabeza y le pegó otra calada al cigarro antes de apagarlo contra la suela de su zapato.

—¿Qué razones tengo para sonreír, Alice? —me preguntó en voz queda con una entonación apesadumbrada.

Mi nombre en su voz. No podía con ello. Con su pena, con esa dulzura.

Me miró y sus pupilas se movieron sobre mi rostro, buscando una respuesta. Yo sentí vértigo. Nos miramos, en silencio, dejados sobre el suelo, frágiles ante la inmensidad del cielo negro. Entonces yo, sin querer, o quizá queriendo, arrastré el hombro por la pared y le besé. Liam dejó escapar un casi inaudible gemido gutural y yo moví mis labios húmedos entre los suyos, de forma breve, de manera ansiosa. Y el sabor a tabaco, a vida, a frutas prohibidas y a amor del que duele colmó mi boca. Liam me observó con sus labios mojados entreabiertos y la mirada felina y asustada cuando me aparté. Aguanté la emoción que me atenazaba. Quería decirle que lo sentía, que lo sentía muchísimo. Cerré los ojos y me levanté ayudándome con la pared para sostener mi peso.

—¿Alice? —musitó con la voz trémula.

Me quedé quieta contra la fachada, observando las estrellas, que se difuminaban entre mis pestañas. El aliento se me escapó lento entre los dientes y luego abrí la puertaventana y entré en el edificio; mis zapatos contra el linóleo resquebrajaron el silencio sepulcral del internado. Subí las escaleras, recogí alguna de las cosas que necesitaba de mi habitación y llamé al servicio de taxis de todos los fines de semana. El balcón continuaba cerrado cuando volví a bajar, esta vez con más prisa, y aguanté el dolor en el pecho, retirando la vista, haciendo volar la falda tras de mí.

Cuando bajé del taxi, estaba tronando. Las gotas alcanzaron a mojar mis hombros desnudos y recorrer mi frente antes de que abriese la puerta de mi casa. Inspiré con falta de oxígeno en cuanto entré, antes de descalzarme de manera aparatosa y agacharme de cuclillas en mitad del comedor, rodeándome las rodillas para gritar contra ellas. Estuve así hasta que se me durmieron las extremidades y descubrí que fuera llovía a cántaros.

Mis piernas estaban húmedas cuando me incorporé de forma desequilibrada y miré mi actual hogar con gesto inerte. Podía ver el color granate de mi vestido reflejado en el cristal del mueble que había a mi izquierda, estaba despeinada y hecha polvo.

Arrastré los pies hacia la habitación, que destellaba en esos momentos a causa de un relámpago, y apenas encendí la luz; me lancé sobre la enorme cama y, en ese instante, el sonido del timbre de la entrada me hizo abrir los ojos de golpe.

Con gesto extrañado, me levanté y caminé hacia la entrada y retiré un poco la cortina que daba a la enorme ventana que se situaba junto a la puerta: una silueta se encontraba allí, esperando bajo la furia del aguacero. No podía creerlo. La sangre me huyó del cuerpo.

Acerqué la mano temblorosa hacia el pomo y abrí despacio. Liam estaba allí, por muy improbable que eso fuese. Estaba allí, empapado, mirándome, con la camisa blanca adherida al pecho, que le subía y le bajaba con velocidad, como si hubiese corrido hasta allí sin parar.

—¿Li... Liam? ¿Qué...?

Las gotas de su cuerpo rebotaron contra mí cuando se adelantó y me tomó la cara para aplastar sus labios contra los míos. Y los movió con energía, sin cuidado, sin reprimirse, de forma hosca pero dulce. Ya había hecho suficiente, no pretendía detenerle. No quería.

Liam nos llevó hacia el interior de la casa, pegando su cuerpo mojado al mío, elevándome contra su abdomen al presionar sus manos contra mis glúteos. Me empapé con él, jadeé con él, sentí sus rizos enredados y apelmazados entre los dedos. Noté sus temblores, sus siseos nerviosos, su ligero gimoteo. Respiré con dificultad entre su boca, sintiendo tronar mi pecho mucho más fuerte que el cielo.

—¿Por qué está tan mal? —se lamentó mientras tiritaba y aguantaba el llanto justo sobre mi boca—. ¿Por qué está tan mal si me hace sentir tan vivo?

Expulsé el aliento entre sus labios y gemí de dolor y consternación antes de volver a besarle. Y lo hice con más fuerza, notando su lengua en mi lengua, sin medir mis movimientos. Sus manos arrugaron mi vestido por la parte de las caderas y las presionó contra mi piel, formando un reguero de agua de lluvia que descendía por mis piernas debido a la tela empapada.

Quizá debíamos detenernos, hablar, calmarnos, pero aquel pensamiento se convirtió en humo y se evaporó de mi cabeza tan pronto como había venido. Quería desnudarle, despegarle esa ropa mojada; mis manos eran eco de mi cabeza. Liam estaba allí, tocándome de esa manera, probándome, le sentía vulnerable entre mis brazos y a la vez real; alguien que, con un chasquido de dedos, haría estallar en añicos mis órganos vitales.

Me miró, sus ojos azules intensos penetraron los míos entre rizos mojados, respirándome con ahogo. Su gesto tenso y apasionado esperaba algún movimiento por mi parte, alguno que hiciese que aquello parase o continuase hasta el final. Yo era incapaz de pensar con coherencia, así que lo hice: dejé de tener miedo y le quité la camisa. Su respiración se tornó sibilante ante mi decisión, temblaba, temblaba mucho, y yo le besé despacio. Le besé la boca, la mandíbula, el lóbulo de la oreja, la base del cuello, mientras nos desplazábamos con torpeza hacia la habitación. Me dejé caer en la cama y resbalé los brazos por su cuerpo húmedo, abrazándole fuerte la cintura porque de repente lo necesitaba. Apreté los ojos y oculté la cara en su abdomen. Le sentía tiritar, notaba el pulso golpear cada ápice de mi cuerpo con violencia. Entonces percibí un gorgoteo ronco y roto de Liam, que asfixió su leve llanto contra mi pelo y me devolvió el abrazo de forma aparatosa. Se agachó, aflojé mis brazos en torno a él y se arrodilló ante mí, despeinado, brillante por las gotas de agua y con los labios hinchados de besarme. Estaba asustado, lo veía en su mirada. Yo le asustaba, le asustaba el dolor que podíamos causarnos. Pero allí estaba, firme ante mí, mostrándome sus debilidades.

Llevé los dedos a su cara y los paseé por cada vértice, luego me desplacé hacia atrás, arrastrándome hacia el centro del colchón y me incorporé sobre este (no había juicio, cualquier rastro de la Alice Fiore racional se había ausentado de aquella habitación), deshaciendo el lazo de mi cuello para que el vestido resbalase por mi cuerpo. Liam me observó erguido a los pies de la cama, serio.

Era consciente de mis pechos pequeños, de mi delgadez, pero a través de sus ojos me veía como una mujer por la que hacer ese tipo de locuras que te llevan a correr sin parar varios kilómetros bajo una tormenta sin tener ni la menor idea de si, al verla, ella va a pedirte que te marches. Liam levantó su rodilla y subió conmigo a la cama, deteniéndose a escasos centímetros de mí. Oí su respiración acelerada y vi el movimiento de su mandíbula y su garganta al tragar despacio. Pensé que era muy posible que nunca hubiese tenido a una mujer desnuda delante, que podía ser que nunca se hubiese desnudado ante nadie. Su fragilidad se triplicó y mi anhelo también. Él, mi noche de verano en un lugar exótico, mi fruta exquisita que nunca había probado, mi sueño, mi vida. Mi amor del que duele. Se desnudó y me atrajo hacia sí y su piel de apariencia suave era tanto como lo parecía en contacto con mi piel, su vello se erizó junto al mío. Y al cerrar los ojos olía a primavera, a tierra mojada por la lluvia, a jabón y a sexo.

En algún momento sus piernas se enredaron con las mías y estábamos tumbados de forma extraña sobre el colchón. Nadie me había tocado antes que él, no podían haberlo hecho si se sentía así de fuerte. Sus yemas estaban hechas del material más sensitivo del mundo; allí donde me tocaba, yo gemía. Conforme los segundos pasaban, los nervios y el miedo se sustituyeron por besos y más besos, caricias y embistes. Yo sobre él, él sobre mí, el agua de lluvia sustituida por el sabor salado de nuestro sudor.

Nunca había estado tanto tiempo desnuda con alguien, nunca nadie había estado tanto dentro de mí, los minutos pasaron y los meses de miradas furtivas se transformaron en transpiración y jadeos.

Lo hicimos. No hubo marcha atrás. La cama de su dormitorio allí en Nuova Vita estaba vacía y él estaba aquí, agotado, tumbado desnudo a mi lado, con los rizos pegados a la frente y los labios adheridos a mi cintura. Ya no llovía, solo se oía el delicado goteo del vestigio de agua que se había acumulado en los tejados y los árboles, que formaba una melodía junto a nuestros intentos de recuperar el aliento.

—Y entonces, aquel lugar ordinario, al que nunca ha visto nada de especial, de repente es el cielo. Su cielo —dije en voz baja, citándole.

Liam reconoció su propio escrito, el que me leyó en clase, y levantó la cabeza; estaba abrazado a mi cintura y, al mirar hacia mí, se formaron varias líneas en su frente de las que me enamoré al instante, y luego sonrió. Yo también lo hice con la intención de alargar esa adorada expresión de su rostro y me di cuenta de que en realidad nunca le había visto sonreír de verdad como lo hacía en esos instantes. No dejó de hacerlo incluso cuando agachó de nuevo la cabeza y me rodeó las caderas, apoyando la cara en mi costado. Yo suspiré hondo de placer, relajada y feliz, como no recordaba estarlo desde hacía mucho. Y cerré los ojos.

Jamás olvidaría el olor de aquella habitación esa primera vez; el aroma de su piel y mi piel tras el sexo, los muebles antiguos y el ligero efluvio a lluvia. Las tormentas jamás tendrían el mismo sentido para mí desde entonces. Jamás.

Recuerdo importante: No olvides el olor de la lluvia de tormenta. Trata de asimilar que él busca tu piel, y no la de otra persona. Y, aunque no entiendas nada, aunque creas que el mundo se ha detenido en el instante en que él te abrazaba sobre tu nueva cama, no dejes de plantar los pies en la tierra. Alice, te has enamorado, no como cuando creías estar enamorada de él tras aparecerse en tus sueños. Te has enamorado de verdad, de forma sólida, asfixiante y violenta. Y da miedo.

15

Vídeo 11
Diario de Liam

5 de abril de 1980

No recuerdo cómo respirar. Mientras la miro (dormida, a mi lado, pegada a mi piel, desnuda), su pelo despeinado se enreda sobre la palma de mi mano, que descansa sobre la almohada. He olvidado quién soy y por qué no vivo con ella. Por qué no es mi mujer, por qué no hay una foto colgada en la pared en la que salimos sonriendo o por qué en el armario no están colgadas mis camisas. Me pregunto por qué es esta mi vida, en vez de haberla conocido antes o en otra circunstancia, en otro universo. Odio el maldito destino y sus reglas, la suerte o lo que sea que elija qué camino tomamos los seres humanos al nacer. Lo odio porque, aunque ella está aquí, aunque me recibió anoche con esa pasión, aunque me besó y me mostró millones de sensaciones nuevas, no sé si al despertar se arrepentirá de lo ocurrido.

Con el sol bañando nuestros cuerpos desnudos, despejada por la brisa de un nuevo día, tal vez se dará cuenta de la gravedad de lo que hicimos. La miro y noto un dolor amortiguado que me atenaza, se asemeja a la culpabilidad, al remordimiento. No he hecho nada malo, ¿verdad? Ella no se sentirá mal a partir de ahora por haber desvirgado a un joven alumno atrevido y botarate. No sentirá vergüenza de sí misma por tal atrocidad. ¿Quién soy yo a sus ojos? O mejor, ¿quién era y quién seré a partir de ahora? ¿Será peor? ¿Evitará mirarme, encontrarse conmigo o, peor aún, se marchará?

Noto una presión en mi sexo, en la pelvis, en la piel, que huele a ella. Es como si hubiese mudado por fin, como si calzase otro yo, alguien más maduro, más experimentado aunque más vulnerable.

Aquí, a su lado, me siento como un intruso, un depravado que se cuela en los aposentos de una señorita sin ser invitado. Temo que abra los ojos y me pida que me marche con gesto severo y la tez enrojecida por la culpa. No puedo soportar mis propios pensamientos desquiciados. Lo único que deseo más que nada es despertarla a besos y volver a hacerle el amor.

Así que me levanto con cuidado de la cama y me visto antes de que el sol despunte del todo, notando que el dolor agudo en la boca del estómago se acentúa al salir de su casa, como si supiese que nunca volveré a pisarla. Entonces corro de nuevo, con la rabia de incentivo, oliendo su piel en cada bocanada, porque todo yo estoy impregnado en Alice. No me lavaré. Aunque ella me rechace y me ignore, estará en mi cama, conmigo, todo el tiempo.

Llego al internado siendo igual de rápido y habilidoso al colarme por detrás y entrar antes de que el edificio vuelva a la vida.

Los fines de semana se han convertido en un cúmulo de segundos lentos y horas perdidas desde la llegada de Alice, pero ninguno como este. Quiero volver a escaparme y correr hacia su casa, aunque no sea bien recibido. En vez de ello estoy escribiendo, lo más alejado a la puerta de mi cuarto, sentado en la esquina con el bloc sobre mis rodillas.

Mi cuerpo no es el mismo de ayer.

Estoy diferente. El tacto de mi piel es distinto, más receptivo, hipersensible. Existe una deliciosa realidad: ayer, cuando Alice me abrió la puerta de su casa, todavía era virgen. Noto mi cuero cabelludo y mis mejillas calientes mientras escribo y recuerdo estar desnudándome delante de ella. En aquel momento resultó una necesidad; algo que, si no se producía, me iba a explotar el pecho. Ahora no sé ni cómo tuve el valor de hacerlo. Pero es algo que tengo que escribir porque quiero recordarlo cuando mi cuerpo esté lleno de arrugas y me haya olvidado de las cosas que merecen la pena en la vida.

Si cierro los ojos y vuelvo allí, con Alice, renace de nuevo la inseguridad, los temblores convulsos e incontrolables, los nervios que hacían que me doliese el estómago.

No me había sentido así nunca.

En mi imaginación, en clase de Literatura, desde mi sitio, siguiendo cada uno de los movimientos de su falda, yo era más seguro. En mi cabeza no temblaba, la besaba sin parar, era decidido, como muchos de los personajes principales de cada novela que he leído. La realidad ha sido que apenas coordinaba mis movimientos. Sin embargo las sensaciones, el olor, su tacto, el placer... no podría haberlo llegado a imaginar nunca. Creía saber lo que era el sexo, la pasión, pero no sabía nada. Absolutamente nada. Hoy lo sé y quiero volver. Quiero regresar a su lado e impedir que se vista en todo el día. Y no solo por volver a hacer el amor una y otra vez, sino porque me siento a salvo pegado a su piel, desnudos, como dos rebeldes contra el mundo que han descubierto que lo de antes no era vivir.

Y necesito vivir, Alice. No te arrepientas, por favor.

9 de abril de 1980

Entro a mi dormitorio y no lo contengo más: me echo a llorar como un crío pequeño. Como lo que soy, un maldito crío. ¿Cómo pensaba que me vería ella? ¿Qué esperaba? No soy un hombre con un futuro seguro, una estabilidad. No soy quien ella busca. Alguien de su edad, con experiencia, que sepa quién es, que la tome entre sus brazos fuertes, en vez de estos delgados y paliduchos que tengo yo. Me miro al espejo y veo a un muchacho de diecisiete años con un pasado traumático y una vida a la deriva. Apenas puedo prever lo que será de mí mañana. No tengo nada además de mi carne desnuda y mi devoción enloquecedora. No soy nadie. Solo un crío. Un chiquillo que llora y arde por amor, porque antes ni se imaginaba lo que significaba, porque no lo había anhelado ni lo había buscado. Y ahí está, destrozándome.

Ella se comporta como siempre. Soy un alumno más en su clase cada vez más poblada. Apenas me mira, no me hace ninguna señal. Como si no hubiera pasado nada, como si todo siguiese su curso y nos quisiese hacer entender, a ella y a mí, que no pasó nada. Que fue una metedura de pata de la que solo tendremos constancia los dos. Como si mi vida no hubiese comenzado el viernes pasado. Al menos tengo el ligero alivio de que seremos confidentes, de que compartiremos un secreto. De que mis fluidos están en sus sábanas y en su ropa, de que mis manos aún huelen a ella. He intentado cruzarme en su camino, pero cada vez que surge la oportunidad de quedarnos a solas, me echo atrás. No puedo. No quiero escucharla decir que no va a volver a suceder. Y todo lo que hace meses parecía importante en mi día a día, hoy es intrascendente. Solo puedo escribir para que no me queme el pecho y al final arda vivo.

Quizá debería ser valiente, enfrentarme a la situación; tal vez no fuese tan duro asumir que no puede ser. Necesito asegurarme de si esto que me quita el aliento y paraliza los segundos es real o solo está en mi cabeza. O solo es la febril necesidad de aferrarme a algo para que mis días sean más excitantes. Para que tengan sentido. ¿Y si mis ganas de que algo cambie en mi maldita vida me han conducido a la obsesión? Alice es mi fijación, todo lo que me ha hecho despertar la piel, los sentidos, cada partícula. La peligrosidad, la prohibición, la belleza, su olor, las pequeñas pecas de su rostro... han hecho que vuelva a tomar aire. Entonces me aferro a ella. Se aferra mi cabeza pretendiendo seguir con la piel de gallina. No es que esté enamorado, para nada, solo es que quiero sentirme vivo, es eso. Quiero escuchar mi corazón latir, como ahora, que ruge, como mi garganta contra la almohada al intentar detener el llanto.

Mojo la sábana, tiro los papeles de mis trabajos actuales de encima de la mesita y mis rizos se lamentan entre mis dedos rígidos. Estoy rojo de no respirar al tratar de no llorar, pero las lágrimas siguen impactando sobre mis rodillas. Es demasiado el dolor. Duele mucho como para no quererla de esa manera.

Unos nudillos llaman a mi puerta. Los ignoro, no quiero que nadie me moleste, pero un papel se desliza bajo el resquicio y me levanto corriendo del suelo porque sé que es Valentina y tengo que decirle que no puedo quedar con ella en nuestro escondite. Hace muchos días que no hablamos, que no nos pasamos notas; debería ir, pero no puedo. Cuando abro no hay nadie, miro hacia ambos lados del pasillo sin encontrarla. En la nota me cita dentro de un cuarto de hora. Querría seguir autodestruyéndome, pero me odiaría si hiero sus sentimientos, así que acudo a los baños a limpiarme la cara con agua helada y miro el reflejo de un chico con ojeras, despeinado y roto. ¿Se puede estar más roto cuando ya estás a pedazos? Me revuelvo el pelo y regreso al cuarto para cambiarme de camisa. Al salir me concentro en mirarme los zapatos. Siempre lo hago. Mirar hacia abajo es más seguro, te evita algún encuentro y que a alguien le entren ganas de hablar contigo.

Es casi de noche, el alboroto que hay en todas partes desaparece cuando salgo al patio y cruzo la esquina que conduce hacia nuestro rincón. Estoy pensando en todo lo que diré a mi amiga: por qué he estado así de raro, por qué no he hablado con ella antes, por qué tengo la cara hinchada de haber llorado... Y, cuando levanto la mirada, veo una figura alta justo donde debería estar Valentina.

Me quedo parado.

Ella se incorpora levemente de la pared donde se apoyaba y me mira con cautela. No sé hacer que mis piernas vuelvan a funcionar. En realidad no sé hacer que nada funcione de nuevo en mí. Alice está allí, su forma es tan real que siento impresión, su tacto es real cuando lleva la mano hacia mi camisa y la agarra por el cuello, arrastrándome despacio hacia ella. Su cuerpo se detiene de nuevo de espaldas contra la pared y sigue atrayéndome. Respira rápido, me contempla seria. Entonces contrae el rostro y una lágrima brillante resbala por su mejilla. Yo tomo aire de golpe por aquello y entonces junta nuestras frentes. Ahí me doy cuenta de que yo también estoy mojando mi cara. Alice estruja mi camisa entre sus dedos y aprieta la mandíbula; sé que está aguantando las ganas de dejar que el dolor se libere, igual que estoy haciendo yo. El dolor hace más palpable ese momento. Y ambos emitimos cortos y agudos sonidos guturales, sorbiendo por la nariz, tensando las extremidades, mientras nos tiemblan los hombros de la fuerza de los golpes del llanto. Los dos estamos asimilando una escena que marcará nuestro camino a partir de este momento. Una decisión tomada. Y nos palpamos el cuerpo con los dedos, yo rozo sus brazos, la aprieto, la agarro, sin despegar nuestras frentes, las lágrimas se fusionan en nuestras narices. Entonces la beso. Nuestros labios saben a ansiedad, a locura y a amor.

Estoy enamorado. Claro que lo estoy, tonto de mí. Y me matará. Sé que lo hará. Pero no me importa, solo quiero que dure un poco más.

16

Mario

Es pleno abril y estoy sudando cuando el taxi me deja en la calle Colón, una de las vías más transitadas de Valencia por sus comercios y sus imponentes edificios. Miro mi móvil y veo la imagen de Google Maps ampliada. Una puerta junto a una tienda de zapatos con la fachada verde, eso es lo que estoy buscando, aunque no sé si encontraré algo. O mejor dicho, a alguien. Su nombre es Luca y tiene treinta y siete años, solo tengo que ir por allí y observar a los hombres de esa edad. Luca vive por aquí, según los contactos de mi tía Marzia.

Suspiro con fuerza una vez pago al taxista y emprendo camino por la acera arrastrando la maleta, sorteando a personas atareadas bajo el generoso sol vespertino. Me paso más de media hora dando vueltas por la zona mirando nombres y apellidos de los portales, llamando a timbres, hasta que decido preguntar por él a los viandantes y a los dependientes de algunas tiendas, pero nadie sabe quién es. Mi nivel de español es pésimo, pero la pregunta de «¿Conoce a un hombre llamado Luca Fernández?» es bastante sencilla.

Entonces empiezo a dudar de que este sea el lugar que me indicó mi tía. O quizá se hayan equivocado de sitio. O tal vez haya viajado y me haya gastado mis ahorros en vano porque ese tal Luca no es hijo de Alice, sino una persona cualquiera en algún lugar que no es este.

Bufo y me llevo las manos a la cara y al pelo, y me siento en el suelo contra la fachada verde, al lado de la dichosa tienda de zapatos. Me siento un pringado total. Una mujer mayor me acaba de echar una moneda a los pies murmurando «pobre muchacho», no he tenido que buscarlo en el diccionario para saber lo que significa. No quiero imaginarme el aspecto que tengo después de que la desesperación me haya acentuado el tic de revolverme el pelo y estirar mi camiseta. Soy delgado y mi blancor reflecta contra los escaparates. Normal que haya dicho «pobre muchacho». Sin embargo, me quedo sentado allí hasta que la calle empieza a oscurecer. Suelto improperios por lo bajo antes de pillar mi móvil y buscar el contacto de mi tía Marzia para asegurarme de que este es el lugar, el que ya me ha nombrado un centenar de veces para que no me cupiese duda. Llamarla es una tontería, pero necesito oírla para no derrumbarme.

Entonces me atrapa los ojos la imagen de un hombre con la cabeza llena de rizos rubios que acaba de salir de un portal de la calle de enfrente. Cruza el enorme paso de cebra con caminar acelerado y se acerca precipitadamente hacia donde estoy yo hasta que alguien le intercepta y se ponen a hablar.

—¿Mario? ¡Mario!

—¿Qué? —exclamo, con el corazón en la boca.

—Cariño, me hasllamado. ¿Te has dado cuenta? —me dice mi tía desde el otro lado de la línea.

—¡Ah, sí! Perdón. Te llamo más tarde, ¿vale?

Me olvido de despedirme de ella y cuelgo. Me incorporo del suelo mientras miro fijamente a ese tipo, que sonríe a la persona con la que se ha encontrado y gesticula al hablar.

Se me ponen los pelos de punta de tal manera que tengo que frotarme los brazos. Conozco el aspecto de Liam gracias a la docena de fotos que enseña Alice en sus vídeos mientras narra (las mismas que estaban en la caja del armario de las mariquitas junto con los cuadernos). No podría haberlo evitado, creo que nadie en su sano juicio lo habría hecho: ese chico me ha atrapado las entrañas de una manera intensa. De alguna forma, los febriles sentimientos de Alice hacia Liam se han traspasado a mi piel y se han filtrado en mi alma. Liam se ha convertido en una especie de amor platónico, un símbolo, alguien puesto en un altar frente al que no me importaría arrodillarme. El amor puro de ambos recorre mis venas. Quiero a los dos personajes de esa historia porque lo estoy viviendo en primera persona de manera potente y me he implicado mucho precisamente por esa razón. Adoro a Alice. Y Liam es ese chico imaginario, ese sueño inalcanzable. Sin embargo, ahora, ese sueño está ahí, al borde de la acera, charlando con alguien. Con los mismos rizos, la misma forma de la cara, las mismas manos. Sus facciones están más marcadas debido a su edad adulta; mientras que Liam tira hacia la niñez en sus rasgos, la cara de ese hombre se moldea hacia la madurez, pero nunca hubiese dicho que tiene treinta y siete años, aparenta diez menos. Ha heredado esa belleza aniñada y esos gestos faciales que roban miradas. El corazón me va a mil por hora mientras le observo. Ahora comprendo cómo se sintió Alice la primera vez que vio a Liam en persona. Y los latidos doblan su fuerza cuando recuerdo que tengo que hablar con él.

Tengo-que-hablar-con-él.

No puedo. Me veo incapaz. Estoy hecho un desastre. Tartamudearé. Me quedaré en blanco ¡No sé español! ¿Por qué no se me había pasado antes por la cabeza? He estado tan centrado en encontrarle que ni siquiera había pensado en lo que venía después. Su nombre es italiano, pero, por las fuentes de mi tía, sé que ese tal Luca lleva muchos años viviendo en España, que fue adoptado por una familia española cuando era un bebé. Quizá no nos entendamos. Quizá...

Él deja de hablar con la persona, retoma su dirección, abre la puerta de la cafetería que tengo a mi derecha y desaparece en su interior.

«Vale. Respira, Mario».

Cierro los ojos, inspiro hondo varias veces y noto cómo me tiemblan las rodillas y los dedos de las manos. Asimilo los sentimientos fuertes que tengo hacia ese desconocido que ha entrado en la cafetería y aprieto la mandíbula, notando esa culpabilidad que no debería estar ahí por sentirme atraído por un hombre. Nunca desaparece, aunque me convenza de que no está mal. No quiero que me rechace, que note que hay algo raro en mí y huya, como lo hizo Leandro. De él me dolería el triple, aunque no tenga sentido. Tengo que hacerlo. Solo he venido por un propósito, de manera que voy a centrarme en ello, nada más. El hecho de que se parezca una barbaridad a Liam no quiere decir que tenga su personalidad o la de Alice, que sea amable y bueno como ellos. Pero hay una cosa muy cierta, la más importante de todas: el hombre que acaba de entrar en la cafetería es el hijo de Alice y Liam.

—Mario. —Mi hermano me saluda aliviado al otro lado del teléfono. Le acabo de llamar porque he recordado que tenía que hacerlo y porque me vendrá bien escuchar una voz conocida que me relaje un poco.

—Sigo vivo, ¿ves?

—Has tardado en llamarme.

—Acabo de llegar a Valencia. —La preocupación de mi hermano es algo tan nuevo para mí que me desconcierta.

—¿Te entenderás con los españoles?

—Haré lo que pueda.

Silencio. Noto su inquietud. Suspiro profundo.

—Te mandaré mi ubicación para que me creas del todo, ¿te parece bien?

—Mmm... vale.

Me despido de él para mandarle mi ubicación a través de WhatsApp y sonrío al ver que está en línea, impaciente. Lo tengo decidido: cuando llegue a Italia hablaré con él. No sé cómo lo haré, pero no puedo dejar que Nicola piense que lo estoy pasando tal mal como para meterme en un congelador.

Entro decidido en la cafetería y, antes de buscar a Luca, voy directo a los cuartos de aseo con la maleta a rastras. Mi aspecto es tal y como lo imaginaba: mi pelo castaño tiene una punta hacia cada lado, como si hubiese sido víctima de un tifón. Me mojo la cara y trato de domar los mechones, me recoloco la chaqueta y los pantalones negros y me quedo pegado al lavabo. Miro mi reflejo en el espejo y veo a quien verá él, un chaval italiano que viene a invadir su vida hablándole acerca de su familia perdida. Lo admito, estoy cagado, pero tengo que salir de ese cuarto de baño antes de que él se marche y ya no pueda alcanzarle. Así que lo hago: salgo y le veo sentado solo en una de las mesas del fondo tomándose una bebida caliente mientras lee un libro. Su imagen me impresiona de nuevo y se me vuelve a acelerar el pulso, pero avanzo sin pausa hasta situar la maleta al lado de su mesa.

—Hola. —Le saludo en español.

Él levanta los ojos del libro y me mira. Identifico el tono azul transparente de los iris de Alice, tiene esa misma mirada despierta e inteligente, y el calor aumenta en mi pecho.

—Hola, ¿puedo ayudarte? —dice, y compruebo que todavía no está del todo centrado en mí.

—¿Tu nombre es Luca Fernández?

—El mismo. —Cierra el libro y su curiosidad repentina me provoca un pequeño espasmo en el estómago.

—Me llamo Mario, yo... ¿Me siento? —Le señalo la silla que hay frente a él, ya que no sé si le he preguntado correctamente. Debo parecerle estúpido.

—Claro. —Accede, y su atención hacia mí ya está al cien por cien.

—Mmm... —No sé por dónde empezar, apenas tengo vocabulario suficiente para decirle todo lo que bulle en mi cabeza—. Vengo de Italia. No soy... muy bueno con eso.

—Italiano, ¿eh? Ya me lo había parecido —me responde en un perfecto italiano.

—¡Vaya! Es un alivio. —Suspiro, hablando en mi idioma también, soltando una risa nerviosa.

—Supongo que no vendrás interesado en mis clases de italiano. —Ríe y se le forman esos pequeños huecos en las mejillas.

No tengo que dejarle hacer eso si quiero sonar coherente en todo lo que le quiero decir.

—No... —Sonrío y miro mis dedos—. Creo que no podrías imaginarte por qué estoy aquí.

—Eres muy misterioso, Mario. —Trata de bromear, pero ya hay seriedad en su mirada.

—Vale, empiezo. Siento si voy a desbaratar todo lo que tienes, tu pasado, tu... vida. No querría que esto te causase daño alguno, pero tengo que hacerlo. Hay... una mujer llamada Alice; ella tiene sesenta y cinco años, padece una enfermedad rara desde que era joven que provoca que olvide cosas importantes de su vida. —Me detengo para estudiar su semblante; simplemente escucha atento, respetando mi evidente estado emocional—. Ella... es asombrosa. Una de las personas más dulces y dignas de admirar que he conocido. Y... en los ochenta, perdió a un hijo. —Vuelvo a revisar su rostro. Luca toma un sorbo de su bebida y continúa escuchándome—. Se lo quitaron cuando nació. Lo buscó por todas partes, la tacharon de loca... Nunca lo encontró. Y lo sigue buscando, incluso cuando ni siquiera sabe quién es ella, sigue preguntando por su niño.

—Mario —me interrumpe y yo pego un respingo—, ¿me estás hablando de mi madre? —Su pregunta hace que todos los vellos de mi cuerpo se ericen—. Sé que soy adoptado y sé... que me arrancaron de los brazos de mi madre. Busqué a mi familia cuando cumplí los diecisiete y me resigné cuando alcancé los veinticuatro. Es una página de mi vida que ya había pasado... Mario, ¿estás seguro de lo que dices?

—Tienes los mismos ojos que ella —le digo sin cortarme.

Luca suspira y se toma lo último que le queda de la taza. Parece nervioso, le tiembla la mano al sostener su café, pero, de un momento a otro, se serena, como si quisiese contener sus emociones por algún motivo.

—¿Has venido hasta aquí para hablarme de ella? —me pregunta, apoyando la espalda en el respaldo.

—He venido hasta aquí porque Alice se merece ser feliz y nada la hará más feliz que encontrar a su hijo.

Él asiente con la cabeza, lamiéndose el labio inferior con lentitud y cierra los ojos unos instantes. De nuevo, percibo que contiene su estado emocional.

—¿Y quién eres tú?

—Yo... solo soy... —Trago saliva—. Soy un amigo suyo. Trabajo en la residencia donde ella está interna.

—¿Y me has buscado, has viajado desde Italia y has venido aquí sin saber si me encontrarías, por ella? —Hace un amago de sonrisa y mira su taza vacía—. Eres una buena persona, ya lo creo.

Sigue asintiendo sin añadir nada más. Y la incertidumbre me carcome las entrañas mientras tanto.

—Tengo unos vídeos que deberías ver. Será ella misma quien te explique cómo fueron tus padres. No te cabrá duda de que no miento... —le pido, recordando el USB que guardo en la cartera.

A base de ver tutoriales y descargarme programas, logré digitalizar todas las grabaciones de Alice y pasarlas a un *pen drive*.

—Está bien, los veré. —Acepta sin preguntar—. ¿Tienes donde quedarte, Mario?

Parpadeo varias veces ante el cambio de rumbo de la conversación.

—Mmm... Buscaré una habitación donde alojarme, supongo.

—No será por aquí, te va a costar un ojo de la cara —me dice mientras pone las monedas que le cuesta su bebida sobre la mesa.

—No pasa nada...

—¿Te quedas mucho tiempo?

—Eh, pues... —«Depende de ti, Luca»—. Cuatro días... en principio.

—Te ofrezco mi casa —dice sin vacilar.

Me pongo rojo y el calor me hace revolverme inquieto.

—No hace falta...

—Insisto. Ya que has venido hasta aquí en un acto tan solidario, es lo menos que puedo hacer. Tengo una casa amplia, estarás a tus anchas, tranquilo.

Luca parece acostumbrado a hacer este tipo de cosas. Le resulta completamente normal ofrecer asilo a un desconocido.

—Bueno, pues... muchas gracias. —Acepto, frotándome las palmas de las manos húmedas bajo la mesa.

—Ahora tengo una clase que dar. ¿Tienes algo que hacer? —Se levanta, recoge su chaqueta de la silla y se la coloca en un gesto elegante.

—En realidad... no.

Él sonríe.

—Bien. Dejaremos el turismo para mañana, ¿vienes?

Luca sale de la cafetería y yo voy tras él con las ruedas de la maleta traqueteando contra la acera.

—Te dejaría en casa para que te instalases, pero llego tarde. No te importa, ¿verdad? —Cuando se gira hacia mí mientras camina, sus rizos brincan.

—No, claro que no.

Nos detenemos al lado de un Ford color rojo y Luca abre el maletero para que pueda meter mis cosas. Antes de subir en el asiento del copiloto, soy consciente de que voy a compartir un espacio pequeño con el clon de Liam, el hijo de Alice. Una leyenda. Así que todo me retumba cuando cierro la puerta y Luca pone en marcha el motor. Su coche huele a nuevo y a perfume de hombre.

—Pareces confiar en mí. Soy un desconocido, aunque sea el hijo de Alice. ¿Has pensado en eso, verdad?

—Bueno, tú vas a meter a un desconocido en tu casa...

Ríe y me destenso.

—Vale, cuatro preguntas rápidas para la primera toma de contacto: ¿Cuántos años tienes? ¿Cuáles son tus aficiones? Háblame de tu familia y de tus gustos musicales.

Recibo la avalancha de preguntas sintiéndome abrumado.

—Eh... vale. —Carraspeo y me revuelvo el pelo—. Tengo veintitrés años, me gusta... el cine, la historia del arte, leer y la *pizza*. Mi familia..., mmm, me gusta todo tipo de música. Normalmente que la entienda y me haga sentir.

Luca sonríe hacia la carretera.

—Has omitido a tu familia —comenta.

—Sí, te has dado cuenta, ¿verdad?

—Casi se me escapa, eres bueno. —Ríe de nuevo, yo sonrío mirándole disimuladamente—. La familia a veces es complicada.

Emito un sonido de conformidad.

—Está bien. Pues yo... supongo que sabrás mi edad. —Mira de reojo hacia mí y yo asiento—. Me gusta la música (tocarla y escucharla), adoro el arte, leer y... también me gusta la *pizza*. Tenemos mucho en común. Mi familia es muy importante para mí. Tengo una hermana pequeña que está como una regadera y unos padres que no me merezco.

Aparca frente a un edificio grande cuya puerta más llamativa reza: «ViVa, escuela de idiomas».

—Ahora vamos a hacerlo al revés, hay que ser sinceros. Yo te contaré qué impresiones tengo de ti y tú de mí. Pero no cosas tan triviales, en realidad a cualquiera le gusta la música y la *pizza*.

Hago un esfuerzo por reprimir un gesto de dolor por haber olvidado la lesión del tobillo al bajar del coche de un salto por el estado de nervios.

—Pero continuamos luego, ¿vale? Puedes entrar en mi clase, si quieres. O, si lo prefieres, quédate en la cafetería de al lado. Va a durar apenas una hora —me informa, extrayendo una llave de los bolsillos de su chaqueta para abrir la puerta acristalada.

—Mejor me quedo. No molestaré. —Paso tras él hacia un recibidor amplio y caminamos juntos hasta que nos detenemos de nuevo ante otra puerta.

Se trata de una sala no muy amplia pero acogedora. Luca deja su mochila de profesor en su silla y no puedo evitar evocar la imagen de Alice entrando en su clase en el internado.

Dos de sus alumnos acaban de llegar, y tras ellos vienen más. Luca se pone a escribir algo en la pizarra y yo me aparto hasta la última fila para sentarme en la primera mesa a la izquierda.

El alboroto se apaga cuando él comienza a hablar. Lo hace en italiano todo el tiempo, a excepción de unas pocas palabras que alguno de sus alumnos no entiende. Me fijo en sus gestos y sonrío cuando compruebo que tiene el tic de retirarse la tiza de los pantalones, igual que Alice. Me siento como Liam cuando la observaba en clase de Literatura. Se aparta los rizos de la frente cada dos por tres y la camisa que lleva se le arruga un poco por los costados. Actúa con seguridad, sus alumnos le respetan y le admiran. Bromean con él y no se cortan en preguntarle dudas. Como dice Liam en la última grabación: «Sé que me va a matar». Luca me matará. Quizá duela más de lo que imagino, pero no tengo intención alguna de desertar.

17

Vídeo 12
Alice

Entré en clase de Audiovisuales sin encender las luces, se oía el murmullo de los chicos y chicas que se habían apuntado a ver un documental acerca del arte de los años setenta y que aprovechaban la oscuridad para hablar por lo bajo sin que supiésemos quién armaba alboroto. Alessio, el profesor de Artes Plásticas, tuvo que avisarme de que estaba al fondo de la sala antes de poner en marcha el vídeo. La luz de la pantalla era muy tenue, pero lo suficiente como para comprobar que todos los asientos de la fila delantera estaban ocupados.

El roce de unos dedos en mi mano me detuvo de camino a las sillas del fondo y reconocí la silueta del chico que se estiraba hacia mí desde su silla: Liam.

—Hay un asiento libre aquí, profesora —dijo en un susurro cuando me agaché levemente para escucharle.

De inmediato mi respiración se volvió irregular y contuve el aliento. Me senté a su lado y pude apreciar por los débiles destellos de la pantalla cómo sonreía. Sonreí también, mirando hacia el frente.

—A decir verdad ya he visto este documental —musitó Liam, acercándose a mí—. Me parece muy interesante la manera de retratar el arte de los guionistas. Yo también lo veo como una forma de escapar.

—Sí, es interesante. Sin arte la vida tendría menos color —añadí por lo bajo.

—Menos sentido. —Esta vez su susurro fue ronco y lento.

Traté de verle, aunque solo distinguí el borde de su perfil. Procuré actuar como la maestra que era, imponiendo silencio a los que cuchicheaban y centrándome en el documental para poder hacerles preguntas más tarde, pero era difícil. Podía oler su jabón, el aroma de su pelo, que me evocaba al momento en que nos exploramos desnudos en mi cama, y era incapaz de parar de pensar en los pocos centímetros que nos separaban; casi sentía el roce de su ropa. Pegué un leve brinco en el sitio cuando noté sus dedos en mi rodilla; se me escapó el aliento por la garganta y le miré de soslayo. Liam siguió rozando mi piel hacia arriba, desplazando la tela del vestido. Apreté la mandíbula y cerré los puños para no gemir en cuanto alcanzó mi muslo bajo la tela. La adrenalina por el hecho de estar haciendo algo tan peligroso y la excitación que sentía en ese momento no la había experimentado nunca. Luego deslizó la mano hacia la mía, que descansaba junto a mi muslo, y entrelazó nuestros dedos de forma delicada. Cerré los ojos, inspirando por la nariz.

—Tengo que ausentarme, profesora. Me encuentro algo indispuesto —me susurró Liam.

Se levantó, separando nuestros dedos con una caricia, y agarró un mechón de mi pelo al pasar frente a mí. Tomé aire de forma intermitente y la luz de los pasillos iluminó su silueta alta y esbelta cuando abrió la puerta al salir, antes de volver a dejar la oscuridad.

Había decidido dejar de resistirme; o, más bien, dejar de torturarme lentamente. Esto era algo que debía dejar que pasase, porque acabaría conmigo. Con mi cordura, mis ganas de comer y mis fuerzas para sonreír. Ponía mucho en riesgo, lo sabía: mi trabajo, que me encantaba, y mi pescuezo. Pero eran cosas que, conforme pasaban las semanas, parecían cobrar menos sentido al tiempo que Liam se hacía cada vez más presente en mi vida. De modo que así estábamos, queriéndonos en silencio. Demasiado en silencio. Esos últimos días no habíamos podido acercarnos, me había conformado con nuestras fugaces miradas en clase de Literatura y con mis fantasías al llegar la noche. No era una situación sostenible.

Me levanté diez minutos después de que Liam abandonase el aula y, habiendo barajado con anterioridad que no era necesario que comunicase a nadie que tenía que ir a los aseos, salí de la clase. Pensé en los sitios donde podía haber ido, el baño, su escondite... No creía que se hubiese metido en su dormitorio. Pero no me hizo falta calentarme más la cabeza: Liam estaba ahí, al doblar la esquina del pasillo, apartándose de la pared y sonriendo mucho al verme aparecer, como si hubiese perdido la esperanza de que saliese tras él. Le devolví la sonrisa y él me tomó de la mano. Corrimos con cuidado de no ser ruidosos y nos metimos en el aula de laboratorio, cuyas cortinas corridas daban al ambiente seguridad por la escasa luz. Reímos contra la boca del otro y nos besamos. Ese beso desesperado, apasionado, lleno de ansiedad y ganas al que ya nos habíamos habituado porque no sabíamos besarnos de otra manera.

El alivio de su sabor deshizo la tensión de los últimos días, las dudas. Era normal mi inseguridad cuando se trataba de un chico tan joven. Liam era más maduro e inteligente que la media, pero seguía siendo un adolescente y sus ideas podían cambiar, al igual que sus sentimientos. Entonces, me miró con esa expresión de devoción a la que nunca me acostumbraría a través de sus rizos y, frotando su nariz con la mía, cerró los ojos y me tomó la cara con ambas manos, suspirando fuerte. Y todas mis ideas acerca de su juventud se disiparon por unos instantes al notar todo el dolor y la emoción que desprendía aquel gesto; parecía adulto cuando me dejaba ver su preocupación, cuando desnudaba su alma para mí. Me besó esta vez con más lentitud, con más suavidad. Jadeé de forma involuntaria y pasé los dedos por su pelo sedoso.

—¿Qué hacemos, Alice? —dijo en voz queda y sentida contra mi boca.

Apreté los ojos y le besé la barbilla y los labios.

—Tenemos que... planear algo.

—No podemos pasarnos los días mirándonos como dos bobos —expuso su malestar.

Besé de nuevo sus labios y su barbilla.

—Quizá Valentina podría ayudarnos —propuse un disparate en mitad de la locura.

A Liam se le encendieron los ojos.

Había conocido a Valentina unos días atrás, después de que Liam apareciese en mi casa en mitad de la tormenta. Se había acercado a mí porque estaba preocupada por él. «Eres Alice, ¿verdad? La profesora de Florencia». Yo sabía quién era ella, Liam la había mencionado alguna vez, pero no sabía que él le hubiese hablado de mí. «Es que está apático y triste, odio verle así...». Había tratado de disuadirla como si no supiese de qué me hablaba, pero ella me había parecido muy convencida de todo lo que decía: su mejor amigo estaba sufriendo porque estaba enamorado de «una chica» y debíamos hacer algo. «¿Sabes qué? Tenemos una manera muy particular de comunicarnos; nos pasamos notas bajo la puerta cuando necesitamos hablar y acudimos a un rincón del internado donde nunca nos molestan», había empezado a decirme mientras daba brinquitos a mi lado. Entonces la había mirado con resignación; esa niña sabía lo nuestro. No podía saber cuánto le habría contado Liam, pero no parecía dispuesta a dar su brazo a torcer. «¿Qué quieres decirme, Valentina?». Ella había sonreído: «Yo puedo dejarle una nota tuya bajo la puerta», había resuelto al fin.

Así que Liam hablaría con Valentina, pero solo para decirle que a veces su rincón lo compartiría con otra persona que no era ella; no pensábamos inmiscuirla en nuestra relación clandestina.

Aquel encuentro no llegó a producirse esa semana. Entre mi estudio y sus clases no habíamos encontrado el momento. Liam tenía exámenes y trabajos que entregar en esas fechas y yo mucho que corregir. Y de trasfondo, aunque ninguno lo hubiese mencionado, estaba presente el excesivo peligro que todo ello suponía. Había demasiadas personas en ese internado y no cabía la posibilidad de irnos de allí. Iba a ser muy difícil. Los dos lo sabíamos, pero no queríamos ver hasta qué punto.

De esa manera llegó el fin de semana y la puerta de mi casa alquilada me pareció mucho más pesada al abrirla. Dolía la piel, dolía el aura que me envolvía. Pensé que la decisión de no alejarme de él me quitaría parte del sufrimiento, pero era mentira. Solo lo acentuaba. Porque cada vez le quería más, aunque eso me hubiese resultado imposible de imaginar hacía un mes.

Esa noche le imaginé en mi cama y amanecí con la almohada mojada.

—Cariño, te noto apagada esta noche. ¿Seguro que va todo bien?

—Sí, mamá —respondí tratando de sonar convincente mientras sostenía la toalla enrollada alrededor de mi cuerpo y el teléfono entre el hombro y la oreja.

—No te satures de trabajo. Incluso lo que nos gusta nos termina hartando si abusamos. ¿Me harás caso?

—Haré lo que pueda.

—Alice... —suspiró ella, preocupada.

—Mamá, sé cuidarme. Todo va bien; sabes que, si no fuese así, os lo contaría. Estoy feliz.

—Bien, tú lo has dicho. Sabes que estamos aquí para lo que necesites, cualquier cosa. No dejes que algo se te acumule dentro hasta que se desborde. Esa es nuestra regla, ¿no?

En mi familia había una norma: no guardar secretos que duelan. Esos secretos no merecían que te sintieses desdichado, nada lo merecía. Ocurría algo casi milagroso cuando nos sentábamos los cuatro: papá, mamá, Martino y yo, y hablábamos. Lo llamábamos «la mesa redonda de la felicidad». En toda familia hay costumbres, las más comunes se sientan a charlar de cosas que les ocurren en su día a día mientras comen; nosotros nos reuníamos una vez por semana para ponernos al día de cualquier cosa que nos hubiese hecho sentir bien o mal. Los detalles eran lo más importante. Papá insistía mucho en ello: «En las pequeñas cosas está la clave», esa era su frase más oída. Como una sonrisa, un gesto, un rayo de sol sobre el rostro, un olor... Recuerdo que de pequeña me encantaban esas reuniones. Era la que más hablaba de todos. También recuerdo que en la adolescencia se me hizo duro participar. No estábamos obligados a nada, por supuesto, pero mis padres tenían un sexto sentido que detectaba cuando algo no iba bien. Confesar cuándo sentí mariposas en el estómago por la mirada de un chico que me gustaba fue bochornoso la primera vez, pero luego se hizo llevadero. Sobre todo porque no era solo yo la que contaba cosas comprometedoras. Aquello nos había unido más de lo que ya estábamos y nos había hecho sentir apoyados y aceptados. A raíz de ello había aprendido que la comunicación en una familia era imprescindible, y más cuando se trataba de sentimientos; aunque la gente pocas veces hablaba de sentimientos. Estaba orgullosa de mi familia por ello, por esa muestra inmensa de libertad, de comprensión y de afecto, así que me sentí un fraude cuando le repetí a mi madre que era feliz. ¿Qué le iba a decir? ¿Que me había enamorado de un chico de diecisiete años que además era mi alumno? Sabía cómo reaccionarían si les confesase que era homosexual en el caso de que lo fuese, pero no en estas circunstancias. Eran liberales y creían en el amor por encima de todo, pero no sabía si este tipo de amor lo recibirían con el mismo gusto.

Me dejé caer en el sofá en cuanto colgué a mi madre, mojada todavía por la ducha reciente. Se había pasado la hora de la cena, pero en mi estómago no cabía ni un guisante. Debía empezar a obligarme a comer para que el peso no empezase a suponer un problema para mi salud. Contemplé con un suspiro todos los papeles del estudio esparcidos en la mesa del salón y me dije que era suficiente, ya había sobreexplotado mi mente bastante por ese día.

El sonido repentino del timbre hizo que el corazón se me escapase por la boca. Miré por encima del respaldo del sillón y me levanté más despacio de lo que en realidad quería; en esta ocasión no me asomé a la ventana para comprobar quién era. Aguanté el aliento y abrí: Liam estaba allí, cerca, con una mano apoyada en el vano de la puerta mientras respiraba agitadamente por la carrera que se había pegado, con el sudor perlándole la frente y haciendo que algunos rizos se le adhiriesen a la piel. Me observó arrugando levemente el ceño en un gesto de culpabilidad y luego hizo un pronunciado encogimiento de hombros.

Su imagen le dio vida a mi organismo.

Entre los dos flotaba esa sensación de peligro y rebeldía que me había excitado en la sala de audiovisuales. Había mucha contrariedad: alguien podría haberle visto, alguien podría descubrir que no estaba en el internado, y a mí lo único que se me ocurrió fue quitar las manos de la toalla que envolvía mi cuerpo húmedo para dejarla caer a mis pies. Liam entreabrió los labios levemente y tragó saliva de forma que su nuez se movió arriba y abajo despacio en su garganta, contemplándome con estupor. Le agarré de la camisa y le estiré hacia mí, entonces él reprodujo lo mismo de la última vez: me tomó de la cara y aplastó los labios contra los míos, moviéndolos con energía. Reímos mientras ambos nos deshacíamos de su ropa, sin ningún motivo más que los nervios y la alegría de poder tocarnos sin miedo. Y seguimos riendo de forma entrecortada y ahogada cuando él me levantó en volandas y nos desplazó con falta de equilibrio hacia el sofá. Nos abrazamos fuerte, respirando con ansiedad, tocándonos de forma descoordinada y temblando de nuevo. Lo hicimos más lentamente que la última vez y terminamos en el suelo, ignorando su dureza y su temperatura gélida.

En algún momento, Liam me agarró, con las piernas enredadas en su cintura, y nos llevó a la habitación. Cuando acabamos, el dormitorio volvía a oler a lluvia de tormenta a pesar de que el cielo estuviese despejado.

Con las sábanas enredadas a los pies del colchón, mi cuerpo estremecido y extenuado formaba una línea diagonal sobre la cama mientras Liam seguía el camino de mis extremidades con la yema de sus dedos, manteniendo la cara muy cerca, como si estudiase cada milímetro de mi piel.

—Y entonces, aquel lugar ordinario, al que nunca ha visto nada especial, de repente es el cielo. Su cielo. —Su aliento impactó contra mi carne cuando susurró esa frase y me entró un escalofrío.

Sonreí mucho y le contemplé desplazar los dedos por cada montañita y recoveco de mí. Allí donde él pasaba se borraban los defectos y la inseguridad, sentía que cada centímetro de mí era valioso cuando él lo analizaba como si fuese un descubrimiento histórico trascendental.

—No quiero dormir —musité masticando la palabras mientras le observaba como quien observa aquello que desea con todas sus fuerzas cuando creía que nunca lo iba a tener.

Liam dirigió sus ojos hacia mí y suspiré de placer. Me incorporé y pasé los dedos por su pelo, deteniendo la cara muy próxima a la suya.

—Quiero que nos quedemos despiertos toda la noche y hacer cosas descabelladas juntos mientras todo el mundo duerme.

Sus comisuras formaron esa curva preciosa de la que estaba perdidamente enamorada y yo la reproduje.

—Hagamos cosas descabelladas, señorita Fiore —dijo con voz rasposa contra mi boca.

Pusimos música aprovechando que no teníamos vecinos que se quejasen por armar escándalo más tarde de medianoche y le llevé hasta el estrambótico y recargado armario de la antigua propietaria.

—Todo esto perteneció a una vedete llamada Penélope —le expliqué, entrando en el enorme vestido estirando los brazos a los lados.

Liam rio con asombro, revisando el interior colorido de aquel sitio con aire curioso.

—¿Esta casa era de una vedete?

—¡Ajá! No sé mucho más de ella, pero hagamos como que sí. —Alcancé una boa color naranja y me la puse al cuello—. Penélope fue una niña muy incomprendida durante la mayor parte de su infancia. A su padre le pirraba el *bourbon* y su madre se ausentaba muchas noches de forma misteriosa.

—Cuando cumplió quince años se fue de casa con un hombre mayor que ella. No estaba enamorada, solo quería vivir aventuras. —Me siguió, pillando un sombrero lleno de lentejuelas para colocárselo.

Sonreí emocionada y busqué en los vestidos.

—Aquel hombre se encaprichó de ella; ya sabes, Penélope era bonita y rebelde; sin embargo, a ella nadie le ataba las alas. Su sueño era protagonizar espectáculos, cantar y bailar frente a centenares de personas.

—Y vaya si lo hizo —añadió él, poniéndose un chaleco de flecos—. Llenó salas enteras en los teatros más sofisticados y fue la vedete más cotizada del país durante años. Las calles estaban empapeladas con carteles en los que salía su cara.

Liam me tomó de la mano y la boa y los flecos se enredaron cuando me pegó a su cuerpo, haciéndonos dar una vuelta en sincronía con el ritmo de la canción que sonaba. Reí alto y le besé el cuello de forma fugaz.

—Y todo esto atrajo la atención de un chico de ciudad, tan melancólico como atractivo, que se enamoró locamente de ella —prosiguió él al tiempo que buscaba más accesorios con los que disfrazarse.

—Pero aquel amor era imposible —continué, poniéndome un vestido rosa por la cabeza.

—Sí, imposible.

—¿Cómo iba a fijarse una mujer tan famosa y aclamada en un chico como él? —Me llevé el dorso de la mano a la frente en un gesto dramático del que Liam se rio a carcajadas.

—Claro, ¿cómo podía ser? —imitó mi inflexión teatral.

—¡Imposible!

—¡Imposible! —repitió acentuando la tragedia.

—Pero todo lo imposible se hace posible si crees en ello. —Di un giro optimista alzando el dedo índice y volviéndome de golpe hacia él, que se colocaba otra boa alrededor del cuello.

Liam abrió la boca, simulando sorpresa, y yo reí y corrí hacia él para darle besos rápidos por toda la cara. Sus carcajadas colmaron aquel vestidor con olor a antiguo y a historias emocionantes.

—Fue una noche tras el espectáculo. Nadie se dio cuenta de que el muchacho se colaba entre bastidores. —Quiso seguir, agarrándome de la cintura—. A Penélope le pareció ver a alguien asomándose a su camerino mientras se quitaba las joyas frente al espejo.

—Sí, al principio se asustó, pero luego se dio cuenta de que solo era un chico.

—Un chico que había estado en casi todas sus actuaciones. No tenía dinero para ver ese tipo de espectáculos, pero era muy escurridizo.

—¡Y Penélope le reconoció!

—¡Exacto! —Nuestro entusiasmo por aquella historia era cada vez más real—. Ella siempre le buscaba entre el público. Se decía que, si él estaba entre la gente, su suerte estaba garantizada en esa actuación.

—Penélope y el chico de la suerte se casaron años más tarde. —Avancé.

—Y tuvieron un niño llamado Bartolomé.

—¿Bartolomé?

—Sí, Bartolomé —dijo mientras me apretaba contra él para elevarme del suelo.

Reí y volví a besarle la cara.

—Y envejecieron juntos...

—¿Sabes que hicieron a su segundo hijo en este vestidor? —agregó él.

Solté un chillido corto y agudo, riendo y colgándome de él. Luego empezamos a bailar por toda la habitación con el comienzo de *Staying Alive* de Bee Gees.

Nunca me había sentido tan niña, ambos brincando de un sitio a otro, persiguiéndonos, riéndonos como no recordaba haber reído. El sonido de su carcajada era la mejor canción que había escuchado jamás; me curaba por dentro, estimulaba mi hormona de la felicidad. Liam se movía muy bien a pesar de ser largo y delgado, tenía una elegancia innata. Empezamos a saltar encima de la cama con las manos enlazadas y pensé que ese instante era inmensamente valioso. Quizá no se repitiese nunca, quizá ya no me sintiese así nunca más, así que lo encerraría en un rincón de mi mente para revivirlo una y otra vez cuando todo acabase. Liam y yo habíamos encontrado nuestro santuario en mi casa alquilada, allí los segundos fluían de forma diferente, olía distinto y había algo en el aire que lo respirabas y te impedía estar serio.

—Esta canción... la había escuchado en italiano. En español es muy bonita —opinó Liam, tomándome de la mano para llevarme al salón—. *Sábado por la tarde*, de Claudio Baglioni. ¿La habías oído?

—*Solo y lejos de tii, gritarée, ya sin tii* —entoné, desafinando en un español bastante pobre.

Liam rio y me agarró de la cintura. Yo pasé los brazos por encima de sus hombros y nuestras caras quedaron tan cerca que nos respirábamos el uno al otro. Pude sentir su corazón golpearle el pecho, como si hubiese un colibrí encerrado en su interior. Su labio inferior vibró al mirarme a los ojos. Todavía estaba nervioso y asustado. Como yo. Nos movimos despacio y en silencio, contemplándonos, asumiendo la situación.

Era difícil comprender cuánto debía de gustarle para que se arriesgase a eso, a estar ahí, a no dormir. Era duro asumir que la felicidad se encontraba en ese salón, en la yema de sus dedos, en la pequeña curva de sus labios, y que era tan volátil que podría difuminarse en cualquier momento. Apoyé la frente en su clavícula y su aroma penetró mis orificios nasales y cubrió los recovecos de mi cerebro.

—Alice... —susurró al cabo de un rato, balanceándonos en mitad de la sala.

Me alejé de su cuello para mirarle. Su expresión estaba ensombrecida por la preocupación.

—Para mí... esto no es un capricho. Sé que ya lo he dicho con anterioridad, pero quiero que lo sepas. Yo... esto no le he hecho nunca. Sé que... puede que tú no pienses lo mismo. En fin... Soy solo... Tú eres... —Se detuvo y me miró, luego se miró a sí mismo e hizo un mohín—. Entendería que yo sí lo fuese para ti.

Le observé más rato, preguntándome cómo podía ser tan dulce y tan inocente. Me consumía por él, él era mi noche de verano en un lugar exótico, mi fruta exquisita, mi amor del que duele... Nunca llegaría a imaginarse cuánto sentía y a qué niveles. Le tomé la cara con las palmas de las manos y le sonreí.

—Hacer algo tan absurdo e insensato como jugarme mi trabajo y mi libertad solo podría deberse a dos cosas: o me he vuelto completamente loca, o el motivo por el que lo hago es ineludible e irrevocable. Y puedo afirmar que es una combinación de ambas.

Tragó saliva y asintió con la cabeza, temblando ligeramente. Yo le sonreí con más ganas, entonces él me respondió. Y debí desear muy fuerte poder guardar esa imagen, porque por el rabillo del ojo reparé en un objeto de color marrón situado en la esquina de la estantería más alejada a la puerta.

—¡Una cámara! —Era una Polaroid SX-70, un milagro del cielo—. No dejes de sonreír, por favor.

Liam se rascó la cabeza con timidez, se revolvió los rizos y me hizo caso. Le enfoqué y apreté el botón. Las veces que miraría esa fotografía de ahí en adelante hasta desgastarla y guardarla en una funda no las podría contar...

Recuerdo importante: Tienes una foto suya sonriendo en este cuaderno. Mírala cada vez que quieras llorar. Las lágrimas serán más dulces si el azul de sus ojos lo transforma todo en cielo.

18

Vídeo 13
Alice

—La familia D'Angelo son los que más recuerdo. La señora D'Angelo, Marilena, se preocupaba por mí de verdad a pesar de tener cuatro niños más a su cargo.

Estábamos en la alargada terraza del piso superior de mi casa. Tras una corta sesión de fotos bastante divertida, nos habíamos subido a tomar el aire fresco de la noche. Liam sostenía un cigarrillo entre sus dedos índice y corazón, dejando la mano muerta sobre su rodilla doblada. Miraba al horizonte mientras me respondía acerca de su vida antes del internado, que en su caso (y en el de algunos otros alumnos) hacía las funciones de orfanato.

—Cuatro niños más... ¡Vaya! —exclamé, ensimismada en su rostro y el tono añil de las curvas de sus mejillas y su cuello provocado por las sombras y la luz de las estrellas.

—Apenas puedo recordar nada de la primera casa de acogida en la que estuve. Solo tenía seis años. Pero estuve lo suficiente como para revivir el sentimiento de ansiedad y soledad. No hubo maltrato, al menos no físico, pero a menudo olvidaban que me tenían que llevar al colegio o no venían a casa a la hora de comer o de cenar... —Me pasó el cigarro y se mordió el labio distraídamente—. Tenía nueve años cuando me cambiaron de casa. Supongo que alguien se daría cuenta de que siempre iba solo por ahí, y recuerdo que lo prefería. De hecho, justo antes de que me cambiasen, pensaba en escaparme. La segunda familia de acogida era más atenta y sensible. Tenían dos hijas, y una de ellas se encaprichó conmigo de manera asfixiante. Tenía un año más que yo y me decía que debía hacer todo lo que ella dijese. Un día se presentó en mi habitación desnuda en mitad de la noche. Me... —Se le escapó una carcajada breve y suave. Yo sonreí—. Me puse a gritar. Me asustó tanto que la asusté a ella y desperté a toda la casa. Creo que cuando sus padres la encontraron desnuda en mi cuarto decidieron que no podía quedarme.

—¡Madre mía! Menudo historial, Liam —dije con congoja, imaginándome a ese niño pequeño de rizos de oro, triste y desamparado.

Le rocé los dedos y los enlacé con los míos. Él los apretó y me sonrió de forma frágil, pegándole otra calada al cigarro. Quería sostenerle e impedir que se sintiese solo nunca más.

—Con diez años entré en un orfanato de monjas. Los niños eran muy crueles en ese sitio. Creo que la falta de cariño y la insensibilidad de las monjas forjaban un carácter destructivo en todos ellos. Estuve apenas unos meses allí, aunque se me hizo muy, muy largo... Vi cosas que me provocaron pesadillas durante años.

—Lo siento mucho —musité, con el alma encogida.

—Tranquila, todo eso pasó. Además fue la familia D'Angelo la que me sacó de allí. En realidad no podían tener hijos propios e iban rescatando a huérfanos; todos los niños éramos de lugares diferentes. El más pequeño tenía tres años y el mayor quince. Cuando yo llegué ya se conocían todos muy bien, se podía decir que había cariño entre ellos, aunque cada uno iba a su aire. Muchos de ellos habían tenido una infancia semejante a la mía, por lo tanto, les costaba sentirse arraigados a un lugar. Los tres años que viví allí no fueron precisamente fáciles, pero Marilena era muy buena y se desvivía porque nos sintiésemos en casa.

Apagó el cigarro y me miró con un brillo afectuoso en su mirada azul aguamarina.

—Flavio, su marido, un hombre bonachón, cayó enfermo. No pudo seguir trabajando y Marilena se ocupaba de él. Llegó un momento en que la situación era insostenible y, a pesar de la prestación que dan a las familias de acogida, Marilena no fue capaz de ocuparse de todos nosotros. Así que, en mi caso, se aseguró de que ingresase en un buen internado, uno que distase mucho del orfanato del que me había sacado y buscó un centro en el que pudiese desarrollar mi pasión por el violonchelo. Y como Nuova Vita era de los pocos centros que contaba con conservatorio, aquí estoy.

—¿No has vuelto a verla? —le pregunté, abducida por su historia y el sonido constante de su voz.

Liam agachó la cabeza, se mordió el labio por dentro y negó con la cabeza.

—Es... complicado mantener el contacto con alguien en estas circunstancias. Al principio lo intentamos, pero a los pocos meses... tomé una decisión. Verla me dolía más de lo que me reconfortaba. Así que le pedí que no viniese y que no me buscase para visitar su casa en verano o en Navidad.

—Eso... tuvo que ser una decisión dura para ti.

—Mucho. —Asintió con el gesto y miró nuestros dedos entrelazados—. Querer a alguien... es doloroso. Para muchas personas no lo es, para mí sí.

Aquella última frase flotó entre nosotros. No pude apartar la mirada de nuestras manos, digiriendo la crudeza de su afirmación. Podía imaginar qué sentiría al arriesgarse a quererme. Pero ¿qué podía hacer yo para que dejase de tener miedo? No era la más indicada, porque yo también lo tenía.

—¿Qué pasó? ¿Recuerdas algo de... de tus padres?

Liam inspiró por la nariz mordiéndose la carne interior del labio.

—Recuerdo que mi madre era dulce y que me quería con locura. También recuerdo quererla muchísimo. Apenas puedo acordarme de nada acerca de mi padre, y lo agradezco. Según me contaron, fue él quien incendió nuestra casa, quien destruyó nuestra vida. —Frunció el ceño, mirando hacia el cielo—. Trataba mal a mamá, eso no se me olvida, y aún puedo revivir la angustia de aquel día, cuando me quedé en la habitación oyendo llantos y gritos furiosos. Luego no sé mucho qué pasó, pero alguien entró a por mí. Al principio pensé que era ella, pero no, no era ella. Me... acuerdo de estar agarrado con fuerza a alguien que me sacaba de la casa en llamas. No puedo recordar imágenes, solo sensaciones: el calor sofocante y el humo negro que me inundaba los pulmones, la angustia, la desesperada necesidad de saber dónde estaba mi madre e incluso lo a salvo que me sentí al agarrarme a esa persona... Creo... Me parece recordar que era una mujer.

Contemplé sus ojos nostálgicos colmados de un pasado doloroso. La crueldad que ofrecía la vida resultaba desoladora en ocasiones.

—Cuánto lo siento, Liam. Nadie debe pasar por algo así...

Él me miró, esbozando una amarga sonrisa.

—Creo que fue el momento en que fui consciente de que había perdido a mi madre cuando desarrollé esta extraña fobia a estar en lugares con gente. No conozco el origen real, pero sé que tiene que ver con ello, con un sentimiento enquistado y sepultado... Puede que no tenga mucho sentido, pero lo sé, en el fondo lo sé. —Acaricié sus dedos con las yemas, despacio—. Es fácil hablar contigo, Alice —susurró, mirando al cielo y yo contemplé su perfil, apoyando el cráneo en la pared—. A estas alturas sabrás que no soy muy hablador.

Reí de forma queda y el pecho se me hizo más grande, me estallaría por alguna parte si seguía hinchándolo de él.

—¿El próximo día me hablarás de ti? —La cautela y la pena de su entonación me indicaron que su visita estaba concluyendo.

Al ras del horizonte se levantaba un halo de luz azulada y naranja que amenazaba con el amanecer. Los minutos escaseaban. Ambos admiramos los colores que ofrecían las vistas como si observásemos el final de una película trágica. Nuestras manos se agarraron más fuerte y el silencio se alargó para respetar la inminente tristeza que precedía a un adiós.

—¿Habrá... próximo día, Alice? —insistió.

Me giré hacia él y aprecié sus ojos. Una característica particular en la que me había fijado era que alrededor de ellos se formaba una hendidura y las ojeras se le resaltaban cuando estaba afligido. Besaría aquella mirada triste hasta que volviese a brillar... ¿Y por qué no hacerlo? Me acerqué, para su sorpresa, y empecé a darle besos por la mejilla y ascendí a sus párpados, los cuales cerró. Sentí sus dedos pasarme por la nuca. La suavidad de sus párpados en mis labios, su respiración contra mi garganta y el abrazo repentino que me atrajo a su cuerpo me hicieron olvidar por unos segundos que la luz nos apremiaba. Nos abrazamos fuerte, con todo el cuerpo. Y contuve las lágrimas con esfuerzo.

Luego se marchó y el aire dejó de oler diferente y de impedir que estuviese seria.

La semana transcurrió llena de miradas cómplices y anhelo encerrado en nuestros gestos. Estábamos tan cerca pero tan lejos... El jueves desperté a mitad de la noche empapada en sudor con la mirada puesta en el techo. Algo me había desvelado, quizá había soñado con él. Pero un golpeteo leve me sobresaltó. Me incorporé de la cama y miré con fijeza hacia la puerta, de donde me había parecido que procedía el sonido. Caminé despacio con los pies descalzos y el camisón remangado a mitad de los muslos y de pronto se oyó más claro: estaban llamando a la puerta.

Quizá el sueño me impidió pensar en que estaba medio desnuda y despeinada, poco presentable para recibir a alguien, porque abrí la puerta de todos modos. Y ahí estaba él. Liam también tenía los rizos revueltos e iba en pijama. Abrí la boca por la sorpresa y la impresión de notar la doble pirueta que hizo mi corazón al verle. Sus dientes relucieron en la penumbra al sonreír y me tomó la cara para darme un beso lento y húmedo que me dejó aún más grogui.

—Marilena D'Angelo, esa era nuestra respuesta —musitó de buen humor.

—¿Qué? —barboteé.

—La he llamado. Ella quería que yo fuese feliz, fue lo que más me repitió cuando tomé la decisión de pedirle que no volviese. Me dijo que haría cualquier cosa por mí y que recurriese a ella en caso de que cambiase de parecer.

—¿Has cambiado de parecer? —Mi voz gangosa conjuntaba con mi tontuna. No entendía nada.

Liam se tapó la boca para reírse.

—Le he pedido un favor, asegurándole que sería el chico más feliz del planeta si me ayudaba. —¡Oh! Ya empezaba a tener sentido todo—. La veré un rato los sábados por la tarde. Luego me dejará cerca de tu casa, sobre las seis. Pero lo que todo el mundo pensará es que he decidido pasar los sábados con la familia D'Angelo. Ella me respaldará. Podré despertarme tranquilamente y volver al internado al día siguiente, por la puerta grande. —Era incapaz de procesarlo todo y dejar de tener la boca entreabierta—. ¿Entiendes, Alice? Los sábados por la tarde, las noches y los amaneceres serán nuestros. Todo nuestros. —Empecé a hiperventilar—. ¿Te... te parece bien?

Su duda me hizo reaccionar. Me abalancé sobre él con los brazos levantados, rodeándole el cuello y ocultando la cara en su pecho. Sentí las vibraciones de sus carcajadas silenciosas y sus brazos fuertes alrededor de mí.

—No podía esperar a contártelo —dijo suavemente contra mi pelo.

—Los sábados serán nuestros —repetí para creérmelo.

—Así es —bisbiseó, besándome la sien y el pómulo.

—No puedes estar aquí. —Caí de repente, mirando a ambos lados del pasillo.

Le agarré de la parte de arriba del pijama y le hice entrar en la habitación, antes de cerrar la puerta. ¿Por qué no le había besado los labios para despedirnos y ya está? No. Le había empujado a mi habitación y ahora estábamos a solas, en silencio y a oscuras. No podía estar ahí. Las paredes eran finas, en la habitación contigua dormía Fabio, el profesor de Música. Toda la planta estaba llena de profesores... Liam acalló mi cabeza caótica agarrándome de las nalgas para levantarme del suelo de un movimiento, presionándome contra su cuerpo y apropiándose de mi boca con un fervor que recorrió mis venas y las dejó calcinadas. Agarrada a su cintura, él me rodeó el cuerpo con energía y nos besamos silenciando los gemidos con los labios del otro.

Sabía tan bien, me sentía tan bien...

Liam apretó mi camisón entre sus dedos y casi me lo arrancó, por poco me caí de encima de él, pero me sujetó y noté su desnudez. No sabía en qué momento se había deshecho de su pijama y no empleé mucho tiempo en intentar averiguarlo. En el aire, noté su sexo contra el mío y Liam pretendía devorar mi boca en el momento en el que me penetró. No paramos de besarnos porque nuestros gemidos serían demasiado fuertes. Me froté contra él de forma dificultosa pero exquisita. Cada vez más rápido, cada vez con menos aire en los pulmones, la piel más erizada y el pulso más desbocado. En el suelo, Liam agachándose de manera aparatosa, no dejé de moverme sobre él, provocándole jadeos desesperados. Nos tapamos la boca mutuamente con las manos mientras entraba y salía de él de manera repetitiva y descontrolada. No creía que pudiese perder así la cabeza, pero él lo había conseguido con una facilidad pasmosa. Allí estábamos, haciendo el amor de manera salvaje en la planta en la que decenas de profesores dormían en sus camas. Apreté los ojos fuerte y sentí los dientes de Liam en mis dedos antes de salir y notar un fluido cálido en mi vientre.

Luego me dejé caer sobre él, agotada, recuperando el aliento contra su piel. Liam respiró dificultosamente en mi garganta, dándome besos seguidos allí.

—No puedes quedarte —le susurré de manera ahogada.

—Lo sé. Solo... un poco más —musitó en voz ronca, besándome la oreja.

Sonreí mucho e inspiré fuerte el aroma de su piel, su traspiración olía a lluvia de tormenta y a sexo. A él, a locura. Cada vértice de mí estaba feliz. Quería decirle que le amaba. Quería gritarlo.

—Ha sido... increíble. —Su voz enfervorizada me provocó placer.

—No puedes quedarte. Vete, pequeño duende nocturno. ¿Te parece bien colarte en los aposentos de una dama y seducirla?

Liam rio y empleó mi pelo para amortiguar el sonido. Su aliento me hizo estremecer.

—La dama ha seducido al duende primero, no le culpes. Él es solo un simple súbdito.

Reí flojo y le di varios besos seguidos y rápidos por toda la cara.

—Márchate, venga, vete, vete —le apremié.

—¿Puedo vestirme primero? —Se levantó con torpeza, tratando de quitarme de encima con cuidado.

Liam se puso el pijama y me di cuenta de que iba descalzo. Nos besamos una y otra vez, antes de abrir por fin la puerta y volver a besarnos antes de que saliese y caminase a hurtadillas por el pasillo. Mi sonrisa seguía ancha cuando cerré la puerta y miré la cama sin sentir pena de mí misma al pensar que volvería a fantasear con él. Su aroma estaba pegado a mi piel, a cada partícula de aire de mi dormitorio. Me acurruqué en la cama sabiendo que dormiría las pocas horas que me quedaban a pierna suelta.

Recuerdo importante: Habéis hecho el amor en la planta de profesores. ¿Deberías sentir remordimiento? Porque eres muy muy feliz.

19

Mario

Las narraciones de Alice en los vídeos cada vez son más explícitas y cortas. En varias de las grabaciones había podido comprobar cómo sus ojos se llenaban de lágrimas y se obligaba a detener el vídeo para no echarse a llorar ante la cámara, supongo que conforme avanza su historia las emociones son más intensas y algunas la sobrepasan.

Estoy en el salón de Luca con el ordenador, terminando de ver la grabación número trece mientras él está en la ducha. Noto un calor abrasador en la nuca y el cuero cabelludo mientras Alice narra la escena tórrida con Liam en su dormitorio. Entiendo que Alice le cuente a su futuro yo todos los detalles, desea revivirlo, quiere recordar cada mínima cosa que la haya hecho sentir viva. Avisaría a Luca de ello, en fin, eran sus padres; estoy seguro de que yo no querría saber las intimidades de los míos. ¡Qué grima!

—¿Ya te has instalado? —Luca aparece de pronto con una toalla de rizo enrollada a su cintura y secándose el pelo con otra toalla más pequeña.

Se me seca la boca. Aparto la mirada de inmediato para clavarla en la pantalla y procuro no tartamudear:

—Sí... He dejado mis cosas en... en el hueco del armario que me has dejado. Gracias. —¡Mierda! He tartamudeado, pero es que su figura es semejante a las esculturas renacentistas italianas y me pirran esas esculturas.

—¿Tienes espacio suficiente? No te cortes en pedirme nada, ¿vale? —Se sienta a mi lado y noto el calor y la humedad que desprende su cuerpo con olor a jabón y a limpio.

—¿Puedo ducharme yo ahora? —Sigo sin mirarle. No puedo.

—Claro. Hay toallas limpias en el armario que está justo al lado de la puerta. —Se acerca más a mí y su humedad se traspasa a la piel de mi brazo. Me tenso—. ¿Qué haces?

—Ver los vídeos de Alice —respondo rápido.

—¿Son los que tengo que ver yo?

—Sí.

Asiente con la cabeza y no se aparta. Sigue revisando la pantalla, demasiado cerca de mí. ¿No debería haber más espacio personal entre dos desconocidos? Le cedo el ordenador porque no aguanto más ahí y me incorporo del sofá.

—Voy... a la ducha —anuncio.

Él me sonríe y cierra la tapa del portátil.

—¿No vas a ver los vídeos?

Luca encoge los hombros.

—No hay prisa, ¿o sí?

—No, claro.

Me giro y enfilo hacia el cuarto de baño hasta que recuerdo que debería recoger algo de ropa limpia antes de meterme, porque si hay algo imposible en este mundo es que salga del váter como ha salido él. No estoy tan seguro de mí mismo. No quiero que vea mis moratones y, además, soy delgado y pálido. Él tiene unos hombros fuertes y marcados, la espalda en forma de triángulo invertido... Aprieto la mandíbula y me obligo a desechar esas imágenes de mi cabeza.

Unos minutos más tarde, Luca se ha vestido con una camisa holgada y unos pantalones pirata y está cocinando algo que huele a especias.

—Eres más inteligente de lo que te gusta demostrar y muy reservado —me dice cuando paso frente a la puerta de la cocina al salir del baño.

—¿Qué?

—Hemos dicho que admitiríamos las impresiones que hemos tenido del otro, ¿no? —me recuerda.

—¡Oh! —Me froto la nuca aún mojada, sosteniendo la ropa sucia contra el pecho.

—La lavadora está ahí fuera. —Me señala la pequeña galería que hay al fondo de la cocina—. Quizá solo seas tímido al principio, pero me parece que no me equivoco —continúa mientras introduzco mis prendas en el tambor de la lavadora—. No me respondas aún. Quiero contarte todo lo que pienso y descubrirlo en los días que estés aquí.

«Tienes que venir a Italia, Luca, a conocer a Alice, tu madre», quiero decirle. Pero no puedo imponerle nada. Ni siquiera que vea los vídeos. Estoy seguro de que, si los ve, vendrá conmigo.

—No has venido a España solo a buscar al hijo perdido de tu amiga —aventura, apoyándose en el mármol, girado hacia mí—. También estás aquí porque quieres escapar. Todavía no sé de qué, si de algo externo o de ti mismo. O de ambas cosas.

Le miro estupefacto.

—Eres alguien interesante, aunque ni tú mismo te lo crees. Todavía no has dejado que nadie te conozca al cien por cien. —Me observa mientras adivina cada una de mis cualidades como si viese a través de mí.

Me siento como una especie de folio translúcido que muestra todos sus secretos.

—¿Cómo crees saber todo eso de mí en apenas media tarde?

—Se me da bien. Estudié Psicología en la universidad —me cuenta con modestia.

—¿Eso... tiene que hacerme sentir incómodo?

—No veo por qué. —Le da vueltas con una cuchara de madera a su salteado de verduras y luego las prueba—. Te toca. ¿Qué piensas de mí?

—Mmm... Pienso que eres muy hospitalario. ¿Recoges a todos los vagabundos que encuentras por ahí y les ofreces asilo?

—Solo a los vagabundos que me hablan de mi familia biológica —responde con una sonrisa.

—Parece que lo hayas hecho a menudo.

—No me importa tener compañía. Es bueno conocer a gente nueva, es política familiar. Mis padres siempre tenían a desconocidos en casa cuando era niño y descubrí que podía aprender muchas cosas de la gente.

—Está bien, entonces... Eres muy sociable y liberal. También eres buena persona, no hay duda, y... creo que de momento descartaría que eres un psicópata al que le gusta traer a las víctimas a su casa.

Ríe y noto un espasmo agradable en la tripa.

—Dime más cosas. Yo tengo las de perder, estás en mi casa y puedes descubrir más de mí que yo de ti.

—Bueno, eres ordenado. Te gusta el color granate y... ¿sabes tocar el piano? En el comedor hay uno.

—Ahí has estado sagaz, amigo. —Me guiña un ojo.

Río y me apoyo en la encimera a su lado mientras sirve las verduras en un cuenco grande.

—Creo que... no vives solo. Hay varias fotos en las que sale una mujer. Me parece que es tu novia. —Le estoy preguntando muy discretamente si tiene pareja. Aprieto el mármol con los dedos y me siento culpable de nuevo.

Asiente con la cabeza y no dice nada. ¡Joder!

—Mmm... —Me he desconcentrado—. No sé qué más decir. Esto no se me da tan bien como a ti.

—Ahí está. He acertado, eres interesante pero no lo sabes. —Levanta el cuenco, triunfal, y lo pone sobre la mesa.

Prefiero no decir nada más y me empeño en estar ocupado ayudándole a poner la mesa. Dejamos de hablar de lo que opina el uno del otro cuando nos sentamos a cenar. Luca me habla acerca de una fiesta que organiza en casa de sus padres (que, por lo visto, estarán fuera de viaje para entonces, así que harán de anfitriones él y su hermana) y me invita a asistir. Las fiestas no son lo mío, pero se me antoja que esta será muy diferente a las que estoy acostumbrado.

De un momento a otro me encuentro a solas en el salón viendo la tele. Luca se ha ido a la cama porque estaba cansado. Sentado en su sillón, sin prestarle atención al programa de turno, me fijo en que el comedor es grande y huele a melocotón. Me pongo los auriculares y subo el volumen a tope escuchando *Meeting Again* de Max Richter, para acentuar la extraña nostalgia que tengo acoplada en el pecho. Cierro los ojos y apoyo la cabeza en el respaldo; le veo la cara bajo mis párpados: la curva de su mandíbula salpicada de barba de tres días, el tono celeste de sus ojos. Es como si ya le conociese, como si ya le quisiese. Es una sensación rara y molesta. Noto algo en la mano, como una pluma rozándome, y abro los ojos, pegando un salto por el susto al ver una silueta justo a mi lado. Al quitarme los auriculares oigo a Luca reírse.

—¿No te gusta tu habitación, Mario?

—¿Qué? Sí, claro que me gusta —digo, acelerado.

—Eres de los trasnochadores, ¿eh? —Se sienta a mi lado.

Solo viste con un pantalón largo de pijama y sube los pies descalzos al sofá.

—¿Qué estás viendo? —Mira la tele, haciendo una mueca al programa extranjero de subastas que emiten a estas horas.

—Eh... No, estoy escuchando música. —Le enseño los auriculares.

—¿Puedo? —Acerca mucho su cara a mi cuello y yo le cedo un auricular para que escuche. No estoy respirando. Luca cierra los ojos y se queda callado un momento—. Me gusta —susurra, y su aliento índice en la piel de mi garganta.

Se retira y me cede el auricular. Vuelvo a tomar aire intentando que no se note que casi me ahogo.

—Era mi novia —dice de repente—. La chica de las fotos. Antes vivía aquí conmigo.

Me acoplo con lentitud al cambio de tema de conversación porque puede que me hiera de alguna manera.

—¿Qué pasó?

Luca hace un encogimiento de hombros y tuerce los labios.

—Todo se acaba. El amor también —admite sin darle mucha importancia—. Mantengo las fotos porque es imposible que alguien deje de importarte de un día para otro. La sigo queriendo, aunque no de la misma forma. Ella tiene un punto de vista diferente y digamos que antes de poner una foto mía en su casa rociaría las paredes de gasolina y las prendería.

—Sí que tenéis puntos de vista distintos, sí —agrego.

Luca ríe.

—No me malinterpretes, no acabamos mal. Solo es que... ella estaba enamorada y yo ya no; ese es el resumen. Y no es de mi agrado causar dolor a los demás, pero cuando dejas de ser feliz, hay que hacer algo. Como estás haciendo tú. —Le contemplo con un parpadeo doble debido a su último comentario—. Porque esto..., acercarme a Alice, te hace feliz a ti también, ¿verdad?

—Solo si sale como quiero —recalco.

Luca me contempla y sus ojos se tornan profundos mientras asiente con la cabeza. Su brazo roza el mío y se me pone la piel de gallina.

—¿Vendrás conmigo mañana a navegar después de mis clases? —Su repentina invitación me pilla desprevenido.

—¿A navegar?

—Sí. —Ríe de forma contagiosa y bonita—. Tengo un barco pequeño. Herencia familiar. Me chifla el mar, cómo rompen las olas contra el casco y la brisa. Te gustará.

—Vale —accedo, sonriendo.

Él sonríe también y luego pone una mano en mi hombro para levantarse, me aprieta con los dedos ahí y se aleja de espaldas.

—Hasta mañana, Mario.

Le hago un sonidito parecido a «mmm» para despedirme porque de repente no sé hablar. Dudo de si me ha apretado algún botón para desconectarme y me acabo de enterar de que tengo uno o esta reacción es absurdamente rara y descompasada. «Ha sido un simple gesto amistoso», me digo, «deja de hacerte ilusiones, pánfilo. Deja de actuar como si nadie te hubiese tocado el hombro en tu vida. Deja de imaginar que vuelve. Deja de pensar en que te has excitado. Lo he hecho, ¡maldita sea!, me he excitado». Vuelvo a cerrar los ojos y a colocarme los auriculares en las orejas para ahogar mis pensamientos. Siento que sigue aquí gracias a la sensación que me ha dejado en el hombro, que quema y palpita, y me pregunto si será tan cercano con toda esa gente que invita a su casa, deseando que no sea así.

20

Vídeo 14
Alice

Sonó el timbre y dejé la camiseta a medio tender en la terraza para bajar al trote las escaleras y correr por la casa hasta llegar a la puerta brincando. Me colgué de Liam como una niña pequeña y le di besos por toda la cara. Sus risas colmaron la sala de estar cuando entró a trompicones conmigo a cuestas.

Sábado por la tarde, a las seis puntual, como había prometido. Sin peligro.

—Hagamos cosas descabelladas, señorita Fiore.

Empezamos a preparar unas tortitas caseras con miel y, de un momento a otro, se desató una guerra de harina, no sé quién de los dos empezó, pero acabamos rebozados. Corrimos como dos espectros inquietos, Liam detrás de mí, cuando se me ocurrió quitarme la ropa manchada. Acabamos los dos metidos bajo la ducha, besándonos cada recoveco del cuerpo. Luego, ya secos, pusimos la música a todo volumen en el radiocasete de Penélope y cantamos a voz en grito *Sábado por la tarde*, de Claudio Baglioni, la que se convertiría en nuestra banda sonora a partir de entonces. La imagen de Liam subido a la cama, con los brazos en cruz, entonando: «*Solo y lejos de tii, gritarée, ya sin tii*», con la camisa por fuera del pantalón, remangado de forma destartalada y los rizos aún mojados, con las mejillas encendidas delatando su felicidad casi infantil, permanece todavía hoy en mi memoria y me hace sonreír en los momentos más crudos.

Saltamos sobre la cama, bailamos hasta la extenuación y nos bebimos un par de copas de vino rosado que había encontrado en la despensa. Reímos alto y nos desnudamos y nos volvimos a vestir en varias ocasiones, con sexo o sin él, para disfrazarnos, para tocarnos. Apenas hablamos, pero nos acercamos más que nunca. Descubrí que, hasta entonces, no había conocido lo que era sentirse plena y absolutamente feliz. Olvidamos las contrariedades, las posibles consecuencias y solo fuimos nosotros mismos.

Acabamos deshechos sobre la cama después de hacer el amor, adheridos por el sudor y la saliva. Y nos dormimos y nos despertamos a mitad de la noche para volver a hacer el amor y volver a dormirnos el uno sobre el otro.

—«El Principito enrojeció y después continuó: Si alguien ama a una flor de la que solo existe un ejemplar en millones y millones de estrellas, basta que las mire para ser dichoso. Puede decir satisfecho: "Mi flor está allí, en alguna parte...". ¡Pero si el cordero se la come, para él es como si de pronto todas las estrellas se apagaran! ¡Y esto no es importante!...».—Liam leía un fragmento de El Principito mientras me vestía para ir a visitar a mis padres a Florencia. Estaba desnudo, boca abajo en la cama, con el libro abierto sobre el colchón. Adoraba la hendidura que culminaba en su espalda y comenzaba en sus nalgas, la apariencia nívea y frágil de su piel... Adoraba poder besar cada partícula de ese cuerpo.

—¿No te parece sobrecogedora la forma en que Saint-Exupéry deja decenas de lecciones de vida en un cuento supuestamente para niños? —me preguntó tras terminar de leer la página.

—Me encanta ese libro. —Me tumbé a su lado, ya vestida y con la maleta preparada para la semana que teníamos por delante.

—Puede que te dé un poco de miedo, pero me lo he leído tantas veces que me sé citas enteras de memoria.

—No me da miedo. Me excita, soy profesora de Literatura, ¿recuerdas? —Reí, besándole tras la oreja.

Liam rio y me abrazó, pegándome pequeños mordiscos en la barbilla y el cuello.

—Tenemos que irnos —dije con asfixia, entre paroxismos de risitas.

—¿Tenemos que irnos? —gimió.

—Los domingos son el peor día de la semana.

—Todos los días son malos menos el sábado —añadió, refunfuñando.

Liam se vistió, desayunamos algo rápido y nos quedamos parados frente a la puerta.

—«Si vienes, por ejemplo, a las cuatro de la tarde, comenzaré a ser feliz desde las tres», a partir de ahora será una de mis citas favoritas —musitó Liam, metiéndome un mechón de pelo tras la oreja. Sonreí y él no lo hizo. Se apartó los rizos de la cara, con esas ojeras pronunciadas bajo los ojos que delataban su tristeza—. Florencia está lejos. Mañana está lejos.

—No estaré lejos. Ahora estoy aquí. —Puse la palma de la mano en su pecho—. Y aquí. —Señalé su cabeza. Esta vez sonrió.

El camino hacia casa nunca se me había hecho tan pesado. Siempre tenía ganas de estar con mamá, papá y Martino. Me entusiasmaba volver a verlos, sus abrazos, sus batidos de frutas para darme la bienvenida, sus colonias, su manera indiscutible de hacerme sentir única en el mundo... Pero les estaba mintiendo. No se podía llamar «mentira» estrictamente, pero les estaba escondiendo algo demasiado importante para mí. Y sabía que ellos lo notarían. Sabía que mi comportamiento haría que evitasen hacerme preguntas, porque nunca se entrometían en nada si percibían que no debían hacerlo. Pero se preocuparían. Y eso me sacaba de quicio. Así que procuré sacarle el máximo partido a mis clases de Arte Dramático y fui la mejor actriz que supe. Todo fue bien, al menos eso pensaba. Quizá, tras mi partida, mis padres se habían abrazado frente a la ventana, mirando a través de ella con aire melancólico, porque su sexto sentido les fallaba pocas veces y tenían una conexión entre sí que los hacía comprenderse sin hablar...

—¡Buenos días, queridos alumnos y alumnas! Hoy traigo una buena noticia. —Entré en clase de Literatura con un tomo de panfletos informativos entre las manos—. Hemos consensuado entre el equipo docente y directivo que sería una buena iniciativa recompensaros por estos meses llenos de arte y letras, de modo que habrá un concurso literario. El centro Nuova Vita se encargará de dar los premios a las obras ganadoras. Os adelanto que habrá primer, segundo y tercer premio y que seremos generosos con la suma de dinero. Eso sí, no podréis tocar ese dinero hasta que seáis mayores de edad.

Se levantó un alboroto de entusiasmo y aplausos entre los estudiantes. Liam me dirigió una sonrisa alegre desde su sitio.

—¿Es un concurso cerrado? ¿Solo participa esta clase? —preguntó Greta.

—Puede participar quien quiera. Los carteles se colocarán en los tablones de anuncios. Pero sentíos afortunados: lleváis ventaja, ¿o no?

—¿De qué cantidad de dinero estamos hablando? —Levantó la mano Giulio.

—Todavía no es fija. Además, ¿no os gustan las sorpresas?

—¿Cuándo podemos entregar los manuscritos, Alice? —Liam. Oí su voz con claridad entre el ruido, la oiría aunque estuviésemos separados por metros de muros de hormigón.

—El plazo está abierto desde hoy. El fallo se hará público a principios de septiembre. —Lo que significaba que me quedaría más tiempo del previsto.

Ya había avisado al rector de mi pequeña prórroga, no remunerada, para poder ejercer de jurado. Liam se percató de ese detalle y sonrió con más ganas. No podía hacerme esto, me era imposible apartar la mirada de él si lo hacía.

Los días de esa semana pasaron mucho más lentos que los de la anterior. Solo estábamos a miércoles y las manillas del reloj parecían estar burlándose de mí. El estudio iba muy bien, el tomo de páginas que había sobre mi escritorio ya pesaba lo suficiente como para chafar un huevo.

Paseaba por los jardines cuyos pinos mediterráneos se ensombrecían contra la negrura del cielo oscuro; el zumbido de los grillos y el amortiguado y relajante bullicio de los estudiantes en la sala comunitaria provocaban ese letargo necesario para que la noche fuese agradable y silenciosa. Los primeros días de mayo estaban siendo cálidos y apenas se necesitaba ropa. Llevaba puestos unos vaqueros y una camiseta blanca fina y el cabello me hacía cosquillas en la piel del escote.

Al pasar frente a la puerta del gimnasio ahí estaba, como esperaba encontrármelo cada vez que salía a caminar tras la hora de cenar; aunque era algo que ya no solía suceder mucho, pues al parecer ya no le azuzaba la necesidad de descargar energía al terminar el día. Fuera como fuese, esa noche sí estaba, golpeando el saco de boxeo con los cascos del *walkman* en las orejas. Su espalda brillaba y su piel parecía translúcida y diamantina. Sus rizos brincaban debido a sus movimientos secos y rápidos, con cada cual emitía un leve gemido. Ese sonido gutural y profundo, que ya había oído en otras ocasiones muy distintas a esta, reprodujo imágenes sensuales en mi cabeza.

El día anterior no nos habíamos visto, y esa misma tarde la clase había sido especialmente caótica debido al nerviosismo por el concurso, de modo que apenas habíamos intercambiado miradas. Quería entrar allí y abrazarle, era lo que más necesitaba del mundo; sentirle cerca de mí, notar su aroma, su calor. Suspiré hondo y seguí caminando, cerrando los puños con fuerza. Le dejé atrás y recurrí a mi imaginación para inventarme una escena hipotética en la que entraba en el gimnasio y le sorprendía rodeándole por la espalda. Pegué un leve gritito al notar cómo alguien me agarraba de la muñeca detrás de mí.

—¡Chis! —impuso Liam, valiéndose de su agarre para arrastrarme hacia la esquina, donde culminaba el gimnasio y se abría paso un terreno blando sobre el que se desplegaba la vegetación que bordeaba el internado.

—¿Qué haces? ¡Liam! —le reprendí en voz baja, resguardados en la penumbra, entre la pared y los árboles.

Él rio contra mi hombro y luego me tomó la cara y me besó. Noté su lengua ansiosa en mi boca y perdí la racionalidad. Nos besamos con fuerza, hinchándonos los labios, emitiendo cortos gorgoteos por la falta de oxígeno y acercándonos todo lo posible el uno al otro. Liam me agarraba de la ropa para estirarme contra él y yo apreté las yemas de los dedos en su carne húmeda por el sudor. Respiramos agitadamente con las frentes unidas.

—¿Hay alguna manera de sobornar al jurado para ganar el premio? —musitó él en tono pillo y provocador.

Sonreí con ganas y cerré los ojos fuerte, mirando hacia fuera, donde todo parecía tranquilo e imperturbable.

—No podemos hacer esto.

—Lo estamos haciendo, profesora —susurró, sugerente, pasando la punta de la lengua por mi labio inferior.

Ardí por dentro. Sentí una ola de fuego abrasándome las entrañas.

—Tenemos que ceñirnos a los sábados. Sé que es duro, pero...

Me silenció con otro beso mojado y lento, pasando la mano bajo mi suéter, recorriéndome la espalda de abajo arriba. Por un momento pensé en mandarlo todo al traste, pero me pudo la prudencia.

—Liam, por favor... —supliqué.

—No es duro, ¡es el maldito infierno! ¿Por qué no puedo quererte en público? El amor no es malo. Es bueno. Todos están alucinando por mi cambio de comportamiento estas últimas semanas y ninguno se hace la menor idea de que es porque estoy enamorado.

Su última declaración hizo que mi corazón se agrandase de forma brusca, encajándose en mis costillas. Esta vez fui yo quien se apropió de su boca. Levanté la pierna para acorralarle contra la pared y sentirle con cada parte de mi cuerpo. Liam emitió un breve gemido gutural por mi decisión y, pasando una mano por mi pierna, me sujetó de la cabeza con la otra.

—Quiero hacerte el amor... —me habló al oído, fundiéndome.

—Ya lo estamos haciendo. Todo el tiempo, incluso cuando no podemos tocarnos —le aseguré, abrazándole.

Él se rindió y me devolvió el abrazo, apretándome contra él de forma sentida y vehemente.

—No podemos quedarnos más tiempo aquí, Liam. Sal tú primero e iré detrás en unos minutos.

Asintió y me besó por última vez antes de soltarme y encaminarse hacia fuera, donde el espesor de la penumbra se disipaba. Entonces se detuvo de repente y vi una silueta justo delante. Al principio mi cerebro no quiso asimilar que se trataba de una persona, intentó desechar aquella información devastadora, pero sí lo era.

Alguien-nos-había-visto.

La sangre se heló en mis venas y sentí una presión violenta en los pies. La escasa luz artificial me dejó ver un reflejo castaño y la forma de unos hombros fuertes: Alessandro. Nos miró con ojos de pájaro asustado, incrédulo, y luego se dio media vuelta para alejarse a paso apretado. Liam se giró hacia mí, pálido y con las pupilas dilatadas, como si me pidiese perdón, como si fuese culpa suya. No pude soportar eso.

—Tranquilo, todo... todo saldrá bien —le prometí antes de esquivarle y salir tras Alessandro, sin pensar.

Nadie tiene un discurso preparado para este tipo de situaciones. Mi mente estaba totalmente en blanco mientras gritaba su nombre intentando no ser escandalosa. No tenía nada preparado para decirle ni ningún argumento en mi defensa ante sus más que indiscutibles acusaciones, pero de todas formas fui tras él a pesar de que era evidente que no quería hablar conmigo porque no hizo intención de detenerse ante mis llamadas desesperadas. De pronto, sin embargo, se paró. Y yo frené en seco, con los latidos golpeándome las paredes de la garganta. Alessandro se giró hacia mí con la mirada gacha y la tez del color de las manzanas maduras.

—Yo... —La voz se me atascó en la garganta al intentar hablarle.

—Alice, ¿quién soy yo para juzgarte? —dijo con suavidad, haciendo eco de mis palabras, aquella vez cuando había ido a verle al hospital tras el traumático accidente del congelador—. El amor es bueno. Liam tiene razón, tú tienes razón. Yo no... yo no quería estar ahí para estropeároslo todo.

Me quedé estupefacta en el sitio, incapaz de moverme o decir algo. Eran tales los nervios y el pánico que había pasado que era incapaz de digerir que tenía delante a una de las personas más maravillosas que había conocido nunca. Pegué un leve respingo cuando Alessandro dio dos zancadas hacia mí y me abrazó; en ese instante me di cuenta de que estaba llorando. Lloraba de forma encanada y visceral. Me abracé a Alessandro y le susurré «gracias» lo menos cuatro o cinco veces hasta que me chistó para hacerme callar.

—¿Gracias por qué? ¿Por no vapulearos? ¿O quizá por haberos interrumpido de esa forma tan... dramática? —Quiso bromear—. Estáis a salvo. Nunca haría nada que te hiriese, Alice.

Reí de forma ahogada e histérica, empapándome las manos al secarme la cara.

Antes de entrar en el edificio le rogué a Alessandro que le pasase una nota a Liam bajo la puerta en la que le pusiese que estaba todo en orden. Él me dijo que lo hubiese hecho aunque yo no se lo hubiese pedido y nos despedimos con sonrisas en las caras de camino a las habitaciones. Sola, arremolinada en la cama, me pregunté qué hubiera sido de nosotros si la persona que nos había visto no hubiese sido Alessandro.

Recuerdo importante: El miedo a que os descubriesen te ha enseñado que los segundos escasean y que Liam no es eterno. Sabes que a partir de ahora le echarás de menos aunque esté delante de ti.

21

Vídeo 15
Diario de Liam

8 de mayo de 1980

No podía haber llegado a imaginar cómo influye la actitud en la respuesta del entorno. Ahora de nada sirve agachar la cabeza y mirarme los pies mientras camino para evitar encontrarme con alguien que quiera charlar. Mi cambio de actitud en clase parece haber dado vía libre a todos para crear un lazo estrecho e imaginario conmigo. Las primeras semanas tras los encuentros clandestinos con Alice, mi manera de actuar y pensar cambió de forma paulatina, sin que me percatara de ello, como cuando se te están arrugando las yemas de los dedos bajo el agua y de repente notas la hipersensibilidad en esa zona y descubres que tus dedos son como pasas, de un momento a otro, apenas sin percibir el proceso.

Primero me dio por levantar la mano y hacer preguntas cuando me surgían dudas, algo que no había hecho nunca (podía resolverlas solo recurriendo a libros más tarde). Lo hacía porque me salía espontáneo, porque las lecciones resultaban más interesantes de repente. Notaba las miradas alucinadas de mis compañeros cuando oían mi voz o simplemente cuando se me escapaba una carcajada (todo el mundo reía, pero solo se fijaban en mí).

He pasado de ser invisible a un neón fosforescente andante, y no me gusta.

De todos modos, lo más importante ocurrió cuando Alessandro se sentó a mi lado en clase de Matemáticas un día después de encontrarnos a Alice y a mí escondidos al lado del gimnasio. Me tensé, aunque la noche anterior me hubiese llegado una nota bajo la puerta que rezaba: «Todo en orden. No hay nada que temer», firmada por él mismo y por Alice. Alessandro me dirigió una sonrisa sincera y sacó sus libros con toda naturalidad. Luego, durante la clase, me hizo un par de preguntas y algunos comentarios acerca de la geometría (tema que estamos dando en Matemáticas) que fueron ingeniosos y cercanos y me hicieron sentir bien.

Alessandro siempre me ha caído muy bien. Es de las pocas personas en el internado en las que veo una bondad real, talento y humildad. Por eso me resultó fácil corresponderle el otro día, y por eso creo que estamos entablando cierta amistad. Además, hay veces que le miro mientras me habla y me viene a la cabeza la imagen de su tez blanca y sus labios azules de cuando le saqué del congelador y pensé que no estaba vivo... Entonces siento una especie de necesidad de protegerle y ser amable con él.

Hace unos días entramos en la sala comunitaria después de varias insistencias de Alessandro. No quería tentar a la suerte y que volviesen a darme las convulsiones. Sin embargo, resulta que, desde que Alice entró en mi vida, han dejado de acecharme, todo me da menos miedo. Teníamos la intención de echar una partida a algún juego de mesa y el salón colmado de gente se quedó mudo al vernos aparecer, nos miraron asombrados y cuchichearon, pero los dos hicimos caso omiso y continuamos con nuestro plan a pesar de ser conscientes de que éramos el espectáculo principal de la feria.

Me es muy fácil ser amigo de Alessandro, es sencillo sentirme cómodo con él. No me juzga, me comprende y parece que nuestro gran secreto nos une. De alguna manera él me admira, y sé que es por Alice.

11 de mayo de 1980

La sensación de plenitud y libertad cuando Alice me abre la puerta con esa expresión de luz y magia y se abalanza sobre mí, enrollándose a mi cuerpo como una enredadera, besándome por todas partes mientras emite soniditos de emoción (y su aroma me inunda, el olor de su casa alquilada, a flores, a champú de camomila y frutas, el cual enfrascaría para espolvorearlo sobre mí cuando me pudiese la impaciencia) lo compararía con la entrada del verano cuando todo el mundo está harto de pasar frío, con la luz del sol incidiendo en la cara cuando has estado encerrado en la oscuridad, con la llegada de esa hora ansiada que depara atracciones de sensaciones después del sopor y la agonía del aburrimiento o el desplegar de las alas de una mariposa tras estar atrapada en su crisálida.

Esta es la cuarta vez que me abre la puerta para recibirme. Las dos primeras veces la preocupación y la sorpresa habían ensombrecido sus bonitas facciones, por eso la vez pasada toqué el cielo cuando me recibió de la misma manera. Su entusiasmo, su pasión inacabable, si vitalidad, sus sonrisas... Me dan vida. No sabía que podría llegar a tener esto en mi desvencijado y desalentador camino por el mundo, pero ella se había cruzado conmigo. Con su amor por las letras, su mirada profunda e inteligente de la existencia, su costumbre de ir descalza por todas partes y su dulce despiste, que le hace olvidarse de que ha dejado algo en cualquier lugar o de que debía haber hecho algo; esa pequeña arruguita de frustración que le sale entre los ojos cuando le ocurre es adorable y la beso sin parar.

Le cuento a Alice una vaga idea de lo que quiero escribir para el concurso. Necesito ganar el dinero del premio porque quiero vivir con ella, aunque eso no se lo he dicho todavía. Ella opina de forma positiva ante mi intento velado de relatarle la incipiente idea de mi nueva novela (hablar nunca se me ha dado bien, lo mío es escribir) y aporta cosas nuevas, añadiendo ese toque de ilusión necesario para crear. Hablamos durante horas de ello (bueno, habla ella, yo acoto algo de vez en cuando y transcribo ideas a un papel). Admiro cada gesto que hace con las manos mientras habla, las expresiones de su cara. Estaría besándola desde mi llegada hasta el amanecer. Estoy enamorado de sus dedos, de la curva de su pecho, de sus pies descalzos, de su flequillo rebelde y las hondas de su pelo, del fino pliegue que hace su cuello suave, de su boca rosa y el color singular y clarísimo de sus ojos.

¿Se hará una idea de lo que siento? Del dolor físico que supone verla pasar de largo en los pasillos del internado sin que pueda ir tras ella. De verla moverse de esa manera frágil, etérea y dulce en clase de Literatura sabiendo que no me va a mirar. ¿Es mi edad la que influye en la intensidad de estas emociones o es que se me escapa de las manos sin remedio por mucho que me resista? ¿Se trata de hormonas o de locura? Siempre me parece que ella pone ese punto de cordura que a mí me falta cuando nos acercamos. No me gusta tener la sensación de que actúo de forma desproporcionada porque jamás he sido así, para nada. De modo que me dispongo a acaparar toda mi seriedad, a ser maduro y comedido (algo que nunca me había preocupado porque, de hecho, siempre he considerado que lo soy en exceso). Y de un momento a otro, Alice se sienta sobre mí (yo estoy en la silla, frente a una mesa colmada de apuntes en su terraza) con las piernas a ambos lados de mi cuerpo. Lleva un vestido corto, por lo tanto, su piel entra en contacto con mi piel (visto un pantalón corto). Percibo el calor y la humedad de esa zona íntima de su cuerpo y trago saliva fuerte. Alice sonríe y luego me besa. Me besa despacio primero y luego de forma fiera, y luego gime y me intenta arrebatar la ropa. Ahí está, la Alice irracional y apasionada, la que es siempre, la que he eclipsado con mis dudas. Alice me demuestra que pienso demasiado y que paso mucho tiempo deseándola. Y eso me gusta. Me encanta.

15 de mayo de 1980

—No sabía que eras tan cursi. —Valentina se mete conmigo tras la hora de comer, mientras buscamos flores en la parte más alejada al patio común. Quiero hacerle un regalo a Alice. No tiene que haber un porqué, solo me apetece.

—Yo tampoco.

Valentina ríe y se agacha para recoger más amapolas rojas. Le he visto hacer otras veces una especie de corona con varias flores y le he pedido que me haga una. Sé que está alegre por mí. También sé que se ha dado cuenta de mi cambio de humor y de los rumores que se habrán extendido por el internado acerca de mis repentinas ganas de participar en la sociedad. Por supuesto, ella sabe por qué. No le he contado todo, pero sí lo suficiente; bromea conmigo acerca de Alice y me da codazos y se ríe a carcajadas por sus comentarios inocentes y pillos, tras los cuales se pone roja. La adoro.

Cuando le hablo de Alessandro, al principio no parece receptiva ante la perspectiva de adoptar un nuevo integrante en el grupo, pero le basta con intercambiar un saludo gracioso con él para caer a sus pies. Alessandro es atractivo, tímido y ocurrente, y le pirra la literatura y la música, así que encaja muy bien en nuestro pequeño grupo de marginados. Le adelanto que es homosexual y ella se pone como un tomate. La conozco demasiado bien y sé que le ha gustado; soy incapaz de dejar de verla como una niña a pesar de que el mes que viene cumple los trece, y actúo como un hermano mayor protector. Ella odia eso. A mí me resulta divertido.

—¿Así que aquí es donde desaparecéis durante toda la tarde? —Alessandro está viendo nuestro rincón secreto. Le hemos traído, previo acuerdo, con la intención de vernos allí a menudo.

—Nadie nos molesta aquí. Estamos a salvo, es como un búnker al aire libre donde fluyen todo tipo de ideas. Todo aquello que tenga que ver con arte es bien recibido —le explica Valentina.

Charlamos y nos reímos, sentados o tumbados para acaparar con los últimos rayos del sol de mediados de mayo, que broncea nuestros cuerpos más destapados.

—¿Por qué no traemos aquí a Alice? —dice Alessandro de repente.

—He intentado convencerle de que vengan a una hora prudente. ¿Para qué están los amigos si no es para servir de acólito alguna vez? —le secunda Valentina.

—¡Claro! Podemos ser los dos. Avisar si hay peligro y...

—No —los interrumpo—. Es muy arriesgado. Y no pienso dejar que os salpique a vosotros. Esto es algo entre Alice y yo.

—Puedo imaginar lo que es verla todos los días sin poder acercaros —murmura Alessandro.

Hago una mueca y me muerdo el carrillo, arrancando briznas de hierba del suelo.

—Ya está otra vez —replica Valentina.

—¿Qué?

—Ya estás estrangulando a las pobres plantas. Lo hace cuando está frustrado y triste —le explica a Alessandro.

—¡¿Qué?! Yo...

—¿Por qué no lo intentamos? A la una de la madrugada ya no queda ni un alma fuera del edificio. Está el personal de seguridad, pero esos no se mueven de sus puestos si no hay una emergencia —idea Alessandro.

—Estaremos al acecho por si sale alguien. Será pan comido.

—¿Por qué insistís tanto? Algo puede salir mal, hay un porcentaje alto de que ocurra. Y estaréis implicados. Las consecuencias... No quiero pensar en las consecuencias.

—Piénsatelo, Liam. Lo único que quiero es que no tengas esa cara de pan rancio cada dos por tres mientras me cuentas lo guapa que está o las veces que la has buscado sin encontrarla —se queja Valentina, poniendo los ojos en blanco.

Yo lo estoy deseando. De verdad que lo deseo, y deseo que salga bien, pero sé que Alice es más sensata.

Alessandro me dice que hablará con ella y mientras tanto se me comen los nervios.

Estoy en mi habitación, practicando con la escritura de diálogos, porque normalmente solo narro pensamientos y tengo que calentar para mi nueva novela, la que ganará el concurso y me permitirá irme con Alice. De la impaciencia y la incertidumbre, me fumo los dos últimos cigarrillos y, aunque me supone una lata, recurro a Dona.

En cuanto me acerco a ella, que está tumbada con sus amigas en el césped de los jardines delanteros, veo su sonrisilla, esa que me deja ver que no está tramando nada bueno. Mastica chicle de forma exagerada y se arruga más la camisa por la zona del ombligo, no sé si para que le dé más el sol o porque le gusta provocar. Cuando me detengo ante ella y percibo que me mira distinto (como todo el mundo desde que no soy un ermitaño) pienso en que tengo que dejar de fumar.

—¡Vaya! Estás de vuelta antes de lo previsto. —Me mira de forma inquisitiva.

Estoy acostumbrado a sus bromas acerca de que un día tendremos sexo a cambio de tabaco, a su coqueteo y su intento de hacerse la buena conmigo. Por su manera de actuar sé que le gusto de verdad. Mis palabras le afectan e hiperventila cuando me acerco a darle un beso en la mejilla, el que me asegura un par de cigarrillos. Pero esta nueva bienvenida me tiene algo inquieto.

—¿Por qué vas tanto con Alessandro ahora?

¡Oh! Así que piensa que soy homosexual.

—Me cae bien —respondo con un encogimiento de hombros.

Me contempla como si quisiese desencriptarme.

—Vamos a la misma clase desde hace tres años, Liam. Nunca os he visto juntos.

—No soy la misma persona que hace tres años, Dona.

Puede que esta sea la frase más larga que le he dicho desde que nos conocemos. Aún recuerdo la cara de sorpresa que puso cuando me acerqué a ella por primera vez para preguntarle si me podía conseguir tabaco. Tenía quince años y no sabía qué hacer con el tiempo muerto que había entre las clases, las tareas, mis trascripciones y los libros. Además, por ahí decían que aplacaba la ansiedad. Y yo necesitaba aplacarla, mucho.

—Ya veo. —Me observa de esa manera, parece que vaya a levantarse de un momento a otro para agarrarme de la camisa y gritarme «¡¿Qué narices pasa aquí?!»—. Pero sigues necesitando fumar, ¿no es así?

Y aquí viene esa intención perversa que le he visto en la mirada nada más verla.

—Creo que ahora un inocente beso en la mejilla no me vale como forma de pago. —Lo dice como si tal cosa, cerrando los ojos con gesto sobrado hacia el sol, el cual le broncea la cara.

—¿Y qué quieres, Dona? —Se lo pregunto con amabilidad y simulada ignorancia.

—Yo también quiero ser tu amiga, Liam. ¿Qué te parece si nos vemos más a menudo?

Me revuelvo en mi sitio. De todo lo que podía pedirme, eso es lo peor.

—Ya somos amigos.

—No, soy la tía que te pasa el vicio. ¿Cómo sabes que no podemos ser amigos si no me conoces?

«Porque eres excesivamente extrovertida, sinvergüenza y camuflas tus inseguridades y carencias consiguiéndole a todo el mundo aquello que necesita de fuera del internado (mecheros, cosméticos, tabaco, alcohol y demás objetos que ni por asomo se encuentran aquí dentro), y porque te sientes fuerte y valorada haciéndolo. Te conocen todos por ello. Te desean muchos chicos por ello (y porque eres bonita y lo sabes). Lo que pasa es que a mí no me has interesado nunca y eso te supone un reto. Por alguna extraña razón, te gusto, te gusto mucho. En tu presencia siempre me he sentido como un pedazo de carne jugoso y suculento, y nadie desea sentirse así. Pero quizá es la única manera que conoces de relacionarte con las personas que te importan: forzada, inestable, caprichosa», pienso.

—¿Por qué motivo ha cambiado el precio? —le digo, sin embargo.

Ella hace un chasquido con la lengua.

—¿Lo tomas o lo dejas, polluelo?

—La amistad no es cosa de trueques, Dona. ¿Estás segura de que quieres ser mi amiga? ¿Así?

Mi pregunta la deja noqueada. Su habitual expresión de suficiencia se desarma y muestra esa cara oculta y vulnerable que nadie ve nunca. Ha sido una pregunta sencilla, pero con una carga ética importante.

—¿Hay alguna otra manera de acercarse a ti, hombre de hielo?

Mi nuevo apodo me gusta. Me encojo de hombros y miro a mi alrededor de forma distraída, deteniendo la vista en la esquina alejada que conduce a nuestro escondite. A estas horas Alessandro ya habrá hablado con Alice. Vuelve a ponérseme el estómago rígido.

—Hay un motivo por el que el precio varía, y es según mis intereses. Lo veo. Estás distinto. —Inclina la cabeza a un lado y alza la mano para hacerse sombra, cubriendo el sol—. Alguien se me ha adelantado. Soy lenta en este juego, por lo visto.

Vuelvo a encoger los hombros simulando que no me ha afectado en absoluto lo que acaba de decir. Pero en realidad me ha entrado un pequeño relámpago de pánico: si Dona se entera de que estoy enamorado, no cesará en su búsqueda, no dejará de intentar averiguar quién es para luego competir con esa persona. Y no tiene la menor idea de que jamás podría competir.

Finalmente estira la mano y me da cuatro cigarrillos. Observo el regalo con desconcierto.

—Considéralo como el principio desinteresado de una bonita... amistad. —Sonríe y esta vez no percibo malicia en su mirada.

Así que los acepto, los guardo en mi bolsillo y le doy las gracias antes de darme media vuelta. Sé que aún me está mirando y que guardaba la esperanza de que le diese ese beso en la mejilla. Quizá le haya dolido. Es probable. Puede que sea la primera persona que sienta pena por ella por no ser correspondida.

Tengo la vista fija en mis zapatos porque no soportaría encontrarme con nadie más cuando choco contra un cuerpo. Miro con sorpresa a Alessandro, que ríe y me frota el brazo con el que le acabo de golpear.

—Alguien quiere verse contigo esta noche —susurra emocionado.

El mundo se detiene.

22

Mario

Existe una promesa tácita en los pies desnudos y blanquecinos de Luca al atravesar el embarcadero. También está en sus rizos, bastante bien peinados para aguardar una mañana de viento, y en su camiseta blanca, que le viene obscenamente pequeña pero la lleva la mar de a gusto. Promete que va a ser una mañana embravecida a pesar del mar en calma y el armonioso canto de las gaviotas.

Voy tras él cual turista perdido. Luca habla en español con la gente que se encuentra, se saludan eufóricamente (lo que me demuestra que viene a este lugar a menudo) y luego me presenta como si me conociese de toda la vida, como si pretendiese que todo el mundo me cogiese cariño, como el que le tienen a él (se ve en sus posturas cercanas, en sus sonrisas deslumbrantes, en las veces que declina invitaciones para irse a tomar una cerveza). Él solo les muestra esa sonrisa suya y les dice: «Quizá más tarde, voy a navegar».

La parte más masoquista de mí percibe señales que me gustaría ignorar: en realidad, le apetece mucho navegar, no es que se muera por pasar un rato conmigo a solas. No me prefiere antes que a sus amigos. No va a navegar hoy porque yo esté aquí, simplemente estaba en sus planes y yo he aparecido en mitad de su mapa trazado.

La primera noche en su casa ha sido *el infierno*. He soñado que me quemaba. Solo he hecho que dar cabezadas breves e intercaladas con miradas hacia la puerta. Me he sentido como en el cuadro de Fuseli, *La pesadilla*, en una penumbra tenebrosa donde mi imagen era la de un chico tirado de forma dramática en la cama con un íncubo sobre mí reflejando mi deseo y mis frustraciones amorosas entre lo carnal y lo espiritual.

¿Se daría cuenta de algo? Durante el tiempo que charlamos anoche, con mis miradas esquivas, mi incapacidad para hablar de manera coherente o mi patético «mmm» para darle las buenas noches tras tocarme y dejarme descompuesto sobre el sofá... ¿Pensará de verdad que soy interesante? Tal vez ya había cambiado de opinión. No sabe nada de mí, podría ofrecerle tardes enteras de charlas acerca de Umberto Eco (autor que pude ver en sus estanterías) o de música y pintura. Sin embargo, no estoy seguro de que pudiese ordenar palabras y ser espontáneo en su presencia. Una parte de mí prefería que hubiese sido menos amable conmigo y hubiese aceptado rápido que tenía una madre y que debía ir a visitarla. Pero me toca lidiar con esta versión: abierto, sociable, risueño y con temor. Si piensa que no me he dado cuenta, es porque no es tan bueno analizando a los demás como cree. Que alguien te diga de buenas a primeras que tu madre biológica está viva y que sigue buscándote no debe de ser sencillo de asimilar. Para él no lo está siendo, por eso no ha sacado más el tema, por eso todavía no ha visto ni un solo vídeo. Y me pregunto cuánto tengo que esperar para no sonar grosero o impaciente.

—El barco es muy bonito. —Rompo el silencio inspirado por la muestra de profesionalidad náutica, cuando Luca ha hecho zarpar el pequeño pero elegante yate como un marinero entregado. Admito que le he observado minuciosamente (cada parte del cuerpo) mientras ponía en marcha el motor y lo preparaba todo para la navegación.

Luca asiente y le da unas palmaditas al barco. La brisa le mueve el pelo y los pantalones piratas, su imagen me recuerda a un anuncio de perfume de hombre, de esos que duran apenas unos segundos y querrías volver a ver una y otra vez. Es duro fingir todo el rato. Nunca he tenido problema, de hecho fingir es mi día a día, pero sabiendo que Luca capta señales en la comunicación no verbal, cualquier gesto o mirada puede delatarme. Mido lo que hago y lo que digo, y es agotador. Por eso hablo menos de lo normal.

Él me explica algunos tecnicismos de la navegación, me cuenta cuándo empezó su afición y las veces que preocupó a sus padres por tirarse las horas muertas en mitad del mar. Bebemos cerveza mientras el barco fluye con la tranquilidad de las olas y el sol nos torra la piel pálida que dejamos descubierta. A pesar de estar siendo un acompañante aburrido, Luca parece cómodo y me sigue contando. Me hace sentir que mi opinión sobre él le importa.

—Es agradable hablar en italiano con un nativo —comenta tras una pausa, en la que ambos estábamos tumbados en hamacas mirando el cielo y yo he aprovechado para estudiar la forma de sus muñecas, la anchura del envés de sus manos, la curva de su nuez, sus tobillos... —Hacía mucho tiempo que no conversaba de forma fluida en italiano. Quizá te resulte raro mi acento.

—No es un acento feo. Te da un toque sofisticado —opino sin abrir los ojos.

—Sofisticado, ¿eh?

Abro un ojo para mirarle de soslayo. Está sonriendo. Ya me conozco sus sonrisas. Las de complacer: sonrisa amable que hace que sus ojos se aclaren; las de mostrarse irónico o travieso: sonrisa de labios curvados de medio lado; las verdaderas, las que te indican que sonríe con todo el cuerpo: labios estirados, hoyuelos en las mejillas y brillo en la mirada. Está sonriendo de esta última manera, con esos pequeños agujeros en la piel levemente bronceada de su rostro. De repente noto una sensación efervescente y placentera en el estómago y me entra miedo.

No decimos nada más, nos quedamos tirados, socarrándonos bajo el despiadado calor del sol. Estoy abrasado por dentro y por fuera. Hasta que Luca me pregunta si me apetece darme un baño y yo declino la oferta. El mar me impone; me intimida tanto o más que él. Además, estamos muy alejados de la playa y no nado muy bien. Luca no insiste; se quita la camiseta, da un salto (que vuelve a recordarme al anuncio de perfume) y se hunde de cabeza en el agua cristalina. Su seguridad en todo lo que hace, su fuerza, su manera de tratar la vida, tan despreocupada y llena de cosas interesantes, me hace sentir pequeño.

Y este sentimiento se multiplica cuando nos dirigimos a casa de sus padres, donde vamos a comer antes de que se vayan de viaje. De camino hacia el chalet adosado, pienso en lo efímero que resulta todo y las pruebas que la vida me pone por delante: ¿quién se imaginaba que trabajar en una residencia me fuese a conducir a España a vivir esta clase de acontecimientos? ¿Quién se esperaba que mi decisión por encontrar al hijo perdido de Alice me llevase hacia otro bucle de ansiedad?

—¡Invitado sorpresa! ¡Qué maravilla! —vocea en español Pilar, la madre de Luca (la adoptiva), cuya melena rubia y abultada está adornada con flores de colores.

A pesar de sobrepasar largamente los sesenta, puedo apreciar la vitalidad y el aura que delatan sabiduría y espontaneidad en su manera de hacer y de ver. Su padre, que está sacando platos de jamón recién cortado a la mesa del enorme salón, nos recibe con la misma alegría. Abrazan y besan a su hijo y, antes de que Luca pueda decir nada, le preguntan por mí.

—¡Qué guapo eres! No todos los invitados sorpresa son tan guapos. —Pilar se dirige a mí. Yo enrojezco de inmediato porque he entendido que me acaba de decir un piropo.

—Ni tampoco traen noticias de mi familia biológica. Es Mario, viene de Italia. Por lo que me ha dicho, conoce poco el español —añade Luca en tono forzadamente despreocupado, picando una oliva y traduciéndome después lo que les ha dicho.

Tanto ella como Marcos, su padre, se miran en silencio y, luego, me observan asombrados. Deduzco que Luca les termina de contar lo poco que sabe de mí, pero, por su manera de hablar, noto que de repente cambian de tema. Tengo la sensación de que más tarde hablarán en privado acerca de ello, sin mí delante. En todo caso, espero que convenzan a Luca de que es necesario que conozca a Alice.

Mientras van y vienen de la cocina trayendo platos de comida, Luca y sus padres entablan una charla acerca de algo que parece muy interesante, pero que entiendo poco. Me siento un ignorante, como un pegote viscoso de algo irreconocible pegado ahí en el suelo, mientras ellos conversan y sus palabras fluyen por sus bocas. De vez en cuando también se dirigen a mí en italiano, y Pilar y Marcos se disculpan conmigo porque, aunque vivieron unos años en Italia (adoptaron a Luca en ese periodo), han perdido la práctica del idioma.

De repente admiro más a Luca (si eso es posible) por la manera de comportarse con sus padres, por igualarse a sus conocimientos, por la soltura y comodidad en que los toca de vez en cuando mientras habla y ayuda a poner la mesa. Y me percato de que en realidad le envidio: jamás en mi vida podría imaginarme tener una relación tan sana con mi familia.

Mientras hablamos, descubro que Luca trabajó como psicólogo en una escuela y que hasta tuvo su propio gabinete para recibir visitas.

—Alice también se interesó mucho por la psicología —comento cuando nos sentamos afuera, donde todo parece emerger desde la enorme piscina que se sitúa en el centro del jardín.

Luca, que se encuentra espatarrado en la silla de plástico justo a mi lado, asiente con la cabeza tan despacio y de forma tan vaga que apenas se percibe.

—Y fue profesora de Literatura en un internado en Bolonia. Tenía que hacer un estudio relacionado con la influencia del arte en el comportamiento de los jóvenes —continúo a pesar de su silencio, tratando de decirle que su madre biológica era muy parecida a él.

—No te cuesta hablar cuando se trata de ella, ¿eh?

Su comentario me hiere y no entiendo por qué. Quizá porque con él he perdido la última esperanza que me quedaba de que se viniese conmigo a Italia, porque no parece en absoluto afectado o levemente atraído por lo que me afano por contarle. O quizá me molesta que tenga esta percepción tan pobre de mí, así que no añado nada más.

—Son curiosos los genes, ¿verdad? —Su voz suena gangosa, como la forma aletargada y sofocante en la que avanza el sol hacia nuestras piernas a pesar de estar resguardados bajo el porche—. Nunca vi a mi madre practicar su afición por la psicología y, sin embargo, aquí estoy yo, fracasando estrepitosamente con mis intentos de ejercer de psicólogo.

—¿Fracasar? ¿Por qué?

—Me inmiscuyo mucho. Cuando se es psicólogo a veces debes ser inflexible, no traerte los problemas a casa, pero tomo cariño a la gente con mucha facilidad.

—Supongo que eso lo evita la experiencia, ¿no?

—Uno no puede dejar de ser como es. —Asume y luego suspira, hundiéndose un poco más en la silla, como si fuese un helado de nata derritiéndose.

Yo lamería ese helado. Lamería sus lóbulos, su clavícula sudada, sus dedos. Pego un respingo cuando de refilón veo algo atravesar mi costado derecho como un borrón amarillo que se lanza de lleno hacia Luca. Se trata de una chica joven con el pelo decorado igual que el de Pilar y un vestido del color del sol que está devorándole a besos y cosquillas. Luca ríe y trata de quitársela de encima.

—Mario, te presento a mi pequeña hermana loca, Anya.

La chica me mira enseguida, recordándome a un pájaro nervioso y eufórico. Se lanza hacia mí y me da besos también, los dos en la misma mejilla. Me habla en español y Luca ríe y le explica que entiendo poco el idioma. Cuando le cuenta que vengo de Italia, su curiosidad hacia mí aumenta, lo veo en su mirada inquieta y joven. Caigo en que posiblemente tengamos la misma edad y eso, de una manera extraña y sinsentido, me pone de mal humor. ¿Luca es el único adulto en ese patio? Yo ya no soy un crío, aunque nunca hubiese dicho una frase como «Uno no puede dejar de ser como es»; es como si tuvieses que vivir el tiempo suficiente para averiguar eso. ¿Tendría que tener su edad para conocerme y saber que todo en mí es irreversible? Su frase guarda miles de mensajes, como: «Eh, amigo, acéptate como eres. Resígnate» o «No gastes tus energías en odiarte y luchar contra ti mismo, el resultado será el mismo y el esfuerzo habrá sido en vano» o «Cuanto antes lo aceptes, mejor. Eres como eres y lo único que debes hacer es intentar sacarte el mejor partido posible». No creo que yo pudiese decir una frase parecida a esa ni verbalizarla con esa actitud de aplomo. Para alcanzar a Luca debería escalar unos cuantos de cientos de escalones... No quiero sentirme así con alguien cuya opinión hacia mi persona podría aplastarme como a un insecto u hacerme sumamente feliz, pero me siento como un trozo de tela hecha jirones colgado de un poste alto cuya velocidad del viento lo empuja y lo hace hondear a su antojo. Su evidente indiferencia hacia el motivo por el que estoy aquí me hace estar permanentemente alerta, como si de un momento a otro se fuese a levantar y a decirme: «Está bien, me he cansado de todo esto. Vete por donde has venido».

Nos sentamos los cinco a la mesa y comenzamos a comer mientras sus padres tratan de entablar una conversación conmigo en italiano. Sus risas y sus intentos por hacer que los entienda me destensan un poco durante la velada. Son una familia alegre de mente abierta e ideas despiertas. Anya se pone a hablarles de sus actuales relaciones con toda naturalidad y, gracias a que Luca me susurra de vez en cuando, traduciéndome algunas cosas ante mi gesto de esfuerzo, descubro que ha salido con chicos y con chicas, y nadie parece escandalizarse o poner objeciones. A raíz de ello, me imagino cómo hubiese sido mi vida si hubiese nacido en esa familia. Habría sido más feliz, de eso no cabe duda. Lo sé porque no llevo ni tres horas aquí y ya me siento parte de esta gente, como si compartiese más sangre con ellos que con mis propios padres. La hora de la comida en mi casa es un suplicio por tener que escuchar a mi madre y, sin embargo, cuando Pilar se levanta de la mesa y empieza a recoger los platos vacíos, casi le suplico que vuelva a sentarse y a hablarme y a reírse de esa manera suya tan contagiosa.

Tras el atracón de arroz con gambas y el picoteo, me percato de que estoy agotado. Puede que haya dormido dos horas en total durante la noche en casa de Luca, y por lo visto no soy el único al que le pesan los párpados: la familia de Luca se empieza a retirar paulatinamente. Sus padres aprovechan para despedirse y todos les deseamos feliz viaje. Momentos después, la casa se queda silente; flota en el ambiente una sensación de paz y de calma que se posa sobre mi piel como una sábana de seda. Voy al baño y, al salir, veo a Luca tumbado en una de las hamacas más cercanas a la piscina con un sombrero de paja en la cara. Me acerco, con cuidado de no despertarle en caso de que se haya dormido, y me tumbo en la hamaca de al lado.

El sol ya se ha escondido cuando abro los ojos de nuevo. Me incorporo deprisa porque no sé qué hora es ni si me he excedido con la siesta. Oigo sus risas y le veo saliendo de la piscina con un bañador azul. Noto mi excitación más real y recuerdo que he tenido un sueño erótico en el que se hacía realidad mi fantasía de levantarme de la hamaca y ponerme sobre él. Luca me recibía con gusto, ya lo creo. Y ahora estoy empalmado. Encojo las piernas, notando que me va a explotar la cara, cuando Luca se detiene cerca de mí. ¿Lo habrá visto? ¿Averiguará que es por él?

—¿Te apetece un baño para despejarte?

No me lo pienso, me quito la camiseta y me levanto como un resorte de la tumbona hacia la piscina, de bomba. Agradezco llevar el bañador puesto, habría hecho el ridículo si llevase los pantalones.

—Sabes que llevas los pantalones puestos, ¿verdad? —Luca sonríe con picardía desde el borde de la piscina.

Pues no, no me había puesto el puñetero bañador. ¿Es posible que alguien estalle debido al impacto violento y continuado de la sangre hacia la superficie de la piel? Me gustaría estallar.

—He olvidado... que no me había puesto el bañador. —Trato de hacer que mi voz suene serena y convincente.

Al menos se me ha bajado. Resoplo y me agito el pelo mojado con las manos mientras salgo por las escaleras. Hasta que no alcanzo la altura de la tumbona en la que está él, no levanto la mirada. Luca sigue ahí de pie, me mira y veo su ceño arrugado.

—¿Qué te ha pasado?

Noto un vuelco agresivo en el pecho porque de primeras pienso que se refiere a lo que acaba de suceder, pero recuerdo que me he quitado la camiseta. Luca está viendo el enorme moratón que recorre mis costillas.

—Ya he visto el de tu pierna, pero no he querido ser entrometido —su voz suena rasgada y preocupada.

No puede imaginarse cuánto me halaga y me avergüenza a partes iguales.

—Nada, me... me caí. —Le quito importancia e intento tapar la magulladura con el brazo.

Mi respuesta no parece convencerle, sin embargo, respeta mi mentira y no añade nada más. Luego me pasa una toalla al vuelo para que me seque.

—Están a punto de llegar los invitados. ¿Estás preparado para una buena fiesta española, Mario?

23

Vídeo 16
Alice

Recuerdo las últimas semanas de mayo y el mes de junio como un cúmulo de momentos con un regusto dulce, con esa sensación de cosquillas en la barriga, rozando con los dedos el peligro, el deseo, la ternura.

Las mañanas metida en mi habitación, inmersa en el estudio, que había tomado una forma diferente a la prevista, distinta a la idea que tenía antes de llegar al internado; una perspectiva más analítica desde el punto de vista de una Alice más intrépida y enamorada. Enamorada del arte, de los niños, de los adolescentes y su crudeza y su fuerza al contar historias, de los pasillos que componían Nuova Vita, porque cada esquina era el preludio de los instantes en los que Liam me tocaría... Las clases de Literatura, que cada vez resultaban más interesantes, aunque los adolescentes nunca dejasen de serlo y tuviese que alzar la voz o ponerme seria de vez en cuando. El reto de tratarle igual que al resto, de mirarle el mismo número de veces que a los demás. Las clases de Arte Dramático y los ensayos de la obra de final de curso, los preparativos, su ilusión por interpretarla delante de todo el internado. Las tardes en las que el edificio entero parecía sumergido en un letargo acompañado por el calor de la llegada del verano y el afán por resguardarse de las horas potentes del sol hasta que se alzaba la brisa y los jardines se llenaban de niños y jóvenes holgazaneando, tirados en el césped, leyendo, jugando o yendo a nadar. Las soporíferas y eternas horas en las que parecía no haber nada que hacer tras la cena, esperando a que llegase el momento de ir con él al fuerte secreto. Y los sábados por la tarde. Benditos sábados. Llenos de locura, sexo, literatura, música e historias.

Lo que mejor recuerdo son las sensaciones: el tacto de sus pies en mis piernas, de su pelo en mi cuello, de las yemas de sus dedos en mi piel; la elasticidad de sus rizos y la suavidad de su rostro en mis dedos; la música... Puedo recordar cada canción que escuché porque en cada nota, en cada letra, Liam estaba allí. Puedo rememorar cada sabor, la textura de las tortitas con miel que nos hacíamos a menudo, la jugosidad del melocotón (al que nos volvimos adictos), la comida recalentada de la cocina industrial a la que me acostumbré y terminé por coger el gusto. Y los olores: el efluvio a los arbustos recién cortados de los jardines y a los árboles mediterráneos, a las flores de mi casa alquilada; el aroma a camomila, que a veces parecía provenir de su cuerpo; el olor de nuestras pieles, de nuestra desnudez y, ¡ay!, ese aroma a lluvia de tormenta...

Tomamos una bonita costumbre los domingos por la mañana: yo preparaba la ropa y ganduleaba alrededor de la cama mientras él, desnudo sobre el colchón, leía en voz alta párrafos de algún libro. Solían ser libros que él había leído más de una vez y, aunque yo conocía la mayoría de ellos, no los amé de verdad hasta que Liam me traspasó su devoción por ellos.

—«No te rindas, aún estás a tiempo de alcanzar y comenzar de nuevo, aceptar tus sombras, enterrar tus miedos, liberar el lastre, retomar el vuelo (...). No te rindas, por favor, no cedas, aunque el frío queme, aunque el miedo muerda, aunque el sol se ponga y se calle el viento. Aún hay fuego en tu alma, aún hay vida en tus sueños, porque cada día es un comienzo, porque esta es la hora y el mejor momento, porque no estás sola, porque yo te quiero».

Liam leía con voz profunda un poema de Benedetti. Tenía la sensación de que cada cosa que leía, directa o indirectamente, estaba dirigida a mí. Eso me calentaba el alma y me hacía nadar en una nube de algodón todos los fines de semana mientras seguía con la mirada el tobogán que formaba su espalda desnuda y estudiaba el camino de su columna vertebral y los montículos de sus nalgas, suaves y níveas, desde las que se extendían un par de piernas largas que culminaban en unos pies finos e impolutos. Cuando no aguantaba más, depositaba con sutileza la yema de los dedos sobre sus tobillos y ascendía despacio y de forma delicada, recorriendo los senderos de su piel, que tenía tanto de mí como de él, porque ambos nos negábamos a meternos a la ducha hasta el lunes, cuando nos veíamos de nuevo y el echarnos de menos dejaba de apretarnos las tripas. Y luego, nos entregábamos más del otro, cuando los versos se acababan en su boca, esta comenzaba a estar ocupada en encontrarme. Siempre existía ansiedad en nuestros besos y caricias, siempre nos acompañaba esa sensación de inminente despedida.

Ese domingo por la mañana, mientras bailoteaba con una de las últimas canciones más sonadas y me recogía el pelo en un moño destartalado, sin ropa, descubrí a Liam observándome con gesto angelical. Le sonreí con todas mis ganas, él me respondió, desnudo también, sentado a los pies de la cama:

—Cásate conmigo, Alice Fiore. —Su voz, enfervorizada y pasional, me provocó un vuelco en el pecho.

—¿Qué? —No dejé de sonreír a tiempo que formulaba mi pregunta incrédula.

—¡Cásate conmigo! —Se incorporó de un salto, añadiéndole énfasis a su petición—. Cásate conmigo, por favor. Te prometo que no serás mía. ¿Por qué hay necesidad de poseer? El ser humano está obsesionado con eso. No serás *mi* mujer, serás el pedazo de la locura necesaria, libertad y el amor más puro que conozco que le falta a mi corazón. Te convertirás en... en la reina...

Liam pegó un brinco hacia la cama y agarró del cabezal la corona de flores silvestres que me había regalado hacía unas semanas, la que le había ayudado a hacer Valentina, que se marchitaban aunque se conservaban bastante bien, como si se negasen a morir para estar presentes en este idilio.

—Te convertirás en la reina, cuya influencia sobre mí será incuestionable. Ocuparás ese hueco vacío, ese trono que está junto al mío, al que estoy anclado sin poder moverme sin que existas tú para devolverme la libertad y todas aquellas cosas que son necesarias y que le dan sentido a los pensamientos, al motivo por el que respiro y me muevo. Cásate conmigo, Alice Fiore.

Puso la rodilla sobre el suelo, acunando la corona con ambas manos hacia mí. Me arrodillé frente a él, con la cara rosa de la emoción y la sonrisa más boba de la historia.

Ambos sabíamos que esa petición era ficticia, pero nos divertía crear ese espacio temporal paralelo en el que todo era posible y nada hacía daño. Nos divertía inventar historias, un hipotético futuro y hacer lo que nos diese la gana.

—Sí quiero —respondí, tomándole las muñecas para ayudarle a colocarme la corona de flores en la cabeza.

Liam rio y me besó y volvió a besarme. Y luego bailamos y odiamos, como todas las veces, ese ineludible adiós.

Los martes y los jueves, a la una y cuarto de la madrugada, era la hora mágica en la que el edificio había cerrado sus ojos y lo único que se oía era el ronroneo de los sueños y el canto de los grillos. A esa hora, me perfumaba, me ahuecaba el pelo frente al espejo y salía descalza y a hurtadillas por los pasillos vacíos dominados por la influencia de la luna, que reflejaba su luz sobre las escaleras, las cuales bajaba con cosquillas en la tripa.

A esa hora, él me esperaría en la esquina del escondite secreto, con el brillo rubio de los rizos destacando contra la fachada y esa camiseta azul marino que le camuflaba en la noche.

Cada vez que cruzaba la puerta, sabía que Valentina y Alessandro estarían despiertos, al acecho por si alguien salía de su dormitorio a deshoras.

No podía pasar por allí sin sonreír al pensar en la charla que habíamos tenido Alessandro y yo unos días antes:

—Alice, creo... Necesito contarte algo —me había dicho él.

Me encontraba, como de costumbre en la hora del almuerzo, comién-
dome una manzana sentada en uno de los bancos del camino arbolado
que se desplegaba ante el edificio. Alessandro se había sentado a mi lado
con ese habitual retraimiento en sus gestos.

—Lo que necesites.

—He decidido... que no quiero tener secretos contigo. Solo mi diario
sabe quién soy y ya no quiero que eso pase más.

Me había quedado tan asombrada por lo que acababa de decir que no
había sabido qué responder, pero no había hecho falta que hablase.

—No lo sabes, pero eres alguien muy importante para mí. Una referen-
cia. Y mi admiración hacia ti creció cuando... vi que eras tan humana
como yo. Muchas veces las personas esconden su humanidad, su imper-
fección, su vulnerabilidad, y en realidad eso es lo que más nos une.

Alessandro había girado sus rodillas hacia mí y se las había mirado,
aún tímido a pesar de sus palabras valientes y decididas.

—Desde fuera no se aprecia bien, pero desde lo ocurrido... desde mi...
—Se había detenido y se revolvía, como si fuese incapaz de decir «intento
de suicidio»—. Me han hablado de tu discurso. A muchos de los que están
aquí, tus palabras los han alentado y les han dado un motivo, aunque
abstracto, para esforzarse y mirar la vida con otra perspectiva. El juego ya
no es el mismo, se ha modificado de forma sutil y progresiva, pero lo ha
hecho. Ya no se meten conmigo. Sé que se mueren por hacerlo, que sus
mentes no han cambiado de un día para otro, pero se han dado cuenta de
algo: que sus actos tienen consecuencias. Y son consecuencias que no los
favorecen. Y ese pequeño cojeo por parte de aquellos que se aprovechaban, ha dado alas a los demás para frenarlos o, simplemente, ignorarlos.
No se ha detenido el vandalismo, pero se ha paliado. Y eso significa algo,
algo muy importante: es posible. Es posible erradicar del todo el acoso. ¿Te
das cuenta, Alice? ¿Acaso te has percatado de que tu presencia en el internado, tus ideas del amor y del arte han desencadenado una reforma interna casi inapreciable pero extremadamente positiva?

No había podido dejar de mirarle y sentirme avasallada por esa realidad que se materializaba en su voz. Alessandro me había hablado con

suma seriedad, sin fluctuar, y yo había podido apreciar que cada palabra que pronunciaba era sacada de sus entrañas, y que había estado deseando liberarlas desde hacía mucho.

—No puedes... No creo que te hagas una idea de lo que ha sido mi vida aquí. —Se le había truncado un poco la voz y había agachado la mirada hacia sus dedos de nuevo—. Despertarme cada mañana sin saber cómo me acostaría esa misma noche, si tendría algo roto aparte del alma. Han llegado a dejarme encerrado en el váter durante dos horas. Una vez encontré toda mi ropa embarrada y hecha girones en la parte trasera del internado, toda excepto el pijama que llevaba puesto. Tuvieron que dejarme ropa de la beneficencia. Una noche me sacaron entre varios de la cama cuando llovía y me dejaron fuera, sin dejarme entrar, hasta que Fabio se dio cuenta de lo que ocurría debido a mis gritos y los porrazos que daba contra la puerta. La fiebre que tuve los días siguientes me hizo delirar y creer que me estaban pinchando la piel con tijeras. —Lo que me contaba me horrorizaba tanto que me dolía la piel de impotencia—. También me dieron una paliza, aunque no fue de la magnitud que les hubiese gustado porque varios profesores intervinieron. Esta cicatriz... —había señalado una franja blanquecina de la frente— es de ese día. Si me hubiesen dado un poco más abajo, quizá hubiese perdido un ojo. Eso es lo que me dijo el médico cuando le dije que veía un poco mal por el ojo izquierdo. Los insultos y los corrillos eran habituales hasta hace poco, lo hacían incluso delante de todo el mundo, como si fuese un ataque inofensivo y sin gran relevancia, solo para satisfacer sus ganas durante unos segundos para luego planear algo más gordo.

—Alessandro, lo siento muchísimo... —Había vibrado mi voz.

—Te mentiría si te dijera que ya no tengo pesadillas en las que vuelven a sacarme de la cama en volandas o que me levanto pensando que no me van a hacer daño. Lo sigo pensando. Ellos no han cambiado. Ha cambiado el entorno, la idea. He intentado encontrar la razón por la que solo me dedican miradas desafiantes en vez de escupirme insultos y no creo en absoluto que teman que vuelva a meterme en un congelador. Pero creo que son más conscientes de la realidad, de que el mundo no solo se ve desde sus perspectivas. Aunque… en realidad no tengo ni puñetera idea de lo que se les pasa por la cabeza.

Alessandro había cerrado los ojos unos largos segundos y, tras frotarse las manos, me había mirado con esa bonita timidez en su mirada. Finalmente, se había sonrojado un poco antes de añadir:

—Me veo con Giulio a escondidas. —Aquella noticia, a pesar de ser novedosa, no me había impresionado—. Al principio me mostré muy contrariado. Pensé que se reía de mí. ¿Qué iba a creer? ¡Él había formado parte del grupo que me hacía la vida imposible! Sí es cierto que no participó en los actos más crueles, pero eso no le quitaba importancia. Y luego… luego me di cuenta de… —En ese momento había fruncido el ceño y se había removido, como si ni él mismo se lo creyese—. Aquel día en el hospital me contó que era como yo, pero no fue hasta que volví al internado cuando… cuando se puso a llorar delante de mí, me confesó que me amaba y me besó. Mi respuesta fue empujarle y salir corriendo. Estuve tres días esquivándole, asimilando lo ocurrido, intentando creérmelo, tratando de no ilusionarme. Giulio… Él me gustó nada más llegar a este internado. Suena masoquista, lo sé. Soñé con él durante mucho tiempo, y quizá lo mostré más de lo que quise, porque algunos se dieron cuenta y comenzó mi infierno. ¿Sabes lo que es que alguien con quien has soñado y quien te ha humillado y degradado te confiese de un día para otro que está enamorado de ti? Suena demasiado estúpido y retorcido, pero entonces noté un cambio brusco en su comportamiento, no hacia mí, sino en clase, con respecto a sus amigos. Los ignoraba, se alejaba de ellos, a pesar de que le buscasen. Ese mismo grupo de amigos que disfrutan hiriendo y con los que parecía sentirse a gusto. Pero en realidad, la pura realidad era que solo se sentía a salvo; porque, si eres una oveja, pero te disfrazas de lobo y te unes a comer carne cruda, nunca te devorarán a ti.

Alessandro me había mirado y había descubierto que yo ya había llegado a esa conclusión hacía tiempo y que sabía más de lo que él podía haber visto durante estos meses. Después de esbozar una leve sonrisa, había proseguido:

—Tengo pánico, Alice. Tengo miedo de este dolor en el estómago, de cómo se me mueve el corazón cuando le veo. Tras unos días hice lo menos racional que he hecho en mi vida: vomitarle mis sentimientos desde lo más profundo, los malos y también los buenos. Entonces, en vez de empujarle, le devolví el beso. Él me besó y me abrazó y lloró otra vez y vi a un chico roto y perdidamente enamorado... ¿Cuándo se enamoró así de mí? ¿Por qué no supe verlo? ¿Por qué fue tan cobarde de desperdiciar caricias y sustituirlas por desprecio? —Alessandro se revolvía el pelo con frustración tras un hondo suspiro—. Todavía no lo comprendo, por eso vivo con el permanente miedo de que cambie de idea. Hasta que nos encontramos de nuevo y me agarra como si solo yo pudiese sostenerle en el vacío de un precipicio y me siento abrumado porque jamás en la vida podría llegar a imaginar que alguien pudiese sentir tanto por mí.

Su timidez se había disipado de forma gradual hasta dejar descubiertas las emociones a flor de piel. Sentía que ese momento era trascendente en mi vida, que se quedaría en mi memoria más que otros.

—Es abrumador y... aunque querría evitarlo, estoy ilusionado. Se me mueve el pecho cuando me sonríe y me siento en otro planeta cuando me besa. Y sé que no quiero parar. Aunque pueda acabar mal, aunque estemos haciendo algo que tarde o temprano nos dolerá, es lo que quiero. Giulio es lo que quiero. Y no tenemos otra alternativa.

Yo le había sonreído y acariciado el hombro, orgullosa.

—¿Tú tienes alternativa, Alice?

Me había desconcertado el cambio brusco que Alessandro había decidido dar a la conversación. Mi gesto confuso había sido lo único que pude responderle, y de un momento a otro sentía que ya no era la profesora, sino una chiquilla al lado de alguien más maduro.

—Liam te ama. ¿Eres consciente de ello? ¿De cuánto?

Se me había apretujado el estómago y el pecho.

—Déjame darte un consejo como amigo, ¿vale? No desperdicies el tiempo que os queda. Aunque sea peligroso, no tiene por qué salir nada mal.

—¿Qué me estás proponiendo, Alessandro?

Él había sonreído.

—Te cuento el plan. Escúchame hasta el final...

En cuanto me lo hubo contado, no dudé. Así fue como, con su ayuda y la de Valentina, nos habíamos atrevido a dar el paso de vernos a escondidas en el internado, como estábamos a punto de hacer en ese momento.

—«*Gorrioncito, ¡qué melancolía!, en tus ojos muere el día ya*». —entonaba Liam en un español dulce, bajito, mientras jugaba con nuestros dedos, entrelazados.

Estábamos sentados de espaldas contra la fachada, camuflados entre la noche, la vegetación y el edificio que se situaba tras el invernadero, donde, al parecer, solo iban Liam y su cuadrilla.

Cuando estábamos allí casi no hablábamos. Nos conformábamos con tomarnos de la mano, mirarnos y presionar nuestros labios de vez en cuando. Teníamos muchos enemigos: el peligro de ser descubiertos, el sueño y el deseo de estar en cualquier otra parte, juntos.

Una vez me había quedado dormida en su hombro y Liam me había despertado antes del alba. La norma era estar una hora juntos (los pobres de Alessandro y Valentina también tenían que descansar), pero ese día se la había saltado. «Me gusta que duermas y respires en mi cuello», había argumentado a su favor.

—Queda una semana de curso —mencionó él, mirando mis dedos entre los suyos.

Le observé de reojo, notando una presión afilada en el estómago. Ninguno de los dos había mencionado nada acerca del tiempo hasta ese momento.

—Alice, ¿qué va a pasar?

No me atreví a mirarle.

—Aún nos queda...

—Alice —me interrumpió, girando el cuerpo hacia mí—, me quedan ocho meses para ser mayor de edad. Hasta ese momento no saldré de aquí.

—¿Podemos...? —Suspiré, deteniéndole yo en esta ocasión—. Me gustaría no hablar de ello ahora, ¿vale? Solo... Ahora solo necesito estar así.

Me acerqué más a él y metí la nariz en su cuello.

Liam no añadió nada más. Sabía tan bien como yo que el final se acercaba y ambos lo contemplábamos con resignación, tratando de exprimir hasta el último instante. Querría fotografiar cada segundo a su lado, retenerlo, almacenar las emociones para poder recurrir a ellas. Querría ser capaz de paliar el dolor cuando el momento llegase, tener algún aliciente. Pero no tenía nada.

La fiesta de fin de curso llegó y con ella la representación de la obra de teatro a la que tanto esfuerzo e ilusión le habíamos puesto. Fue espectacular, mejor de lo imaginado; los estudiantes hasta se levantaron de sus sillas para aplaudir cuando finalizó. El orgullo que sentí endulzó levemente el dolor, pero se diluyó muy rápido cuando algunos de los alumnos empezaron a despedirse hacia final de la tarde. La mayoría se marchaba con la familia por las vacaciones de verano, incluidos algunos huérfanos, como Valentina y Alessandro: el tío de la niña venía desde Grecia para pasar los meses de calor con ella en un pueblecito de Italia y el abuelo de Alessandro, que vivía lejos (no recuerdo dónde), le llevaba con algunos amigos a Florencia.

Me parecía que habían pasado apenas unos días desde mi llegada a Nuova Vita, cuando recorría asustada y expectante los pasillos de ese internado, cuando le vi por primera vez, sentado en su pupitre, mostrándome que en la vida ocurren cosas increíbles y sin explicación. Y ahora le contemplaba, desde lejos, y me parecía que ya estaba fuera de mi alcance, que ya nunca más volvería a mirarme.

Verle de nuevo en el escenario, tras la representación de la obra de final de curso, tocando el violonchelo, volviendo a hipnotizar a todos como si fuese un ilusionista, me hinchó el pecho, sobre todo al identificar *Sábado por la tarde* en las preciosas notas que tocaba. Ninguno pareció extrañado de mis lágrimas, pero no tenían ni idea de cómo me contenía para no sollozar a pleno pulmón. Era un regalo para mí, un adiós. Se despedía de mí a través de aquello que le hacía feliz, sonaba por última vez nuestra canción.

—Es sorprendente la de personas que se marchan en vacaciones, ¿verdad?

Liam apareció tras de mí después de despedir a varios de mis alumnos, tanto de clase de Literatura como de Arte Dramático. El vestíbulo del centro era un hervidero de gente entrando y saliendo, de palabras de despedida, de alegría y de tristeza. Me giré hacia él y le sonreí. Tenía los brazos cruzados; me di cuenta de que me incomodaba aquel cúmulo de emociones, de estudiantes diciéndome adiós con un abrazo sentido, de agradecimientos, de promesas que ambas partes dudábamos que algún día llegasen a término.

—¿Qué planes tienes tú? —apreté los brazos contra mi estómago.

Liam hizo un encogimiento de hombros.

—Lo mío no será interesante. Leer, escribir, música..., ya sabes. ¿Tú te irás a tu pueblo? A esa casa de campo de la que me hablaste, ¿verdad?

—Sí. —Me mordí el carrillo, frunciendo el ceño—. ¿Por qué no te planteas lo de los D'Angelo? Seguro que Marilena estará encantada de recibirte...

—Lo he pensado —dijo con rapidez y sus mejillas se encendieron. Ya conocía demasiado bien sus expresiones y las muecas de su cara como para que se me escapase algo—. De hecho, he hablado con Marilena —admitió y miró distraídamente a su alrededor.

—¡Ah! Me... me alegro, Liam.

—Podré... podré ir a hacerte una visita, si... si tú quieres.

Le miré con el pulso desbocado.

—Claro. —Sonreí de forma contenida—. Claro que sí, estás invitado.

Liam también sonrió y, con las manos metidas en los bolsillos de sus pantalones de uniforme, asintió con la cabeza.

Se me antojó extraña y excitante nuestra conversación cordial. No habíamos tenido una semejante desde antes de que Liam me besase por primera vez en el pasillo de profesores, cuando solo éramos alumno y profesora.

Aquella noche, finiquitando los últimos retoques del estudio, que contaba con más de doscientas páginas, se me pasó una idea descabellada por la cabeza. No sabía si era posible, no podía saber cuál sería el recibimiento por parte de mi familia ni si él estaría conforme, pero... ¿y si pasase el mes de julio con nosotros? Nadie del internado tendría que saberlo si se suponía que Liam se marchaba con los D'Angelo.

Aquella era nuestra última noche en el escondite; el día siguiente me marchaba a Florencia. En agosto regresaría al internado para ejercer de jurado en el concurso literario, allí consensuaríamos y tomaríamos una decisión en grupo, pero el premio no se otorgaría hasta septiembre, cuando empezasen las clases.

—¿Tu familia se extrañaría mucho si fuese a visitarte a menudo a vuestra casa de campo? —Comenzó él primero después de abrazarnos muy fuerte al reencontrarnos en el rincón secreto.

Sonreí y le tomé de la mano para sentarnos en el lugar habitual, con vistas hacia los frondosos arbustos que bordeaban la zona trasera más recóndita del internado.

—Lo entenderían —musité.

—¿Se darían cuenta de...? —No terminó la frase, me miró preocupado. No por lo que pensase mi familia, sino por lo que pensase yo.

—No son tontos —respondí, acariciando el envés de su mano con las yemas.

—Entonces... iré, no sé... una vez por semana o... ¿una vez cada...?

—Vente el mes entero. —Me lancé. Liam parpadeó varias veces ante mi invitación precipitada—. Sé que es arriesgado y... es una locura, en realidad, pero ¿por qué no? Tenemos habitaciones de sobra para invitados, es una casa grande, hay muchas actividades para hacer. Podría ser... bonito.

No dejó de mirarme con ese gesto atónito en el rostro, asimilando lo que le estaba proponiendo.

—Podrías decírselo a Marilena. ¿Ya le habías dicho que pasarías el verano entero con ell...?

Liam me tomó la cara y aplastó sus labios con los míos con energía. Estaba emitiendo pequeños sollozos, le temblaban los dedos alrededor de mi rostro. Apreté los ojos y le devolví el beso, sujetándole de la nuca, y luego me agarró y me atrajo contra sí, reprimiendo llorar fuerte; lo sabía por las sacudidas que daban su pecho y sus hombros.

Había una diferencia preciosa entre la idea que tenía unos días atrás acerca de las lágrimas que derramaríamos en este mismo sitio y las que se estaban produciendo. Había previsto dolor, un adiós que no queríamos que llegase de ninguna manera, y ahora llorábamos, sí, pero eran lágrimas distintas: teníamos por delante un verano del color azul de sus ojos, de pieles destapadas, baños de agua cristalina, naturaleza y reuniones exóticas alrededor de la hoguera. Nos esperaba un mes astrológico. He llegado a recurrir una y otra vez a cada instante de ese verano para recordarle a mi corazón que debía latir un poco más.

Recuerdo importante: No tengas miedo a un posible «no». Si no lo intentas, jamás tendrás ese anhelado «sí». Por muy poco cuerdo que suene, por muy absurdo que parezca. Si te va a hacer feliz, insúflate ese valor precioso que llevas dentro y echa a volar, aunque no sepas si te vas a despeñar. Tienes alas, ¿no? Eso es lo que importa.

24

Mario

Me siento como si, en vez de venir de Italia, hubiese llegado de otra galaxia. No paran de venir invitados a casa de Luca y él los recibe con alegría; todo el mundo le abraza, sin excepción, y le sonríen y están ansiosos de hablar con él. Luca se empeña en presentarme a alguno de ellos, pero son tantos que al final parece olvidarse de que sigo allí.

—Luca me ha dicho que eres italiano. Me ha hablado de ti. —Se dirige a mí una chica de cabello voluminoso y negro como el carbón, en un italiano un poco entrecortado, pero muy entendible.

—¡Oh, sí! Vengo de Italia —respondo, tímido, pronunciando de forma exagerada.

Ella no lo nota.

Me encuentro sentado en su amplio sillón contemplando cómo los invitados hacen un corrillo alrededor de la mesa atestada de comida de picoteo. Hablan y ríen muy alto y yo apenas entiendo nada de las voces que alzan. El español me parece un idioma bonito, siempre he querido poder estudiarlo mejor, pero por unas circunstancias u otras no le he dedicado el tiempo suficiente.

—¿Qué te trae por aquí? ¿Conoces a Luca desde hace mucho? —La chica se sienta a mi lado con una copa de vino en la mano.

Parece muy interesada en mí. Es una mujer atractiva, por sus gestos y su mirada adivino que está segura de sí misma y que no muchos hombres la han rechazado.

—Vengo a llevármelo a Italia —le respondo en un italiano fluido, poniéndola a prueba.

—Mmm... Así que quieres llevártelo, ¿eh? El motivo debe ser bueno, supongo.

Quiere sonsacarme. Saber de mí y de mi relación con Luca, pero no me apetece contarle a una desconocida por qué he venido. De modo que adoro a Anya cuando aparece por la puerta anunciando que las mesas están preparadas para el plato principal. La chica y yo nos levantamos a la vez y por un momento pienso que va a querer sentarse a mi lado hasta que, de un momento a otro, ya no está cerca de mí.

Tomo asiento frente a un par de mujeres que tratan de hablar italiano todo el tiempo. Al principio me siento un poco abrumado por creer que aquello es por mí, pero no tardo en enterarme de que la mayoría son alumnos de Luca. Así que me relajo y dejo de pensar que soy el centro de atención, sobre todo para Luca, que dudo que recuerde que sigo en su casa.

Mis compañeras de mesa hablan de lo enamoradas que están la una de la otra y de la fecha de su boda. Se ríen y hacen bromas acerca de quién irá de blanco y quién de traje o de si la boda se oficiará en una iglesia. Yo contemplo y admiro. No puedo parar de observarlos a todos; sus vidas distendidas y liberales, sus personalidades extravagantes y su tendencia a llenar el vaso enseguida que se vacía. Lo que hago es tratar de seguirles el ritmo para parecerme un poco a ellos, pero solo consigo que todo me dé vueltas en vez de que todo me dé igual.

El hambre me abandona por completo en la cuarta copa y me levanto de la mesa como ya han hecho otros; compruebo otra vez el sitio de Luca, justo en la esquina de la mesa más alejada a mí. Se levanta y vuelve a sentarse en contadas ocasiones, para enfatizar algo que cuenta o para traer algo de la cocina, ríe y hace reír a los demás: es un perfecto anfitrión y los tiene a todos embelesados, igual que a mí. En ocasiones sus posturas y la forma de su cuerpo me recuerdan al arte del periodo clásico, el modelo ideal de belleza humana. Su manera de apoyarse, su forma natural de dejarse contra una cadera, el *contrapposto* y la curva praxiteliana, su tronco y sus caderas forman una «S» invertida que trazo mentalmente.

No puedo dejar de pensar en Alice, en cómo respondería si supiese que su hijo está vivo y que es idéntico al amor de su vida. Y tampoco puedo dejar de pensar en la Alice más joven, en si sentiría algo parecido a lo que siento yo cuando le miro. Es prácticamente un desconocido y parece que le conozco desde hace mucho, parece que sé todo de él y no sé nada. Resulta asfixiante sentir tanto por alguien que te ignora, que apenas sabe de ti y al que no le interesa saber. Y me pregunto, si he venido aquí de forma desinteresada, de la manera más inocente y bondadosa posible, ¿por qué también tiene que doler?

Voy borracho, pero no tanto como para responder a las caricias que me da la chica que antes se ha sentado conmigo en el sofá. Me ha acorralado en una esquina del salón y casi me cargo el jarrón que lo adorna por retirarme hacia atrás intentando apartarme. Consigue besarme; sabe a alcohol y a cerezas, sin embargo, aunque es agradable y ella rezuma fuego y dulzura, no siento nada. Me separo de ella y me invento una excusa, me disculpo, ella insiste y yo serpenteo intentando mantener el equilibrio para ir a cualquier otro sitio que no sea ese. Subo al piso superior y doy gracias por encontrar un balcón. Está sonando a todo volumen una canción llamada *Duele*, de Dorian y León Larregui, y me entran ganas de llorar, porque he buscado la letra en Google y me he sentido ridículamente identificado: «*Nadie puede encontrarte, cuando huyes de ti. Nadie puede salvar a nadie, cuando duele así*».

—¡Ah, Mario! Estás aquí.

Luca aparece por la puertaventana del balcón, aunque yo todavía no esté preparado para volver a tenerle cerca. Me encuentro apoyado en la barandilla contemplando la calle que da a la zona trasera de la casa. Asiento y no digo nada, mirando hacia la franja más oscura que se cierne sobre los edificios en el horizonte.

—¿Fumas? —Luca me está ofreciendo un cigarrillo.

Lo acepto y giro el cuerpo hacia él para que me acerque la llama del mechero. Absorbo y siento cómo el humo tóxico inunda mis pulmones.

—Te estaba buscando —dice en voz suave mientras le pega una calada a su cigarro, alejándose hacia la pared y agachándose para sentarse en el suelo.

—¡Ah! —Me duelen los oídos de lo que retumba mi pecho.

—¿No te está gustando la fiesta?

—Sí. —Encojo los hombros. Me encuentro demasiado ebrio como para hablar o acercarme a él sin tropezar. Luca sonríe. Trago saliva.

—No parece que estés disfrutando —murmura.

—No es eso... Estoy bien. —Y fumo, simulando estar ocupado en ello.

—Estoy bien —repite para sí, poniendo morros y gesto de reflexión—. Siéntate, Mario.

Obedezco con más velocidad de la deseada; mi cuerpo ha actuado más rápido que mi cerebro y me sorprendo a mí mismo agachándome a su lado con toda destreza. En vez de hablar, Luca y yo nos quedamos callados.

Fumamos en silencio, nuestros tobillos se rozan, su mano se apoya cerca de la mía, aunque estoy seguro de que él no se da cuenta de nada de eso. Y me descubro a mí mismo sintiéndome a gusto; quiero que Luca se quede toda la noche, que me quiera cerca. Nos veo desde fuera como evoco a Alice y Liam en el balcón del internado pasándose el cigarrillo. Se me calientan las mejillas y la nuca tras la imagen porque una vez, tras esa escena, Liam apareció en casa de Alice e hicieron el amor por primera vez. «¿Aparecerás en mi habitación esta noche, Luca? ¿Me dirás que no es tan malo, que te hace sentir vivo? ¿Me desnudarás y temblarás agarrado a mi cuerpo y me dejarás besarte las manos, la base de la garganta, los párpados? ¿Lo harás, Luca? Prométeme que lo harás».

—Tania me ha dicho que le gustas. —Rompe el silencio.

Yo sigo mirando mis zapatillas y tratando de hacer que el suelo deje de dar vueltas.

—¿Quién es Tania? —Sé perfectamente quién es, pero quiero que me hable y siga a mi lado.

—Creo que llevas algo de su pintalabios en la boca. —Luca sonríe torciendo una comisura mientras me mira los labios. Yo me encojo y me paso la muñeca por la cara para retirar cualquier mancha—. Ella también te estaba buscando cuando he preguntado por ti al grupo de personas que tenías cerca en la mesa.

¡Ah! ¿Se había dado cuenta de dónde estaba sentado en la cena? ¿En qué momento me había mirado? Porque yo no había parado de observarle a él.

—Prefiero estar tranquilo esta noche —admito.

—¿Estás incómodo, Mario?

—No —respondo rápido.

Luca suspira hondo y le pega otra calada a su cigarro. Expulsa el humo mientras reflexiona.

—Te acompaño a la habitación de invitados si te apetece —me propone, apagando el cigarrillo contra la suela de su zapato.

Me la ha enseñado por la mañana, pero parece tener la necesidad de ser amable conmigo. Luca se levanta y yo cierro los ojos unos segundos, reteniendo el aire en los pulmones, imitándole y dejando la colilla apagada en un plato viejo que, a juzgar por los restos de tierra, antes solía sostener una planta.

Le sigo por los pasillos de la enorme casa de sus padres y, a mitad de camino, nos intercepta un par de chicos que están deseando llamar la atención de Luca. Él se detiene para charlar con ellos, que se balancean de un lado a otro y ríen por nada. Hablan de algo acerca de sus clases de italiano (llego a esa conclusión con esfuerzo; estar borracho me hace todavía más dificultoso entender el español). De manera que me alejo un poco y paseo despacio por los pasillos, admirando la ornamentación. Me detengo ante un cuadro de gran tamaño que identifico enseguida: *Hilas y las ninfas* de Waterhouse. Pobre Hilas, solo quería recoger un poco de agua del lago y sucumbe ante la belleza de las ninfas, que le empujan hacia una muerte dulce y cruel.

—¿Te gusta? —Luca aparece a mi lado, admirando el cuadro también.

—Sí. —Sonrío y miro el rostro abducido de Hilas. Me recuerda a mí—. Todo lo que sea arte es digno de mi admiración.

—¿Conoces la obra?

—Sí, es de Waterhouse. La han retirado de la Manchester Art Gallery; dicen que cosifica el cuerpo de la mujer.

—¿Y tú qué piensas? —Parece muy interesado en mi opinión.

Encojo los hombros y contemplo los blanquecinos cuerpos desnudos de las ninfas y el ambiente natural, idílico y fantástico de la obra.

—Creo que si comenzásemos a retirar obras de arte por pensar que cosifican el cuerpo de la mujer, nos quedaríamos sin arte. *Las tres gracias, La maja desnuda, El nacimiento de Venus...* y un número sin fin de obras, tanto en pintura como en escultura.

Luca está callado. Le miro por el rabillo del ojo y le descubro mirándome con interés; me pongo rojo.

—Le caerías muy bien a Anya, fue suya la idea de poner el cuadro ahí —me informa—. ¿Y qué... significa?

—Es el momento en el que Hilas va a por agua al lago y se ve embrujado por las ninfas, justo antes de morir ahogado —resumo—. Como creo que dijo alguien una vez: «Es lo malo de la belleza, también puede matar».

Pronuncio la última frase con parsimonia, dejando caer las palabras para que Luca las toque y las paladee. Él asiente con la cabeza, contempla el cuadro y luego a mí; su mirada es intensa y concentrada. «La belleza también puede matar», y tanto. Luca camina a mi lado en silencio hacia una de las primeras habitaciones del pasillo y abre la puerta, asegurándome que estará ahí si le necesito para algo. «Te necesito ya, Luca. Quédate, por favor, o asegúrame que vendrás a mitad de la noche y te tumbarás a mi lado».

—Yo también estoy cansado, pero debo cumplir con los invitados. —Me sonríe y se revuelve el pelo—. Te aseguro que las fiestas aquí suelen ser divertidas, pero todo depende de cómo se encuentre uno.

Luca sostiene la manivela de la puerta. Sé que se va a marchar y yo necesito sujetarle y suplicarle que entre conmigo.

—Que descanses, Mario.

—Gracias. —Trato de sonreír también y él baja la mirada antes de cerrarme la puerta y dejarme a solas en esa habitación desconocida.

«La belleza también puede matar». Y a mí me está matando.

Me levanto antes que nadie y salgo al jardín para sentarme bajo los rayos calientes del sol, en una silla sobre el césped cerca de una mesa redonda adornada con mosaicos de colores. Todo está en calma, parece que nadie en el mundo esté despierto excepto yo. El padre de Luca es el primero en darme los buenos días y más tarde se incorpora a la mesa del desayuno Anya, con cara de sueño y greñas: no parece importarle su aspecto aunque haya un desconocido. Y sonrío porque, aun así, es bonita a su manera. Luca aparece por la puerta de la cocina junto a su madre cuando ya hemos preparado el zumo de naranja y los huevos. Entonces lo hace:

—¿Te apetece venir conmigo a navegar, Mario? —me propone de nuevo.

Así que nos encontramos de nuevo sobre el mar, a solas, abrasándonos la piel. Sostengo una cerveza en la mano mientras Luca echa el ancla y detiene el motor del barco. Él parece muy confiado en todo lo que hace, manejando el barco, tratando con la gente, hablando conmigo... Pero todavía no me ha preguntado ni una sola vez acerca de su madre biológica.

—Es sanador, ¿verdad? Esto. —Despliega los brazos a sus lados para señalar nuestro alrededor.

Sonrío y hago un asentimiento con el gesto, pegándole otro trago a la botella. Él también bebe y luego se sienta en la tumbona y cierra los ojos con la cara hacia la luz del sol. Sus rizos resplandecen, su tez es suave. Duele mirarle y sentir esto, en el pecho, en el estómago. Me acercaría y posaría los labios en su mejilla pálida y caliente, le acariciaría y le preguntaría por qué tiene tanto miedo.

—Hoy sí te bañarás, ¿verdad? —Se incorpora y se deshace de su camiseta en un santiamén.

Encojo los hombros y él sonríe. Entonces se da la vuelta y sube los tres escalones hacia la proa, antes de saltar como un delfín hacia el agua. Le observo con una tristeza rara que intento sacudirme de encima sin conseguirlo. Me acerco a la borda para contemplar el inmenso mar azul, que me devuelve la misma mirada apática y descorazonada. Cuando me doy cuenta, me he quitado la camiseta y las zapatillas y me dispongo a lanzarme; es demasiado tarde cuando me entra el pánico porque ya estoy suspendido en el aire. Pero en cuanto mi cuerpo entra en contacto con el frescor del agua salada, se relaja. De modo que me dejo mecer por el agua fresca.

Es fácil no hacer nada, me siento en paz; hacía tiempo que no me sentía tan en paz. Todo parece doler menos aquí abajo, mientras mis brazos y mis piernas flotan y son llevados por la corriente marina. Luca ya no me ignora, ya no se me encoge el alma al mirarle y desearle, ya no me preocupa que quiera que me marche a Italia para olvidar que tiene asuntos pendientes que no le interesa abordar. Luca ya no está y por lo tanto no duele. El mar se encuentra en silencio, en una inusitada quietud, y puedo oír los latidos rítmicos de mi corazón. Es lo único que percibo.

Noto que algo impacta contra mí justo un segundo antes de decidir nadar para salir a respirar. Me doy cuenta de que Luca me tiene agarrado mientras subimos de nuevo al barco y me deja con un quejido largo en el suelo, su cara llena mi campo de visión y veo preocupación en sus facciones. Le observo, inmóvil, asumiendo despacio la situación. Parece... alterado. ¿Habrá pensado que yo...? Contemplo cómo frota su cara y su pelo, y quiero decir algo, resolver cualquier malentendido, pero se adelanta:

—De acuerdo, Mario —dice, tragando—. Veré esos vídeos.

Luego cierra los ojos y se queda allí a mi lado, callado. Le contemplo por unos segundos más y decido no decir nada. Quizá pasan más de veinte minutos hasta que me atrevo a mirarle de reojo; puedo ver, en ese preciso instante, cómo una lágrima brillante recorre su mejilla hacia su nuca. Aquello me impacta tanto que noto un espasmo doloroso en el pecho. Luego, de improviso, abre los ojos y se levanta para poner en marcha el motor del barco.

25

Vídeo 17
Alice

Todos los años, desde que era niña, pasábamos el verano en un pueblecito cercano a Roma. Allí había una preciosa casa de campo rodeada de olivares y campos de girasoles, en la que flotaba el olor a romero y desde cuyas enormes cristaleras podías contemplar el suave vaivén de los palmerales mientras tomabas un helado de café. Los helados caseros de café eran los preferidos de mamá y era muy difícil, por el entusiasmo que le ponía a las cosas, que el resto de la familia no terminásemos adorándolos.

Mucha gente conocida de los alrededores venía a visitarnos para compartir charlas en los almuerzos o las meriendas; todo el mundo era bienvenido para amenizar los calurosos días en los que no había nada más que hacer aparte de echar la siesta, bañarse, tomar aperitivos, tumbarse en el césped a tomar el sol o leer. Desde niña me había encantado escoger alguno de los libros que llenaban las estanterías y perderme entre los árboles, echar una toalla a tierra y tumbarme allí, respirando naturaleza, escuchando el río, olvidándome por un rato de que el mundo giraba. Todavía había juguetes viejos en las estanterías de sus numerosas habitaciones; todavía había ropa pequeña en los cajones y recuerdos en cada esquina: de la vez que me caí y tuvieron que llevarme al hospital a darme puntos en la rodilla, de las veces que Tino y yo nos perseguíamos jugando por los pasillos, de la vez que mamá y papá se pusieron a bailar como dos locos en el salón con una canción de su juventud o aquella vez que encontré a mi hermano llorando en mi habitación porque le habían roto el corazón por primera vez.

Aquel, el lugar en el que había soñado miles de veces sumergida en páginas de historias intensas y emocionantes, en el que mi niñez se retrataba en cada ladrillo, ahora era pisado por él, respirado por él.

Liam acababa de llegar en taxi, cargado con una maleta pequeña y la enorme funda de su violonchelo, y vestido con una camisa veraniega de color azul pálido que (¡cómo no!) le venía holgada. El reflejo de sus rizos rubios cegó a todo aquel que mirase y anduvo tímido y cabizbajo por la gravilla de la entrada.

Sabía que mamá me miraba. Quería descubrir aquello que había omitido de la información que les había proporcionado acerca de Liam: «Pasa el verano en el internado cuando otros se van con sus familias o allegados. Sé que estará a gusto aquí, toda la gente que viene lo está». Mi familia sabía muy bien que era capaz de ofrecer asilo a alguien que lo necesitase, pero querían descubrir qué tipo de relación tenía con el chico.

Ellos le recibieron como a cualquiera de los invitados que nos visitaban a menudo, con gestos afectuosos y pequeñas bromas para romper el hielo. Le mostramos la habitación donde se alojaría, en la planta superior, justo frente a la mía; y mamá le ofreció un helado de café y zumo de melocotón recién exprimido (norma de la casa) en el momento en el que él entraba en su dormitorio provisional dejando caer el peso de la mochila de su hombro para dejarla en el suelo. Él solo hacía que agradecer en voz queda, sonriendo de forma amable; parecía agotado, quizá del viaje o tal vez porque no había dormido mucho, igual que yo.

Aunque el primer día fue algo extraño para mí (yo no estaba acostumbrada a sentirme nerviosa o impaciente en nuestra casa de campo, pues de normal todo era muy tranquilo y apacible), a todos les cayó bien enseguida y Liam, a pesar de su timidez, parecía a gusto rodeado de los míos. Incluso Daisy, nuestra gata, a pesar de ser miedica y escurridiza, se acercó muy rápido a él.

Y yo, por las noches, acostada ya en mi cama, deseaba que las manecillas del reloj avanzasen con más rapidez porque, a altas horas de la madrugada, salía de mi dormitorio e irrumpía en el suyo para aliviar el deseo y el amor que habíamos tenido que reprimir durante el día.

Liam no tardó en adaptarse, y mis padres y Martino le acogieron como un miembro más de la casa Fiore.

Puedo recordar con nitidez los momentos matinales, cuando me preparaba el desayuno en la cocina, miraba a través de la ventana y le veía ayudando a mi madre a tender las sábanas blancas que desprendían un fuerte aroma a *citronella*. Me parecía una imagen tierna, que me encogía el pecho y me hacía plantearme si de verdad apreciaba los pequeños instantes que me regalaba la vida. Veía a mi madre, encantada de que él riese y le pasase las sábanas, tomarle cariño, dilucidar su alma por dentro, como lo hacía con todas las personas a las que empezaba a querer. Liam era dulce y, a pesar de todo lo que había vivido, todavía era inocente e inquieto. Le contemplé desarrollarse a sus anchas, despertarse pronto para correr con Tino por los campos, lanzarse de bomba al río o jugar con Enzo, el hermano pequeño de Carina, nuestra vecina.

Enzo era pequeño, solo tenía diez años, pero Carina había crecido con nosotros durante los veranos. Sus padres, Mateo y Gianna, eran muy amigos de los nuestros y, de los años que nos conocíamos, casi nos considerábamos familia. Carina era la chica que había roto el corazón a Tino, cuando, seis años antes, había dejado de ir a la casa de campo, se había ido al extranjero y había dejado a mi hermano roto en pedazos.

—¿Y dices que no la había visto desde entonces? —me preguntó Liam.

Eran las cuatro de la madrugada, la casa estaba silenciosa, todos dormían y el zumbido de las cigarras sonaba amortiguado a través de la puertaventana entreabierta. Estábamos los dos tumbados en su cama, con una sábana cubriendo nuestros cuerpos desnudos; él me tocaba el pelo y apoyaba el codo en la almohada, contemplándome.

—Ha aparecido por sorpresa. Nadie pensaba que Carina volvería —le conté, pensativa, preocupada por mi hermano—. Puedo imaginarme lo que ha supuesto su vuelta para Martino.

Liam suspiró y posó suavemente sus labios de terciopelo sobre el nacimiento de mi cabello.

—¿Tanto significó para él?

—Mucho —le aseguré—. Los vi comenzar a gustarse cuando apenas tenían diez años. Tino es mayor que yo, pero de esas cosas una hermana nunca se olvida. Se escapaban solos y se perdían en el campo durante horas. Una vez, cuando ya eran más mayores, nos dieron un buen susto porque se hizo muy tarde y todavía no habían regresado.

Apoyé la frente en su garganta, inspirando fuerte el aroma de su piel tras el sexo.

—Tino se enamoró de ella tan fuerte... Podía verlo en su forma de moverse, en su manera de mirarla. Recuerdo mis pequeños celos de niña y más tarde, en la adolescencia, tener envidia de lo bonito y clandestino que era su amor. En realidad, nadie se oponía, pero ellos lo hacían como un juego, a escondidas, tal y como habían hecho desde que eran niños.

—¿Tenías envidia de tu hermano? —Liam sonrió con travesura.

—Tenía la certeza de que no estaba a mi alcance enamorarme de alguien de esa manera tan de libro, como los que solía leer cada día.

Cruzamos una mirada comunicativa y reconfortante, luego Liam acercó su boca a la mía y me besó, para darle fuerza a mis pensamientos.

Verle compartir mesa con mi familia, habituarse a nuestras rutinas, a nuestra forma de *hacer*, me provocaba una felicidad abrumadora. Formaba parte de mí, en todos los sentidos. Por un tiempo, podríamos ser dos personas normales enamoradas, queriéndose a escondidas, eso sí, pero con menos cuidado, con menos miedo.

La primera semana descubrimos que Liam no sabía montar en bici. No puedo dejar de sonreír cuando rememoro las tardes que nos pasamos los dos en los caminos de tierra al lado de las vías de tren abandonadas, yo intentando que él se sostuviese sobre la bicicleta y guardase el equilibrio al pedalear. Todavía puedo oír su risa y oler el ambiente seco y caluroso lleno de matices florales y a óxido. La primera vez que avanzó un poco en el camino, el manillar se le fue y terminó aterrizando en la tierra, dando una voltereta sobre sí mismo. El susto me duró poco cuando me acerqué corriendo y le vi partirse de la risa tirado en el suelo, lleno de polvo hasta los ojos. Hizo que le tomase la mano y tiró hacia sí para arrastrarme con él y darme besos rápidos y seguidos por el cuello y la cara, provocando que ambos termináramos rebozados de tierra seca, tanto como para obligarnos a darnos un baño con la ropa puesta. Y cuando aprendió, que tan solo le llevó cuatro tardes y sospechaba que las había alargado a propósito para hacerme reír, nos fuimos a menudo a la plaza del pueblo para comprar pan, revistas o visitar la librería.

—Viví en Irlanda y me encontré con personas místicas y extravagantes —continuaba Carina—. Estuve unos meses siguiendo un camino espiritual. Os lo prometo, no es broma.

Estábamos sentados en troncos alrededor de una hoguera pequeña, sosteniendo palos largos y delgados que atravesaban en su punta una chuchería, situados bajo un manto espeso y negro de cielo moteado de purpurina. Liam y Martino se sentaban a mis dos lados; junto a Tino estaba Carina, y a su lado Enzo masticaba con muchas ganas una nube empalagosa y deliciosa. Un poco más alejados estaban papá y mamá (en cuyos pies dormía repantigada Daisy, habiéndose atiborrado de palitos de pescado), y Mateo y Gianna, los padres de Carina y Enzo.

—Me enseñaron a oficiar bodas celtas. Es lo más bonito e irreal que he presenciado en toda mi vida —confesó Carina, moviendo sus morenos dedos de los pies, los cuales apoyaba en el tronco.

—¿Has oficiado bodas? —La voz de Martino sonó incrédula y divertida.

Carina posó la barbilla sobre su brillante y bronceado hombro desnudo y le sonrió. Seguía igual de espontánea, con esos arrebatos infantiles y esas pinceladas de inocencia en su mirada verde. De pequeña la envidiaba por sus piernas kilométricas, por su cabello azabache (el cual se había cortado por debajo de las orejas) y su belleza exótica. Poseía una mirada rasgada y unos labios gruesos y siempre estaba saltando por ahí, haciendo piruetas mostrando cuán flexible puede ser una persona, proponiendo planes imaginativos y arriesgados. Quería mucho a Carina, no recordaba cuánto afecto le tenía hasta que vi, esa misma noche, que seguía siendo ella, no la Carina que se había marchado al extranjero como si nosotros y la casa de campo fuésemos insuficientes para ella. Era ella, nuestra Carina, ¿habría visto eso ya mi hermano? ¿El descubrimiento le habría aliviado o le habría hecho más daño?

—¿Por qué no sacas tu guitarra como en los viejos tiempos? —le propuso ella a Tino.

—Ahora no soy el único músico del grupo. —Mi hermano hizo un gesto con la cabeza hacia Liam, cuyas mejillas se volvieron del color de las cerezas. Deseaba besar esas mejillas—. ¿Qué dices, Liam? ¿Te unes?

A los pocos minutos él sostenía su violonchelo y Martino se sentaba a mi lado de un salto con la guitarra. Comenzaron a tocar temas reconocibles y la noche se volvió mágica: todos reíamos y cantábamos, Liam movía los hombros mientras tocaba y sonreía mucho, tanto que su cara se moteaba de rosa, igual que cuando estábamos él y yo a solas. Terminamos bailando alrededor de la hoguera, como si estuviésemos llevando a cabo un rito indígena que atraía la felicidad. Carina no se apartó de Tino, parecía que tuviese la necesidad de estar cerca de él, como si en realidad nunca hubiese dejado de sentir lo mismo que cuando eran niños. Todos halagamos el talento de los músicos tras una retahíla de canciones que nos llevó hasta la madrugada.

—Hagámoslo —decidió mi padre, dando una palmada—. Hagamos una mesa redonda de la felicidad.

—Papá, ¿crees que es el mejor momento? —replicó Tino.

—¿Por qué no?

—La gente se quiere ir a la cama, además es algo que siempre hemos hecho en familia.

—¿Y con quién estamos, Martino? Con la familia —intervino Carina—. Adelante, Diego, ¿en qué consiste esa mesa redonda?

Ella le dio alas a mi padre, a quien se le iluminó la cara.

—Lo primero: en las pequeñas cosas está la clave. —Su típica frase. Sonreí con ganas y miré a Liam por el rabillo del ojo, que también sonreía y atendía a mi padre con expectación—. Tenemos que mirar dentro de nosotros y exteriorizar los detalles que nos han hecho sentir bien o mal.

Aquello importante que, de una forma u otra, ha sido relevante en nuestro día y que, si no lo pensamos con detenimiento, no somos conscientes de cómo repercute en nuestro estado emocional.

Él fue el primero en empezar, nombrando lo bien que se había sentido bailando con mi madre con una de las canciones que habían tocado porque le había recordado a cuando eran jóvenes. Mamá enrojeció y emitió risitas, abrazando a papá, quien le besó la frente. En ese momento pensé en lo orgullosa que estaba de ellos, de su manera de quererse, de que me hubiesen transmitido su forma de ver la vida, el amor por la literatura, por la humanidad que hay dentro de cada ser humano y las oportunidades, el sentido inamovible de la justicia y los derechos de las personas. Todo se lo debía a ellos.

El círculo fue avanzando; pasó por mamá, luego por Gianna y después por Mateo. Enzo se pasó diez minutos de reloj contándonos lo que le había hecho feliz ese día, cosas tan pequeñas e inocentes que nos sacaron carcajadas muchas veces, admirando lo maravilloso que era ser niño y la manera de apreciar todo desde unos ojos infantiles y curiosos: cómo había aprendido a dar una voltereta bajo el agua, un bicho amarillo que se le había posado en la mano o cómo se había divertido saltando los troncos alrededor de la hoguera mientras bailábamos.

—Me ha hecho sentir bien volver a ver a Martino tocar su guitarra, como si hubiésemos retrocedido en el tiempo y pudiese ver a ese chico adolescente que... —Carina se detuvo y se puso seria—. Quizá sí ha habido algo que me ha producido tristeza. Os he echado mucho de menos. He recordado las noches que lloré pensando que estabais aquí mientras yo me encontraba en la otra punta del mundo, como si nunca más fuese a volver a veros.

Noté una punzada en el estómago y mis ojos se fijaron directamente en Tino, quien mantenía la cabeza gacha y la vista al suelo.

—¿Algo más, Carina? —Mi padre, actuando de mediador como todas las veces, le preguntó afectuosamente.

Ella negó con la cabeza.

—Bien, gracias por contarnos, Carina. ¿Martino? —apeló a mi hermano, era su turno.

Él se revolvió, cuadrando los hombros, sin levantar la mirada. Le costó hablar, el repiqueteo de las brasas parecían ponerle tensión al momento.

—Me he sentido muy bien esta noche. Por un momento, he olvidado todos mis problemas, he olvidado que... que Carina se fue. —Se detiene y alza la vista, sin mirar a nada en concreto—. Pero ha vuelto, ¿no? No sabemos durante cuánto tiempo, pero aquí está.

Sin mirarla siquiera, con una connotación de dolor que a nadie le pasó desapercibida.

—Martino, ¿y te has sentido mal al no saber si Carina se volverá a marchar? —medió papá de nuevo.

Mi hermano suspiró hondo y arrugó el ceño.

—Es... es algo que deberíamos hablar ella y yo —decidió.

—¡Ajá! —asintió papá, como diciendo: «Exacto, eso es lo que debéis hacer y para esto he propuesto la mesa redonda, par de bobos».

Todos los miramos a ambos y supongo que se sintieron presionados, porque se pusieron rojos y desviaron las miradas.

—Liam, es tu turno —le animó papá.

Él se agarró las manos en un gesto nervioso y se mordió el labio.

—Yo... he sido feliz la mayor parte del tiempo que he estado aquí. Supongo que no podría decir nada que me haga sentir mal excepto la certeza de que julio se va a acabar.

Hubo soniditos de aprobación y de cariño.

—Todo acaba y todo llega, Rizos. Igual que se acerca el final de las vacaciones, también llegará el fin de la escuela. —Quiso consolarle mamá, llamándole por ese apodo afectuoso con el cual le había bautizado dos días antes—. Esto puede repetirse. No solo venimos los meses de verano. Estás invitado siempre que quieras venir.

—Gracias, Francesca. —Sonrió él.

Adoré a mi madre aún más. Y luego era mi turno; acaricié a Daisy, que dormitaba en mis piernas.

—Estoy feliz ahora mismo porque todas las personas que más quiero en el mundo están reunidas en este sitio. Y... creo que... nada me ha hecho sentir mal.

Agaché la cabeza hacia mi gata pretendiendo que mamá y papá no me taladrasen con sus miradas y empleasen su sexto sentido.

—¿Crees, Alice? —me instó él.

—Estoy segura —dije con más firmeza, elevando la mirada hacia el grupo.

Papá suspiró, elevando sus hombros y dejándolos caer.

—De acuerdo, ha estado bien, ¿verdad? Ahora una última cosa. Una pregunta para responder con la mano alzada y una para reflexionar. —¡Ay, madre! Esas preguntas que lanzaba papá de normal me hacían comerme la cabeza tanto que explotaba en la siguiente mesa redonda; era una estrategia buenísima. Sabía lo que quería—: Sinceridad absoluta, por favor. No se producirá nada que haga sentir mal a nadie, me aseguraré de eso. Ahí va: ¿quién está enamorado?

Él levantó la mano primero, también lo hizo mamá, y Gianna y Mateo. A Carina le costó unos segundos, pero la levantó, y luego lo hizo Tino. Y Liam. Él la levantó con firmeza, sin fluctuar, y finalmente, aunque les daría demasiada información, incluso más de la que podía imaginar (y eso que imaginaba muchas cosas), yo también levanté la mano.

—¡Vaya! ¡Cuántas personas enamoradas hay aquí! ¿Todavía no ha habido suerte, Enzo? —se dirigió mi padre al niño.

—¡Puaj! —gorgoteó él.

Todos reímos. Yo lo hice distraída; conocía tan bien a mis padres que sabía que esa pregunta de apariencia inocente y profunda, guardaba la intención de obtener algo que no les había proporcionado por miedo. Algo que ya se habían olido, que habían podido contemplar. ¿Cómo esconde una hija a sus padres que está enamorada? ¿Se notaría en mi mirada, en mi forma de hablar, en mis gestos? Y ellos, como siempre, actuando de forma precavida, sin dañar, sin entrometerse más de lo necesario. Con esa pregunta me acababan de decir que estaban ahí, que lo estarían cuando me sintiese preparada. Y que lo entendían. Quería llorar allí mismo, me entraron unas ganas fuertes que ahogué apretando el tronco con los dedos, arrancando trocitos.

—Ahora, la pregunta de reflexionar: ¿Y ese amor cura y te hace crecer o duele y te impide dormir? Pensadlo bien. Gracias por participar en la mesa redonda de la felicidad.

Mateo y Gianna fueron los primeros que se retiraron a dormir junto al pequeño Enzo, y luego mis padres. Liam y yo nos tumbamos en la hierba mientras Carina y Tino charlaban aún sentados en los troncos frente a las cenizas de la hoguera apagada. Contemplamos las estrellas salpicadas en el cielo despejado, manteniendo los hombros cerca, pero sin tocarnos.

—«Somos del mismo material del que se tejen los sueños, nuestra pequeña vida está rodeada de sueños. Duda que sean fuego las estrellas, duda que el sol se mueva, duda que la verdad sea mentira, pero no dudes jamás de que te amo» —susurró Liam mirando hacia el cielo, en voz tan baja que apenas le oí.

Reconocí a Shakespeare y la devoción que se espolvoreaba en el aire alrededor de él. Le miré con el amor presionándome los órganos.

—Gracias —musitó.

Se giró y me miró a los ojos, nunca podría acostumbrarme a lo que me hacía sentir cuando contemplaba las motas azules de sus ojos, las líneas suaves que componían su rostro, cuando él reparaba en mí y me veía reflejada en su mirada colmada de un cielo cubierto de caricias incansables y besos; besos intensos que atrapan el alma y te convertían en una persona mejor.

—Porque me curas y me haces crecer.

—¿Ya has reflexionado? De normal yo me como la cabeza una semana entera con las preguntas trascendentales de mi padre. —Reí de forma floja, abrumada por él, por lo que decía y por el gesto de su cara.

—No tengo que pensarlo. Solo sentirlo —respondió.

Quería abrazarle, hundirme en su cuello, pero teníamos espectadores, así que le dediqué una sonrisa cálida, lo más parecido a un abrazo que pude.

—¿Cómo me vas a doler? O bueno, ahora que pienso, sí me impides dormir. —Me dedicó una sonrisa pícara.

Yo reí alto y se me calentó toda la piel del cuerpo.

—Pues no me pidas que te deje dormir a partir de ahora —bromeé.

—¿Quién quiere dormir? —replicó, haciendo una mueca graciosa que me arrancó más carcajadas.

Mentimos sin querer aquella noche. Yo no le dije que dolía y él se empeñó en ver la parte buena, los días que nos quedaban, el verano que nos habíamos encontrado en el camino. Pero cada día nos mirábamos sabiendo que una vez sería la última, persiguiendo los instantes, atrapando imágenes mentales, olores, suspiros. ¿Quién quería admitir que hacía daño? ¿Quién se atrevía a mentarlo siquiera? Aquello era un regalo. Era una oportunidad, una prórroga piadosa.

Las mañanas eran laboriosas; yo pulía mi estudio mientras él desplegaba hojas y libros en el césped justo bajo los palmerales, creando el manuscrito para el concurso literario de Nuova Vita. Habíamos decidido que lo leería al final, sin revisarlo cada cierto tiempo para que él tomase las riendas de su historia sin temor a cometer errores. Me hubiese encantado trabajar a su lado, pero me desconcentraba. Así que, de vez en cuando, al notar la ansiedad de quererle cerca, salía al jardín con la excusa de tomarme un helado de café y paseaba cerca de él. Liam acostumbraba a hacer como si leyera en voz alta para citar frases de libros con un significado que solo conocíamos él y yo. Nos comunicábamos en secreto a través de la literatura.

Y por las tardes nos escapábamos con la bicicleta a otros lugares donde pudiésemos tocarnos y sonreír sobre los labios del otro, donde el aire puro entraba a nuestros pulmones y la vida nos rozaba la piel con devoción. Éramos parte de los árboles, de las flores, nos fusionábamos con el almizcle de la tierra y el sonido del río, y los bichos y los pájaros se adaptaron al sonido de nuestras risas y nuestros gemidos. Aún puedo oler su piel y las hojas verdes, tocar la tierra al tiempo que rozaba su espalda desnuda, sentir el frío gélido del agua del río, la calidez de su cuerpo...

Le quise, le quise más que a nada, como jamás había imaginado querer a alguien. Mi noche de verano en algún lugar exótico, mi fruta exquisita, mi sueño, mi vida. Mi amor del que duele.

Recuerdo importante: Una vez quisiste mucho y te quisieron. Sentiste tanto y tan fuerte que creíste que tu vida se concentraba en ese periodo de tiempo y que habría valido la pena si morías. No olvides que vale la pena, no olvides que no desaparece aunque ya no esté.

26

Vídeo 18
Alice

Julio entraba en su última semana y el tiempo lo sabía, por eso se puso gris y empezó a llover.

Tino estaba con Carina frente al piano y tocaba sus composiciones favoritas. Como la mayor parte de las tardes, mamá y papá veían una película con Gianna, Mateo y Enzo en el salón; el olor a palomitas y chocolate flotaba hasta el piso superior. Liam estaba sentado en los pies de mi cama con un libro en la mano, despeinado, con la camiseta arrugada por el vientre y descalzo, como yo. Intentaba concentrarme en la página ciento veintitrés del estudio, pero la había leído dos veces sin enterarme de nada.

Le miraba, solo le miraba; últimamente me había dado por hacerlo a todas horas, en los lugares menos apropiados. Si mamá y papá habían tenido dudas acerca de la persona de la que me había enamorado, estaba segura de que ya lo sabían todo. Me encontraba en un estado emocional raro, me urgía hablar con ellos; nunca había tenido secretos y, sin embargo, mis padres sabían que el tema era lo suficientemente delicado como para esperar y dejarme espacio. Lo que más me importaba era apurar el tiempo, tocarle, mirarle... Me comportaba de forma ansiosa y me sentía nostálgica a todas horas.

—Perdimos mucho tiempo —dijo Liam, depositando el libro en mi escritorio, mirando la lluvia a través de la ventana—. Estuvimos meses mirándonos sin saber nada.

—Lo sé. —Suspiré, restregándome los ojos y dejando la página ciento veintitrés a medio leer por tercera vez.

—¿Por qué somos así? Es decir... ¿por qué todo el mundo actúa de esa forma? Con miedo, con precaución. Aunque sepas que quieres algo de verdad. Aunque lo desees con todas tus fuerzas.

Las gotas que resbalaban por el cristal de la ventana se reflejaban en su rostro, brillante y ligeramente bronceado por el sol. Encogí los hombros.

—No lo sé. ¿Estupidez?

Liam se giró para sonreírme. Luego se quedó en silencio y se volvió a sentar en mi cama, observando el paisaje envuelto en una tormenta de verano. La habitación empezó a oler a su piel tras el sexo. Yo le miré, él no sabía que lo hacía, pensaba que estaba centrada en mi estudio.

—Soñé contigo —expulsé de repente.

—¿Soñaste conmigo? —El color de sus mejillas se oscureció.

—Sí, antes de conocerte. Y no solo una, sino... muchas, muchas veces a lo largo de los años.

Su expresión se volvió desconcertada e incrédula. Parpadeó y abrió la boca y la volvió a cerrar. ¿Qué iba a decir?

—No te... asustes, ¿vale? Sé que es raro, mucho, pero debe de tener su explicación. Puede..., no lo sé, puede que te hubiese visto antes en algún lugar...

—Alice, ¿me estás diciendo que soñaste conmigo antes de verme en Nuova Vita? —Su voz sonó enfervorizada.

—Me ocurrió algo..., yo. —De pronto me quedé en blanco. No sabía qué decir ni de qué estábamos hablando.

Era como si hubiesen absorbido el contenido de mi cerebro y lo hubiesen vaciado, como si alguna fuerza presionase mi cráneo y lo quisiese aplastar. Miré a Liam, inmóvil, invadida por una ola de aturdimiento y vergüenza. ¿A quién se le olvida hablar de repente? ¿Cómo era posible que se me olvidase el tema de la conversación y se diluyesen las palabras de mi cabeza?

—¿Alice? —Liam se incorporó rápido de la cama y me acarició la cara—. Alice, ¿estás bien?

Le observé durante unos segundos más, sintiéndome mareada y extraña. No podía recordar, no sabía cómo mover la boca para hablar.

—N-no lo sé. —Cerré los ojos fuerte, obligándome a volver a la normalidad—. Creo que voy a... a sentarme.

Liam tiró de mí hacia el colchón y ambos nos sentamos. Me acarició la cara y me contempló con preocupación.

—¿Qué te pasa?

—Dame un minuto.

Él esperó, me preguntó si necesitaba agua, le dije que sí pero no quiso separarse de mí para ir a por ella.

—Estoy bien, esto me ha ocurrido otras veces.

—¿Otras veces? ¿Con qué frecuencia?

—Muy de vez en cuando. No es raro que se me olviden las cosas, lo hago constantemente, pero... hay veces que no recuerdo cómo seguir hablando o desaparece de pronto toda información, parece que se derramen los recuerdos y se escurran hacia un lugar inaccesible.

—Eso es muy extraño, Alice. ¿Has ido a que te lo mire alguien?

—Fue a raíz de un accidente, la biga de un edificio se derrumbó sobre mí y perdí el conocimiento. Mis padres dicen que salvé a una persona, que... la empujé y... aquello me golpeó directamente en la cabeza. Desde entonces... —Le observé; él me devolvió su mirada azul preocupada—. Estábamos hablando de eso, ¿verdad? De mis sueños.

Liam tragó saliva y asintió con la cabeza despacio.

—Recuerdo que el primer día de clase nombraste lo del accidente y tus olvidos, pero no sabía que era grave...

—Sí —musité, masajeándome las sienes—. En ese accidente algo tocó una parte de mi cabeza y la estropeó. Entonces empecé a soñar contigo de forma febril. No podía alcanzarte, quería salvarte, hacía muchísimo calor... Tú me rozabas la mano y luego quería hablarte, pero eras inaccesible. Creciste conmigo, Liam. Me... me enamoré de ti antes de conocerte. Bueno, en realidad... creía que era amor, pero no lo supe bien hasta que te presentaste ante mí en carne y hueso.

Liam me observó erguido e impresionado, incapaz de hablar.

—Debí de haberte visto antes. Te vería en algún lugar y mi subconsciente te guardó en mi memoria de una forma retorcida que, tras el accidente, se transformó en algo parecido a la obsesión. Fue... duro porque te buscaba por todas partes y pensaba que no eras real. Estabas en mi cabeza. Hasta que te vi en mi clase de Literatura.

—¿Puedes hacerte una idea de lo que significa para mí lo que me estás contando? —intervino él con la voz afectada.

Me temblaban las manos; creía que nunca tendría el valor de contárselo.

—Pensarás que estoy loca.

—Pienso que sufría y te imaginaba en mi habitación, que me moría de amor y me despreciaba, que estaba seguro de que en la vida podría tocarte... Mientras tú..., ¿cómo has dicho?, te enamoraste de mí antes de conocerme.

Liam arrugó la falda de mi vestido entre sus dedos, que también temblaban, y noté su respiración irregular.

—¿Ya no sueñas conmigo?

Negué con la cabeza porque era incapaz de articular palabra debido a mis emociones y a las suyas, que eran tan intensas que podía palparlas.

—Entonces, ¿me olvidarás? ¿Te olvidarás de mí cuando te vayas?

—¿Qué? ¡Claro que no!

—Recuérdame, Alice, por favor —suplicó; temblaba cada vez más—. Prométeme que me recordarás.

—¿Cómo podría olvidarte, Liam?

Le abracé fuerte, su cuerpo temblaba tanto que no podía distinguir si también temblaba yo. Apreté los ojos y noté una presión violenta contra el pecho.

—Prométeme que, la próxima vez que nos veamos, me dirás: «Recuerdo cada momento, recuerdo mi promesa y los días de verano y los sábados por la tarde». Entonces yo sonreiré y te abrazaré y sabré que no te vas a ir nunca más.

—Lo prometo, Liam. Lo prometo.

Sus brazos me envolvieron con energía y sus rizos se aplastaron contra mi mejilla. Las lágrimas empaparon mi cara y su pelo. Y nos abrazamos hasta que dolió un poco menos y el miedo se disipó hasta dejarnos exhaustos.

Era la tarde del día anterior a mi cumpleaños y quedaban dos días para que Liam se marchase. Se iría a casa de los D'Angelo tres días, según lo acordado con Marilena, que alguna recompensa debía llevarse por mentir y hacerle el favor de dejarle marchar hacia otro hogar del que no podía dar mucha información.

Liam se había ido con Enzo al pueblo con la bici; aquel niño le había tomado un cariño adulador, le imitaba y le seguía adonde él fuese. Comprarían algunos dulces y revistas y volverían para nadar un rato, como todas las tardes. Yo había colocado la toalla cerca del río, entre los árboles, y leía.

—Hola, pequeñaja. —Tino se sentó a mi lado, remangándose los camales del bañador.

Aparté la vista del libro y le sonreí, echándome a un lado para hacerle más hueco en la toalla. Mi hermano se abrazó las rodillas para sostenerlas y se quedó allí, mirando hacia el río.

—Me va bien con Carina —habló, pillando un guijarro para lanzarlo al agua.

—¡Oh! Eso es genial. —Me alegré de corazón, entornando el libro.

—Sí. —Me miró de reojo. Había algo en su gesto, en su actitud: le conocía desde hacía demasiados años.

—¿Qué pasa?

—Nos parece bien, Alice. Queremos que lo sepas, que te queremos y que el chico es increíble, pero estamos preocupados.

Dejé de respirar y miré hacia mis pies descalzos, dejando caer el libro a un lado.

—Por nosotros está bien, todo lo que te haga feliz lo es. Pero... no todo el mundo lo ve con nuestros ojos.

—Lo sé.

—¿Y tienes pensado algo?

—No creo que haya problema. Me voy del internado, Tino.

—Alice... —suspiró. Yo necesitaba ocultar la cara en mis piernas y cerrar los ojos—. Sabes que esa no es una solución, ¿verdad? No me estás mintiendo a mí, te mientes a ti misma.

—No se puede hacer otra cosa, Martino. —Sin respirar, mi voz sonó exasperada y ahogada.

—Mira, si una cosa hemos aprendido en la casa Fiore es que debemos afrontar nuestras emociones. Saber ver la realidad al mismo nivel en el que podemos ver las oportunidades. ¿Piensas que cuando te marches del internado dejarás de quererle?

Tragué y estiré el cuello, mirando hacia arriba sin ver nada.

—No —exhalé.

—No, claro que no —murmuró; parecía saber mucho más de lo que había querido mostrar—. Por eso, ¿qué es lo que piensas, hermanita?

—No lo sé —dije rápido, temiendo echarme a llorar.

—Es mucho lo que sientes, ¿verdad? —averiguó él, mirándome con gesto protector.

Inhalé profundamente, sujetándome el estómago con las manos.

—¿Recuerdas cuando te contaba tras el accidente que veía a un chico en mis sueños, cuando me pasaba a tu cama a mitad de la noche llorando porque le echaba de menos?

—Sí, me acuerdo —musitó, girando con levedad el cuerpo hacia mí, como preparándose para lo que le iba a decir.

—Es él.

—¿Cómo que es él?

—Suena de locos, pero... cuando le vi por primera vez pensé que se me había ido la cabeza. Es él. No sé cómo puede ser; la única teoría a la que me aferro es que le vi, le vi antes del accidente y mi cabeza le guardó y le almacenó en un rincón en el que se producen los sueños. ¿Cómo si no, eh, Tino? ¿Cómo si no me ha ocurrido esto?

Mi hermano se quedó estupefacto; asimiló la noticia con lentitud, observándome como si le fuese a decir en cualquier momento que estaba bromeando.

—¡Vaya! Es... perturbador, ya lo creo.

Encogí los hombros y me abracé las piernas, apresándolas contra el abdomen.

—Imagínate cómo estuve los primeros meses después de verle. No podía concentrarme, pensaba... que me volvería loca si seguía viéndole —musité contra mis rodillas—. Y sí, creo que lo hice: me volví loca.

Tino me contempló, meditabundo, serio. Nunca había visto a mi hermano tan serio.

—No estás loca, Ali —susurró, acariciándome el pelo con su enorme mano—. Solo enamorada.

Apreté los ojos y oculté la cara en mis piernas. Martino continuó acariciándome y agradecí que lo hiciese; su contacto siempre me había aliviado, por eso de pequeña corría a su cama y me acurrucaba a su lado. Siempre pensé que con él nunca me ocurriría nada malo.

—¿Qué dicen mamá y papá? —farfullé sin despegar la cara de mis rodillas.

—Dicen poco, se preocupan mucho —resumió—. Son nuestros padres, Ali. ¿Pensabas que se les iba a escapar cómo miras a ese muchacho?

—¿Están decepcionados? ¿Lo estás tú?

—Alice, ¿qué nos han enseñado nuestros padres acerca del amor? ¿Piensas que lo estamos? ¿Por qué motivo crees eso?

—Porque... —Negué con la cabeza—. Porque es menor de edad, porque es mi alumno. Porque es un disparate.

—¿Todo eso te lo has estado repitiendo como un mantra torturándote todo este tiempo? —me riñó. Yo le miré atónita—. Mira, lo único que queremos es que seas feliz. Esos motivos que citas no nos afectan si estás segura de lo que haces, pero sí pueden hacerte daño. Y sabemos que nos lo ocultas porque crees que te harán daño. Nosotros jamás lo haríamos, solo quería hacértelo saber. Nunca te heriríamos, Alice.

Me lancé hacia mi hermano para abrazarle y, sin querer, lloré. Él me devolvió el apretón y me acunó.

—Pero ten cuidado, por favor. No soportaríamos que te pasase nada malo, ¿vale?

Ojalá mi hermano hubiese podido protegerme, acunarme como lo hacía e impedir que me hiciesen daño. Ojalá nos hubiese abrazado a Liam y a mí, envolviéndonos en su aura protectora. Ojalá.

La mañana siguiente, amanecí teniendo veintiséis años, con una perspectiva diferente del mundo. No sabía si me gustaba más mi nueva manera de verlo, ni siquiera sabía si era pasajera. Pensaba que él era un jovencito atractivo y que había muchas chicas de diecisiete años que se cruzarían en su camino durante este año hasta que fuese mayor de edad, que quizá cuando tuviese la edad suficiente para salir del internado yo apenas sería un bonito y tórrido recuerdo. Era posible que él me viera ahora como su único amor porque de verdad lo había sido y todavía no había experimentado, pero cuando él cumpliese los veinticinco yo casi tendría los treinta y cuatro, me miraría en el espejo y me vería arrugas hasta donde no las hubiese y me compararía con las jovencitas, sintiéndome mayor y deprimida, justo como ahora. Deprimida, celosa sin motivo y loca de amor.

Me pegué a las sábanas, perezosa, resistiéndome a las emociones nuevas de aquel amanecer y, cuando decidí levantarme (porque le echaba de menos muchísimo), me arreglé más de la cuenta con un vestido color marfil y el pelo suelto. Y en cuanto uno de mis pies asomó entre la barandilla de las escaleras, me dio un vuelco el pecho por el sonido abrupto del comienzo de una melodía. Me asomé y los vi ahí, en mitad del salón: Tino al piano y Liam con su violonchelo, mamá y papá de pie, más cerca, y Gianna, Mateo (con una cámara de vídeo entre las manos), Enzo y Carina de espectadores, un poco más alejados. Me llevé la mano a la boca, agachándome hasta quedar sentada en un peldaño; Liam y Tino tocaban una canción para mí, no podía reconocerla, no se parecía a ninguna otra que hubiese oído antes, de modo que supuse que la habían hecho solo para mí. Y era melancólica, visceral, intensa y preciosa. La escuché hasta el final, emocionada, abrumada. Aplaudieron en cuanto acabó y ambos músicos dirigieron sus miradas hacia las escaleras en busca de mi aprobación.

—Felicidades, pequeñaja —dijo Tino primero, sonriendo—. Y no, no me atribuiré los méritos. Esta preciosidad llamada *Alice* la ha compuesto Liam, y solo Liam.

Sonreí mucho y terminé de bajar las escaleras corriendo para ir a abrazarle, primero a él y luego a Liam. Le abracé fuerte delante de todos, susurrándole un «gracias» sentido.

—Feliz cumpleaños, Gorrioncito —musitó, y yo sentí que iba a explotar de lo mucho que le quería, de lo que me había encantado mi canción y de lo perfecto que era ese momento.

Mamá y papá también me apretujaron con más fuerza de la acostumbrada, con emociones que callábamos y dulzura y sonrisas de miradas acuosas. Comimos tarta, charlamos, reímos y todo parecía brillar. El sol incidía solo en nuestra casa de campo, olía a dulces, a *citronella*, a sueños y a vida. Aquella tarde Liam y yo bailamos y saltamos encima de mi cama con *Kiss the teacher* de Abba «*Everybody screamed when I kissed the teacher. And they must have thought they dreamed when I kissed the teacher*» cantaba él, sonrojándose y saltando al mismo tiempo mientras yo reía y pensaba que ojalá todos viesen ese momento inocente y le escuchasen cantar y lo aceptasen.

Por la tarde nos escapamos, como tantas otras tardes, para estar solos y abrazarnos desnudos. Y cuando llegó la hora de la cena, volvimos para cocinar tortitas con miel y mermelada de melocotón. Esa noche contamos historias reunidos alrededor de la hoguera, bailamos de nuevo al son de la guitarra y el violonchelo, y vimos a Tino y a Carina besarse tras anunciarnos que su amor ya no dolía. Lo celebramos y bebimos vino y cerveza. Incluso Daisy, nuestro peludo dormilón, parecía estar de ánimo para turnarse de piernas haciendo mimos.

—¿Alice? ¿Estás despierta? —Percibí la voz atiplada de Carina y vi su silueta entrando a hurtadillas en mi dormitorio.

Todavía no eran las tres, el momento en el que solía dejar mi cama vacía para unirme a la de Liam.

—¿Carina? ¿Qué pasa? —Levanté la cabeza de la almohada, intentando verle la cara.

—¡Chis! Nada. ¿Confías en mí? —musitó, acuclillándose al lado de mi cama, justo a la altura de mi cabeza.

—Eh... ¿sí?

Se tapó la boca para no hacer ruido al reír. Luego me retiró la sábana de encima y buscó mi mano, tomándola.

—Ven, acompáñame.

La perseguí hasta el que solía ser su dormitorio cuando se quedaba a dormir en casa y, en la penumbra, recogió algo de su cama.

—No abras los ojos, ¿vale?

Los mantuve cerrados, aunque tuve la acuciante necesidad de abrirlos cuando empezó a quitarme el pijama.

—Carina, ¿qué haces?

Ella rio por lo bajo y me ignoró, colocándome una prenda de ropa por la cabeza. Comprobé que era un vestido largo en cuanto la tela suave rozó mis piernas, y luego ella me estiró del brazo, sacándome de la habitación mientras colocaba sus manos en mis ojos. Casi tropecé en varias ocasiones mientras me conducía sin dejarme ver hacia el exterior de la casa.

—¿Carina? —gemí, notando que nos alejábamos bastante y que caminábamos sobre hojas y tierra.

—Ya casi estamos.

Me hizo detenerme tres pasos después de anunciármelo, luego me dijo al oído: «Felicidades, Alice» y retiró las manos de mis ojos. Lo que vi fue tan surrealista que empleé más tiempo del normal en asumirlo. Asumir que ante mí se desplegaba un caminito de hojas y flores de colores entre los árboles, asumir que al fondo, justo donde acababa el camino, estaba Tino, con las manos cruzadas en el abdomen y, a su lado, Liam, que vestía con una camisa blanca y me miraba, esperándome, con una expresión de veneración que me dejó sin aliento. Tras él, un atril, al cual se acercó Carina, sin quitarme la vista de encima. Me miré, revisando el vestido blanco de encaje precioso que llevaba puesto y, al alzar la vista, mi hermano me ofrecía su mano para acompañarme.

—¿Me permite el honor? —dijo él con voz emocionada.

—Tino... —Apenas me salía la voz.

—¿Sí, pequeñaja?

Sonreí tanto que apenas percibí cómo dos lágrimas cayeron de mis ojos hasta mojarme la mandíbula. Tomé la mano de mi hermano y él me agarró con afecto y se enderezó a mi lado. Había música, salía de alguna radio, y era bonita, pero apenas me fijé. Solo veía a Liam, con su mirada azul brillante, viéndome aproximarme. Martino me soltó en cuanto estuve frente a él y nos miramos absorbidos por la irrealidad de lo que estaba ocurriendo, porque parecía mentira que lo que hacía pocos meses había resultado utópico, en esos momentos se hiciese real.

—A través de tiempos de incertidumbre, a través de los vientos del cambio, ¿todavía os amaréis y os honraréis? —Carina leía de un libro que descansaba en el atril.

—Sí, lo haré —dijo Liam.

—Sí —respondí yo de inmediato, aún demasiado lenta por la intensidad de las emociones—, lo haré.

—¡Entonces sed bendecidos por los poderes del este! A través de las llamas de la pasión, y cuando las llamas disminuyan, ¿todavía os amaréis y os honraréis?

—Sí, lo haré —contestamos a la vez.

Carina continuó recitando. Liam y yo juntamos las manos formando el símbolo del infinito y Tino nos colocó cintas de tela alrededor.

—¿Estáis preparados para declarar vuestros juramentos el uno al otro, los cuales os juntarán, alma con alma, corazón con corazón, uniendo las líneas sanguíneas de vuestros antepasados y las de vuestra descendencia, atestiguados por los que se han reunido aquí el día de hoy, en cuerpo y espíritu, en este círculo sagrado?

Tino trajo dos coronas de flores, que nos harían el papel de anillos, y las colocó en el atril.

—Como el sol y la luna traen luz a la tierra, vosotros, Alice Fiore y Liam Ross, ¿juráis traer a esta, vuestra unión, la luz del amor y la dicha?

Carina encendió una vela y asintió con la cabeza hacia Liam.

—«A veces podemos pasarnos años sin vivir en absoluto y, de pronto, toda nuestra vida se concentra en un solo instante» —dijo Liam en tono profundo y aterciopelado—. ¿Por qué está tan mal si nos hace sentir tan vivos? Porque no está mal. El amor no está mal. Y podrás ser la reina que ocupa el trono vacío a mi lado, para respirar mejor, para tener motivos que me arranquen sonrisas, para caminar, para seguir. Para vivir.

Podría haberme echado a llorar como una niña, lo hubiese hecho, pero no quería estropear esto.

—Eres mi noche de verano en algún lugar exótico, mi fruta exquisita, mi sueño, mi vida. Mi amor. —Omití «del que duele» porque en esos momentos no lo hacía, en absoluto—. Te quiero, Liam Ross.

Él sonrió y dejó escapar lágrimas, que limpié con los pulgares, devolviéndole la sonrisa. Tino nos desató los lazos de las manos, nos pusimos las coronas el uno al otro y Carina bendijo la *piedra nupcial*, sobre la cual pusimos las manos y juramos.

—Que vuestros juramentos se sellen con un beso.

Y eso hicimos, por primera vez delante de alguien, sin escondernos, sin temer. Liam abarcó mi mandíbula con la mano y acerqué mi boca a la suya, y nos besamos. Nos besamos ante la mirada de dos personas a las que quería. Besé a Liam y me sentí libre.

Aquella noche volvimos a dormir desnudos en su cama, esta vez como marido y mujer.

Y entonces, julio llegó a su fin.

Recuerdo importante: No lo olvides, Alice, le verás, después de que pase todo, le volverás a ver y se lo dirás: «Recuerdo cada momento, recuerdo mi promesa y los días de verano y los sábados por la tarde. Te recuerdo, Liam. Eres lo único que jamás podría olvidar».

27

Mario

Estoy tumbado boca arriba en la habitación de invitados de Luca, el sol entra levemente por la ventana abierta, lo que me confirma que está amaneciendo.

Casi no hablamos en el camino de vuelta desde lo sucedido en el barco. Me sentía estúpido y expuesto, sin embargo, no cambió de opinión: cuando llegamos a su piso, me pidió los vídeos, así que le cedí el portátil y yo me fui a la cama. No he podido conciliar el sueño en toda la noche (otra vez) porque visualizaba a Alice contándole a su hijo todo lo que le ocurrió, sin que él supiera de antemano que había partes explícitas...

De pronto se alza una melodía preciosa que proviene del salón. Me incorporo de inmediato y salgo de la habitación en pijama para descubrirle sentado frente al piano, tocando. Luca lleva la misma ropa de ayer y me percato de su aspecto desaliñado, mientras se entrega al instrumento, absorbido por él, embrujado. Me acerco despacio para observarle: mantiene los ojos cerrados cuando reproduce algunas notas, frunce el ceño, puedo ver las emociones intensas en sus facciones, en su forma de mover el cuerpo y la soltura de sus dedos. Jamás había presenciado algo semejante, la música y el arte más visceral hecho hombre e instrumento. *Porz Goret*, de Yann Tiersen, la pieza que toca (me encanta escuchar piezas de piano, por eso la reconozco), llega a su fin, y con él se instala un dulce silencio. Luca gira la cabeza levemente en mi dirección aunque no me mira.

—¿Crees que esta melodía podría acompañar su historia si todo lo que nos cuenta en esos vídeos se transformase en imágenes sucesivas?

Su voz ronca y profunda hace que mi cuerpo cambie. Noto conmoción en sus cuerdas vocales, noto que Alice le ha abierto en canal y se ha apropiado de una parte de él, como lo ha hecho conmigo.

—Creo... que sí —susurro después de una pausa de silencio cargada de turbación.

Luca toma aire despacio, se despeina sus rizos ya revueltos y me mira, por fin. Sus ojos son diferentes a los de ayer, me parece estar viendo al Luca original, al que esconde sin apenas darse cuenta.

—¿Has... hasta dónde has visto? —le pregunto, expectante.

—Todo, Mario. Lo he visto todo.

Me da un vuelco el pecho; he estado administrándome esos vídeos en pequeñas dosis precisamente porque temo el final, y él lo sabe, lo sabe todo. De repente me siento frustrado porque él conozca cómo continúan las vidas de Liam y Alice. Me frustro porque no quiero saber cómo termina si no es por boca de la mismísima Alice.

—Me voy contigo a Italia. —Luca interrumpe mis pensamientos envarados con aquella frase totalmente inesperada.

—¿Qué? —Creo que no he llegado a hablar, aunque lo he vocalizado.

—¿Cuándo sale tu vuelo?

—Es-esta tarde. El vuelo está programado para esta tarde.

—Pues iré contigo. —Luca se levanta de enfrente del piano y se queda parado, reflexivo.

Señala la fotocopia de una imagen que descansa sobre el piano. En ella aparecen Alice y Liam sonrientes en la casa alquilada.

—Soy idéntico a él —musita, señalando a Liam—. ¿Por eso me reconociste?

Contemplo la fotografía y luego a él, asintiendo despacio con la cabeza.

—Creo... creo que esto me viene grande, Mario. Yo... —Se atasca, y sus ojos enrojecen y se hinchan. Estoy tan asombrado por su nueva actitud que no puedo reaccionar—. No sé si seré capaz de... No estoy a la altura.

—Claro que sí, Luca...

Hasta el momento, se ha mostrado tan seguro en todo que esta fragilidad que me ofrece me deja rendido ante él. Puedo adivinar un mundo de inseguridades en su interior y un muro de tranquilidad fingida en sus facciones. Luca es mucho más vulnerable de lo que deja ver, parece haber creado un campo protector a su alrededor con el paso de los años.

—Estarás conmigo, ¿verdad? —me pregunta, agachando la mirada hacia el instrumento.

—No me separaré de ti —prometo.

Luca asiente con el gesto y, sin mirarme de nuevo, se adentra por el pasillo a paso ágil. Se le ve cansado y ahora entiendo por qué: no ha dormido, ha visto más de cinco horas de vídeos, uno seguido de otro. Soy incapaz de reaccionar, estoy inmóvil. ¿Lo he conseguido? Luca se viene a Italia. No, por supuesto que no he sido yo. Lo ha hecho la única persona que le podría haber convencido: su madre.

En cuanto Luca pisa Italia, soy consciente de lo que he producido, o más bien de lo que se va a producir: he unido a una familia, a una madre y a un hijo perdido. De repente me quiero un poco más, aunque sea solo un poco. Mi tía Marzia nos recibe con ilusión; ya he hablado con ella por teléfono y le he contado todo. Está entusiasmada por haber formado parte de algo así y acepta con gusto que nos quedemos en su casa a dormir unos días.

En la cena, Luca nos avisa de que mañana irá a visitar a unos amigos que hace años que no ve; trato de esconder mi desilusión (me hubiese gustado estar con él el día anterior al gran encuentro), pero comprendo que quiera llevar su ritmo y necesite hacerlo a su manera. Esa noche nos acostamos pronto, agotados por el viaje, aunque también me es imposible conciliar el sueño. Y, cuando me levanto a la mañana siguiente, Luca ya no está.

Después de comer, espero a que llamen al timbre y sea él, pero no lo hace. Me pongo los cascos con la música en el que suele ser mi dormitorio cuando vengo a casa de mi tía y trato de evadirme, de serenarme, tumbado boca arriba en la cama. Luego miro a través de la ventana, tratando de distinguir entre los viandantes sus rizos rubios.

Soy estúpido, soy un absurdo y estúpido iluso. Luca ha venido porque quiere conocer a su madre, porque adora a la Alice que ha visto en los vídeos y por nada más. Lanzo los auriculares a la cama, deshaciéndome de esa música que me hace imaginarle, que me hace pensar que Luca viene y me tira de la camiseta y me atrae hacia él, dejándome que pueda sentirle cerca, que pueda saber qué es, cómo reacciona mi cuerpo.

Ayudo a mi tía a llevar la ropa limpia a las habitaciones y cuando entro en la que ha dormido él, su olor me abruma. Estoy seguro de que se ha puesto su perfume aquí antes de marcharse. Abro el armario para guardar las sábanas y las toallas en su lugar habitual y miro de soslayo su maleta. Mi mente recrea una imagen de mí mismo abriéndola y tomando alguna de sus prendas, como hizo Liam con la chaqueta de Alice en el aula; apretándola, colocándosela por la cabeza, invadiéndose de ella, de su aroma e imaginándose desnudo con ella. Aprieto la mandíbula y salgo de allí; el piso de mi tía se me hace pequeño y necesito aire. Tengo algunas cosas que recoger de mi casa y también me gustaría hablar con Nicola, así que me visto y, mirando por última vez la calle con la esperanza de verle venir, contengo la respiración y empiezo a caminar.

—¿Por qué no os quedáis aquí? —me pregunta mi madre mientras meto algunas prendas de ropa que necesito en una bolsa.

—No hay suficientes camas —me limito a decir, esquivándola para ir hacia el aseo y recoger la maquinilla de afeitar y algunas cremas.

—Puede dormir en el sofá —continúa ella, yendo detrás de mí.

Pongo los ojos en blanco sin que lo vea. Este lugar sería el último en el mundo al que traería a Luca.

—¿Crees que es mejor un sofá que una cama?

Ella hace muecas y encoge los hombros, recurre a ello cuando se le acaba el repertorio.

—Serán solo dos o tres días, mamá —le repito.

Acabamos de cenar hace un rato y mi padre se encuentra sentado en el sillón viendo la tele. No he tenido la oportunidad de hablar con Nicola, espero que mi madre deje de perseguirme a todos lados para entrar en su habitación y poder hablar del tema con algo de privacidad.

—Tú mismo. —Parece enfadada.

Me dan igual sus enfados, hace tiempo que han dejado de afectarme. No todo puede salir como ella quiere y no voy a dejar que se acerque a Luca con sus ideas conservadoras y dañinas. No, de ninguna manera.

—Mario. —Mi padre se asoma al vano de la puerta de mi dormitorio cuando ella por fin se mete en la cocina. Que mi padre esté en forma vertical después de la cena y que además tenga intención de hablar conmigo es de lo más raro que me ha sucedido últimamente—. ¿Estás ocupado?

—Ya me iba, ¿por qué?

Mi padre arruga el ceño y suspira de forma sonora.

—Querría hablar contigo.

No sé por qué, un escalofrío desagradable me recorre la columna vertebral. Mi padre entra y entorna la puerta tras él.

—No nos has contado nada acerca del muchacho que ha venido contigo de España. Ni siquiera lo has traído a casa para que lo conozcamos.

—No lo he visto necesario. Se marcha en pocos días, solo está aquí para visitar a su madre. —Me cuesta mirarle a la cara: todo él, su actitud, su pose, es intimidante.

—¿Has viajado a España para traerle? ¿De qué le conoces?

—En realidad no le conozco. Es... es una larga historia.

—Estoy dispuesto a escucharla —me interrumpe, hosco.

—Está bien —murmuro, tragando saliva—. Alice es una de las ancianas a las que cuido en la residencia. Tiene una enfermedad que hace que se le olviden cosas importantes y, un día, nombró que tenía un hijo que le quitaron de las manos...

—Mario, ve al grano, por favor.

Su urgencia me pone tenso y en sobreaviso: tiene ideas preconcebidas, todo lo que yo le diga no va a cambiar lo que bulle en esa cabeza de hormigón armado y clavos. Me contempla con ojos exigentes y acusadores.

—Papá, te lo estoy contando. Es lo que querías...

—No, lo que quiero es que me digas qué narices estás haciendo.

Aquello me deja noqueado; su voz hostil, su pregunta afilada. Mi expresión desconcertada parece exasperarle.

—Mira, lo último que quiero en esta casa son disgustos. Sea lo que sea que estés haciendo con ese tipo... para. —Arruga la nariz y niega con la cabeza—. ¿Crees que somos tontos? Será mejor que te guardes esa historia que te has inventado y dejes lo que estás haciendo o no pisarás más esta casa, ¿me has entendido?

—¿D-de qué estás hablando? —tartamudeo, con la sangre ardiéndome como llamas vivas en la superficie de la piel, con el estómago rugiendo de dolor.

—Mario, te queremos y queremos lo mejor para ti. Siempre has actuado de forma coherente, no hagas que esta familia se derrumbe.

—Yo no derrumbo nada.

—Hablo en serio, Mario. No quiero que tu madre se lleve un disgusto. Sospecha, pero quiere creer que no eres así...

—¿Así cómo? —pronuncio con los músculos rígidos y las uñas haciéndome surcos en las palmas de las manos.

Mi padre, que ahora es la encarnación de mi peor pesadilla, se queda ahí, y su silencio me golpea como si sus puños, los que mantiene cerrados, impactasen una y otra vez contra mi estómago y mi cara. Mi propio padre hace que quiera dejar de existir; mi propio padre hace que sienta asco de mí y de mi vida. Me doy cuenta de que no respiro cuando me pongo rojo y tomo aire con ansiedad; entonces doy zancadas, rozándole al salir de mi habitación, cruzando el pasillo a zancadas. Abro la puerta de la calle y salgo con urgencia, y corro; corro, como lo hago siempre para huir. Huyo porque es lo que mejor se me da, y lo malo es que sé que, por más rápido que corra, no conseguiré escapar.

Entro en casa de mi tía Marzia, deseando que esté acostada y no me vea en este estado. Me rompo en un estallido violento y mis pedazos rotos caen sobre la cama y la almohada, con la cual ahogo el ruido. Y me desgarro la garganta y la sangre se estrella contra mi cara al intentar amortiguar el sonido del llanto, encogiéndome. Lloro hasta tener la sensación de que me he ahogado con mis propias lágrimas, como si la sal entrase por mi conducto respiratorio y estuviese abriéndose paso hacia mi cerebro. Oigo un ruido en el pasillo y giro la cabeza rápido.

—Hola. —La penumbra solo me permite ver su silueta recortada en la puerta contra la luz del pasillo.

«He estado esperándote todo el día, Luca, todo el santo día. ¿Por qué apareces ahora que yo necesito desaparecer?».

—¿Estás bien? —Su voz es suave y susurrante.

No respondo enseguida, estar camuflado por la oscuridad me da algo de seguridad.

—¿Cuándo has vuelto, Luca?

Tampoco responde, en vez de eso hace algo que no espero: se adentra en la habitación. Yo estoy tumbado de espaldas a la puerta con la cabeza girada y apenas veo cómo Luca se mueve hasta que noto cómo el colchón cede por su peso. De la impresión no puedo moverme mientras él se tumba a mi lado y pone su mano en mi frente para hacer que recueste la cabeza en la almohada, así que tengo a Luca a la espalda, rozándome, respirando en mi pelo. Debe de estar oyendo mi corazón frenético, que retumba y me sacude el pecho.

—A veces es agradable tener a alguien que te acompañe en los momentos turbios —musita sobre la piel de mi nuca—. Solo me iré si me lo pides.

No digo nada. No quiero que se vaya, por supuesto que no quiero. Aunque haya acabado de admitir que me ha oído llorar, me da igual el bochorno, me da igual todo. Menos él.

—Vale, Mario. —Noto su sonrisa ante mi silencio—. Buenas noches.

—Buenas noches, Luca —susurro.

En ese momento se mueve y noto su aliento más cerca de la piel de mi cuello y sus rizos me hacen cosquillas. Por un momento pienso que me va a besar, deseo con todas mis fuerzas que lo haga, pero no lo hace. Y espero, espero, hasta que me quedo dormido.

28

Vídeo 19
Alice

Hacía cuatro días que Liam se había despedido de nosotros en la casa de campo de Roma para instalarse con los D'Angelo, y ese mismo día había decidido terminar mis vacaciones. Le echaba de menos de forma enfermiza, lo decía en el sentido literal de la palabra: me había puesto mala, vomitando y necesitando cama la mayor parte del tiempo. Mi cuerpo se resistía a aceptar que debía despedirme de él.

Abrí mi dormitorio en Nuova Vita y dejé la pequeña maleta encima del colchón, suspirando con pesar. Tenía que ir a la sala de profesores a que me diesen los mejores manuscritos que habían quedado entre los cuarenta y uno que se habían presentado (los que antes habían pasado por varios ojos críticos), para que los valorase y, entre cuatro profesores, consensuaríamos y elegiríamos qué relatos merecían ser galardonados. Me esperaba por delante una semana de lectura intensiva, pero ¿cómo podría valorar con esta tristeza oprimiéndome como una losa?

Dos golpes en la puerta me hicieron reaccionar, porque me encontraba sentada en la cama con la mirada perdida y la mente llena de recuerdos.

—¡Hola, Michela! Estaba a punto de bajar. —La saludé, alegrándome por verla de nuevo. Ella no respondió conforme esperaba; reparé en su gesto serio y precavido—. ¿Qué ocurre?

—¿Puedo pasar?

Accedí y ella se adentró en el dormitorio, quedándose de espaldas a mí.

—Ha llegado a nuestros oídos que un alumno del centro ha estado en un lugar diferente al que dijo que estaría —comenzó.

Noté que el suelo se inclinaba hacia mí y sentí que me caía. Me sujeté a la puerta cerrada.

—Para ser exactos, ese alumno ha estado contigo, Alice —replicó Michela, mirándome—. Me costaba creerlo, pero... las fuentes se aseguraron de que la noticia que daban fuese respaldada por pruebas.

Michela extrajo de la carpeta que sostenía unos papeles que me ofreció. Los tomé con el pulso temblando y miré esas fotos: Liam salía en todas ellas, riendo, feliz, y yo también. En la plaza del pueblo, en la entrada de la casa de campo... Había una que salíamos en el río, besándonos, sin ropa... ¡Dios mío!

—Preguntamos a los D'Angelo. Marilena no sabía dónde había estado Liam, solo sabía que estaba en un buen sitio, por lo poco que le había contado él. Pero ellos no son los tutores de Liam, Alice; su tutor es Francesco. Hace unos años, cuando Liam decidió no pasar más tiempo con los D'Angelo, él pasó a ser responsable del muchacho. Francesco confiaba en que estuviese con ellos, pero resulta que no. —Michela suspiró con pesadez—. No sé qué se te pasaría por la cabeza, Alice. —Su mirada herida me perforó el pecho—. No quiero que me lo expliques. No creo que tenga explicación, de todos modos, pero no puedes quedarte. —Levanté la mirada de esas fotografías y la miré, sin voz, sin respiración—. Mira, Francesco y yo lo hemos estado hablando. Ambos sabemos que has hecho mucho por este centro, que tu influencia sobre los adolescentes ha dado resultados buenos y que ha mejorado sus vidas aquí. Sabemos... sabemos que eres buena persona, que esto... es algo que no podemos entender, pero podemos digerir. Sin embargo hay que ser consecuentes. El claustro ha interpuesto una denuncia, Alice. Tienes que marcharte.

Asentí con la cabeza despacio, mareada, estaba segura de que toda la sangre de mi cuerpo se desplegaba en un charco a mis pies. Michela tomó las fotos de mis manos.

—¿Entiendes lo que te digo, Alice? Si te quedas, te arrestarán, si te vas a tu casa, te arrestarán.

—No... Yo... —Apenas podía mover la boca para hablar.

—Escucha atentamente: tengo una propiedad en Plasencia, vamos a veranear allí, está acondicionada para vivir. —Michela extrajo unas llaves y un papel de su carpeta—. Esta es la dirección. Estaremos en contacto, ¿de acuerdo? No muy a menudo porque es peligroso.

—¿Por qué haces esto, Michela? ¿Por qué me ayudas? —Las lágrimas ya hacían presencia en mi rostro.

Ella me observó, descomponiendo el gesto, triste.

—Porque te quiero y sé que le quieres. Que le quieres de una manera que te ha obligado a mirar hacia otro lado de la racionalidad, la que pensaba que imperaba sobre ti. —Su voz se truncó.

—Es mi vida Michela, él es mi vida —farfullé, ahogada en el llanto.

Su expresión se rompió y me abrazó. Le devolví el abrazo con energía.

—Lo supe en cuanto vi esas fotografías —musitó ella cerca de mi oreja—. Nunca había visto a Liam sonreír y brillar así, y le he visto pasear por los rincones de este internado vacío de vida a lo largo de cuatro años.

Me despedí de ella, ambas con lágrimas en los ojos, y me dejó a solas en la habitación, concediéndome margen para digerirlo todo. Quería agacharme, hacerme una bola abrazándome el cuerpo y llorar hasta expulsar los pulmones, pero no me lo permití; en vez de eso, me senté en el escritorio, tomé una hoja y empecé a escribir:

«Duda que sean fuego las estrellas, duda que el sol se mueva, duda que la verdad sea mentira, pero no dudes jamás de que te amo». Perdóname, amor, porque no puedo decir adiós. Perdóname por el dolor que no puedo arrancarte, perdóname porque no pueda durar más, porque no sea diferente y pueda ir allí, y tomarte de la mano, y decirte que me importan un bledo las normas y que quiero llevarte conmigo. Recuerdo mi promesa y también prometo que nos veremos de nuevo. Te quiero más que a mi vida.

Gorrioncito

Bajé las escaleras cargando de nuevo la maleta, adentrándome en el pasillo de los estudiantes y deteniéndome en su puerta. Sabía que Liam estaría fuera de su cuarto, por eso pasé la nota bajo la puerta y puse la palma sobre ella, cerrando los ojos, tragando alfileres y lava.

Un paso tras otro, salí a los jardines y entonces le vi: los pocos niños que había en el centro realizaban actividades en grupo, todos vestían el uniforme de reglamento deportivo y corrían por los caminos arbolados. Liam expulsaba el aire por la boca e inspiraba, siguiendo la marcha, sonrojado y perlado por el sudor, sin girarse para verme ahí, a punto de salir de ese internado para siempre. Apreté los puños con tanta fuerza que me hice una herida en las palmas y me obligué a mirar hacia el frente para seguir andando. Y caminé, sin saber cómo, pero lo hice. Lo hice hasta llegar a mi casa alquilada (había dejado las cosas de invierno allí con permiso de su dueña) y, una vez dentro, dejé caer el petate y liberé la presa de emociones que me habían estado asfixiando durante todo el camino: del dolor casi perdí el sentido, vomité de nuevo, me agarré a la tapa del váter y me quedé allí, tirada en el suelo, la mayor parte de la tarde.

Cuando se hizo de noche, me arrastré hacia el dormitorio y puse mi cuerpo desmadejado sobre la cama, manteniendo los ojos cerrados; apenas podía abrirlos de lo hinchados e irritados que los tenía.

Era como si, de golpe, el tiempo en el que él y yo íbamos a estar separados se hubiese extendido hasta lo indecible. Como si no viese futuro, porque este se había transformado en una nube turbia y colmada de desesperanza. Lo sentía, podía notarlo en la superficie de mi piel, en los pulmones, en las entrañas. Estábamos más alejados que nunca. Y no había nada que pudiese salvar esa distancia. Esta intuición me estaba matando, me estaba desgarrando. Era tan real, tan cruda, que no podía rebatirla.

Entonces llamaron a la puerta.

Agarré las sábanas entre los dedos y las estrujé, tensando todo el cuerpo. Llamaron de nuevo, y otra vez. Abrí los ojos y anduve en penumbra por la casa, entonces le oí:

—¡Alice! —me llamaba Liam al otro lado de la puerta.

Su voz desesperada me golpeó y contorsioné la cara y me la tapé con las dos manos; el llanto se había convertido en una serie de hipidos y respiración ahogada.

—¡Abre la puerta, Alice! —me rogaba, aporreando la puerta.

Flexioné las rodillas, que apenas sostenían el peso de mi cuerpo, y caí sin equilibrio al suelo. No podía hacerlo, no podía verle, no podía despedirme de él. La situación me superaba, me estrangulaba. No podría mirarle a la cara, no podría decirle que todo iría bien. No iría bien.

—¡Alice, por favor! —Su voz desgarrada y quebrada me afirmó que lloraba. Morí por dentro un poco más—. ¡Ábreme, por favor!

Me quedé tumbada en el suelo, frente a la puerta, hasta que su voz suplicante se volvió un eco en mi cabeza y mis lágrimas se secaron, dejándome deshidratada y sin energía.

Entonces dejé de oírle.

No podía saber a ciencia exacta desde cuándo Liam había dejado de insistir. Esperé un poco más: silencio. La oscuridad se había adueñado de todo, de la casa, de los muebles, de mi alma. Me incorporé con quejidos del suelo, notando mis huesos débiles y doloridos, comprobando que había pasado más tiempo del que había notado transcurrir, y me aproximé a la ventana que se hallaba junto a la puerta para que el vacío que hubiese tras ella me terminase de arrancar la vida. Sin embargo, me sorprendió ver un bulto en el suelo. Me llevé una mano a la boca pensando que le había ocurrido algo, pero luego me di cuenta de que solo se había quedado dormido con la cabeza apoyada en el vano de la puerta. Se me hinchó el pecho de amor, puse la mano en la manivela, abrí y me agaché a su altura. Verle de cerca, con los ojos irritados, los labios rojos, sus rizos despeinados y su uniforme, me curó un poco. Le acaricié el pelo y él se movió ligeramente, entreabriendo los ojos despacio, como el sol cuando asoma al amanecer.

—Lo siento —susurré con la voz ronca—. Lo siento muchísimo.

Liam me contempló, silencioso y con las extremidades flácidas sobre el suelo, como si estuviese agotado. Una resplandeciente gota salada descendió por su mejilla y luego levantó el brazo para acercar su mano a mi cara, posando la palma en mi mandíbula. Yo puse los dedos sobre su rostro, siguiendo las líneas de sus facciones, secando esa lágrima. Me miró, Liam me miró de la manera más intensa que había visto nunca y luego se incorporó lento y me besó. Gemí y respiré y le arrastré conmigo hacia el interior de la casa sin levantarnos del suelo.

Recuerdo importante: Aprovecha hasta el último instante las cosas que te hacen feliz aunque sepas que las vas a perder. Sé valiente, enfréntate a tus sentimientos. Te arrepentirás más tarde si fuiste una cobarde.

29

Vídeo 20
Diario de Liam

2 de agosto de 1980

Son las seis y media de la madrugada, acabo de llegar al internado y no puedo dormir. Vengo de su casa, todavía tengo a Alice en la piel.

No quiero que se vaya.

No quiero que se vaya.

Escribo porque no conozco otra manera de conservarla conmigo, necesito revivir, rebobinar y volver a sentirlo todo. Todo. Una y otra vez, hasta que pasen los meses y toda esta mierda haya terminado. Toda la mierda que nos rodea y alza un muro de negación, escándalo y cinismo entre los dos. ¿Nadie entiende que es amor? ¿Solo eso? ¿Por qué tiene que ocurrir esto? ¿Por qué me descompongo lentamente en el dormitorio de este maldito internado cuando puedo vivir y ser feliz en vez de sobrevivir? No quiero parar de escribir y aun cuando me sangren los dedos seguiré haciéndolo. Viviré con ella aunque sea a mi manera. ¿Quién me lo va a impedir? ¿Quién se atreverá después de habérmela quitado?

Voy a vivir en el mismo día en bucle.

Entro en el edificio, sudado después de haber corrido diez vueltas alrededor del internado en la hora de educación física y veo al director Francesco dirigirse hacia mí.

—Liam, ven a mi despacho.

Le hubiese dicho «¿No ve que estoy sudado?», pero su actitud me impide replicar. Algo va mal. Así que le sigo hasta adentrarnos en su despacho.

—Siéntate.

—Estoy bien —digo, parado en mitad de la sala.

Él suspira con pesadez y se deja caer en su sillón tras la mesa, juntando las yemas de los dedos como hacen todos los cargos importantes de las empresas y los colegios.

—Las normas están por algo, Liam. No puedes hacer lo que te dé la gana y pensar que el centro no se va a enterar de nada.

Prefiero sentarme en cuanto Francesco dice eso, notando cómo se me seca la boca y se me humedecen las palmas de las manos.

—¿Dónde has pasado el mes de julio? —me pregunta, aunque lo sabe muy bien.

Me tiemblan las manos al pasarlas por la tela mojada de mis pantalones cortos deportivos, pretendiendo secarme y empeorándolo. Miro hacia el suelo cuando empiezo a notar que se me entumecen los extremos de los dedos de los pies y la cabeza y el estómago. La bilis asciende por mi garganta y trago.

—Liam, te he hecho una pregunta.

—Si lo sabe, ¿por qué me hace decírselo?

—Porque quiero oírlo de ti. Y aun así me costaría creerlo. —Francesco echa el cuerpo hacia delante—. Eres un buen chico, un buen estudiante...

—De acuerdo, pero tengo una duda: aunque haya sido un buen chico y un buen estudiante, ¿habríais dejado que me fuese donde quisiese a veranear si os lo hubiese pedido?

Francesco arruga su poblado entrecejo y me contempla, expulsando el aire por la nariz a la vez que vuelve a dejar el peso sobre el respaldo del sillón.

—Liam, ¿sabes que hay consecuencias, verdad? ¿Te das cuenta de la gravedad de lo sucedido?

—¿Dónde está Alice? —le pregunto rápido, dándome cuenta de que ella debe de estar en el edificio, de que posiblemente ya sepa todo esto.

Me inunda el pánico.

—La señorita Fiore ya no forma parte del jurado del premio literario. Ha abandonado el internado.

Sus palabras hacen que me levante de la silla como un resorte, irguiéndome tenso y temblando ante el director. Respiro de manera agitada y apenas veo cómo él se incorpora de su silla también.

—Liam...

—No ha hecho nada malo —digo. Las palabras me salen solas y atropelladas—. Alice no ha hecho nada malo.

—Ha estado con un alumno menor de edad fuera del internado sin consentimiento, ocultándolo a su tutor. Si eso no se considera malo, dime tú qué lo es.

—Malo es que lo único que me ha devuelto la vida y la sonrisa haya salido de este centro destrozada porque los demás piensen que ha cometido una atrocidad. Fui voluntariamente, quería estar allí. No deseaba estar en otro lugar.

—Liam, será mejor que te guardes todo eso...

—¿El qué? ¿Que había empezado a vivir? ¿Que ella es todo lo que quiero y todo lo que necesito? Estoy enamorado de la señorita Fiore, director. Desde que era bien pequeño asumí que estas cosas no me pertenecían a mí, que sería nómada y no llegaría a importarle a nadie tanto como importé a mi madre. Ella no lo buscó, de hecho me evitó y me hirió mientras lo hacía. Pero sucedió, esas cosas ocurren y no pasa nada. No pasa nada.

—Sí pasa, Liam. Lamentablemente lo hace. —Por primera vez, deja de ser director para convertirse en una persona frágil tras la mesa de un alto cargo—. No todo el mundo comprende lo que para ti es incuestionable. La gente mira con ojos diferentes, cada cual a su manera.

—Lo peor es que esa gente tenga el poder de destrozarlo todo —murmuro.

Y entonces esquivo la silla y salvo la distancia hacia la puerta en cuatro zancadas, ignorando las llamadas de Francesco. Subo medio corriendo las escaleras hacia mi habitación y, al entrar, piso un papel que está en el suelo. Me temo lo peor; antes de agacharme a por él ya sé que me va a matar: «Perdóname, amor, porque no puedo decir adiós». Dejo escapar un alarido y tiro de mis rizos, notando la sangre acumularse en mi cuero cabelludo y en mi cara por la impotencia, la rabia, el dolor. Pego un manotazo a la manivela al abrir y subo de tres en tres los escalones, atravesando el pasillo hasta su puerta, y la golpeo con los nudillos.

—¡Alice! —la llamo, aunque sé que no está. No está. Alice se ha marchado. Se ha ido—. ¡Alice!

Apoyo la frente en la puerta, aspirando de forma sibilante y ruidosa, y mi cara se llena de fluidos. Contengo otro alarido y aprieto todos los músculos de la cara hasta ver puntitos de colores antes de volver a bajar a mi dormitorio.

Saldría de aquí ahora mismo, mandaría a la mierda a todo aquel que se pusiese en mi camino y saldría por esa maldita puerta y correría a su casa, pero sé que me alcanzarían pronto. De modo que me deshago de la ropa deportiva húmeda a estirones y me meto bajo la ducha, agradeciendo que se haya pasado la hora de aseo tras educación física y no quede nadie en los baños. Porque lloro. Lloro fuerte y a voces bajo los surtidores, recorriendo el nivelador de temperatura para que me caiga encima agua helada y la trituradora que me está destrozando por dentro quede un poco amortiguada.

Y espero. Son las horas más largas de mi vida, pero espero hasta que se hace de noche, como he hecho otras veces. Salto la verja y echo a correr. Corro como la primera vez bajo el aguacero, solo que estamos en agosto y empiezo a sudar pronto. Aprieto los músculos, que se lamentan del esfuerzo, y mi cuerpo arde como si me cociese a fuego lento y se me fuesen a reventar los tendones, pero no paro de correr. Y corro aunque piense que me voy a desplomar tras más de medio camino recorrido. Pero todo vale la pena, porque llego a su casa, subo los escalones y me dejo caer sobre su puerta, recuperando el aliento con asfixia, con la respiración ronca y la garganta en llamas.

—¡Alice! —Pego a la puerta con las palmas.

Hay oscuridad al otro lado de la ventana, parece que la casa esté deshabitada, pero sé que está ahí, debe de estarlo. No puede haberse marchado a Florencia, no sin decirme adiós. No sin darme la oportunidad...

—¡Abre la puerta, Alice! —voceo, aporreándola—. ¡Alice, por favor!

Los fluidos que me inundan los ojos y la garganta me impiden gritar o respirar, trago y suplico:

—¡Ábreme, por favor! ¡¡Alice!! —Golpeo y golpeo la puerta hasta sentir hormigueo en las manos.

Nadie abre, nadie enciende la luz del salón ni ninguna cabeza se asoma a través de la cortina de la ventana para comprobar que sigo ahí. Pero tiene que estar, no puede haberse marchado. Ella tiene que estar. No quiere verme, ¿es eso? Se siente abochornada por lo ocurrido. Se arrepiente de todo, se avergüenza.

—Alice —musito, con la mejilla aplastada contra la puerta, deshecho.

Me dejo resbalar hasta que mis rodillas impactan sobre el suelo y mi cuerpo cae contra la puerta, desidioso y quebradizo. Lloro como un crío, expulsando los órganos por la boca. Lo hago sin parar hasta que oscuridad de la noche me envuelve como un manto. Entonces, congestionado, ido, como si me hubiese drogado, veo alucinaciones: Alice está justo a mi altura, mirándome. No sé cuánto tiempo ha pasado, lo único que sospecho es que me he quedado dormido en su portal, quizá sueñe o tal vez se me haya fundido algo en el cerebro.

—Lo siento —dice, y pego un respingo por lo real que ha sido su voz—. Lo siento muchísimo.

Se me acelera el pulso, mis venas pasan de estar secas y lánguidas a recobrar vigor y fuerza. La miro, aunque no puedo abrir del todo los ojos, y levanto el brazo para tocarle la cara. Está allí, es ella de verdad. No se ha marchado, se ha quedado y está llorando, y tiene los ojos y la nariz hinchados y colorados de tanto hacerlo. Me contempla con una fragilidad infinita, acerca los dedos a mi cara y me toca como si pudiese romperme, y yo... yo la amo.

Aprieto el agarre de mi mano en torno a su mandíbula y la acerco hacia mí para besarle los labios, cerrando los ojos con fuerza a pesar de que ese gesto arde. Alice me devuelve un beso desesperado y me toma de los brazos para estirarme hacia ella, haciendo que nos arrastremos hacia el interior de la casa. Y nos besamos con más fuerza, de forma hosca y torpe, pero que sabe a vida. Temblamos y dejamos escapar sonidos estrangulados y extraños mientras nos desprendemos de la ropa, la agarro con energía a pesar de que me convulse el pulso y la beso y la beso sin ser delicado. Mis lágrimas se mezclan con sus lágrimas en nuestra piel y, una vez desnudos, la abrazo. Le rodeo la cintura y me aprieto contra su cuerpo, ocultando la cara en su cuello, la abrazo fuerte, sintiéndola, deseando fundirme con su carne para que no se vaya nunca.

—No quiero que te vayas —balbuceo y, aunque querría no hacerlo, lloro, lloro de manera profunda—. No te vayas, Alice.

Ella aprieta su cara contra la base de mi garganta y sacude los hombros de forma intermitente debido al llanto, expulsando el aliento con cada golpe. La rodeo con más energía y noto más ímpetu en su agarre; nos duelen las articulaciones y la piel, pero es la mejor manera de aplacar el dolor infernal. Empiezo a besarle la zona superior del hombro cuando se nos entumecen las extremidades y sigo besándola por el cuello y el pecho. Saboreo y retengo el olor de cada parte de su piel, necesito llevármelo conmigo. La beso y paso los labios por su vientre, por su sexo, deteniéndome ahí, volviéndome loco. Alice gime sin dejar de llorar, agarrándome los rizos. La agarro de los muslos y la acerco hacia mi boca, deseando tenerla toda, anhelando más. Ella gime más alto. Quiero que me recuerde, que lo haga por el placer, por las sonrisas, por lo apasionado, grande y vivo que fue nuestro amor, no por las lágrimas y el daño. Alice me agarra de la cara y me da besos vehementes por la sien, las mejillas y la boca, jadeando y lloriqueando. Y ambos atrapamos nuestras cabezas con las palmas de las manos, uniendo las frentes, mirándonos en la penumbra, concentrándonos hasta en la más mínima molécula de nuestro cuerpo, para sentirla a través de los segundos, de las horas, de los años. La amarro de las caderas, pasando las yemas por su piel, trazando mapas mentales de sus curvas, inspirando, expirando, lento. Todo lo lento que puedo.

Aquí fui feliz, junto a este pecho, sobre este vientre reí a carcajadas, con la cabeza sobre su pierna leí párrafos que me revolvieron por dentro, sobre su boca probé el sabor dulce del melocotón, aquí, justo en la zona donde acaba su garganta y empiezan estas elegantes y suaves elevaciones, dormí como un niño dichoso tras un día en su lugar favorito. Todo lo que compone Alice es mi hogar, cada una de sus pecas, de sus cabellos y sus venas. Es lo más semejante a una casa que he tenido nunca, lo más parecido a ser libre y haber podido caminar a mis anchas por pasillos que anhelaba descubrir y en los que sabía que estaría a salvo.

Alice se arquea sobre el suelo y no deja de llorar y temblar, igual que yo, aunque seamos felices haciendo el amor. Entro y salgo de ella despacio, acariciándola con el cuerpo, besándola y besándola, respirándola, como si quisiese guardar reservas de oxígeno de Alice cuando tuviese que conformarme con respirar a medias. Lo hacemos lento y cada vez más fuerte, y más fuerte. Sin temor a herirnos, con miedo a perdernos algo del otro. Así que gritamos y gemimos alto y sudamos. Hasta que se hacen altas horas de la madrugada y tenemos moratones por el cuerpo. Estamos exhaustos y abrazados en su cama, atravesados en el colchón con la luz encendida. Le acaricio el pelo húmedo que se le pega a la sien y le sonrío. Alice me devuelve la sonrisa.

—No podemos dejar que las siguientes personas que vivan en esta casa se queden sin saber las historias que se desarrollaron bajo este techo —musito sin dejar de acariciarla. Su sonrisa se amplía y sus ojos se entristecen—. No pueden quedarse sin conocer a Penélope y al chico de la suerte. Y tampoco a Alice, una profesora de Literatura que embelesó a su taciturno alumno —digo, buscando con la mirada algo para escribir.

Alice ríe mientras yo salto de la cama y alcanzo un papel y un bolígrafo de su escritorio.

—Erase una vez una chica con un sueño. Ella se llamaba Penélope... —comencé.

—¿Te has dado cuenta? Las mujeres que viven en esta casa tienen cosas en común —agrega ella—. Tienen sueños y se enamoran.

—¡Qué interesante...! —Alice vuelve a sonreír y me da besos en el pelo.

Escribo la historia de la vedete Penélope, tal cual nos la inventamos Alice y yo aquella primera y mágica noche. Y luego escribo nuestra historia, que es más difícil de plasmar y más larga, aunque su final sea incierto. Alice pone música mientras yo guardo los papeles entre las estanterías de aquel inmenso y extravagante vestidor, asegurándome de que no se perderán en caso de que vacíen de ropa los estantes. Suena *Sábado por la tarde* y nos pegamos para bailar desnudos y descalzos en el salón, apurando al máximo las horas sin sol. Huelo su pelo despeinado, la pego contra mí y pronuncio en voz baja: «Gorrioncito, no te marches». Sin embargo, nos sentamos en el suelo, con las piernas entrelazadas, observándonos en silencio el uno frente al otro, sosteniéndonos cerca hasta que el peligro empieza a rozarnos y a apurarnos.

—Necesito tu chaqueta, esa color beis que llevabas los primeros meses de clase —le pido mientras nos vestimos a regañadientes.

Ella deja escapar lágrimas, va hacia su maleta y la busca, se quita lo que se ha puesto y se la coloca sobre su piel desnuda, abrazándose.

—Yo quiero lo que llevas puesto —me pide mi camiseta azul marino de manga corta.

También la abrazo, la restriego contra mí, la beso cuando me la quito y se la cedo. Ella me imita y me ofrece su chaqueta, la cual me pongo. No pienso quitármela nunca aunque me asfixie de calor. Luego nos miramos, ya vestidos, incapaces de decir adiós con la voz. Se retrata en nuestras miradas un mar eterno de incertidumbre y tristeza, tanta tristeza que puedo notarla en los dedos, en el estómago y en la piel, consumiéndome. Y lo seguirá haciendo hasta que no quede nada de mí, hasta que deje de existir. Hasta que Alice vuelva. Nos abrazamos, chocando nuestros cuerpos, con fuerza y temblores de nuevo.

—No olvides que sigo sentada a tu lado en ese trono, sigue caminando, sigue respirando, sigue viviendo —me pide, apretada contra mí.

Yo cierro los ojos con fuerza y dejo escapar un sonido sibilante desde la garganta.

—Recuérdame, Alice —susurro.

Ella me sostiene con más ímpetu y noto las vibraciones de su pecho. Entonces nos apartamos, con los ojos hinchados y la tez amoratada de aguantar la respiración para no llorar, aunque lo estemos haciendo de todas formas. Empiezo a respirar muy deprisa, con ahogo, mientras Alice me mira conteniendo el dolor valientemente bajo sus párpados. Respiro cada vez más rápido, concentrando fuerzas para hacer lo que voy a hacer. De ese modo, separamos las manos que tenemos cogidas, lento, apurando hasta las yemas de los dedos, entonces exclamo un gemido trastornado y echo a correr sin mirar atrás. Si lo hago, volveré a su lado, me esposaré a su mesa, pero sé lo que le podría ocurrir, sé que le han puesto una denuncia, una grave, y que debe marcharse. Y esto me mata. Me... mata porque, de alguna manera, sé que estamos más lejos. Con cada zancada siento como si multiplicase las horas que voy a contar hasta el momento en que volvamos a vernos, como si nos estuviese sentenciando. Sin embargo corro, me caigo de bruces sin equilibrio a mitad de camino, rodando sobre el suelo, raspándome casi todo el cuerpo. Abrazo su chaqueta, mirándola por si le ha pasado algo, llorando como un puñetero niño huérfano, lo que he sido toda mi maldita vida. La chaqueta está bien. Y sigo corriendo, sin energía, cayéndome de nuevo una y dos veces más. Hasta que llego al internado y me siento justo donde estoy ahora en la habitación.

Te esperaré, Alice; estaré reviviendo una y otra vez todas nuestras hazañas, todos nuestros besos prohibidos. Y prometo que, si no vuelves, te buscaré y te encontraré, donde quiera que vayas. Porque mi futuro está contigo. Mis camisas estarán colgadas en tu armario y en las paredes habrán fotos nuestras rodeados de niños. No puedo ni quiero imaginar otra cosa. Caminaré a tu lado, nos refugiaremos el uno en el otro y ya no habrá más dolor. Amor mío, ya no tendremos que preocuparnos de nada. No pasará nada, nadie será capaz de alejarnos de nuevo, nadie se atreverá a hacerlo. Prometo ser la persona que te haga feliz, que te saque sonrisas y te prepare tortitas con mermelada de melocotón por las mañanas. Prometo que todos los sábados por la tarde serán especiales, que seguiremos inventando historias disparatadas y seguiremos leyendo libros que calen nuestra alma. Prometo que seré un buen marido, que te amaré y te amaré y no sabré hacer nada mejor que eso.

Ella sigue en Bolonia, se hacen las diez menos cuarto y sé que sigue aquí. Y yo estoy aquí, en mi cuarto, muriéndome. Necesito darle un último adiós, impedirle una última vez que me olvide. Tengo tanto miedo a que lo haga, tanto...

30

Vídeo 21
Alice

Era un caluroso día de agosto de 1980. Recuerdo la sensación de amor mientras caminaba hacia la estación ferroviaria porque su aroma pegado a mi piel dejaba que el aire entrase directamente a mis pulmones con cada paso. ¿Sabes qué pensaba mientras me alejaba cada vez más y más de él? Que nos habíamos casado, que éramos marido y mujer y nadie podía arrebatarnos eso. Que le diesen al mundo, porque nunca me lo podrían quitar del todo. Aunque arrastrase la maleta y atravesase la muchedumbre en la entrada de la estación sin estar preparada para abandonar aquel lugar.

Todos parecían tan felices... Estaban a punto de comenzar sus vacaciones o quizá las terminaban. Nadie perdía nada importante. Desenrollé su camiseta de mi puño y la llevé de nuevo a mi nariz cuando me senté en la sala de espera. Me dirigía hacia un lugar desconocido, no sabía si a la vuelta de la esquina me detendrían y me encerrarían en un coche patrulla. Todos parecían saberlo, las personas que se cruzaban frente a mí de un lado al otro sabían que estaba enamorada de mi alumno menor de edad. Cualquiera de ellos podría llamar a la policía y decirles que estaba allí, a punto de huir. O tal vez solo me mirasen porque las lágrimas no cesaban de saltar de mis ojos.

Agarré la tela de su camiseta con fuerza cuando la voz femenina de megafonía anunció la inminente salida del tren hacia Suiza. ¿Cómo podría saber lo que ocurriría? Lo he pensado tantas veces a lo largo de los años... Ojalá nunca hubiese subido a ese tren, ojalá me hubiese arrepentido. Pero no lo hice, subí al tren, aunque me estuviesen echando ácido en las venas, y busqué un asiento libre donde sentarme. Tarareé *Sábado por la tarde* sentada, con el cuerpo en tensión y las palmas de las manos frías y mojadas a pesar de las altas temperaturas. Había una señora mayor sentada frente a mí con un sombrero, viajaba sola, como yo. Imaginé que también había perdido a su marido, que éramos dos mujeres de alma en pena, obligadas a alejarse de allí por motivos diferentes, pero igual de desgarradores. La mujer me miró y sonrió; yo le devolví la sonrisa. Y ambas vimos la tristeza en nuestra mirada. Apoyé la frente en el cristal, entonces vi algo que me aceleró el corazón de forma brusca: el reflejo de unos rizos rubios en el andén. Me erguí de golpe, viendo a Liam andar deprisa y buscar algo con gesto desesperado. Me levanté y salí de la cabina para correr por el pasillo del tren, comprobando que las puertas estaban cerradas y que el tren estaba a punto de salir.

—¡Liam! —voceé, entrando a una cabina cuyas personas me miraron atónitas, pegándome al cristal de la ventana, golpeándolo con los nudillos.

Salí de allí y me fui hacia los vagones traseros, me adentré en otra cabina y me pegué a la ventana.

—¡¡Liam!! —chillé, pensando que no me oiría, que era demasiado tarde.

Pero su mirada azul se centró justo donde estaba y sonrió al encontrarme. Yo lloré, plantando la frente contra el cristal; Liam extrajo una hoja del tamaño de su libreta y me enseñó lo que había escrito: «Recuérdame, Alice». Apreté los dedos contra la ventana, temblando y devolviéndole la sonrisa, pronunciando «Te quiero» sin hablar.

Su imagen de pie, con ese mensaje entre sus manos, sus ojos intensos y su sonrisa triste fue lo último que grabó mi memoria justo antes de que todo cambiase. Y cambió de manera tan violenta que no puedo recordar cómo fui a parar al suelo; solo logro oír en mi cabeza ese ensordecedor estruendo prolongado, ese estallido metálico y terrorífico, y el tren moviéndose de forma agresiva, sacudiéndolo todo con furia, el sonido del metal retorciéndose y lamentándose.

Y luego recuerdo abrir los ojos y no ver nada.

Estaba rodeada de una neblina espesa y blanquecina que me hizo toser con fuerza. Pensé que lo más seguro era que me hubiese desmayado y me acabase de despertar, porque el entorno no podía cambiar tan rápido de un momento a otro: había escombros y cristales rotos a mi alrededor, estaba tirada sobre ellos en la destrozada cabina del tren, me dolía el brazo y la cabeza. Al llevarme los dedos a la frente, toqué un fluido caliente y viscoso; estaba sangrando. Y cuando el pitido de mis tímpanos me dejó oír, fue cuando aprecié los gritos. Gente que chillaba, pedía auxilio y voceaba de pánico.

Con la boca seca, aún tosiendo, me incorporé, clavándome los cristales, desorientada, aterrorizada, restregándome los ojos porque lo que flotaba en el aire se me metía en las córneas. Y, antes siquiera de poder ponerme en pie, antes de tener voz, grité:

—¡¡Liaam!!

Salí de la cabina a pasos torpes, cojeando, sin lograr ver nada por el espesor de la nube blanca de polvo. Caminé cogiéndome a las paredes del pasillo, yendo por una alfombra de escombros.

—¡¡Liam!! —chillé, afónica, intentando encontrar una puerta para salir.

Me topé con dos personas de frente, asustadas y bañadas en polvo.

—¿Qué ha pasado? —me preguntó llorando una mujer joven, cogiéndose a un hombre con bigote.

—No lo sé —respondí.

—Hemos ido hacia los primeros vagones para encontrar una salida, están destrozados —dijo el hombre, sujetando a la chica que lloraba—. Ha sido una masacre. Una masacre. Lo mejor es buscar una salida en estos vagones, estábamos esperando a que se disipase la nube de polvo. Mi hija no quería caminar más por si nos heríamos o veíamos más...

Se detuvo, mirando a su hija. Pero entendí lo que quiso decir: para no ver más cadáveres. Me entraron ganas de vomitar, me giré deprisa y me incliné para expulsar la bilis del estómago, ya que no había ingerido nada más que agua desde el día anterior a mediodía. Me limpié la boca con el dorso de la mano y los esquivé para seguir caminando sin separar las manos de las paredes, parpadeando fuerte porque los ojos escocían y lagrimeaban. Quizá ellos no quisiesen caminar, pero yo debía encontrarle. Vinieron detrás de mí.

—No sabemos si se puede repetir. Tenemos que irnos de aquí —añadió él, nervioso.

No puedo recordar a ciencia cierta si me encontré con más personas o si eso fue exactamente lo que sucedió. Aquel hecho traumático me dejó secuelas y lagunas mentales que no me importa recuperar. Lo que sí consigo revivir es cómo me sentí cuando abrimos la puerta de uno de los vagones y saltamos al andén.

Aquella niebla lo cubría todo, había ruinas por doquier y personas llorando y gritando. Y también había cuerpos. Recuerdo estar parada en mitad de aquel sitio, muerta de miedo, y ver a gente tirada en el andén sin moverse, el impacto de encontrar a una mujer justo bajo el tren, en las vías, sin un zapato.

Se respiraba polvo, muerte y horror.

Pegué un alarido porque no sabía cómo asimilar todo lo que me envolvía, no sabía qué hacer. Me castañeaban los dientes y respiraba de manera ansiosa, provocándome más toses agresivas.

—¡¡Liam!! —Caminé a trompicones, herida, buscándole con la mirada, viendo bultos y sombras entre la neblina—. ¡¡Liaam!!

El edificio, lo que era la sala de espera de primera clase, estaba derrumbado, y los pilares y los escombros habían impactado contra el tren y lo habían destrozado, o eso fue lo que deduje en mitad de esa horrible vorágine.

No le encontraba, no le veía por ninguna parte, tenía pavor de mirar al suelo y comprobar que alguno de los cuerpos fuese él. Tenía tanto miedo que apenas me sostenía y se me doblaban las rodillas.

—¡Socorro! ¡¡Ayuda, por favor!! —Cerca de mí, una mujer se desgarraba la garganta al gritar—. ¡¡Por favor, mi niña!!

Logré verla, inclinada ante un cúmulo de rocas del que salía un brazo de niño. Me acerqué medio corriendo y me agaché.

—¡Por favor, ayúdame a retirar las piedras!

Valiéndonos de las manos, ambas retiramos escombros lo más rápido que pudimos, pero había una viga grande que no podíamos levantar. La mujer estaba muy herida, me percaté cuando las dos intentamos empujar la roca y vi los cortes graves de su hombro y su brazo; sangraba mucho.

—Vale, a la de tres, empujamos a la vez. Una, dos y ¡tres!

Habíamos conseguido levantar un poco la piedra, pero debíamos tener cuidado por si se desprendía el resto de trozos de roca y sepultaban del todo a la niña: Ángela, se llamaba. Lo sabía porque su madre no paraba de llamarla y llamarla sin obtener respuesta. Tras el segundo intento inválido, la mujer empezó a adquirir un tono ceniciento y cayó al suelo de espaldas. Chillé y la sujeté.

—Estoy bien, sigue intentándolo, por favor —me rogó con los labios azules.

Eso hice, continué empujando la piedra con las fuerzas que me quedaban, entonces alguien se unió a mí y el enorme escombro se elevó, dejando al descubierto a la pequeña. La madre la agarró de los brazos y la arrastró hacia fuera para colocarla en su regazo. Al girarme, ahogada, el corazón se me salió por la boca.

—¡¡Liam!!

Liam me agarró y me apretó contra él, respirando de manera asfixiada y ronca. Me dolió la garganta de llorar con tanta fuerza, sus manos me agarraron de la cabeza y el pelo y posó sus labios sobre mi frente, sobre mis párpados, besándome en cada parte de la cara. Luego se apartó de mí y me tomó de la mano para que nos agachásemos hacia la mujer con la niña en brazos.

—Póngala en el suelo, con cuidado, eso es —le pidió Liam a la mujer rota de dolor.

Ella obedeció y el pequeño cuerpo de la niña de rizos morenos se quedó inerte sobre el suelo; Liam colocó ambas manos sobre el diafragma de la pequeña con los brazos estirados y empezó a propinarle golpes, treinta en total, un par de insuflaciones de aire a través de la boca y vuelta a empezar. Y la segunda vez, cuando Liam contó quince, Ángela empezó a toser con violencia y abrió los ojos. Su madre empezó a chillar de alegría y la tomó entre sus brazos.

—Necesitas taparte las heridas o te desangrarás —le recordé, una vez que su niña estuvo consciente.

Ella asintió y nos dio las gracias muchas veces justo antes de girarme hacia Liam y ver cómo su tez palidecía a una velocidad anormal. Le toqué la cara con nerviosismo, comprobando que estaba húmedo; hubiese sido normal porque hacía muchísimo calor, pero se trataba de una humedad fría.

—Vámonos —me pidió.

Pero antes incluso de ponernos del todo en pie y comenzar a caminar, Liam se me escurrió de entre los brazos, como un muñeco. Le sostuve con la poca agilidad que mi cuerpo magullado me permitió.

—¡Liam! —El nivel de pánico aumentó tanto que sentí un potente mareo—. ¿Qué te ocurre? ¿Qué es lo que te pasa?

Gemí, palpando su cara macilenta, advirtiendo cómo se esforzaba por mantenerse erguido. Le revisé el cuerpo y, fue intuición, un pinchazo en el pecho: levanté su camiseta y vi una enorme y oscura mancha recorrerle el costado, de las costillas hacia la cintura. Casi perdí el sentido, noté cómo los ojos se me fueron hacia atrás e incluso ese pitido agudo se posó en mi cabeza, pero no me permití ser débil.

—¡Chis! Tranquila, Gorrioncito —musitó, acercando los labios a mi boca.

Le besé porque necesitaba hacerlo, necesitaba curarle con un beso, que no le doliese nada, que todo esto pasase y se convirtiese en una terrorífica pesadilla. Pero Liam tenía una maldita hemorragia interna.

Una-maldita-hemorragia-interna.

—No, no, no —murmuré, inmersa en el terror—. Vamos, mi vida, sigue caminando. Tenemos que caminar.

Liam lo intentó, y con mi ayuda avanzamos un poco, pero se desplomó y acabamos los dos en el suelo, apoyados en un poste que no recuerdo bien qué era. Pedí ayuda a voces, pero nadie vino a socorrernos.

—¿Cómo se te ocurre venir, eh? ¿Por qué has venido? —le reñí, llorando con hipidos.

Liam me miró, su piel nívea estaba salpicada por transparentes y pequeñas gotas. Tenía fiebre, lo sentía, su cuerpo ardía.

—Te he visto y... —Observé el tren a nuestra izquierda—. He recorrido cuatro o cinco vagones corriendo para que me encontrases.

—¿Estabas en los primeros vagones? —musitó.

Lo estaba y, de repente, fui consciente de algo: de no ser por él, no seguiría aquí. Habría perecido como imaginaba que habrían hecho todos los viajeros de los primeros vagones, junto a la señora mayor del sombrero que me había sonreído.

—Sabía que debía venir —dijo Liam, sonriendo con levedad, acomodado en mi pecho.

—No, Liam —repliqué, alargando las vocales como si me costase hablar a través de la garganta hinchada de llorar, gritar y toser—. ¡No deberías estar aquí, maldita sea! No deberías.

—Señorita Fiore, ¿cree que me arrepiento de algo? Cada fracción o milésima de segundo ha valido la pena.

—¡Chis! Te vas a poner bien, ¿vale? Te pondrás bien. —Le agarré para estrecharle contra mí y sus rizos acariciaron la piel de mi brazo herido.

En ese momento, un *flash* de imágenes sucesivas asaltaron mi cabeza de manera breve, como un fogonazo de recuerdos; ese gesto, el de sus rizos tocándome el brazo al sujetarle, había desencadenado algo: un rincón escondido de mi mente se había abierto, dejándome acceder a él. A aquello que me había tenido en vilo durante años.

—Fui yo —susurré, impresionada por poder ver ese espacio de mi cerebro. Miré a Liam, que me observaba con ojos enfermos, pero atento a mi nuevo estado emocional—. Fui yo, Liam. Yo te saqué del incendio.

Me podía ver a mí misma en la calle con catorce años, podía percibir el olor a chamuscado que flotaba en el aire. El humo negro y espeso salía de las ventanas de esa casa, frente a la que pasaba muchas veces de camino a la biblioteca con la bicicleta. En esa casa vivía un niño, lo sabía porque una vez me había saludado desde su jardín, con esos rizos rubios y su sonrisa inocente y adorable. No se me pasó por la cabeza llamar a nadie, lo que hice fue bajar de mi bicicleta y entrar por la ventana que daba a la cocina.

Un llanto infantil salía de una de las habitaciones; corrí hacia allí, tosiendo e inhalando humo y, antes de abrir la puerta detrás de la cual el niño lloraba, vi de refilón, entre las llamas, dos cuerpos ensangrentados que yacían en el suelo. Abrí la puerta y cerré tras de mí, jamás había tenido tanto miedo. Pero ese niño me necesitaba; me agaché a su altura, él se encontraba aovillado en una esquina, temblando, y me miró con sus ojos azules entre los rizos. Le prometí que todo iría bien, le sonreí y le pedí que confiase en mí. Él me preguntó por su madre y tuve que mentirle. Conseguí que se cogiese a mí fuerte y le hice prometerme que no me soltaría y que mantendría los ojos cerrados. Cuando abrí la puerta, las llamas se habían extendido tanto que el humo me impedía ver y nos hacía toser con agresividad a los dos. Corrí con el niño en brazos hacia la puerta de la salida, esquivando llamas; notaba cómo me abrasaban la piel y me quemaban los pulmones por dentro. «¡El violonchelo!», repetía el pequeño, sollozando sobre mi hombro. «¡El violonchelo de mi madre se va a quemar!». El instrumento enfundado se encontraba en el recibidor, en una esquina peligrosa. Reuní todo el valor que tenía, pegué una patada a la puerta tras darle un golpe a la manivela para que se abriese y dejé al niño en el porche para ir a por el violonchelo. Si lo hubiese pensado un segundo más, no lo hubiese hecho, pero lo hice: atravesé el fuego, sudando más que nunca por el calor y el miedo; agarré el instrumento, que quemaba, y salí a zancadas de allí, entrando en estado de *shock* al ver que las llamas habían hecho explotar los cristales de las ventanas y campaban a sus anchas por la madera del porche. Recuerdo perfectamente su mirada redonda del color del cielo al amanecer contemplándome; estaba muy asustado de pie en mitad del cobertizo, pero con un gesto acogedor en su carita, como si viese en mí a una heroína. Entonces el techo del porche crujió y cedió. Lo último que logré revivir con fuerza era la potente urgencia de protegerle. Me lancé hacia él, le cubrí con mi cuerpo y, luego, oscuridad; una profunda y escalofriante oscuridad.

Lo que desencadenó esa extraña enfermedad en mi memoria fueron esas tablas de madera del porche que cayeron sobre mí. Los bomberos me encontraron sepultada bajo ellas, inconsciente, y también encontraron al niño, que se hallaba entre mis brazos, ileso y despierto. Mamá y papá me explicaron que me contaron la verdad a medias porque no querían que recordase haber visto a dos personas muertas, porque aquella escena debía de haber sido terrorífica para mí: el padre mató a la madre con seis puñaladas, roció la casa de gasolina, la incendió y luego se metió una bala en la sien, habiendo encerrado a su hijo en la habitación.

De ese modo, su imagen se quedó grabada en mi retina y ese sentimiento abrumador, esa angustiosa necesidad de proteger al niño, formaron un recuerdo abstracto, deformado y potente en mi estropeado cerebro. Mi cabeza se averió, fue olvidando cosas y congeló aquel suceso en mi mente, convirtiendo al niño en un adolescente que invadió mis sueños cada noche durante años, que fue creciendo conmigo, acoplándose en mi pecho, agravando ese retorcido sentimiento.

—Lo sabía —musitó Liam, tosiendo, en voz ronca—. Me enamoré de ti demasiado rápido, no era normal. Mi subconsciente te recordaba.

Sonreí con ternura y lloré con más virulencia, balanceándome con ligereza hacia delante y hacia atrás con su cabeza pegada a mi pecho.

—Aguanta, mi vida. Todo va a acabar pronto, vendrán a ayudarnos, solo... resiste un poco más —decía, besándole la frente y los rizos.

—Me salvaste, Alice. Lo has hecho en todos los sentidos en los que alguien puede salvar a una persona. —Liam elevó una comisura de sus labios pálidos—. Gracias por quererme de esa forma. Por decir sí cuando te pedí que fueras la sangre de mis venas. Por dejarme conocer los rincones más dulces y sorprendentes que hay en este planeta árido y amargo.

Apenas podía hablar y dejó de hacerlo a partir de entonces. Le besé los labios, expulsando el aliento de forma intermitente, notando cómo se apagaba, y aquella sensación era la más lacerante y desgarradora que había experimentado nunca. Le sostuve contra mí mientras nuestro entorno caótico, la gente gritando y lamentándose, y el inexorable sonido de las sirenas, se difuminaban, quedando en un plano confuso y abstracto.

—«*Gorrioncito, ¡qué melancolía!, en tus ojos muere el día ya*» —empecé a entonar con la voz floja y quebrada, cantándole para que tuviese la sensación de estar a salvo—. «*Disculpa si la culpa ha sido mía, si no puedo... rete-*

nerte más». —Apenas articulaba las palabras, que sonaban como un aliento entre mi boca.

No consigo saber cuánto tiempo estuvimos allí, no puedo recordar esa parte. Supongo que el cerebro tiene sus límites y, en este tipo de casos, enciende un sistema de defensa capaz de dejar tu mente en blanco para sobrevivir a algo que el cuerpo está convencido que no aguantarás. Lo sabe, sabe que la muerte te roza y te mira a los ojos, y debe anularla. Pero sí puedo recordar su peso en mis brazos agarrotados, sí puedo sentir sus rizos en la piel del escote, el cuello y la cara. Sí puedo sentir, como si fuese hoy, cómo su cuerpo dejó de arder para pasar al frío. Un frío que me heló las venas y me hizo tiritar. Puedo recordar cómo mi alma, mi espíritu o lo que sea que constituye nuestra parte incorpórea, salió de mí, hacia fuera, porque todo era mejor que estar en mi piel en ese instante, porque la muerte no era tan mala al fin y al cabo.

El sonido de las sirenas se instaló de manera permanente en mis tímpanos.

Pero lo bueno, lo único que me mantuvo con el último aliento atascado en la garganta, fue el amor. Tenía tanto amor dentro que sobreviví.

Y el reloj se detuvo para siempre a las diez y veinticinco de la mañana, un 2 de agosto de 1980 en la estación ferroviaria de Bolonia.

La horrenda masacre de la estación de Bolonia

FUE UNA BOMBA

79 muertos y 203 heridos

«Sábado 2 de agosto a las 10:25; la estación ferroviaria y todo el vecindario circundante son sacudidos por una gran explosión. Un ala del edificio se desmorona y aterroriza a los viajeros que se preparaban para irse de vacaciones. La catástrofe es enorme: 79 muertos y 203 heridos. La mayor tragedia después de las muchas que han golpeado a Bolonia en estos años. Mientras se imprime el periódico, aún es imposible decir si se trata de un atentado o de una explosión de gas.

»El corazón de Bolonia, como los relojes de la plaza, se detiene.

»Tan pronto como la enorme nube de polvo se despeja un poco, la escena se revela en su totalidad: el ala izquierda de la estación ha quedado reducida a una pila de escombros. Todo está en ruinas. Y, entre medias, gritos desgarradores, cuerpos extendidos a doquier bajo las primeras vías y gente huyendo, enloquecida.

»La explosión ensordecedora, que paralizó la vida en la plaza de la estación por unos instantes, fue seguida por el sonido lacerante de docenas de sirenas policiales, ambulancias, policías de tráfico y bomberos. Agentes jóvenes y carabineros, después de las primeras intervenciones y tras darse cuenta de las proporciones del desastre, trabajaron con lágrimas en los ojos» [1].

---

1. Extracto traducido de *Il Resto del Carlino*, 3 de agosto de 1980.

31

Mario

Sostengo esa hoja de periódico en las manos, que vibran con ligereza y provoca que la tinta vieja se disperse en mis ojos llenos de tristeza y lágrimas. Alice me contempla, entera y lúcida, sentada a mi lado en su cama.

Acabamos de visualizar el vídeo número 21, el último de la lista de reproducción.

Y ella lo recuerda todo, lo veo en su mirada clara de ese azul transparente. En cuanto la Alice del vídeo ha acabado de hablar, me ha mostrado ese pedazo de periódico del día 3 de agosto de 1980; luego ha apagado la televisión, ha sacado ese mismo ejemplar de un cajón de su mesita de noche y me lo ha cedido.

—No... no tengo palabras —murmuro, con un boquete en el pecho.

Como si no pudiese respirar de la misma forma, como si todo tuviese menos sentido a partir de ese momento.

Alice esboza una sonrisa frágil y apagada.

—Fue un atentado terrorista —continúa en voz queda, tomando aire despacio—. No fue la caldera, fue un maletín lleno de explosivos. Fue el odio. Aquello contra lo que luché en el internado. Dediqué mi vida entera al amor, al amor por las letras, por los sueños, la esperanza, la justicia y la vida. Y fue precisamente el odio lo que acabó destruyéndome.

Tenso los dedos de las manos y de los pies, impotente y abrumado por un dolor que desconocía. No recuerdo haberme sentido tan triste nunca.

—El número de fallecidos ascendió en las siguientes horas. —Se mira las manos, agarrándoselas para no temblar—. Recuperaron las pertenencias de algunos de los supervivientes. De hecho, me entregaron la maleta ese mismo día por la tarde...

Alice se levanta, yo me incorporo deprisa porque parece frágil; es tan delicada y tan valiosa que su seguridad se ha convertido en mi prioridad. Se dirige a su armario y extrae un pequeño maletín, luego camina lento, conmigo a su lado, hasta que se sienta de nuevo en el colchón. Abre el maletín y acerca con cuidado sus dedos a la tela de color azul marino que se halla en su interior.

—La guardé de forma automática antes de verle en el andén, doy gracias a ese gesto inconsciente; la habría perdido entre los escombros de no ser así. —Alice despliega la camiseta de Liam frente a ella y se la lleva a la nariz—. Apenas queda algo de él entre estas fibras, pero todavía puedo olerle.

La observo cerrar los ojos, abrazando la tela.

—Lamento mucho... que acabase así —susurro, conmocionado.

Alice bosqueja de nuevo esa sonrisa dulce.

—¿Quieres conocerle un poco más? —Me ofrece su camiseta—. Puede parecerte un gesto raro, pero el olfato es el sentido que me devuelve con más fuerza al pasado, lo que más emociones me evoca.

Accedo y tomo la camiseta de Liam, la sostengo como si aquella tela fuese lo más significativo que he tocado. La llevo a mi cara y noto un fuerte estremecimiento al descubrir leves partículas de aroma, apenas apreciables, que me recuerdan intensamente a Luca. O puede que mi imaginación sea más fuerte de lo que creo.

—Días más tarde también recuperé la mochila que llevaba Liam. Cuando lo encontré en aquel caos, no se la vi puesta... o quizá no me fijé o... simplemente se ha borrado de mi recuerdo. —Alice arruga su ceño en un gesto frustrado—. La pude conseguir porque mi nombre estaba por todas partes dentro de esa mochila. Pensaron que era mía. Y... en su interior estaba su diario. No pude abrirlo, no sabía cómo enfrentarme a sus pensamientos íntimos sin poder levantar la mirada y que estuviese allí para sonrojarse. No leí ni una palabra hasta un tiempo después. Y esos párrafos poéticos llenos de anhelo y dulzura se convirtieron en mi biblia. Liam volvía a vivir cada vez que me sumergía en ese diario.

Rememoro todos los sentimientos fuertes que transmite Liam en sus escritos e imagino el momento en que Alice los leyó por primera vez. Debió de ser impactante para ella.

—Pensaron que me fugaba con él —musitó Alice, mirando hacia el maletín vacío—. Todos creyeron que Liam y yo pretendíamos huir juntos. Y ese gesto inocente de Liam, ese necesario último adiós, se convirtió en mi condena. En todos los sentidos.

Le devuelvo la prenda y ella la sostiene contra sí, dejando que su mirada se pierda en un lugar lejos de aquí.

—No hubo nada que hacer, no existía ningún factor que me favoreciese. Con la denuncia interpuesta por Nuova Vita, el hipotético intento de fuga y el fallecimiento de Liam en un lugar en el que no debía estar, la prisión cayó como una losa sobre mi espalda. ¿Sabes lo peor? Que nunca contemplamos esa opción, la de marcharnos juntos. —Alice aprieta la camiseta contra su abdomen, suspirando de manera ahogada—. Allí dentro, entre rejas, suciedad y olor a vida hecha pedazos, allí me di cuenta de algo que me devolvió las ganas de luchar: estaba embarazada. La constante angustia y los mareos no se debían al dolor, o puede que sí, en parte. Dentro de mí estaba creciendo el hijo de Liam, lo que significaba que no le había perdido, que seguía conmigo, y por lo tanto mi vida cobraba sentido. —Guarda la tela en el maletín con inmenso cuidado, y lo cierra despacio—. Aquel pensamiento me calentó por las noches y me dio fuerzas. Pero mi miedo se multiplicó, no sin razón.

—¿Qué pasó? —Poso una mano sobre su brazo, pretendiendo darle afecto.

—Que me lo quitaron, Mario, eso es lo que pasó —pronuncia con ligera rabia, conteniendo las emociones entre las arrugas de sus ojos cansados—. Nació y lo tuve conmigo hasta que cumplió los tres meses. Estaba encerrada allí dentro, pero lo cuidé y lo amé como lo habría hecho en cualquier otro lugar. Era idéntico a él, con sus incipientes rizos rubios, su carita dulce... Era Liam, era ese niño que me miró bajo el porche de la casa en llamas con esos ojos llenos de luz, y así le llamé, como a su padre.

Le caen dos lágrimas que mojan su pelo cano al tratar de apartarlas con los dedos. Aprieto mi mano con levedad en torno a su brazo y noto cómo sus emociones se filtran a través de las yemas de mis dedos, apoderándose de mí.

—Me avisaron de que lo sacarían de allí, que aquel no era lugar para un niño, a pesar de que sabía que la ley permitía que las madres tuviesen a sus hijos hasta los seis años. Puse en sobreaviso a mi familia; mi madre, mi padre y Tino no se detuvieron, hicieron lo posible con esa voluntad revolucionaria que siempre los había caracterizado. Mi pequeño debía quedarse conmigo, a pesar de que cada día se me pasasen más ideas contradictorias por la cabeza: debía ver mundo, conocer a otros niños, criarse en un entorno saludable, lejos de los conflictos y las rejas. Pero siempre hubo algo que no me olió bien, un instinto, una intuición. Y, efectivamente, no me equivoqué. Todavía oigo sus llantos en mis sueños; aquella noche me desperté y escuché cómo lloraba fuera de la celda. Alguien lo agarró, alguien lo agarró de mi lado y se lo llevó. Me desgarré la garganta y me di golpes contra los barrotes hasta quedarme inconsciente, haciéndome contusiones graves. Nunca llegó a mi familia, nadie sabía nada, nadie había visto nada.

Empieza a llorar con más intensidad y yo la abrazo, sintiendo calor en el pecho porque tengo la certeza de que en unos minutos su dolor desaparecerá.

—Le busqué, no dejé de buscarle, por cielo, tierra y mar. Dediqué años a recopilar información, datos y pruebas que no me sirvieron de nada. Me tacharon de loca, ¿quién iba a creer a una expresidiaria? Me metieron en un psiquiátrico, tuve que acceder a someterme a un tratamiento, hasta que me casé de nuevo y me quedé embarazada. —Alice acaricia la maleta cerrada, nostálgica, rota—. Nunca encontré rastro de él. Me resistí a dejar de buscarle, pero, aunque nunca volví a enamorarme de esa forma enloquecedora, el hombre con el que me casé era bueno y se merecía tener a su mujer a su lado.

Alice se incorpora y me detiene con un gesto cálido de la cara, indicándome que está bien, que puede ir ella al armario a guardar el maletín con la camiseta de Liam. La observo mientras se me hincha el pecho y miro el reloj por enésima vez, comprobando que ya han pasado dos minutos de la hora que habíamos acordado Luca y yo; me levanto de un salto y modero mi estado de euforia para no transmitirle ningún mensaje erróneo.

—Alice, ¿te importa si viene alguien a verte ahora? —le pregunto mientras ella vuelve hacia la cama

—¿Ha venido Anna? —Sus ojos se iluminan.

—No, no es Anna. Es alguien que quiere conocerte, le he hablado de ti.

—¡Ah, vaya! Le has debido de hablar muy bien de mí como para que quiera conocerme. —Alice me revuelve el pelo.

—No te voy a mentir. —Me encojo de hombros, sonriéndole.

—Eres un cielo.

Le prometo volver en unos segundos y salgo de la habitación, reprimiendo correr por los pasillos, para ir a la sala de recepción. Allí está él, con los brazos cruzados, concentrado en mirar a su alrededor, mordiéndose el labio y tamborileando el suelo con un pie. Está nervioso, puedo notarlo desde lejos. Las enfermeras y auxiliares lo miran, esbozando sonrisillas y hablando por lo bajo; yo sonrío y me acerco.

—Luca —se gira hacia mí de golpe, le acabo de dar un susto. Río y él me dedica una sonrisa inquieta—, ¿vamos?

Luca me sigue sin hablar, dudo de si podrá hacerlo cuando esté ante ella, ante su madre. Llamo dos veces a la puerta, como siempre, y oigo la respiración acelerada de Luca justo antes de abrir. Alice está sentada en la silla frente a la pequeña mesa redonda que hay en la esquina, sosteniendo el diario de Liam entre las manos.

—Alice, ha llegado la persona que quiere verte —la aviso, entrando primero para dejarle paso a él.

Luca da dos pasos lentos hacia el interior de la habitación y se hace visible para ella. Alice se queda inmóvil en la silla, con la mirada fija en Luca; puedo ver lo que está viendo, lo veo perfectamente. Luca no se mueve tampoco, está parado de pie en mitad de la sala, esperando una respuesta por parte de su madre o quizá también esté demasiado conmocionado para actuar. Alice se incorpora muy lento, dejando el diario cerrado sobre la mesa; sus facciones son la viva imagen de una mujer conmovida e incrédula. Su labio inferior tiembla y se sostiene, colocando la mano contra el respaldo de la silla, para no desvanecer.

—¿Liam? —susurra.

Yo parpadeo, asumiendo que Alice está viviendo un suceso tan extraordinario que su débil memoria y su frágil cuerpo no pueden asimilar tan rápido.

—Liam —le llama, deformando el rostro en una mueca que precede a un llanto profundo.

Luca es más veloz que yo: se desplaza en dos zancadas hacia Alice y la sostiene justo antes de que sus rodillas dejen de sujetarla. La agarra contra él y la abraza.

—¡Liam! —le nombra contra su pecho, abrazándole.

—¡Chis! Tranquila —le canturrea él, acercándose a la cama para dejarse caer allí junto a ella.

Se tumban en el colchón mientras Alice llora de manera visceral sobre el pecho de Luca. Aquella imagen es tan devastadora que no puedo, no sé cómo no soltar lágrimas, así que lo hago; lloro con Alice y con Luca, que guarda su cara en el pelo de ella y tensa sus extremidades, temblando ligeramente.

Sé que lo que estoy viviendo es espectacular, es algo que jamás voy a poder olvidar. He provocado el desenlace de una historia que comencé a conocer hace unos pocos meses, una historia que me ha cambiado la vida.

Alice se queda relajada abrazada a Luca, creyendo que el amor de su vida ha vuelto. Ni él ni ella se mueven, se quedan ahí, sosteniéndose el uno al otro. Y yo decido marcharme para dejarles espacio, caminando lento y sin hacer ruido, pero oigo algo antes de llegar a la puerta:

—No eres Liam —musita Alice, llenando el emotivo silencio de la habitación.

Veo cómo ella levanta la cabeza del pecho de Luca para mirarle a la cara, contemplándole de cerca.

—No eres él... —Desplaza el brazo despacio, llevando una mano hacia el rostro de Luca, acariciándole—. Eres mi pequeño, ¿verdad? —La mano le tiembla al posarla sobre su mejilla—. Eres... mi pequeño.

Luca esboza una sonrisa dulce, dejando escapar brillantes gotas de sus ojos, idénticos a los de ella.

—Hola, mamá —musita él.

Alice deja escapar un sonido estrangulado y ríe de forma extraña, llorando de manera intensa al mismo tiempo, abrazando de nuevo a Luca con fuerza. Él la atrae hacia sí y se rompe como ella, como si fuese un niño que acaba de encontrar su hogar después de haber estado perdido.

Sonrío y siento la calidez de las lágrimas empaparme la cara y el cuello. Entonces salgo de allí y cierro despacio.

Estoy en el comedor, danzando de aquí para allá mientras los ancianos se entretienen con juegos de mesa, y no me doy cuenta de cuánto exteriorizo mi mundo interior hasta que una anciana me dice «Chiquillo, siéntate un poco». Pero no puedo. Los minutos se hacen muy largos imaginando lo que estará ocurriendo en la habitación de Alice. No dejo de pensar en...

Luca se asoma a la puerta del salón y me da un vuelco el pecho. Me acerco a paso apresurado desde el otro extremo del comedor y él repara en mí, trazando una suave y cálida sonrisa.

—Quiere hablar contigo —me dice, posando la mano en mi hombro.

El pulso me va a mil revoluciones.

—Tengo que irme, se ha acabado el tiempo de visita. Ya me han llamado la atención —replica Luca cuando nos detenemos frente a la puerta de Alice.

—Quédate un minuto más. Les diré que ha sido por mi culpa, les contaré la situación, lo entenderán.

Luca me sonríe y asiente con la cabeza, entonces llamo de nuevo dos veces con los nudillos. Ella se encuentra de pie, esperándonos. Su cara es diferente, más joven, con más luz.

—Has sido tú, ¿verdad, Mario? —pregunta, acercándose a mí—. Has sido tú quien me ha traído a mi niño.

Está tan despierta, es tan Alice, la de la historia, la persona a la que admiro a unos niveles a los que nunca pensé que admiraría a nadie... Es tan ella, su mirada, su seguridad, que me siento un simple discípulo, un crío. Ella sonríe de forma alentadora al ver que no puedo responderle y me abraza. Lo hace de manera sentida, con toda su esencia. Siento plenitud, como si hubiese estado lleno a medias todo este tiempo y con su abrazo se hubiese cubierto un hueco que me había hecho sentirme insuficiente prácticamente toda mi vida. Le devuelvo el apretón, no con toda la fuerza que me hubiese gustado.

—Eres un ángel, Mario. Un verdadero ángel —me susurra. Se aparta, mirándome con cariño, y luego contempla a su hijo, como si aún no creyese que está ahí—. Tengo miedo de que cruces esa puerta y esto haya sido producto de mi escacharrada cabeza —dice en voz queda, sin soltarme del todo.

—Es real, Alice. —Alargo el brazo, alcanzando a Luca, y le agarro de la muñeca para atraerle hacia nosotros.

Luca se acerca y yo coloco la mano de ella en la de él. Se agarran y sonríen.

—Estás aquí —murmura ella—. Me prometí hace tiempo que si te encontraba... Tengo... tengo que volver a Bolonia.

Ambos nos quedamos extrañados por su repentina petición.

—¿Quieres ir a Bolonia? —La voz de Luca suena cautelosa.

—Sí. —Alice frunce el ceño y mira a su hijo—. En todos estos años... yo... no he tenido el valor de volver allí. Demasiados recuerdos dolorosos, demasiado miedo a encontrarme con reproches, con gestos decepcionados. Ya está bien de sentirme como una apestada. De sentirme culpable.

—No dejarán que te vayas de aquí a no ser que vuelva Anna —le recuerdo.

—Podemos pedir una autorización —soluciona, sosteniendo la mano de Luca y luego la mía—. Necesito zanjar el pasado, he tomado aire a medias desde que salí de prisión. Quiero regresar allí y vencer mis fantasmas, atreverme a acercarme a los mismos lugares, quizá a encontrarme con las personas que llegaron a importarme en ese internado. Cerrar esa crucial etapa de mi vida, la que me ha marcado y perseguido desde entonces.

Alice suplica con la mirada, y es que en el fondo lo sabe. Sabe que es difícil que se cumpla su deseo. Anna no dejará que haga un viaje sin estar presente, la salud de Alice es muy delicada, y no solo por su enfermedad de la memoria. Cualquier altibajo podría ponerla en riesgo.

—Lo haremos, iremos a Bolonia —decide Luca.

Él no sabe que su madre está débil, que su bienestar pende de un hilo. No comentamos nada acerca de ello estando en España y tampoco lo hemos hecho aquí; sé que no es tonto, nota la fragilidad de Alice, pero no vacila en prometerle que lo haremos, que la llevaremos al lugar donde conoció al amor de su vida y donde lo perdió.

—No podemos sacarla de la residencia —le digo una vez acabo mi jornada laboral, nada más llegar a casa de mi tía Marzia.

—Tenemos que intentarlo. —Luca corta cebollas; no sé si sus ojos enrojecidos se deben al vapor picoso o a su estado emocional.

Mi tía aún no ha vuelto del cuartel y Luca está preparando la cena. Lleva un delantal de color verde en la cintura y un trapo de cocina en el hombro.

—Nada me gustaría más, Luca, pero no estamos autorizados para sacar a Alice de allí y sé muy bien que la propuesta no será del agrado de su hija. Ella... no sabe nada de todo esto, de ti.

—Yo también soy su hijo —dice, mirando los trozos de cebolla ya cortados.

—Lo eres, pero no tenemos ningún documento que lo demuestre.

—Podemos... hacer una prueba de maternidad o... yo qué sé, lo que sea. —Luca empieza a moverse de manera inquieta por la cocina.

—Esas cosas llevan su tiempo, ¿estás dispuesto a quedarte aquí los días que hagan falta? ¿Lo que nos cueste conseguir todo lo que necesitamos?

—No debería ser tan jodido sacar a alguien de ese sitio —masculla, echando la cebolla a la sartén.

Nos quedamos en silencio. Opto por ayudarle para así gastar los nervios que me carcomen en algo productivo, como él, y ambos cortamos más verduras. Me detengo cuando se me pasa una idea fugaz por la cabeza. Luca me mira: parece conocerse mis gestos y mis tics porque sus ojos esperan a que hable y le cuente.

—¿Qué? —pregunta al ver que no abro la boca.

—Es una idea absurda. No sé ni cómo la llevaríamos a cabo...

—Mario, cuéntame —me pide, exasperado.

Carraspeo y aprieto los labios en una línea.

—¿Y si recurrimos a la opción menos legal?

Luca me mira como si pensase que me habían cambiado por otro.

—Debes ser más detallista —añade de todas formas.

—Yo estaría dentro y tú fuera. Deberíamos tener cómplices... —Mi tía Marzia llega a casa en el momento justo en el que ella aparece en el plan—. Hablando de la reina de Roma...

32

Mario

Mi tía Marzia me quiere, me lo ha repetido incontables veces desde que tengo uso de razón. «Te quiero, cervatillo». A ella es a la que recurro para todo, y de verdad que es un alivio tener a alguien así cuando calzas un pellejo como el mío: un chico homosexual criado en una familia conservadora; suena de locos, pero existe, lo juro. Así que ella es mi bomba de oxígeno, mi vía de escape, la mano que me sujeta cuando me despeño. Y, aunque le estoy pidiendo algo que se sale de la frágil línea que separa lo legal de lo ilegal, aunque es policía y podría arrestarme allí mismo por osar proponerle tal cosa y me pone mala cara al preguntarme si se me ha caído la última tuerca que me quedaba, me ofrece la solución al problema.

Por supuesto, ella no puede participar directamente en nuestro plan, pero en su mundo ha generado muchos simpatizantes; es lo que tiene ser atractiva, perspicaz y buena persona: que una, a pesar de hacer bien su trabajo, se crea una ristra de seguidores fieles e incondicionales no muy adeptos a seguir las normas...

Tiene que ser hoy, no puede ser otro día. Hace poco vi algo en Internet acerca de Alessandro Milano que me puso la piel de gallina, y decidí que le daríamos una sorpresa muy bonita a Alice si la llevábamos a Bolonia justo esta mañana. Va a ser un viaje perfecto, lo sé.

No me he sentido tan excitado en toda mi vida. Camino por los pasillos de la residencia, mirando por el rabillo del ojo a las enfermeras y auxiliares que se han quedado en el turno de noche, tomándose cafés a punta pala, entretenidas en sus ordenadores haciendo como si trabajasen (algunas de ellas lo hacen, por supuesto) cuando en realidad charran y charran para mantener las mentes despiertas. Es justo el momento en el que todos los residentes duermen y el personal está menos activo. Acabo de robar una silla de ruedas del almacén y la he dejado en un sitio estratégico, mi piel suelta adrenalina por los poros. Apresuro el paso hacia los pasillos donde están las habitaciones y llamo a su puerta —«toc, toc», dos golpes, como de costumbre— y abro con la llave.

—¿Alice? Alice, ¿estás despierta? —susurro en la penumbra de la habitación, apreciando la silueta de los objetos gracias a la luz tenue que se filtra por la ventana.

—Me has recordado a Carina —musita ella, incorporándose de la cama—, aquella vez que vino a mi cuarto a llevarme al altar junto a Liam.

Noto calor en el pecho ante esa imagen. Parece alegre, llena de vida. Se detiene frente a mí y, aunque no la veo, sé que sonríe. Le tomo la maleta que arrastra con cautela tras ella y ambos nos dirigimos silenciosos hacia la puerta entreabierta.

—Hay que esperar.

—¿A qué? —me pregunta ella, posando su cabeza en mi hombro.

En ese momento oímos un estrépito en recepción, está lo suficientemente lejos como para discernir las voces y los sonidos que proceden de allí, pero sé con seguridad que esa es la señal.

—Vamos —le indico a Alice, tomándola de la mano y levantando su maleta con la izquierda, para salir del dormitorio.

Avanzamos todo lo rápido que podemos por el pasillo, protegidos por la escasa luminosidad, hasta dar con la silla de ruedas. Justo al lado hay una ventana; la abro y, tras ella, aparece Luca, que entra de un salto y se apoya en mi hombro para que no suenen sus pies al caer. Alice da palmadas mudas, entusiasmada. Luca y yo reímos bajito al mirarnos; luego él agarra la maleta, yo empujo la silla y empezamos a correr. Voy a perder mi trabajo de todos modos, pues tarde o temprano lo ocurrido esta noche saldrá a la luz, así que no tengo nada que perder.

Ahogamos carcajadas, trotando hacia la recepción, que encontramos vacía, limpia de vigilancia. La excitación aumenta al comprobar que mi tía ha cumplido a la perfección con su parte, de manera que ninguno de los tres se reprime reír cuando Luca abre las puertas y salimos a la calle, donde el coche que ha arrancado él mismo justo antes de entrar nos espera.

Ayudo a Alice a levantarse y a subir a los asientos traseros, abandonando la silla de ruedas justo al lado de la puerta para que la puedan recuperar. Luca se mete en el asiento copiloto tras guardar las pertenencias de su madre en el maletero, yo me pongo frente al volante, y salimos de allí entre risotadas de euforia. Luca emite un aullido breve y Alice ríe a carcajadas; aquellos sonidos me curan, me salvan.

—No me he enterado de nada. ¿Quién ha sacado de allí a los vigilantes? —Mi voz suena agitada mientras manejo el coche por el asfalto oscuro.

—Ni idea, creo que alguien ha roto algo de fuera y ha hecho que salgan —responde Luca, igual de emocionado.

—¿Qué clase de amigos tenéis? —replica Alice con humor.

Y volvemos a reír, parecemos tener muchas ganas de hacerlo.

El viaje se hace corto, el tono púrpura de la noche se transforma en un cálido naranja rosado cuando el sol comienza a asomarse a través de las montañas. Hemos dejado de reír y hablar hace un rato. Luca apoya sus rizos contra el reposacabezas y arquea el cuello, marcando su nuez. Así, contra los reflejos vaporosos del sol, su perfil forma un halo luminoso y parece un ángel de rizos rubios y tez pálida posando para una pintura o una escultura que podría ser igual o más famosa que el *David* de Miguel Ángel. Veo por el espejo a Alice, que mira a través de la ventana, melancólica, y descansa una mano sobre la parte superior del asiento de Luca, como para sentirle cerca todo el tiempo.

—Alice —rompo el silencio con suavidad—, ya puedes decirnos cuál será nuestra primera parada. Estamos a punto de entrar en Bolonia.

Ella suspira despacio.

—A la estación ferroviaria, por favor.

Luca y yo intercambiamos una mirada comunicativa, ambos con expresiones apenadas. Retengo el aliento en los pulmones y escribo la dirección en el GPS.

Esto es más grande de lo que imaginaba, se compone de un grupo de edificios que abarca prácticamente toda la manzana y hace forma de «U». La calle está rodeada de marquesinas granates y de gente yendo y viniendo, pero lo que primero me llama la atención es la fachada del edificio izquierdo; mientras que las demás se componen de ladrillos color ocre de aspecto acolchado, esta es de un amarillo liso, una evidencia de que la han reconstruido.

Alice es la que más tarda en bajar del coche; Luca le abre la puerta y le ofrece su mano para ayudarla. Yo también me pongo cerca de ella, con una presión fuerte en el pecho. No puedo ni imaginar cómo se sentirá al volver aquí; la última vez que estuvo en esta estación, sus paredes estaban derrumbadas, había ambulancias por todas partes, muerte y desolación. Y ahora se alza, firme y pulcra, como si tal cosa, como si aquello hubiese ocurrido en otra vida.

Sin embargo, los tres elevamos la mirada hacia la construcción y reparamos en que hay dos relojes, uno en cada extremo; sufro un agresivo estremecimiento al ver el de la izquierda, que marca las 10:25. Miro a Alice, que contempla lo mismo que yo y que Luca. Ese reloj no avanza, sus manillas no se mueven, está parado en memoria de lo ocurrido aquel 2 de agosto. Y, sin embargo, el reloj de la derecha marca la hora que es, temprano, funcionando, como lo hace la vida, como continuaron todos aquellos que sobrevivieron o se enteraron de la noticia desde sus casas. Justo debajo, a nuestra altura, hay una placa de vidrio con el reloj dibujado en esa hora exacta que reza: «Este reloj marca las 10:25 del 2 de agosto de 1980, la hora de la masacre de Bolonia. PARA NO OLVIDAR».

Comenzamos a caminar, uno a cada lado de Alice, ambos temiendo que aquello la sobrepase. Y atravesamos la puerta, sorteando a la gente que viene y va, cargando con maletas y mochilas. Oímos el sonido característico del tren, Alice se tensa bajo nuestros agarres y, al cruzar a la sala de espera, todos vemos esas columnas rotas que dan paso al andén; parece ser el único vestigio que queda de lo que ocurrió, como un símbolo de que aquello que se destruye es imposible repararlo del todo. Han conservado esas paredes rotas y en una de ellas han grabado todos los nombres de los caídos:

«2 de AGOSTO de 1980. VÍCTIMAS DEL TERRORISMO FASCISTA».

Se me ponen todos los pelos de punta al detenernos ante la barandilla plateada que protege la pared, en cuyo suelo, que también han conservado, hay varios ramos de flores. Alice se apoya en la barandilla y busca su nombre: «Liam Ross 17». Ella se lleva una mano a la boca y suelta lágrimas en silencio, tanto Luca como yo la sostenemos porque ha dejado caer su peso y tiembla con levedad.

A pesar de obligarme a ser fuerte por ella, por Alice, tampoco puedo contener la tristeza con la mirada fija en las dos largas columnas de víctimas, algunas de muy corta edad. Debió de ser terrible para ella, vivirlo, ver esa muerte, ese horror, perder al amor de su vida y, además, ser encerrada entre rejas tras todo eso. ¿Por qué la vida es tan sumamente injusta y cruel?

—¿L-Liam? —Oímos una voz femenina tras nosotros. Al mirar de soslayo, veo a una mujer de mediana edad observando a Luca con los ojos desorbitados—. No puede ser... ¿Liam? —repite ella, mirándole con las extremidades torpes y rígidas.

Él la mira sin comprender, girándose hacia ella.

—¿Valentina? —murmura Alice, volviéndose también.

Aquella mujer gira la cara al oír a Alice, entrecerrando los ojos y abriéndolos mucho luego, llevándose las dos manos a la cara en un gesto impresionado.

—No puede ser —farfulla la mujer—. No puede ser. ¡Oh, Dios mío! Alice...

Valentina se echa a llorar de manera angustiosa y se lanza hacia Alice, rodeándola con sus brazos. Luca y yo nos miramos un segundo y recordamos quién es ella; la niña del internado, la mejor amiga de Liam, la que tocaba el piano, recolectaba flores para hacer coronas y ayudaba a Alice y a Liam a esconderse en el rincón secreto.

Es ella, la mismísima Valentina.

—Creía que no te vería nunca más —balbucea Valentina.

—Y yo —dice Alice.

—Casi me desmayo, lo juro, casi me caigo al verle. —Se aparta un poco de ella y mira a Luca, todavía incrédula—. Es Liam. Pero no puede ser él.

—Te presento a mi hijo. Luca, esta es Valentina.

Ella se yergue y observa a Luca, incapaz de apartar los ojos de él.

—Encantado. —La voz de Luca suena sedosa.

Valentina vuelve a llevarse una mano a la boca y llora, turnando la vista de Alice a él. Entiendo su reacción; acaba de descubrir que su mejor amigo de la infancia tiene un hijo idéntico a él, que tiene un hijo con Alice.

—¿Puedo... abrazarte, Luca? —le pide ella con cautela.

Él sonríe y estira sus brazos hacia Valentina, que se acerca despacio hacia él y le rodea la cintura.

Luca la abarca cuando ella apoya la cabeza en su pecho. Esto, me digo, es lo más parecido que ha encontrado Valentina a poder despedirse de su mejor amigo.

Alice gimotea a mi lado y yo poso un brazo por su espalda y aprieto la cara contra su hombro, gesto que ella me agradece posando su mano sobre mi mejilla. Luego los cuatro nos giramos de nuevo hacia la pared rota y la observamos en silencio, cogidos, abrazados, superando el dolor, dejando a fuego su nombre grabado bajo nuestra retina: «Liam Ross 17».

Alice y Valentina se ponen al día, sentadas en una de las salas de espera de la estación. Alice le cuenta todo lo ocurrido: por qué Liam estaba allí esa fatídica mañana, por qué acabó en prisión y cómo se llevaron a Luca. Valentina la escucha con lágrimas en los ojos, manteniendo las manos agarradas a las suyas.

—Yo acabo de llegar de Florencia, estoy pasando unos días allí con mi familia, mi marido y mis dos hijas.

—Eso es estupendo. —Se alegra Alice.

—Sí, los he dejado allí. He venido porque... —Se detiene y la mira, como si le hubiese sobrevenido una idea a la cabeza de repente—. ¡Alice, tenéis que venir conmigo!

—¿Adónde?

Valentina se incorpora con ilusión sin soltar la mano de la de ella para ayudarla a levantarse.

—Alguien se alegrará tantísimo de verte... Y tú te alegrarás aún más, ya lo verás, Alice. —Por un momento, con ese entusiasmo, puedo ver a la Valentina de trece años que Alice relataba en los vídeos. Me doy cuenta de que le tengo cariño, aunque ella ni haya reparado en mí.

Alice se acerca de nuevo a la barandilla y le da un último adiós al nombre de Liam, besando sus dedos y alargando el brazo hacia la pared, antes de que los cuatro salgamos de la estación ferroviaria. Justo en el momento de entrar en el coche, Luca y yo nos miramos y sonreímos: ambos sabemos dónde nos lleva Valentina, lo más seguro es que esté aquí por el mismo motivo. Ella sube con Alice en los asientos traseros del coche y nos indica por dónde tenemos que ir.

En aquel lugar, justo en la puerta donde ella dice que es, se aglomera un grupo de personas que ríen y hablan alto; y, en la fachada, al lado de la entrada, se extiende un cartel de gran tamaño que reza: «Premio Literario Viareggio, fundado para dar a conocer las mejores obras publicadas en el país». Bajo el titular, en grande, está el nombre de la obra galardonada y del ganador: Alessandro Milano. Alice acaricia el cartel al pasar por su lado, emocionada, alegre. Luca me frota el brazo antes de entrar, observando el cartel, y yo le sonrío; somos muy buenos compinches.

Aquella sala, atestada de gente, es amplia, de techos altos y buena acústica. Al fondo se levanta una tarima no muy alta en la que se halla una mesa alargada con micrófonos y tazas. La gente aplaude cuando dos hombres y una mujer suben al escenario para sentarse en esa mesa. Nosotros tomamos asiento en las sillas que quedan libres.

—Buenos días, bienvenidos a la presentación de la obra ganadora del Premio Viareggio de este año —comienza a hablar la mujer, acercándose al pequeño micrófono que hay ante ella—. Y su fabuloso autor, el señor Alessandro Milano.

Volvemos a aplaudir. Desde mi sitio puedo ver cómo el hombre del medio enrojece con ligereza y cuadra los hombros antes de inclinarse hacia su micrófono.

—Gracias. Es para mí un honor sentarme en esta silla, recibir vuestro calor y vuestra atención. De verdad, gracias —dice Alessandro—. Esto es un sueño para mí, todavía... todavía tengo que recordarme que es cierto. Puede que lleve soñando con algo parecido desde los ocho años. Sin embargo, no comencé a creer que lo podría alcanzar hasta que tuve los diecisiete. —Alessandro toma unos papeles de la mesa, los ordena y lee—: «Descúbrete y no tengas miedo. Eres tú, con todo lo que sientes, con todo lo que te duele o te hace dudar. Eres tú, y por eso eres único y maravilloso. No dejes que nadie te meta ideas destructivas en la cabeza porque no estarán definiendo quién eres tú, sino qué clase de persona son ellos», escuché por primera vez estas palabras de una sabia justo después de haber intentado suicidarme. Parece un comienzo dramático, ¿verdad? Pero fue un principio distinto para mí, aquella mujer me miró a los ojos, me vio de verdad, me dijo quién era porque yo no tenía ni puñetera idea, y me mostró una realidad que tenía ante mis narices.

Miro de reojo a Alice, que se sienta al otro lado de Luca. Contemplo su expresión embebida, sus ojos llorosos y sus manos entrelazadas que descansan en sus rodillas. Sonrío y siento burbujas en el estómago.

—Pasé parte de mi infancia y toda mi adolescencia en internados. Lo que aprendí de aquellos sitios es que la crueldad del ser humano puede llegar a poner los pelos de punta. Cuando eres vulnerable, las bestias acechan. Imaginad a un chico callado, al que le gusta leer, inventarse mundos diferentes, en ese contexto. Y, además, imaginad que ese mismo chico, aunque se empeñe en esconderlo, es homosexual. Podéis pensar que tuvo una vida complicada y no os equivocáis, pero, como se suele decir, hay que vivirlo para sentirlo. Palizas, amenazas, bromas de muy mal gusto, persecuciones continuas... Alguien con una fuerza de voluntad inestable, con la autoestima destruida, solo ve una salida para todo aquello. Puede sonar duro y seguro que vuestra tendencia es pensar: «¡No, no lo hagas! ¡Hay solución!». ¿Qué solución?, me preguntaba yo entonces, ¿qué va a hacer que esos seres desalmados me dejen vivir en paz? —Alessandro bebe un trago de agua y agacha la cabeza, reflexivo. Todos los presentes en esa gran sala están expectantes—. Ella se sentó al lado de la cama en el hospital en el que me ingresaron y me enseñó la parte que no veía de todo aquello. Cuando duele tanto, cuando día tras día la vida te machaca de forma incesante y hasta respirar te taladra las tripas, eres incapaz de ver las pequeñas cosas que te envuelven, las pequeñas cosas que merecen la pena. Gracias a ella aprendí que te pueden intentar hundir de todas las maneras posibles, pero que, si tú buscas, puedes encontrar un lugar donde sostenerte, un bote salvavidas. Solo debes mirar bien, dejar de taparte con los brazos para aplacar los golpes, alzar la cabeza. Lo más importante estaba dentro de mí. «Los malos habrían ganado y el bueno habría perdido, ¿qué clase de final es ese?», me dijo ella. Y lo entendí. Entendí que yo tenía cosas que aportar al mundo, que era bueno, que era mucho más de lo que nunca me creí.

»Pero no reaccioné del todo hasta que ella se marchó para siempre. A veces somos así de estúpidos, necesitamos un empuje, algo que nos rompa y nos haga arder. Saber que no la volvería a ver me dio la rabia y la impotencia necesarias para luchar por mis sueños, por todo en lo que creía. No quería esconderme, me gustaban los hombres y adoraba la literatura y la música clásica. Era yo, únicamente yo, y no tenía nada de lo que avergonzarme. Salí de ese internado y, guiado por el espíritu de Alice, mi talismán, esa mujer que a sus escasos veinticinco años ya parecía saberlo todo de la vida, me convertí en alguien de quien hoy me siento orgulloso.

El público empieza a aplaudir de manera acalorada tras su discurso. Yo también lo hago, hasta que se me ponen rojas las palmas de las manos.

—Y entonces ese adolescente tímido, al que una vez se empeñaron en hacer creer que no valía nada, gana uno de los premios literarios más importantes de Italia y alza su voz para que la escuchen millones de personas —concluye, antes de apartarse del micro.

Y los vítores y los aplausos aumentan su potencia, la gente se levanta de sus sillas y silban y aplauden y aplauden. Mi piel no deja de estar de gallina y veo a Alice sonreír, aplaudir y llorar. No puedo dejar de sentir que estoy dentro de una película donde ocurren cosas increíbles todo el tiempo y que sus protagonistas son lo mejor que existe.

La multitud empieza a dispersarse cuando acaba la presentación. Luca, Alice, Valentina y yo nos movemos enseguida porque, al parecer, hay otra entrada por la que el autor galardonado va a marcharse sin que le intercepten seguidores o periodistas. Valentina se adelanta, adentrándose entre la muchedumbre. Luca y yo protegemos a Alice con nuestros cuerpos. Si toda esa gente supiese que ella es la mujer de la que ha estado hablando Alessandro todo el tiempo...

—¡Por aquí, venid! —nos indica Valentina desde el vano de una puerta.

Aquella puerta da lugar a otra sala mucho más reducida. Al asomarnos, podemos ver a Alessandro charlando con la mujer y el hombre que le han acompañado en la mesa durante el acto.

—Aless, aquí está la persona que te he dicho —le interrumpe Valentina.

Alice entra en la sala antes que Luca y yo. Alessandro mira primero a su amiga con gesto alegre y luego dirige la mirada hacia nosotros. Sus ojos castaños se detienen en Alice y su expresión se deshace lentamente, como una pelota de espuma volviendo a su ser después de ser comprimida. Traga y da dos pasos inestables hacia atrás, asimilando con lentitud lo que ve, inseguro, escéptico.

—¿Alice? —musita.

Ella sonríe.

—El premio Viareggio, vaya... —dice en voz dulce ella—. Aunque no necesitas un premio, Alessandro. No lo necesitas para saber que eres increíble.

La expresión de Alessandro se contorsiona y emite un involuntario jadeo de sorpresa justo antes de lanzarse hacia ella y abarcarla con sus largos brazos, dejando escapar sonidos de asfixia propios de contener el llanto. Se abrazan con energía, liberando el dolor y la felicidad del encuentro. Valentina los mira con los dedos entrecruzados frente a su boca, conmovida, y Luca y yo nos quedamos el uno al lado del otro. Su peso se inclina con levedad hacia mí y nuestro envés de las manos se roza.

Alessandro se aparta para sujetar la cara de Alice entre sus grandes manos y mirarla de cerca.

—¿Por qué has tardado tanto, eh? ¿Por qué? —farfulla, gimoteando.

Alice exhala por la boca, sonriendo de nuevo.

—¿Dónde te has metido todo este tiempo?

—Estoy aquí, ¿no? —Se vuelve hacia nosotros—. Estamos aquí.

En ese momento, Alessandro se percata de nuestra presencia, y pega un respingo al ver a Luca, abriendo mucho los ojos.

—Ellos son Luca, mi hijo, y Mario, un amigo que se ha convertido en familia. —Nos presenta Alice, y la forma en la que se dirige a mí me calienta el alma.

—Tu... hijo. —Alessandro lo repite despacio, emocionándose cada vez más. Las lágrimas le caen por la cara y se esconden entre una barba canosa de tres días que le sienta muy bien. Se acerca lento hacia Luca y alza el brazo para tocarle la cara—. Tu hijo —susurra.

Luca se queda quieto, accediendo a que él le toque.

—Es impresionante cómo se le parece, ¿verdad? —apunta Valentina.

—Es como estar frente a Liam.

—A todos nos lo parece —confiesa Alice.

Como ha ocurrido en el encuentro con Valentina, Alice y Alessandro también se cuentan cómo les va y qué ha sido de sus vidas.

—¿Qué fue de Giulio? —pregunta Alice.

Alessandro suspira con pesadez, mirando a sus pies.

—No duró, Alice. Fue... fue doloroso. Sobre todo porque sabía que él también estaba enamorado de mí. Pero él... simplemente no quiso seguir. Se casó con una mujer a los veintisiete años, aunque ahora está divorciado; lo supe por casualidad porque volvimos a encontrarnos hace unos meses. Nada, un «¿cómo estás?», «¿qué tal los niños?» y poco más. A mí se me quedó un regusto amargo y triste, sé que a él también.

—¡Cuánto lo siento! —Alice frota su brazo, apenada.

—Siéntelo más por él. Yo estoy felizmente casado con el mejor hombre del mundo. Se llama Marco y tenemos una hija —le cuenta, feliz.

Escucho la conversación al detalle, notando que me concierne demasiado. En un futuro podría ser él o podría ser Giulio y, al parecer, esa es una elección que se basaba únicamente en mí. Yo tengo el poder de ser Giulio o Alessandro. Y aquello me da pavor, porque no tengo ni la menor idea de cómo comenzar a ser la persona que quiero.

Cuando se hace el momento, Alessandro se viene con nosotros y nos subimos los cinco en el coche.

Mientras conduzco, sabiendo adónde nos dirigimos, todos silentes y congestionados por el llanto, soy consciente de que, en ese espacio reducido, respiro el mismo aire que cuatro personajes que han formado parte de mi vida durante estos últimos meses y a los que he llegado a querer gracias a las palabras de Alice en sus vídeos. Alessandro, Valentina, Alice, Luca. Me siento pequeño, un espectador. Y esa sensación se ensalza cuando entramos en el cementerio y nos detenemos frente a su lápida; hay una foto suya en ella, sale serio, parece del anuario del internado. Deberían haber puesto una de las que le hizo Alice en su casa alquilada o en la casa de campo de Roma, en esas sale siempre sonriente. «Liam Ross, 1963-1980. Oiremos tu música donde quiera que vayamos. Tus amigos no te olvidan». Ella, la persona que más le importó en su vida, ni siquiera aparece en el epitafio. Alice se deja caer y se derrumba ante su tumba mientras los demás contemplamos con inmensa aflicción la escena. Valentina se arrodilla junto a ella y le pone una mano en la espalda.

33

Mario

Vamos a comer juntos a un restaurante y charlan durante horas de todo un poco; de recuerdos, de lecciones de vida, de futuro. Luca y yo nos mantenemos en silencio la mayor parte del tiempo; atentos, como dos alumnos en una clase magistral. Noto que él se siente tan insignificante como yo ante todo lo que está ocurriendo, poco familiarizado con las emociones intensas por las que estamos atravesando.

—Tenemos que contarte algo, Alice. Estás en tu derecho de saberlo. —Valentina se detiene en la puerta del sitio en el que hemos comido e intercambia una mirada con Alessandro.

Él asiente y ella carraspea, arrugando con levedad el entrecejo.

—Sabemos quién os hizo esas fotografías a Liam y a ti ese verano de 1980 e informó al internado de que estabais juntos —anuncia ella.

Alice toma de la mano a Luca; parece no estar preparada para saber esa información.

—No sé si la conocías —continúa Alessandro—. Era una chica de nuestra clase. Estaba colada hasta los huesos por Liam, se llamaba Dona. Todos los alumnos la conocíamos allí porque entraba objetos ilícitos al centro: tabaco, alcohol, todo lo que le pedían.

—¿Dona? Sí, la recuerdo —murmura Alice, haciendo un esfuerzo mental—. Recuerdo que Liam me la nombró alguna vez.

—Actuó empujada por los celos. La noticia de la muerte de Liam la trastornó, creo que se sentía culpable de lo ocurrido. Dejó de llevar cosas al internado y se volvió... agresiva y solitaria. No sé qué fue de ella...

Alice se lleva una mano al pecho y mira a ambos con expresión cansada; parece exhausta de repente. Aquella revelación nos ha trastocado a todos, que guardamos silencio, parados ante la puerta del restaurante. Necesitamos tiempo para digerir de nuevo el pasado.

¿Cómo odias a alguien que te ha destrozado la vida si ha destruido la suya también? Y su corazón, que se rompería en mil pedazos al ver a Liam, el único chico por el que había sentido algo de verdad, en brazos de otra mujer. Aquella muchacha había desencadenado algo horrible. Un simple acto, una sola decisión llevada por un impulso, había derribado varias vidas. Si Dona hubiese sabido todo eso, ¿habría corrido al internado a contar lo que había visto? Si se hubiese detenido a pensar, ¿Liam seguiría vivo? Es perturbador descubrir cómo una sola decisión puede cambiar el rumbo de las cosas de forma drástica, cómo influye, no solo en tu existencia, sino en todas las que te rodean. Una sola persona puede cambiar el rumbo de varias vidas, una sola persona tiene un poder enorme sobre el resto.

Con promesas de volver a vernos y abrazos muy largos, nos hemos despedido de Alessandro y Valentina, tras haber hecho un pequeño viaje a casa de esta última porque decía que tenía algo que darle a Alice. Ahora ella acuna en sus piernas una enorme funda de violonchelo: el violonchelo de Liam.

Valentina lo ha guardado con mimo durante estos años, tras haberlo recuperado de su habitación después de la noticia de su muerte. Ver la funda del instrumento me ha impresionado mucho, de modo que no puedo imaginar cómo se habrá sentido ella. De hecho, no ha dicho nada desde que Valentina y Alessandro le han contado quién fue la delatora. Mantiene esa expresión de agotamiento, como si con cada emoción o noticia nueva se consumiese. Todo esto es muy duro para ella, pero lo necesita, se ve en su mirada cristalina, en su aura, dulce y delicada, como la había descrito Liam alguna vez.

Cruzamos con el coche frente a unos imponentes muros de ladrillo y una enorme verja y, cuando leo el nombre en relieve que hay en la parte superior, se me pone la piel de gallina: «Nuova Vita». Estamos pasando

frente al internado, cuyo aspecto es más viejo y desaliñado que en mi imaginación, se aleja mucho de lo que fue hace ya treinta y ocho años.

Puedo imaginar la zona donde Liam y Valentina tenían su rincón secreto, descuidada, llena de polvo, hojas secas y nostalgia. Puedo imaginar
a los niños y adolescentes de los años ochenta recorriendo los jardines y
los pasillos, sus gritos y risas. Puedo ver a Alice con veinticinco años sentada en uno de sus bancos, leyendo y comiéndose una manzana mientras
Liam la recorre con la mirada desde lejos, con el sol reflejado en el dorado
de sus rizos elásticos. Parece como si hubiera vivido entre sus paredes debido a la congoja que se acopla en mi estómago, a la cantidad de recuerdos
que no son míos.

—Es aquí —anuncia Alice.

Aparco el coche en una calle amplia a las afueras de Bolonia, a unos
pocos kilómetros del internado. Cuando sigo la mirada de Alice, mis ojos
se detienen en una casa de aspecto abandonado, a cuya entrada se accede
por unas escaleras, y veo la gran ventana que se sitúa justo al lado de la
puerta lacada en un blanco roto, algo desconchado.

Esta es la casa, la casa que alquiló durante los meses que estuvo dando
clases en Nuova Vita. Estamos aquí, donde más besos se dieron, donde empezó su romance clandestino. Los tres nos detenemos dando la espalda al
coche, contemplando la vivienda sin decir nada. Alice, abrazada a la funda
del preciado instrumento, toma aire dificultosamente y emite un lamento
que me enternece.

Luca la sostiene para subir las escaleras mientras yo compruebo que la
puerta está atrancada y que solo se ve penumbra a través de la ventana.

—Apartad. —Nos pide Luca.

Toma impulso para levantar la pierna y le propina un golpetazo al
pomo para romperlo. Total, por un delito más...

Dentro huele a humedad y a antiguo, los muebles están cubiertos
por fundas de plástico, opacas por la acumulación de polvo. Hace mucho,
mucho tiempo que nadie pisa este lugar. Oigo los gimoteos de Alice cuando nos adentramos lo suficiente, intuyendo que, bajo esas lonas, están
las mismas cosas que hubo hace tantos años. El sofá, las estanterías, las

mesas, los cuadros... La propietaria tenía razón, esta casa no tiene demanda, se ve que a nadie le interesa vivir lejos de la comodidad del centro de la ciudad.

—Debe de estar aquí —murmura Alice, destapando un mueble situado contra la pared.

Allí encuentra un radiocasete, lo abre, comprueba que hay cinta e intenta ponerlo en marcha, sin conseguirlo. Ninguno espera que ese aparato cobre vida, pero, contra todo pronóstico, como si quisiese ensalzar el espíritu mágico que envuelve la casa, lo hace: la sala adopta una tonalidad distinta cuando, tras un abrupto sonido metálico, suena el inicio de una canción antigua. Se me ponen los pelos de punta al oír: «*Gorrioncito, ¡qué melancolía!*». Luca me mira y sonríe, las aletas de su nariz se hinchan por contener el remolino de emociones que le embargan. Alice exhala una breve y lánguida carcajada, acariciando el aparato. El fantasma de Liam está allí, recorriendo las estancias de esta casa, cantando esta canción. Puedo oler el melocotón, la camomila y la lluvia de tormenta. Y sé que ella también; Alice se balancea con suavidad y elegancia, cerrando los ojos. Luca se acerca a ella, coloca una mano en su brazo y le ofrece la otra, sin hablar, solo le sonríe y ella acepta: se agarran y bailan, madre e hijo, justo en el mismo lugar en el que un día lo hicieron Liam y ella.

Los admiro y noto que ambos son inalcanzables, como esas personas por las que sientes devoción, pero sabes que nunca vas a poder ver o tocar. Ellos bailan y percibo que Alice es feliz, que está en paz; nunca la he visto lúcida durante tanto tiempo, parece que no quiere irse.

La canción acaba y comienza otra.

—Quiero pasar la noche aquí —nos pide ella, mirando primero a su hijo y luego a mí.

Luca me dirige una mirada interrogativa, como si me cediese la última palabra. Aquello me halaga.

—Pero ¿hay camas?

Me he imaginado subiendo las escaleras decenas de veces durante las narraciones de Alice en los vídeos y, aunque ni remotamente se me pasó por la cabeza que un día pudiese, lo estoy haciendo. Subimos al piso superior y entramos en la famosa habitación, cuyos muebles y distribución distan mucho de cómo los había imaginado, pero, en cierta medida, me alivia saber cómo es en realidad. Casi puedo ver esa habitación como era antes, sin lonas y sin suciedad, luminosa, con libros a doquier.

—¡Penélope! —Alice se dirige hacia una puerta de madera corrediza, la abre y baja sus brazos lentamente después de ver su interior.

Luca y yo nos asomamos tras ella: es un amplio cuarto de paredes revestidas por estanterías que antes sostendrían gran cantidad de prendas, pero que ahora están vacías. En el suelo se extienden y se amontonan varias cajas precintadas; dentro de ellas, como si pudiese ver a través del cartón, se guardan todos los vestidos, las boas, los zapatos y las joyas de la vedete Penélope. Puedo notar la desilusión de Alice porque también es mi desilusión. Luca esquiva a su madre y extiende su alargada pierna para saltar las cajas y adentrarse en el vestidor, buscando algo entre las estanterías.

—¿Luca? —digo.

—¿Vosotros no tenéis curiosidad por saber dónde escondió Liam los papeles con las historias?

Los clarísimos ojos de Alice se alzan para mirarme de soslayo y ambos sonreímos antes de unirnos a él. Empezamos a saltar de entusiasmo cuando Luca encuentra el primer papel escondido entre la ranura de dos baldosas, y aplaudimos cuando Alice ve el otro entre la pared y la estantería.

—«Atentos a esta historia, inquilinos, porque lo que os voy a contar le ocurrió a las personas que, antes de vosotros, vivieron entre estas paredes: Penélope fue una niña incomprendida, a su padre le encantaba el *bourbon* y su madre se ausentaba muchas noches de forma misteriosa. Cuando cumplió quince años, se fue de casa con un hombre mayor que ella. Pero no estaba enamorada, solo quería vivir aventuras...» —empieza a leer Luca cuando nos sentamos en el colchón, habiendo retirado el plástico polvoriento que lo cubría.

Los ojos de Alice brillan mientras observa a su hijo leer. Yo he acercado una silla a la cama para escuchar, Luca se ha descalzado para cruzar las piernas sobre el viejo colchón despojado de sábanas y ella se acomoda en una esquina, con la espalda apoyada en el cabezal.

—«No voy a empezar sin presentarme antes». —Luca ha desdoblado el segundo papel después de haber acabado el primero. Lee con más lentitud esta vez, haciendo pausas, elevando la mirada hacia su madre de manera inconsciente—. «Soy un chico corriente, quizá más atípico que la media por eso de mi fobia a estar en lugares llenos de gente o mi habilidad natural de ir de sitio en sitio sin pertenecer a ninguno. Pero, querido inquilino, aunque te parezca casualidad, este es el primer lugar que he considerado mi hogar. No por sus paredes y su estrafalaria ornamentación, sino por ella. Ella, profesora de Literatura en mi internado, dulce, etérea. Yo, su alumno. No, no te escandalices; nunca vas a leer una historia de amor más verdadera y cruel. Y por supuesto que está prohibido, por si te lo preguntas. Por eso ella se tiene que marchar, por eso me deshago en lágrimas mientras escribo. Por eso te has encontrado esta casa deshabitada. ¿Puedes vernos? Porque, si no estuvieses aquí, habría niños correteando por esos pasillos y ella estaría cogida a mi cintura, descalza, como siempre, leyendo historias, enseñándole a nuestros hijos que el amor es lo que mueve los astros y los planetas. Ella me ha enseñado que puedo hacer casi cualquier cosa si miro hacia el sol en vez de hacia mis pies. Deseo que seas al menos la mitad de feliz que lo fui yo aquí, abrazado a su cuerpo. Firmado: Alice y Liam, eternamente. 1 de agosto de 1980».

Alice se limpia las lágrimas y sorbe por la nariz, silenciosa. La voz de Luca se ha truncado con ligereza en alguna palabra, tras lo cual ha carraspeado y retomado la lectura con determinación. Un mutismo intenso colma la habitación.

—Han escrito algo detrás —anuncia Luca—. Esta no es su letra.

—¿Qué pone? —Alice deja de apoyarse y se inclina con levedad hacia su hijo.

—«Queridos Alice y Liam: es un honor y, en parte, me intimida vivir bajo el mismo techo en el que se desplegó tanto amor. De verdad me hubiese gustado que vuestros hijos correteasen por estos pasillos y yo viviese, solo como ahora, en un lugar cercano al vuestro para conoceros y que así me transmitieseis vuestra valentía y me constaseis más acerca de vosotros y esa historia de amor que suena descorazonadora. Un placer leeros: Eliot. 6 de diciembre de 1989».

Los tres nos miramos con sonrisas en la cara, conscientes de que ese hombre encontró los escritos de Liam nueve años después. Y ahora nosotros lo estamos leyendo. Es tan... sobrecogedor.

Las estancias de la casa empiezan a oscurecerse con el final del atardecer y la necesidad de luz empieza a apremiar.

—Iré a comprar algo; velas, linternas, mantas y algo de comer... ¿Qué os gusta? —propongo.

—¿No quieres que te acompañemos? —pregunta Luca.

—Quedaos aquí, será un momento.

Conduzco hasta las tiendas más cercanas que encuentro gracias a Google Maps. No me cuesta encontrar todo lo que nos hace falta; arramblo con las velas y pillo un par de luces artificiales portátiles, un par de mantas suaves, un cojín y, de cena, comida precocinada que sé que tiene mejor aspecto que sabor, pero es la única opción que tenemos al no disponer de electricidad ni medios para cocinar.

En cuanto regreso a la casa, encendemos las velas por el salón y nos comemos los sándwiches de pollo sentados en los sillones. Las luces portátiles nos conceden más luz de la que había previsto, de modo que acabamos apagando alguna que otra vela.

Luca se levanta, estirando su largo cuerpo tras haberse bebido su botella de agua entera, y se dirige hacia el aparador que antes ha destapado Alice. Toquetea el radiocasete y empieza a sonar *Rasputin* de Boney M, añadiendo color a la paleta que compone el salón. Luca se mueve de forma un poco vergonzosa pero graciosa, y Alice y yo reímos. Ella deja su sándwich mordisqueado en la mesita sobre su envoltorio y se levanta para unirse a él. Los miro bailar, de nuevo, el uno frente al otro, agarrándose, soltando risotadas, y se me mueve el corazón, expandiéndose.

—¡Mario, ven aquí! —me pide Alice, agitando su pequeña mano en mi dirección.

Río y encojo los hombros mientras mastico el último bocado de mi cena. Veo a Luca acercarse por el rabillo del ojo en cuanto me giro para alcanzar mi botella y, estirando su brazo hacia mí, me agarra la mano para llevarme hacia él. Sin oponer resistencia, exhalo una risa nerviosa debido a su tacto cálido y cercano, y me levanto del sofá ayudado por la fuerza que emplea. Mi cuerpo impacta con el suyo y Luca apenas parece percibirlo, no me suelta de la mano, me lleva con Alice y retoma sus movimientos, alentándome. Así es como acabamos los tres bailando, compartiendo un instante valioso, a pesar de la pena, de los dolorosos recuerdos que encierra esta casa.

—Ojalá pudiese enseñaros cómo tocaba —dice Alice, respirando con agitación debido a las cuatro canciones que hemos bailado—. Mirarle era inspirador.

Ella alcanza la funda del violonchelo, que está apoyada a un lado del sofá, y la coloca en sus piernas al sentarse. Al abrirla, su gesto, salpicado de rosa, cambia al revisar el interior: sobre el violonchelo, descansa un tomo de folios lleno de letras mecanografiadas. Alice toma esos folios con movimientos lentos y, de entre ellos, cae una hoja suelta y doblada que aterriza en sus pies. Me agacho para recogerla y devolvérsela, esperando a saber qué es aquello que la tiene así de afectada.

—Es el manuscrito de Liam... —musita ella, acariciándolo—, el que quería presentar al premio del internado. Nunca... nunca llegué a leerlo entero.

Luca y yo, sentados a sus dos lados, vemos cómo abre el pedazo de papel doblado y se lleva una mano a la boca.

—¿Podéis... podéis leerlo, por favor?

El papel tiembla en su mano cuando lo alcanzo y miro la caligrafía alargada de Liam:

—«26 de julio de 1980. Esta sería la letra que le cantaría a Alice junto a la melodía que he compuesto si me atreviese a hacer el ridículo delante de su familia el día de su cumpleaños. La he denominado *Alice*. Recuérdame, Alice, aunque el frío ahogue y ya no llueva. Recuérdame, aunque las flores de tu ventana se marchiten y el corazón te duela. Recuérdame, yo te recordaré. Lo haré a cada segundo, a cada latido. Cuando ya nada huela a ti y a través de mi ventana deje de verte como un espejismo. Porque estamos hechos de recuerdos, Gorrioncito, porque ahora ya no podemos morir. Recuérdame, Alice, aunque el frío ahogue y ya no llueva. Recuérdame, por favor, yo estaré aquí. Estaré aquí, esperándote cuando vuelvas».

Se ha hecho tarde mientras Luca y yo nos turnamos el manuscrito de Liam, leyéndoselo a Alice, secándonos las bocas. La historia que narra es intensa, se notan las ganas, las entrañas, su experiencia dolorosa de la infancia y la devoción por su enamorada. Trata de arte, de sabiduría ética y de amor. Es ficticia, pero los protagonistas se parecen mucho a ellos dos. Hace alusiones a Dante y a algunos otros escritores por los que sentía admiración. Es preciosa. Y triste también.

—Gracias —susurra ella tras una larga pausa de silencio después de que Luca lea la última palabra del manuscrito—. Gracias por todo. No os imagináis... lo que significa para mí.

Luca apoya la cabeza en su hombro y yo le acaricio el brazo. Nos quedamos así unos minutos, hasta que las luces de las velas y de las bombillas se distorsionan en los ojos, formando un halo difuminado. Ha sido un día largo y colmado de emociones abrumadoras y llevamos muchas horas despiertos.

—Si no os importa, pequeños míos, me voy a retirar a la habitación. Esta anciana ha tenido suficiente por hoy.

La acompañamos hasta el piso superior porque su deseo es dormir allí, donde lo hizo tantas noches, algunas de ellas acompañada por él. La ayudamos a sacar algunas cosas que ha traído en su maleta y le cedo una de las mantas y el cojín que he comprado. Nos despedimos de ella, ambos le damos un beso de buenas noches y ella nos sonríe con afecto antes de que Luca entorne su puerta.

—Debería decirle algo a Anna —le comento a Luca en el pasillo.

—Sí, yo también lo creo.

Encontramos la puerta del balcón y ambos salimos a la noche, que nos recibe con una suave brisa fresca y un ligero efluvio a camomila. Luca extrae de su bolsillo un cigarro y se agacha para sentarse con la espalda apoyada en la pared. Yo miro las llamadas perdidas de mi móvil, la mayoría son de la hija de Alice, otras muchas son de la residencia. Suspiro y, deseando que sea demasiado tarde como para que siga despierta, le devuelvo la llamada a Anna; mi pulso se relaja cuando salta el contestador:

—Hola, Anna. Sé que en estos momentos querrás matarme y te estarás preguntando cientos de cosas... Verás, tu madre deseaba venir a Bolonia por encima de todas las cosas. Y es que ha ocurrido algo, ha ocurrido algo... Anna, ¿recuerdas cuando me contaste aquello de que Alice perdió a un hijo? Claro que lo recuerdas. Pues ha aparecido, está aquí, con nosotros, se llama Luca... Parece de locos, ¿verdad? Ella se prometió que, si alguna vez aparecía su niño, reuniría el valor para regresar a Bolonia. Y aquí estamos. Siento muchísimo no haberte consultado, sabía que sería difícil que aceptases debido a su salud... Pero si la vieses, Anna, si la vieses... Es feliz, le brillan los ojos y no ha tenido ningún episodio de pérdida de memoria durante todo el día. Ha sido fantástico. Ojalá hubieses estado. Ahora duerme y estoy seguro de que lo hace más tranquila y feliz que muchas noches pasadas. Recuerda lo que me dijiste: «Haz cuanto creas oportuno para que no sea infeliz». Y eso estoy haciendo, Anna, cumplo mi palabra. Lo siento de nuevo, espero que me perdones algún día y que...

Un pitido agudo me avisa de que se ha terminado mi tiempo de hablarle al contestador. Suspiro hondo, arqueando el cuello, y contemplo el cielo despejado y de un espeso azul cobalto.

—Ella me puso Liam —habla Luca desde su sitio.

Me giro hacia él, que fuma sobre las baldosas naranjas ennegrecidas y desgastadas.

—En realidad me llamo Liam —repite para sí—. Ella y yo... hemos estado hablando mientras comprabas.

Le observo durante unos segundos más, digiriendo la información, y luego me uno a él, sentándome a su lado con un quejido. Me duelen los huesos, no sé de qué.

—Quiero conservar el nombre que me puso, quizá vaya a que me lo cambien... ¿Qué tal suena Liam Luca Ross Fiore Fernández?

Río de forma floja y encojo las piernas, agarrándolas con los brazos.

—Suena de maravilla —opino.

Luca me sonríe, ofreciéndome el cigarrillo. Lo tomo y le pego una calada, dejando caer la parte trasera de la cabeza contra la pared al expulsar el humo. El silencio se alarga y, como siempre, con él es fácil y cómodo. Nunca me he sentido tan a gusto con nadie sin necesidad de decir nada.

—El apellido de Liam, Ross, era de su madre, ¿sabes?

Giro la cara hacia él, volviendo a pegarle otra calada al cigarro.

—El de su padre se perdió por el camino entre casa y casa de acogida y centros de menores. Cuando le preguntaban su nombre él decía Ross, desde bien crío —me cuenta Luca, curvando con ligereza las comisuras de su boca.

Le devuelvo el cigarrillo, dedicándole una sonrisa, transmitiéndole lo agradable que me ha resultado esa noticia. Él lo recoge con el dedo índice y corazón, y se lo lleva a los labios. De nuevo, me viene a la mente la escena de las narraciones de Alice en la que los dos están fumando en el balcón y cierro los ojos, dejando de verle, de estudiar las sombras y matices que acarician los ángulos de su bonito rostro. Dejo de ver las vistas que ofrece Bolonia, la parte trasera de esa casa abandonada, una extensión de terrenos sin sembrar que antes seguro que serían preciosos.

—Ha sido... espectacular. —Su voz, suave y ronca, provoca un ligero estremecimiento que recorre mi espalda—. Ella es asombrosa. Todo lo que nos ha ocurrido parecía surrealista. Y yo... yo comparto sangre con esa mujer, con ese chico mítico.

—Me alegra que te hayas sentido así —hablo con el mismo deje de voz.

No dice nada más. Levanto despacio los párpados y me encuentro con su mirada. Me observa, callado, con esos ojos profundos y concentrados de aquella vez cuando le conté mi opinión sobre el cuadro de *Hilas y las ninfas*. Dejo de respirar.

—Perdona por mi comportamiento —dice, asombrándome—. Actué de forma esquiva e indiferente todo el tiempo antes de tomar la decisión... —Se restriega los ojos con los dedos y mira el cigarro sin verlo en realidad—. Mis padres se sentaron y me contaron la verdad cuando empecé a hacerme muchas preguntas en la adolescencia. Ellos vivieron una temporada en Italia; mi abuelo, el padre de mi padre, era un importante empresario financiero y quería que él siguiese sus pasos. Mis padres no podían tener hijos propios (mi hermana Anya también es adoptada) y estaban destrozados por no poder formar una familia, hasta que un día mi abuelo les dijo que había un bebé que se había quedado sin padres, un pobre niño desamparado... Se lo trajo a casa a los pocos días y mis padres pensaron que era un milagro. La felicidad les nubló y no hicieron muchas preguntas al principio. Al poco tiempo, regresaron a España conmigo para criarme allí, aunque me pusieron nombre italiano haciendo honor a mis raíces. Y... no sé exactamente cómo ocurrió, pero creo que mi padre empezó a hacer más preguntas a mi abuelo y al final salió la verdad. Resulta que el poder y el dinero lo son todo y mi abuelo solo tuvo que ofrecer una gran suma de dinero a cambio de un niño sano y de pocos meses. Por lo visto hubo mucho dolor y discusiones tras descubrirse la verdad, pero no pasó nada más. Para entonces yo ya tenía cinco años y poco se podía hacer. Yo... los entiendo, en parte: habían pasado los años, era su pequeño y ellos eran mi mundo. Además, se enteraron de que mi madre era una expresidiaria, no sabían los motivos de su encarcelamiento, y eso les bastó para no hacer nada al respecto. No intentaron contactar con ella, no hicieron nada. —Se detiene porque se le rompe la voz—. Ellos nunca me habían ocultado que yo era adoptado, por eso siempre pensé que me habían abandonado porque no me querían. Y entonces, tras saber la verdad de mi adopción y no encontrar ningún rastro de mi familia biológica, yo... me rompí. Y me prometí que no sufriría más por ello y que me dedicaría a apreciar la vida conforme venía. Por eso tu llegada fue algo complicada para mí, no me sentía preparado. Y ahora ella... me lo ha contado todo, Mario. Me buscó y me quiso. Nunca ha dejado de quererme. —Luca suspira hondo y me observa con esa hendidura oscura alrededor de los ojos, como la que describía Alice cuando Liam estaba triste—. Y la he encontrado, ahora que es frágil y delicada, y siento que me he perdido tanto..., que he malgastado los años.

—No veas lo que puedes haber perdido, sino lo que has encontrado, Luca. ¿La has visto? Es feliz. Has podido abrazarla, has podido conocerla.

Luca parpadea con indolencia y se muerde la carne interior del labio de abajo.

—Eres increíble, Mario —musita.

Y todo el calor de mi cuerpo se concentra en mi piel y la sangre se vuelve una especie de fluido anestésico y placentero.

—Este mundo sería mejor si hubiesen más personas como tú.

—Pero tenías razón —replico.

—¿En qué?

—También he hecho esto por mí —digo bajando la mirada. Sus ojos azules intensos no me dejan pensar con coherencia—. Estoy escapando un poco de mi realidad.

—¿Y quién no necesita hacerlo de vez en cuando?

—Yo necesito hacerlo... casi todo el tiempo. —Le estoy desvelando más cosas de las que me gustaría, pero, por alguna extraña razón, no me importa hacerlo.

Esta vez no añade nada más. Pasan al menos dos minutos en los que he centrado la vista en las rejas que bordean el balcón, hasta que él vuelve a hendir el silencio:

—Sé que te duele algo. Se ve, Mario, casi es un ente que te envuelve —reconoce de manera precavida.

Al oír eso, inspiro por la nariz despacio y vuelvo a cerrar los ojos.

—Y a pesar de eso, de ese lastre pesado que cargas encima, eres esta persona buena que admiro —añade con tono rasgado.

Me atrevo a mirarle; él me está sonriendo con dulzura. Le respondo el gesto, sosteniendo los párpados con pesadez.

—Quizá vaya siendo hora de que descansemos un poco —decide al divisar mi expresión, apoyándose en la pared para levantarse.

Él me ofrece su mano para ayudarme a incorporarme y ambos nos dirigimos hacia el interior penumbroso de la casa. Abajo, los sillones son demasiado pequeños para unos cuerpos largos como los nuestros, de modo que nos decantamos por la única habitación con cama que queda. A ninguno de los dos nos importa dormir en el mismo sitio, ni él ni yo añadimos nada al respecto mientras quitamos la lona del colchón y lo acondicionamos todo para estar cómodos. Apagamos las pocas luces que nos hemos traído y me descalzo, acoplando la manta que hace de almohada bajo nuestra cabeza.

Luca se acuesta detrás de mí, exhalando un jadeo de cansancio. Mi cuerpo se tensa a pesar de que quiero mantenerme relajado; su olor, el de su perfume, me inunda y aprieto los dientes.

Luca se irá. Volverá por ella, por Alice, para verla cada cierto tiempo. Esta es una realidad que debo admitir: si no es mañana, se marchará pasado. Y yo me quedaré destrozado porque, ¡joder!, soy un maldito masoquista que se enamora de las personas menos indicadas. Me quedaré hecho polvo, y esto no se acercará ni por asomo a lo que pasé por Leandro. Aquello me pareció una emoción fuerte en su momento, pero Luca... Él... Imagino despertar día tras día sabiendo que está en otro país y dejo de ver el sentido a todo. Como si él se hubiese convertido en *el sentido*, sin pedirme permiso, colándose entre mis huesos y mi carne. ¡Joder! No quiero sentir esto. No quiero sentirlo. Por favor, vete de mí. Vete.

Abro los ojos cuando noto su aliento en mi nuca, es el momento en que me doy cuenta de que Luca tiene el cuerpo girado en mi dirección. Respira y el calor de su boca atraviesa el vello de mi cuello y me eriza la piel. Se mueve y noto que su ropa me roza y sus rizos acarician mi nuca. No quiero pensarlo, pero mi intuición me dice que lo hace a propósito, que intenta llamar mi atención. Aprieto la mandíbula de nuevo, esperando. Espero. ¿Qué hago? ¿Qué espero? Luca vuelve a moverse despacio, inspirando y soltando el aire sobre mí. Exhalo de forma silenciosa, tensando los puños, y lo hago; aunque tengo miedo, pavor, vergüenza, lo hago: giro el cuello hacia él, llevándome el hombro detrás, pensando que quizá podría preguntarle si no puede dormir en caso de que me entre la cobardía.

Pero encuentro su mirada clara en la oscuridad.

Luca me está mirando de una manera íntima y penetrante que me deja sin aliento y sin habla. Rezuma preocupación, zozobra, pero a la vez un sentimiento vehemente que provoca que mis movimientos sean mecánicos y lentos al volverme del todo hacia él. Me sigue mirando, atrapándome, dejándome sin voluntad, y luego su mano se acerca a mi cara y posa sus dedos sobre mi mejilla. Los dos desplazamos las cabezas, Luca se incorpora un poco y después sus labios humedecen mis labios, lento, con cautela, como si alguno de los dos fuese a saltar y salir huyendo. Nos besamos y emitimos leves gorjeos, notando la pasión que empleamos a pesar de ser cuidadosos. Entonces cierro los ojos fuerte y agacho la cabeza para rodearle fuerte contra mí, con todo el cuerpo, hundiéndome en Luca. Él me aprieta contra sí, respirando de manera ahogada, temblando cada vez más. Yo también estoy tiritando alrededor de su cuerpo; todo lo que sentimos, todo lo que no decimos y guardamos en nuestro pecho, sale al exterior, a través de la piel y los movimientos involuntarios. Nos abrazamos con energía, aplacando las heridas que hemos tenido que lamernos a lo largo de ese día inolvidable, sirviéndonos de escudo.

Tengo dudas, por supuesto: no sé si Luca me besa y me abraza de esta forma por todo lo que hemos pasado, por espantar ese ente de dolor que dice que pesa sobre mí. Pero silencia mi mente apartando la cabeza de mi cuello y busca mi boca, besándome con más frenesí en esta ocasión. El pulso se me desboca y respondo como un torpe ante su necesidad de mí, ante la evidencia de que me desea. Me desea. Luca me desea. Nos besamos y nos besamos hasta enrojecernos los labios y nos miramos y sonreímos, agarrándonos de la cara y del pelo. Turnamos besos con abrazos, anhelando sentirnos del todo. Luca sabe a tabaco, a canela; sabe a su perfume y a sueños, a un bálsamo que recorre mis órganos magullados durante años, sanándolos en un solo instante.

Reprimo echarme a llorar, me siento estúpido por necesitar hacerlo. Él me mira como si fuese lo más importante, como si no quisiese soltarme nunca. Y me besa; me besa, incluso cuando la fatiga está venciéndonos y nos volvemos lentos y descoordinados.

Me duermo en la boca de Luca, con su mano en mi cuello y las mías en su pecho, sintiendo el ritmo de su corazón. Pum, pum, pum... Latido a latido, decido quién quiero ser, suplicando que no se me olvide mañana.

Abro los ojos y veo la luz derramarse por la habitación, la capa polvorienta que se acumula al ras del suelo y los muebles cubiertos. Me restriego los ojos llenos de legañas y le veo; Luca sigue a mi lado, dormido. Se me acelera el pulso cuando me asalta a la mente lo que ocurrió de madrugada, y siento arder los pómulos y la nuca.

El reloj del móvil marca casi las once, lo que significa que no hemos dormido mucho, pero sí lo suficiente. Me levanto con cuidado, me calzo y me vuelvo hacia él; sus rizos están desparramados por su frente y la almohada y se le marca la mandíbula en esa pose: me doy cuenta de por qué Alice adoraba esa parte del cuerpo de Liam: es sexi, suave, tienta a besarla.

Suspiro y salgo de la habitación. La casa está muy iluminada, las puertaventanas y las grandes cristaleras dejan pasar al sol a sus anchas. Veo la puerta del cuarto en el que duerme Alice, me acerco y me detengo antes de llamar. Un extraño estremecimiento me recorre el cuerpo de abajo arriba, una sensación amarga y vacía; existe algo que me impide empujar la puerta entreabierta. Llamo, dos veces como siempre, y asomo la cabeza a la habitación.

—Alice, ¿estás despierta? —Mi voz vibra con ligereza.

Ella no responde, entonces me adentro en el dormitorio dando dos pasos cortos.

—¿Alice?

Abro y cierro los puños en un gesto tenso y nervioso, pegando un rápido vistazo a la estancia, sin ninguna pretensión, en realidad, pero encontrando algo que me pone los pelos de punta hasta unos límites dolorosos: el reloj de su mesita, el que yo mismo coloqué allí y vi que funcionaba perfectamente, marca las 10:25 de la mañana, sus manecillas se han detenido. Exhalo de forma desequilibrada, reparando en el ordenador portátil que hay sobre el escritorio a mi derecha, abierto, con un papel en la pantalla. Respiro cada vez más rápido hasta que oigo unos pasos de pies descalzos detrás de mí.

—¿Mario? ¿Qué pasa?

Luca percibe mi hiperventilación, está viendo mi gesto tenso y asustado. Su tez empalidece al contemplarme y luego se gira hacia la cama donde está Alice.

—¿Mamá? —La llama así por primera vez casi sin voz, aproximándose despacio—. Mamá.

Él la mira, recto como una tabla, y luego acerca la mano a su cara.

—Eh, mamá, despierta —le suplica, moviendo su cuerpo cubierto por la manta.

Reprimo un jadeo de dolor y me tapo la boca al comprobar que Alice no contesta, que no lo hará. Luca la mira y contrae sus facciones, expulsando un gorgoteo extenso y ronco, algo parecido a un grito de dolor. Luego se deja caer despacio en la cama y apoya la cara en su cuerpo, llorando con fuerza. Rompo a llorar también, temblando de manera agresiva.

Todo esto, el viaje a Bolonia, su necesidad de dejar el pasado zanjado, era cierto, pero también era una manera de acabar. Alice nos había traído aquí siendo muy consciente, teniendo todo calculado. Aquí era donde debía estar, en paz, cuando todos sus fantasmas hubiesen dejado de atormentarla, aquí, donde fue tan feliz, donde él podría encontrarla.

Me acerco al ordenador y leo su caligrafía redondeada en la nota:

Mis pequeños, Anna, Luca y Mario:

Nunca podría agradecéroslo lo suficiente. Por favor, ved este vídeo con atención. Es un mensaje para vosotros. Y para el resto del mundo.
Os quiero muchísimo.

Alice

34

Mario

Todo me resulta lejano, como si el recuerdo estuviese cubierto por una fina capa nubosa y molesta. Desde el dormitorio de invitados en casa de mi tía Marzia, lo acontecido los últimos meses se me antoja confuso, como si se mantuviese en un espacio temporal diferente, alejado de mí.

Estoy y no estoy presente en ese recuerdo en el que me planto de pie ante la retorcida y lacerante imagen del ataúd adentrándose en un agujero oscuro. Veo a Anna, destrozada, contemplar a Luca por primera vez y casi caer desplomada al suelo por la impresión de tener enfrente al hijo perdido de su madre, tan parecido a Liam, al que habrá visto en las fotos y grabaciones, y, en resumidas cuentas, su hermano...

Había recibido una llamada suya gritándome: «¡¿Cómo te atreves a llevártela sin mi consentimiento?! ¡Estaba muy enferma! ¡No tenías ningún derecho! ¡¡Ninguno!! ¡Te la has llevado y ya no podré volver a abrazarla! Ya no podré volver...». Y llanto y más llanto tintado en rabia que me acuchilló el pecho.

Esperaba que viniera hacia mí y me golpeara; que me odiara, que me echara del entierro de su madre. Me hubiese ido si me lo hubiese pedido, aunque me hubiese triturado por dentro alejarme de Luca y del recuerdo de Alice. Pero alzó la mirada, me vio y apenas modificó su expresión consumida por la tristeza.

Estuvo hablando con Luca por lo bajo, él era el que más hablaba y ambos dirigían una mirada en mi dirección. Entonces Anna se me acercó despacio, me miró, macilenta y rota, y, aunque era lo último que esperaba que ocurriera, me abrazó. Me abrazó y lloró de forma intensa en mi hombro y yo le devolví el abrazo y la apreté contra mí y me resquebrajé, emitiendo sonidos ahogados. Anna notó mi dolor y mi culpa, y yo noté su comprensión.

Entendió que su madre había sido feliz a medias desde que ella tenía uso de razón y que nunca había tenido el poder de ayudarla a curar su pasado, un pasado que la había acompañado siempre y le había impedido avanzar. Por eso Anna nunca había podido hablar del pasado de su madre sin que se notase el daño que le hacía, por eso había dejado las cintas guardadas (sin mirarlas) en el armario de las mariquitas, esperando a que ella no las recordase y así evitase revivir el dolor inmenso que había sufrido, aunque su voluntad inamovible fuera no olvidar nunca aquello. Anna había querido a su madre por encima de todo, pero siempre se había sentido apartada por ese pasado que formaba parte de su ser. Ahora, sin embargo, entendía que su madre ya no estaba, pero se había ido habiendo resuelto lo que debía resolver, se había ido siendo plenamente feliz, como nunca lo había sido.

Valentina y Alessandro también estaban allí, con lágrimas surcándoles las mejillas. Y Tino, su hermano, que rondaría los setenta y me pareció más viejo por culpa de la tristeza; me impresionó verle, querría haberme acercado, pero no tuve el valor. Y había más gente, mucha más gente a la que no conocía, cuyas caras estaban distorsionadas.

Alice se ha ido. Nos ha dejado. No puedo ni quiero asumirlo, soy incapaz de digerir el daño que me hace, las cosas que me rompe dentro.

Y no se trata solo de Alice... Ya allí, en el funeral, noté la ausencia de Luca aunque todavía estuviera a mi lado. Sentía que se marchaba, que huiría de todo eso que nos retorcía. Me mantuve pegado a él hasta el último segundo, obligándome a revivir lo ocurrido en esa cama de Bolonia para recordarme que le importaba. Y, sin embargo, se fue.

Aún noto su abrazo, sus labios calientes presionando la parte lisa detrás de mi oreja. Luca se marchó y con él se derribó y despedazó todo cuanto estaba cimentando en mi interior, todo en cuanto comenzaba a creer.

—Mario, cariño. —Mi tía golpea con los nudillos el vano de la puerta abierta y se apoya en él con gesto resignado—. ¿Por qué no sales a dar una vuelta? Hace un buen día.

Bosquejo una sonrisa falsa desde la cama, sosteniendo un libro en el abdomen.

—Tranquila, tía. Sal a cenar y disfruta, estaré bien.

Llevo casi un mes y medio viviendo con ella desde aquel traumático encuentro con mi padre. Un día, me derrumbé y le expliqué lo que había sucedido, me sinceré, mostrándole mis debilidades y mis secretos. Total, solo me quedaba perderla a ella también. Mi tía no se extrañó ni se sobresaltó, pero sí se enfadó con mi padre, su hermano, con quien tuvo una discusión que luego me contó a medias. Aunque quiere esconderlo para no dañarme, sé que mi padre le habrá dicho barbaridades, pero esa solo es una pequeña parte de lo que me quita el sueño.

Tengo una copia de la grabación que Alice nos dejó. La veo todos los días en el escritorio de mi ordenador, todos los días sin excepción, pero ninguno me atrevo a darle clic para que se reproduzca. Temo no ser capaz de escucharla, de no tomarme su mensaje de la forma en que me lo tomaría si siguiese viva. Tengo miedo de no mirarla igual, de decaer en esa tristeza que me superó las primeras semanas tras su muerte. Estoy actuando lo más alejado posible a como decidí actuar aquella noche tras besar a Luca. Me he vuelto a encerrar en un cascarón.

Trabajo como camarero en un bar de tapas (por supuesto, mi despido de la residencia fue inminente) y me turno de allí a casa de mi tía Marzia. Ella está empezando a salir con un hombre y necesita intimidad, de modo que a veces miento y le digo que he quedado cuando en realidad me voy a un parque desierto y leo o pienso. Y pensar es lo peor que puedo hacer. Lo peor.

—Hola. —Respondo al teléfono, que estaba vibrando en mi bolsillo, y lo hago de forma automática porque de normal solo me llaman mi hermano Nicola o mi tía.

—Hola, Mario. —Reconozco enseguida su voz atiplada y alegre.

—Giovanna, ¿qué tal?

No me extraña que sea ella, hemos estado intercambiando algunos mensajes durante estos últimos meses. Aún no se siente preparada para verme, pero es agradable tener a alguien fuera de la familia con quien hablar sin tener secretos.

—Bien, todo va como siempre. ¿Te apetece quedar?

—No va como siempre si me haces esa pregunta, Giova. —Sonrío ante la pantalla del ordenador.

Estoy escribiendo una serie de relatos para vomitar todo lo que siento sobre una página en blanco. Es liberador escribir sin tapujos, aunque el resultado sea un batiburrillo de palabras sin sentido.

—Ya, hoy me he levantado distinta. —Ríe, mostrando una pizca de inquietud.

—Claro que quiero quedar contigo. Te dije que, cuando me lo preguntases, yo estaría dispuesto.

Lo estaría a pesar de mirarla y saber que ella estuvo tan enamorada de mí como quizá yo lo estuve de Leandro. O peor: de Luca. Eso significa que la he herido sin querer y eso me hace sentir muy mal. Meneo el ratón del portátil de un lado a otro, una manera de liberar intranquilidad.

—Perfecto. ¿Te parece bien venir a recogerme a casa? Podemos ir al cine.

—Me encanta el plan.

La página con el texto que he escrito desaparece de la pantalla por algo que he hecho al menear el ratón y clico de manera accidental sobre la grabación de Alice, que está justo en mitad del escritorio para recordarme, día a día, que tengo algo importante que hacer.

La sangre me huye del rostro cuando la máquina obedece y desarrolla la acción: abre una ventana y el rostro de Alice aparece en la pantalla. Aprieto rápidamente al *pause*, rígido, notando hormigueo en las terminaciones nerviosas.

—¿Mario? ¿Sigues ahí?

—Eh, sí... Sí, Giova. Quedamos a las siete en tu casa —concluyo, revisando la expresión afectuosa y delicada de Alice en esa imagen congelada.

Algo se me remueve por dentro. Se rompe, aunque a la vez trata de repararse, sutil, como una presencia que no puedo ver ni tocar, pero que me impide olvidar que sigue ahí y que va a estar hasta que deje de ser un cobarde.

Trago saliva y cierro los ojos con indolencia, soltando el aire por la nariz. Giovanna ha podido levantar el teléfono y pedirme que nos viésemos a pesar de haber sufrido un desamor. Ella ha actuado, enfrentándose a sus demonios, porque tiene claro lo que quiere: no perderme. ¿Lo tengo claro yo? Di, Mario, ¿qué es lo que quieres? ¿Pasar día tras día de forma monótona, reducir tu vida a existir? ¡Maldita sea! ¿Eso es lo que quieres? Abro los ojos y me enfrento a la mirada de ese azul clarísimo, ese azul que se ha convertido en emoción, recuerdos y belleza allí donde lo veo, aunque ningún tono es como el de sus ojos.

Los suyos y los de Luca.

Entonces, sin respirar, levanto el dedo índice y presiono de nuevo el botón, dejando que Alice me hable.

Lo que estoy a punto de hacer no se me había pasado ni remotamente por la cabeza hace apenas tres días. Estoy andando hacia mi casa para reunirme con mi familia: mi madre, mi padre y Nicola. No me voy a engañar, que mi hermano esté presente en ese encuentro me relaja un ápice. Sin embargo, no tengo miedo. Estoy seguro de mis pensamientos, de lo que siento, de todo lo que voy a decirles. He fabricado un escudo que ponerme ante sus reacciones hirientes o indiferentes. Las palabras de Alice, como siempre, activaron esa parte de mi cerebro que dispara la serotonina, que me impulsa a reaccionar, a moverme por las emociones y por mis convicciones.

Cada una de sus frases en ese vídeo me puso la piel de gallina. De modo que me dirijo a hacer algo que jamás en la vida pensé que llegase a producirse porque el simple hecho de pensarlo me producía ansiedad. Viví con ella mucho tiempo; la sensación de no poder respirar, de encontrarme extraño y enfermo casi todo el tiempo, desganado, débil.

—Hola, Mario. —Nicola me abre la puerta de casa con la cabeza un poco metida entre los hombros—. Están en el salón.

Asiento con el gesto y le sonrío, frotándole el brazo como agradecimiento. Él camina delante de mí hacia la salita, donde mis padres aguardan sentados alrededor de la mesa. Ambos me dirigen miradas cautelosas que encierran miles de palabras que todavía no han dicho, pero ella es la única que se incorpora, esbozando una sonrisa frágil. Recibí varias llamadas suyas, muy breves, para preguntarme cómo estaba y si comía bien. El primer día que mi tía Marzia les comunicó que viviría con ella en su piso, mi madre vino a verme y a saber de primera mano por qué no quería volver a casa. «Pregúntale a papá, él lo sabe y te lo explicará mejor que yo». Admito que fui escueto y seco a pesar de sus lágrimas, pero no me salía ser de otra manera: podría engañarse a sí misma o engañarme a mí, pero ella sabía muy bien por qué se había producido esa situación.

—Siéntate —me pide mi madre.

Actúa de forma nerviosa: se frota las manos contra los pantalones antes de volver a sentarse y su mirada es esquiva. Al contrario que la de mi padre.

—He venido porque necesito hablar con vosotros —comienzo, posando los codos sobre la mesa.

Miro a mi familia, a Nicola, que me contempla callado, expectante como cuando era niño. Y caigo en que esta podría ser nuestra mesa redonda de la felicidad, solo que no habrá felicidad. En mi familia, no.

Ninguno añade nada, solo esperan. Cuadro los hombros y suspiro.

—Es difícil comenzar a hablar cuando tienes tanto que decir —empiezo con el tono firme—. Os agradecería que me escuchaseis sin interrumpirme y lo hagáis sin levantaros y marcharos. Puede, y supongo que ya sospecharéis, que lo que vais a oír no sea de vuestro agrado.

Mi padre no se inmuta, mi madre toma aire y se mira las manos sobre la mesa. Nicola me alienta con la mirada: ese delicado y pequeño gesto me da ese gramo de fuerza que me hace falta para arrancar. No sabía que mi hermano pudiese darme ese poder.

—Hubo un tiempo, cuando era niño, que pensé que estaba enfermo. Y no era porque me doliese algo o tuviese cualquier síntoma, sino porque me sentía diferente. No solo tenía esa convicción porque algo dentro de mí me lo dijese, sino porque mi madre y mi padre, *vosotros*, con vuestros comentarios, ideas e imposiciones me llevasteis a creer que así era. Que debía mostrar la mitad de lo que era porque valía la mitad que los demás. —Hago una breve pausa, para ordenar mis ideas y tomar impulso—: Entonces me di cuenta de que no me ocurría nada malo. No estaba enfermo; la enfermedad tenía otra definición, había investigado acerca de ello. Lo único que me ocurría era que no me atraían temas que a la mayoría de los niños les encantaba y, cuando crecí un poco, supe que no me gustaban las chicas.

Estudio sus semblantes a raíz de mi última confesión. Ambos están rígidos y me observan sin añadir nada, no leo sorpresa en sus facciones.

—Aquello no estaba catalogado como enfermedad, sino como *homosexualidad*, un tema tabú en nuestra familia —continúo, decidido—. ¿Sabéis? Cuando creces bajo una figura maternal creyente, alguien bueno que se vuelca en ayudar a los demás con temas benéficos y reza cada noche por todos, esperas que al menos te arrope y te muestre su comprensión. Esperas que entienda que no todo es blanco o negro y que la vida tiene matices y, que si te niegas a verlos, ciegas a quien te rodea y te quiere. Ciegas a tus hijos y también a tu marido; alguien no tan acérrimo a lo religioso, pero que respeta y valora tus creencias porque te ama y anhela tu felicidad. Este marido, esta figura paterna, que trabaja demasiadas horas y se comunica poco con su familia, comparte pensamientos con su esposa, porque es sencillo plantarse y mirar lo que está al alcance de los ojos en su reducido espacio sin molestarse en abrir la puerta para ver lo que hay fuera. Si lo hiciera, quizá encontraría algo que modificara su mente, algo que, en mayor o menor medida, aterra.

»Pero no era necesario abrir la puerta. Porque lo que no queríais ver de ninguna manera, era a mí, a vuestro propio hijo, que vivía desde esa puerta hacia dentro, gritando, retorciéndose, odiándose. Lo que no queréis ver es a mí. Y estoy aquí. Y soy esta persona, sigo siendo yo. No soy menos que nadie ni valgo menos que nadie. ¿Sabéis cuánto me ha costado creer lo que os estoy contando ahora? No os podéis hacer una idea. Y es... duro admitir que tu familia, los seres que más deben quererte en el mundo, ha dejado que pienses eso de ti durante toda tu vida. Es... desgarrador».

La cara de mi padre ya no es impasible; aunque trata de esconderlo, alrededor de sus ojos se forma un surco rojizo. Mi madre ha soltado lágrimas y tiembla con ligereza. Está histérica, puedo verlo a pesar de su imagen inmóvil.

—Pero como vuestro hijo que soy, os conozco. Vosotros os habéis negado a conocerme a mí, pero yo sé cómo sois. Me ha llevado toda una vida intentar comprenderos y puedo afirmar que aún hoy no puedo hacerlo. De manera que sé que necesitaréis tiempo para entenderme. Yo os daré todo el que necesitéis. Una cosa quiero que tengáis clara: lo que siento, lo que hay dentro de mí, es algo que no he elegido y que no quiero ni puedo cambiar. Soy gay. No tenéis que alegraros por mí, simplemente aceptarlo; y lo haréis alguna vez si de verdad os importo y me queréis. Todos los padres desean que sus hijos sean felices, que sean libres, que amen, que se superen. Estaré aquí cuando seáis esas personas. —Retiro los codos de la mesa y suspiro profundamente—. Hasta ese momento, estaré lejos de casa. Ya no voy a vivir con la tía Marzia. Cuando queráis buscarme, os responderé al teléfono. Pero, por favor, no lo hagáis para disuadirme o recriminarme, he tenido suficiente durante estos años. Si lo hacéis, que sea porque me entendéis y lo aceptáis.

Me levanto de la silla sin esperar respuesta por su parte. No me hace falta que hablen, sé que todo lo que saldrá por sus bocas no sonará a esperanza. Todavía es pronto. Retiro la silla con las piernas y miro a mi hermano, que también se levanta y viene detrás de mí.

—¡Mario! —Me giro hacia mi madre, que me contempla desde su asiento, consumida—. ¿Te vas? ¿Así...?

Diviso su mandíbula tensa y su pose estática.

—Piensa bien en todo lo que he dicho, mamá. Te lo pido por favor, el único favor que te he pedido en toda mi vida y el más importante.

No vuelvo a mirarlos más; salgo al recibidor y Nicola se abalanza hacia mí, rodeándome fuerte contra él. Me alivia y me reconforta haberme esperado ese movimiento por su parte. Durante todo mi discurso, él me ha observado con calidez. Nicola me entiende y me valora más que nunca. Y eso significa tanto para mí, tanto...

—Quiero irme contigo —me dice sin soltarme.

—Nuestros padres son como son, pero no creo que superen la partida de sus dos hijos al mismo tiempo. —Nicola gruñe en mi oreja. Yo río de forma queda—. Te diré a ti mi dirección, solo a ti, ¿de acuerdo? Y podrás venir a verme todas las veces que necesites, incluso puedes venir a comer o a dormir.

La idea le entusiasma y me suelta cuando le digo mi dirección, sonriéndome.

—Me verás más que en toda tu vida. —Me promete.

—¿Crees que me voy a creer eso? —bromeo y le despeino el pelo enmarañado y moreno, muy parecido al mío.

Entonces salgo de mi casa, habiendo dejado una enorme losa pesada allí y notándome liviano y libre.

Mi tía, como había hecho desde que era niño, me había escuchado y me había apoyado con mi decisión, aconsejándome, advirtiéndome y actuando como esa manta suave y cálida que te arropa en los días de invierno. Había sido una decisión precipitada, espontánea pero acertada. Giovanna y yo viviríamos juntos. Todo había surgido tras visualizar la grabación de Alice; debía compartir con alguien el remolino de emociones que estallaba dentro de mí, y ella fue la persona más cercana que encontré.

Mantuvimos una charla intensa, íntima, descubriendo afinidades y compenetración; a veces, compartir secretos con alguien puede unirte a esa persona de una manera insospechada. Giova es mucho más de lo que conocí estando en la universidad, allí habíamos hablado de temas nimios, de exámenes, de trabajos, de ligues pasajeros o futuras salidas nocturnas. Nunca intercambiamos sufrimiento, temas que de verdad nos importaban y nos afectaban, ideales, pensamientos oscuros o sentimientos que nos salían de las entrañas.

La tarde en que quedamos lo hicimos, hablamos durante horas, me contó lo que había sufrido por estar enamorada de mí, y yo le conté lo que había padecido al enamorarme de Luca. Y le hablé de ellos, de Alice y de Liam. Y todo convergió en mi necesidad de salir huyendo y en su necesidad de correr hacia otro lugar. Ambos necesitábamos escapar. Y lo haríamos juntos.

Ahora camino hacia casa de mi tía para recoger todas mis cosas (el alquiler del piso se zanjó muy deprisa, tuvimos suerte), y estoy a punto de llegar al portal cuando alguien pasa rozándome; sus dedos han acariciado cada uno de mis dedos al atravesar mi lado izquierdo y me percato de que miro mis pies al andar porque, de no ser así, le habría visto la cara. Me giro, esperando encontrar la espalda de alguien con prisa que apenas se ha dado cuenta de que me ha tocado. Pero en vez de ello, su imagen me golpea como una masa de aire caliente invisible.

—Te estás dejando el pelo largo. —Su voz, suave y ronca, esconde tanto y tan profundo que soy incapaz de reaccionar.

Luca se acerca a mí y levanta el brazo para apartarme un mechón de la frente con suavidad. Luego me mira, en silencio, y yo le observo, conteniendo el aliento en la garganta. Estudio el ángulo de sus pómulos, sus labios gruesos, sus ojos..., esos ojos azules.

—He encontrado su trabajo, Mario. El estudio que realizó Alice en el internado —me informa en el mismo tono, sin dejar de otearme.

—¿Lo has... encontrado? —musito.

—Nunca se publicó. Creo que es hora de que lo haga, el mundo se lo merece, o quizá no, pero moverá algo en el corazón de quien lo lea.

Bajo unos segundos la vista y descubro que carga en el hombro un maletín marrón oscuro.

—¿Has visto el vídeo?

Alzo la vista hacia su rostro de golpe.

—Sí.

Luca expulsa el aire por la nariz y se lame el labio inferior, cambiando el peso de un pie al otro.

—En la nota ponía que era para nosotros y también para el resto del mundo. Ese mensaje... creo que quería que llegase a oídos de más personas. —Frunce el ceño, haciendo un inapreciable encogimiento de hombros—. Lo he consultado con Anna y está de acuerdo conmigo, pero quiero que tú también lo estés, Mario. No lo haré sin ti. He... he pensado en subir el vídeo a Internet, hacerlo viral. Que lo vea mucha gente, que su voz... se expanda.

—Eso... eso sería increíble —opino, admirándole, lamentando que no se me hubiese ocurrido a mí.

—¿De verdad te parece bien?

—Luca, lo que dice Alice en ese vídeo deben escucharlo todas las almas buenas que temen a algo que los frena a seguir. Miles de personas agradecerán conocerla.

Él me dedica una sonrisa amplia y afectuosa. Noto calor en el pecho.

Le invito a entrar y subimos por las escaleras. Enciendo mi portátil y ambos nos ponemos a trabajar en ello; ninguno de los dos ha hecho algo parecido antes, pero sabemos atajarlo y, de un momento a otro, las palabras de Alice están disponibles para ser escuchadas por cualquiera.

Que la gente la descubra será un trabajo más arduo, pero el paso principal ya está dado. Ambos observamos el resultado del rato que hemos invertido con cierto alivio, como si aquello fuese algo que debíamos haber hecho hace tiempo.

—¿Dónde vivirás a partir de ahora? —me pregunta en cuanto me ve agarrar las maletas de la habitación.

—Con una amiga, hemos alquilado un piso —le explico, arrastrando el equipaje hacia el recibidor. Me quedo pensativo, tenso ante la idea que se me ha pasado por la cabeza. Tengo que preguntarle o me estallará una vena—: Quieres... ¿Te apetece que te lo enseñe? ¿Tienes prisa?

—Me encantará ver tu piso.

Nos dirigimos, en un mutismo cargado de anhelo por mi parte y un silencio turbador por la suya, hacia mi nuevo hogar. Giova no saldrá de trabajar hasta tarde, así que nos encontramos a solas cuando cierro la puerta a mi espalda.

—Es acogedor —dice, revisando las estancias.

Es verano y lleva una camiseta de manga corta y unos vaqueros oscuros, me doy cuenta de que sus rizos son algo más cortos y que se ha bronceado un poco. «La belleza puede matar». Me está perforando, me está devorando por dentro. «No puedo despedirme otra vez de ti, Luca, ¿no te das cuenta? No lo voy a poder superar. ¿Por qué no has tomado esa decisión por tu cuenta? ¿Por qué no me has hecho una sencilla llamada de teléfono en vez de viajar desde España? Esto es cruel, que estés aquí frente a mí, así, con tu aire bohemio, tu perfume, el que aún podía saborear por las noches».

—He conocido a alguien —admite de buenas a primeras, revisando la reproducción del cuadro de Picasso que colgué ayer.

Noto cómo algo cruje y se resquebraja dentro de mis costillas.

—Me alegra que seas feliz. —Libero las palabras con rapidez.

—No he dicho que lo sea —murmura. Baja la mirada antes de volver a mirarme, serio—. Y cuando sabes que no lo eres, debes hacer algo, ¿no?

—Claro —susurro sin entenderle.

Luca señala la maleta que he dejado al lado de la puerta con un gesto de la barbilla, la miro y regreso la vista hacia él.

—Cuando cargabas esa maleta me he acordado de aquella vez que apareciste en el bar. Aún puedo oír mi nombre en tu voz de un marcado acento italiano —relata y curva con ligereza la comisura derecha de sus labios—. Te miré, ahí asustado, como un animalillo frágil, plantarte ante un desconocido y decirle todas esas palabras valientes, no por tu beneficio, sino por el de otra persona. ¿Cómo no iba a ofrecerte que te quedases en mi casa? Temía... temía no volverte a ver. Que te esfumases.

Esta declaración me deja noqueado. Parpadeo repetidas veces y trago saliva.

—A alguien poco familiarizado con la sensación le cuesta entender lo que siente cuando mira a un chico y nota una punzada en el pecho. Nunca había mirado con esos ojos a un hombre. Me... me he preguntado durante estos casi dos meses si las emociones que viví distorsionaron la verdad y la intensidad de lo que ocurrió fue pasajera, si fue fruto de...

historias, arte, piel de gallina y sueños. Me he sumergido en otros brazos, esperando a descubrirlo, y me... me he sentido frustrado al no encontrar lo que buscaba.

—¿Qué buscabas? —musito.

Luca me mira, lo hace de esa manera, la de después de contarle mi opinión acerca del cuadro de *Hilas y las ninfas* y la de antes de... antes de besarme.

—Te buscaba a ti. —Deja que sus palabras salgan lentas y vehementes—. Cuando te vi en ese bar debí habérmelo imaginado, pero no fui precavido, no quise serlo. Entonces sucedió que te conocí y te quise, te admiré y... te deseé. Y te besé, lo hice todas las veces que lo había hecho en mi cabeza. Tú me devolviste los besos. Me... devolviste los besos, ¿por qué?

Su pregunta me pilla desprevenido, noto cómo mi corazón retumba de tal manera que me ensordece.

—¿Por qué? —repito con un hilo de voz—. «Estoy enfermo, completamente, violentamente».

Cito una de las frases de Liam cuando describía lo que sentía por Alice antes de saber que ella le correspondía. Luca la reconoce y entreabre la boca, cerrando los ojos despacio.

—«Entonces, aquel lugar ordinario, al que nunca ha visto nada especial, de repente es el cielo. Su cielo» —susurra sin abrir los ojos.

Me acerco, le tomo de la cara y le beso. Le beso de manera ansiosa pero prudente, y él me agarra de la nuca y de la camiseta para atraerme hacia sí, inspirando fuerte por la nariz.

Se nos escapan gemidos y nos besamos cada vez con más virulencia; de nuevo todo sabe a su perfume, a canela, a ese bálsamo que acaricia las heridas. No puedo creer que esté aquí, no me cabe en la cabeza que me muestre tanto fervor, que me desee de esta manera, que me haya dicho que lejos de mí no es feliz. Soy parte de su felicidad. Jadeo con desvarío, devorándole los labios, no podemos hacer nada para parar, ninguno de los dos podría hacerlo. Luca retuerce mi ropa entre sus dedos hacia los lados y, aunque temblamos, temblamos mucho y el sonido asfixiante de nuestros pulmones es cada vez más frecuente y alto, nos desnudamos. Lo hacemos y seguimos cada recoveco de nuestra piel con las yemas y con la boca.

Justo cuando tengo claro quién soy y quién quiero ser, aparece él y me repite: «Has sido siempre este chico. La única decisión que debías tomar era ser tú mismo o fingir durante toda tu vida». Lo hace así, me desnuda, lame mi piel. Me susurra al oído mi nombre: «Mario». Y no lo puedo notar más mío, como si lo escuchase por primera vez y cada letra me definiese. Él me nombra y yo le nombro, tomando conciencia de su presencia entre mis piernas, entre mis dedos y mi boca. Somos reales. Nuestras caricias, nuestro deseo, nuestros gemidos están bien. Todo está bien.

Tenemos la televisión encendida un mes después de aquello. Estamos los cuatro (Luca, Giovanna, Nicola y yo) sentados en el sillón del piso, mirando con atención la pantalla.

Sus camisas están colgadas en mi armario, en las paredes hay colgadas fotos nuestras sonriendo. Él duerme a mi lado, lo hace cada noche. Y nos tomamos de la mano mientras esperamos.

Las visualizaciones de la grabación de Alice se dispararon a la semana de estar subida a Internet y el impacto social llegó a tal punto que en poco tiempo alcanzó el millón de visitas. La repercusión había sido sumamente positiva; miles de comentarios de agradecimiento, cientos de casos expuestos de problemas personales que no se habían atrevido a contar... Las noticias de la televisión iban a anunciar el efecto mediático del vídeo de esa maravillosa anciana que había revolucionado las redes, incluso tras su fallecimiento.

Nuestros dedos se entrelazan sin miedo mientras, orgullosos, vemos el comienzo de las noticias. Giova y Nicola están tan nerviosos como nosotros. Luca y yo nos miramos, apretándonos, justo antes de comenzar a oír la dulce y sensible voz de Alice a través del televisor, intercalada con imágenes suyas que quisimos compartir (también de cuando era joven), con escenas de aquel terrible día en la estación de Bolonia y su rostro hablando a la cámara:

«Mi nombre es Alice Fiore, tengo sesenta y cinco años y una enfermedad extraña que origina pérdidas de memoria selectivas, la mayor parte constituyen recuerdos imprescindibles para mí...».

35

Vídeo 22
Alice

Hoy, que lo recuerdo todo, que parece que me veo en cada etapa de mi vida con una nitidez luminosa, aprovecho y derramo pensamientos que me afloran en la piel y necesito que escuchéis.

Me veo siendo niña, prestando atención a mis padres, aquellos seres vivaces, que derrochaban energía e inconformismo. Ellos me dicen que me quiera, que lo haga por encima de todo, que sea yo misma porque es agotador intentar gustar a los demás. Me piden que me sea fiel, que ellos me transmitirán ideas que yo haré mías. Y, aunque suena precioso, crezco sintiéndome igual de insegura que la mayoría.

Tenemos algo innato, intrínseco, y es la ineludible necesidad de recibir sonrisas de aprobación del mundo que nos rodea. ¿Qué sentido tiene una canción si no es escuchada? ¿Por qué escribir una novela si nunca va a ser leída? Estamos interconectados. Nos necesitamos para ser felices, para realizarnos como personas, para amar.

Dante dijo: «El amor mueve el Sol y las demás estrellas», y qué razón tenía. La vida está hecha de microscópicos segundos de miradas que propulsan latidos, de caricias, de besos, de abrazos que reparan el alma, de sonrisas afectuosas que arropan, de gestos desinteresados. Si no hubiese nada de eso, ¿qué clase de existencia sería esta? Tanto el amor como el desamor propician ese desvarío, ese éxtasis que impulsa a crear, a derramar pasión, a soñar. Escribir, pintar, actuar, cantar, componer, bailar. Todo lo hacemos mejor si existe amor o... también si carecemos de él. Porque lo anhelamos. Es sinónimo de vida.

Y aun así, a pesar de todo, su rival, ese ente voraz que arrasa por donde pasa, consigue eclipsarlo: el odio. El odio irracional, el odio por envidia o el odio que arrastra la ignorancia. A fin de cuentas todos son el mismo odio.

Una vez amé a un chico. Le amé de una forma profunda y sincera, de esa forma en la que su piel pasa a formar parte de tu piel y sus heridas te rasgan los huesos. Pero él... no debía haberme amado. Eso fue de lo que me lamenté los años posteriores a perderle. Si él no me hubiese amado, nada malo le habría ocurrido. Estaba prohibido, nuestros besos siempre sabían a desesperación y el presente nos encadenaba las muñecas con sus grilletes, impidiéndonos ser como deseábamos ser. Es cierto, él tenía ocho años menos que yo. Es cierto, era mi alumno. Muchas veces me pregunté si estaba enferma al estar así de enamorada. Pero... no hacíamos nada malo; jamás le hubiese tocado, jamás si él no se hubiese acercado a mí. Pero lo hizo. Y le traté como a una pieza frágil entre mis dedos y él me entregó su corazón.

Si el mundo lo hubiese sabido, si hubiese sabido que no hacíamos daño a nadie y que la felicidad vibraba en cada átomo de nuestro cuerpo...

Y él, hecho de partículas de amor, pereció en mitad del odio. Él, héroe hasta el último aliento, que extrajo a una niña pequeña de los escombros y le salvó la vida incluso cuando la suya se apagaba. Él cerró sus preciosos ojos por última vez ese 2 de agosto de 1980 en la estación ferroviaria de Bolonia, en la que murieron ochenta y cinco personas debido a la explosión de una bomba.

El odio acabó con el amor, centenares de corazones rotos, vidas destrozadas.

Allí adonde fui traté de hacer caso a mis padres, defender mis convicciones. Ayudé a resurgir un alma destruida, con los sueños y la autoestima pisoteada, porque pensaba que su forma de amar estaba mal, porque el odio le machacaba todos los días recordándoselo. Esa alma hoy ha ganado un importante premio de literatura y sus letras y su manera de amar llegará a millones de almas. No lo hice tan mal al fin y al cabo. Como me pidieron mis padres, fui yo misma.

Durante estos sesenta y cinco años, a pesar de mis lagunas, he aprendido mucho del lugar en el que vivimos. Que es angosto, frío y a veces atroz e implacable. Pero sigue siendo externo a nosotros, voluble, ni siquiera él puede decidir quiénes somos. Solo nosotros tenemos ese poder. Aprendí, a pesar de los palos, de estar desgarrada y vacía, que seguía siendo yo y mi esencia me acompañaba. Seguía creyendo en el amor, en los sueños. Si yo misma me quitaba eso, ¿qué sentido tendría todo? ¿Qué haría? Por eso no me rendí, por eso seguí escribiendo después de estar en prisión, de perder al amor de mi vida, de perder a mi pequeño hijo, seguí dando clases y emocionándome. Quien deja de luchar por un sueño está dejando que se marchite su alma.

Hoy la vida, caprichosa y fugaz, me ha susurrado que esté tranquila, que ya no me va a doler más. He podido abrazar a mi hijo, he podido visitar el lugar donde murió mi amor, arrodillarme frente a su tumba y susurrarle: «Hasta pronto, mi vida. Apenas parece que fue ayer cuando te besé los labios por última vez, cuando escuché la melodía de tus carcajadas». El tiempo es tan veloz, tan efímero... Por eso no os rindáis, no desfallezcáis. Esos locos soñadores, pintores, actores, poetas, escritores, compositores y cantantes y artistas que resplandecéis con vuestra sed de vida y ganas y fuerza. Esas almas que os sentís incomprendidas, esos corazones frágiles repletos de miedos y dudas, no os escondáis, no miréis cabizbajos y asustadizos al mundo, no dejéis que os coma, no permitáis que arruinen vuestra preciosa explosión de colores, luz y magia. Porque somos magia cuando dejamos que nos vean, cuando no permitimos que duela así, cuando miramos atentos al frente y decidimos seguir adelante. Luchad, saltad, gritad, amad, haced todo cuanto os haga sentir vivos. Porque la vida acaba y con ella esa luz. Nunca os creáis eternos, pero sí capaces. Capaces de ser quienes queréis ser.

No lo olvidéis. Yo, una muchacha cualquiera, que perdió a su amor, que perdió a su hijo y años de vida encerrada entre rejas, que vio muerte y odio, sobreviví. Sobreviví un paso tras otro, levantándome con torpeza, apurando la más mínima bocanada de aire. Y lo hice únicamente gracias a una cosa: creí en mí, en el amor, en los sueños.

Ahora, queridas almas que latís en reposo, ¿a qué esperáis para empezar a galopar?

Epílogo
Alice

«Gorrioncito, Alice, Gorrioncito...».

Abro los ojos y esa voz susurrante, que parecía estar justo en mi oído, se desvanece. Me incorporo, revisando la estancia, esperando encontrar a alguien: la luz anaranjada que se cuela tímidamente por las ranuras de la persiana tinta el suelo y sus muebles, veo que el ordenador sigue donde lo dejé tras haber realizado la última grabación, que el vestidor de Penélope está cerrado y que el reloj de la mesita marca las diez en punto.

«Alice, Gorrioncito».

Se me dispara el pulso cuando escucho de nuevo ese susurro y consigo ver una sombra cruzar tras la puerta entreabierta, juraría que ese ha sido el reflejo de sus rizos rubios balancearse al desaparecer tras la pared. Me levanto de la cama y camino con prisa, asomándome: la casa está tranquila, silente, no hay nadie despierto.

—¿Liam?

Bajo las escaleras, reviso cada esquina y, al no encontrar nada, salgo a la calle, descalza. Camino, lo hago por inercia, un paso tras otro mirando al frente. Las piedras del suelo no duelen contra mis plantas desnudas; el aire, débil e inapreciable, roza mis brazos y el camisón que llevo puesto. Y, aunque nunca llegaría a andar tan deprisa y el tiempo se ha vuelto tan confuso como todo lo que me rodea, ante mí se alza la estación ferroviaria. Exclamo un lamento y me llevo la mano a la boca porque el edificio vuelve a emanar ese humo espeso y blanco, vuelve a estar derrumbado, hecho escombros. La sala de espera de primera clase está sepultada; su techo, retorcido y derruido, se despliega, expandido por todos lados.

Pero no se oyen sirenas ni gritos de socorro.

La estación se encuentra en un sepulcral mutismo, como si hubiese estado ahí desde hace mucho tiempo, abandonada. Me sujeto el pecho con las manos temblorosas, avanzando despacio, pisando y esquivando escombros para adentrarme en aquel lugar hecho ruinas que desprende un fuerte halo de tristeza y desolación.

—¿Liam? —vuelvo a llamarle, oteando el andén, tiritando.

Estoy reviviendo aquel horrible día; todo está igual que en mis desordenados y vagos recuerdos, cuando alzaba la vista a nuestro alrededor mientras sujetaba su cabeza contra mi pecho. Camino despacio y diviso los cuerpos desmadejados en el suelo, esa mujer joven a la que le falta un zapato bajo el tren. Toda esa gente que murió, que se quedó aquí para siempre. Diviso con nerviosismo el suelo, esperando a encontrarle tirado, entrando en un estado de ansiedad que me impide respirar. Y lo hago de golpe: extraigo el aire por la boca acompañándolo de un gemido agónico. Me echo a llorar profundamente y me inclino porque estar de pie resulta doloroso.

Y entonces ocurre algo que me corta el llanto de golpe: las personas que están en el suelo, entre las ruinas, se mueven y se levantan despacio, mirando confusos a su alrededor. Se retiran el polvo de la ropa al ponerse en pie. Lo hacen todos, incluso la joven de las vías. Contemplo asombrada cómo caminan hacia la puerta, mirándose unos a otros al reunirse para marcharse de este lugar destrozado. Inmóvil, espero a que pasen todos, hasta que no queda nadie excepto yo.

Ando muy despacio tras ellos, que, al dispersarse hacia la calle, esquivan a alguien que se ha quedado parado, alguien que se hace visible en cuanto hasta el último de ellos se aleja. Se me eriza la piel y se me expande el pecho, que había estado comprimido durante todos estos años.

—¡Liam! —chillo, yendo hacia él, no con la rapidez que me gustaría debido a mis articulaciones torpes y débiles.

Soy una anciana. Me detengo antes de llegar, advirtiendo que continúa ahí, parado, esperando, con la cabeza inclinada hacia arriba, mirando algo que se encuentra en la fachada del edificio. No me ha escuchado, de haberlo hecho me estaría mirando. Estiro el envés de las manos y los dedos frente a mis ojos, esa piel macilenta y arrugada, esas manchas y temblores propios de la edad... Liam sigue eterno, plantado en sus diecisiete, tan hermoso que duele. Me aproximo con cautela esta vez, cerciorándome de que ni me escucha ni me ve.

—Liam —susurro, pero no responde.

Él sigue mirando hacia arriba, quieto, esperando. Alzo la vista para comprobar qué mira, y mis ojos se centran en el gran reloj que se sitúa en lo alto de la fachada de la estación, cuyas manecillas avanzan inexorablemente hacia las 10:25 de la mañana. Y cuando llega, cuando el minuto se detiene en esa hora exacta, suena un prolongado eco que me recuerda al tañido de una enorme campana. Parpadeo, devuelvo la vista al frente y me encuentro con su mirada.

Liam me está mirando. Ahora puede verme.

A través de sus ojos intuyo que algo ha cambiado, pongo las manos frente a mí como he hecho hace unos segundos, pero ahora son jóvenes y suaves. Mis piernas, mi cuerpo..., vuelvo a tener veintiséis años.

Percibo las comisuras de su boca intentando esbozar una sonrisa, pero se encuentra conmocionado. Sus ojos tratan de parpadear sin lograrlo, llenándose de un brillo acuoso. Todavía no puede hacerlo: no puede reaccionar. Mi corazón late frenético y mis terminaciones nerviosas reciben los impactos con placer, con regocijo. Y lo digo, lo que llevaba deseando decir desde que le perdí:

—Recuerdo cada momento, recuerdo mi promesa y los días de verano y los sábados por la tarde. Te recuerdo, Liam. Eres lo único que jamás podría olvidar. —Paladeo cada palabra, cada pausa, acariciando mi lengua para que el amor febril le llegue y le cubra entero.

Entonces Liam sonríe. Sus bonitas facciones se expanden y se llenan de luz, el azul incandescente de sus ojos lo colma todo y sus lágrimas le empapan la piel. Y se deja caer; sus rodillas impactan contra el suelo y gime y me abraza las piernas, escondiendo su cabeza entre ellas en mitad de un llanto convulso.

No puedo soportarlo, me encano y mi pecho se queja por la ausencia de aire, emitiendo un sonido sibilante. Entrelazo todos mis dedos entre sus rizos, notando un alivio sobrenatural al volver a sentirlos, y luego me agacho poco a poco; Liam me deja que lo haga, aflojando su agarre y me arrodillo ante él, situándome de nuevo a su altura, recuperando el oxígeno al volver a mirar su cara, esa cara con la que soñé, la que anhelé tocar desde siempre, la que me arrebató la cordura en decenas de sentidos y me dio la máxima felicidad que había llegado a conocer. Le toco con la yema de los dedos y él pasa sus manos por mi pelo, juntando nuestras frentes.

—Alice. —Me nombra con fervor, dejando escapar el aliento—. Alice.

Me hace suya, me toca el alma llamándome de esa manera, me hace sentir en casa. Estoy en casa.

—No quiero dormir —musito, sonriéndole, moviendo los dedos por su cara repetidamente—. Quiero que nos quedemos despiertos y hagamos cosas descabelladas mientras todo el mundo duerme.

Liam extiende su sonrisa y me contempla con devoción, posando de forma suave sus labios calientes sobre los míos. Una, dos y tres veces.

—Hagamos cosas descabelladas, señorita Fiore —susurra entre mi boca.

Nos tomamos de las manos y nos incorporamos del suelo, mirando hacia delante, reforzando nuestro agarre, para empezar a caminar juntos.

Iríamos a la casa alquilada, que estaría igual que el día en que la dejamos, y viviríamos allí para siempre, rodeados de historias, de música, de besos y mermelada de melocotón. Todos los días serían sábado por la tarde, todos los días veríamos amanecer sin temer al exterior, sin que él tuviese que salir corriendo. Ya nada podía hacernos daño, ya nada podía separarnos.

Y nuestra canción sonaría de fondo mientras bailáramos y riéramos a carcajadas, desnudándonos, repasando el mapa de nuestros cuerpos hasta terminar confundiendo nuestras pieles.

Respiraríamos las sonrisas del otro, aunque ya hubiésemos dejado de respirar. ¿A quién le importaba eso? Nuestros sueños se habrían hecho realidad. Y nuestros nombres resonarían en todas esas cabezas llenas de ilusiones, seríamos eternos.

Mi vida, mi amado Liam, quizá parezca que se ha acabado, pero nuestra historia solo acaba de empezar.

Agradecimientos

Este libro fue la materialización de mis sueños; un e-mail un viernes por la tarde de Esther Sanz diciéndome que querían *Recuérdame, Alice* en Titania. Recuerdo echarme a llorar con toda mi alma y asustar a mi pareja al llamarle desde el salón: «¡Que me van a publicar!» le dije, y me abrazó muy fuerte. (Un secreto: este libro llegó antes que *Retrato de una piel desnuda*).

Las personas tendemos a valorar más lo que hacemos cuando alguien más (sobre todo si es un profesional) apuesta por nosotros. Yo no me consideré escritora, con todas las letras, hasta ese correo. No aposté por mi pasión hasta que alguien me abrió los ojos y me dijo que valía la pena. Me encantaría que no hubiese sido así, haber sido más valiente y aceptar que la escritura es mi vida entera, pero necesité un empujón, y aquí estoy a día de hoy, gracias a todas esas personas que estuvieron ahí y que estarán, pase lo que pase.

Gracias a mi editora, Esther, por ese preciosísimo correo que dio luz a una época algo oscura, por cuidarme siempre, por esa dulzura.

Gracias a él, a mi otra mitad, por ese abrazo, por llorar conmigo, porque su fe ciega en mí que me conmueve cada día. Lo quiero cada día más.

A mis padres, mis héroes sin capa, a quienes recurro para insuflarme energía cada vez que pierdo fuelle en esto de creer en mí. A mis hermanos, siempre.

A mis mejores amigas, Mica y Carla, ellas también son mi sujeción al optimismo cuando decaigo, mis motores más inspiradores.

A Alexandra Roma, porque yo solo era una desconocida con un manuscrito cuando aceptó ser mi lectora beta, porque esa llamada que recibí de ella hablándome del libro me llenó de ilusión y me hizo admirarla aún más, si cabe. Ella fue de las primeras en creer en esta historia, y por eso le estaré eternamente agradecida.

A Abril Camino y Érika Gael, gracias a ellas esta historia brilla más. Y a Pilar, que, aunque no nos conocemos en persona, es mi lectora beta más sólida y quien cree en todo lo que hago.

A Luis Tinoco, Berta y Mariola, que están ahí detrás para cuidar cada detalle de la novela y hacer que reluzca.

Y a ti, que le has dado una oportunidad a esta historia y lees esto, quizá emocionado por el final de la novela; gracias por tu valioso tiempo.